Brigitte Melzer
Wesen der Nacht
Dämonenblut

cbt

DIE AUTORIN

Brigitte Melzer wurde 1971 geboren. Sie kam über Fantasy-Rollenspiele zum Schreiben. Ihr Durchbruch gelang der Autorin mit der erfolgreichen »Vampyr«-Trilogie. Seither hat sie mit zahlreichen weiteren Romanen ihr Publikum begeistert. Ob magische Abenteuer in fantastischen Welten oder fesselnder Vampirroman – Brigitte Melzer ist sowohl in der High Fantasy als auch in der Dark Fantasy zu Hause. Die Autorin lebt und arbeitet in München.

Brigitte Melzer

Wesen der Nacht
Dämonenblut

cbt

cbt

cbt ist der Jugendbuchverlag
in der Verlagsgruppe Random House

MIX
Papier aus verantwortungsvollen Quellen
FSC® C014496
FSC www.fsc.org

Verlagsgruppe Random House FSC® N001967
Das für dieses Buch verwendete
FSC®-zertifizierte Papier *Holmen Book Cream*
liefert Holmen Paper, Hallstavik, Schweden.

1. Auflage
Originalausgabe März 2014
Gesetzt nach den Regeln der Rechtschreibreform

Umschlagbilder: Trevillion Images / Felicia Simion;
shutterstock / Mihai-Bogdan Lazar
Umschlaggestaltung: Dipl.-Des. Kathrin Schüler
Lektorat: Catherine Beck
mg · Herstellung: kw
Satz: Buch-Werkstatt GmbH, Bad Aibling
Druck: GGP Media GmbH, Pößneck
ISBN: 978-3-570-30838-7
Printed in Germany

www.cbt-jugendbuch.de

Prolog

Fackelschein erfüllte das alte Gemäuer. Ein Luftzug fuhr mit leisem Raunen durch den Raum und ließ die Flammen tanzen. Schatten zuckten über die Wände und wuchsen zu Monstern aus undurchdringlicher Dunkelheit an, nur um einen Augenblick später wieder in sich zusammenzufallen, ehe sie sich erneut erhoben.

Der Oberste Bewahrer stand reglos in der Mitte des Raumes. Feuchte Kälte kroch durch den Stoff seines Anzuges, fraß sich durch die Haut und nistete sich in seinen Knochen ein. Früher einmal hatte ihm die Kälte nichts ausgemacht, mittlerweile jedoch spürte auch er den voranschreitenden Verfall. Einen Verfall, der mit dem Tod des Mannes begonnen hatte, dessen Leichnam in dem steinernen Sarkophag vor ihm lag.

Seinesgleichen war nicht unsterblich, doch dank der ihnen gegebenen Macht – der Macht des Zirkels – spürten sie die Last des Alters weit weniger als andere. Sie alterten langsamer, was ihnen eine längere Lebensspanne bescherte. Es war noch gar nicht so lange her, da waren dem Obersten Bewahrer Krankheiten gänzlich unbekannt gewesen. Das war nun anders. Rheuma und eine Neigung zu erhöhtem Blutdruck hatten sich eingestellt. Neulich hatte ihn sogar eine Grippe befallen!

Das alles wäre undenkbar gewesen, wäre Severius noch am Leben. Sein Tod hatte den Zirkel gebrochen und eine Lücke hinterlassen, durch die die Macht der Bewahrer nun Stück für

Stück zu versickern drohte, wie Milch, die aus einem leckgeschlagenen Karton rann.

Das musste ein Ende finden! Bevor es zu spät war und sie nicht länger imstande waren, ihrer Aufgabe nachzukommen.

Er streckte die Hand nach dem Sarkophag aus und strich bedächtig über den Rand. Der Stein fühlte sich unter seinen Fingerspitzen kalt und rau an. So leblos wie der Körper, der sich darunter verbarg.

»Bald«, flüsterte der Oberste Bewahrer. »Bald wirst du deinen Platz in unserer Mitte wieder einnehmen.«

All die Jahre der Vorbereitung, all die Mühen und Opfer, die er auf sich genommen hatte, näherten sich ihrem Ende. Nur noch ein bisschen mehr Essenz …

1

Die Augen des Totenkopfes leuchteten auf. Zwei rot glühende Höllenschlünde, die mich ebenso zu verhöhnen schienen wie das gehässige Gelächter, das aus seinen klaffenden Kiefern schallte.

Könnte er sprechen, hätte er mir vermutlich vorgehalten, dass mein Leben in etwa so spannend war wie das einer Leiche. Oder eines Totenschädels. Aus meiner Clique war ich die Einzige, die ihre Sommerferien zu Hause verbrachte. Alle schienen das zu wissen – sogar dieser blöde Plastikschädel vor mir im Regal.

Riley Summers, die Daheimgebliebene.

Hahaha!

Seufzend stieß ich mit dem Stiel des Staubwedels gegen den Kippschalter. Schlagartig verstummte das Lachen, das rote Licht in den Augen erlosch. Egal, wie oft ich das dusslige Ding auch abstaubte, es war mir noch nie gelungen, den Schalter zu verfehlen, der es zum Leben erweckte.

Ich drehte dem Regal den Rücken zu und ließ den Blick durch den Laden wandern.

In ein paar Minuten würden wir aufsperren und im Laufe des Tages das übliche Pensum an Touristen abfertigen, für die wir schwarze Hexenhüte, krumme Pappnasen, Warzen zum Aufkleben und Totenschädel aus Plastik auf Lager hatten; alles wahlweise in Originalgröße, als Kühlschrankmagneten oder

Schlüsselanhänger. Zusätzlich zu Postkarten und Tassen mit verschiedensten magischen Motiven verkauften wir eine große Auswahl an bunten »Zaubertränken« in hübsch verzierten Glasfläschchen. Obwohl es sich dabei nur um gefärbtes Zuckerwasser handelte, gehörten die Tränke zu unseren Verkaufsschlagern. Allen voran natürlich der Liebestrank.

Das Zeug für die Touristen und Neugierigen war ein Kompromiss, wie Madame Veritas, die Besitzerin des *Hexenkessels*, immer betonte. Einer, der dafür sorgte, dass die Kasse klingelte.

Neben dem ganzen Kitsch führten wir auch echten Hexenbedarf, der den heimeligen Verkaufsraum in ein Zauberland aus dunklem Holz, blutrotem Samt und geheimnisvollen Büchern und Gegenständen verwandelte. Alles überlagert vom würzigen Geruch der Räucherstäbchen, die neben der Kasse vor sich hin kokelten.

Jonah, Madames rechte Hand und der Einzige, der neben ihr Vollzeit arbeitete, kam mit einer Kiste aus dem Lagerraum, stellte sie hinter dem Kassentresen ab und betrachtete mich mit gerunzelter Stirn. »Du machst ein Gesicht, als hätte dich jemand zu einer zwölfstündigen Diavorführung eingeladen.«

»Dias? Aus welchem Jahrtausend stammst du denn?«

Lachend fuhr er sich mit der Hand durch das kurze blonde Haar. »Dann eben irgendwas anderes, ähnlich Ödes.«

Ich ließ den Staubwedel sinken. Es war gerade einmal Dienstag, die Ferien hatten erst begonnen – und gingen mir schon auf die Nerven. »Diese Ferien werden absolut be… scheiden.« Ich verdrehte die Augen. Eigentlich hatte ich *beschissen* sagen wollen, aber wie üblich war mir meine Unfähigkeit, Schimpfwörter auszusprechen, in die Quere gekommen. Dabei funktionierte es in Gedanken bestens. Ich wusste immer genau, was ich sagen wollte. Dummerweise schien ich über eine Art natürlichen Filter zu verfügen, der die Unflätigkeiten, die durch meinen Kopf spukten, zensierte und durch harmlosen Kinderkram ersetzte, ehe sie mir über die Lippen kamen. Selbst dann, wenn ich wirklich richtig stinkig war.

Jonah setzte eine entrüstete Miene auf. »Langweilig? Hier? In diesem Paradies der Merkwürdigkeiten? Niemals!«

»Die meisten meiner Freunde sonnen sich in Spanien und schlagen sich die Nächte in Clubs um die Ohren und ich hänge hier fest und verkaufe …« Mein Blick fiel auf eines der Bücher, die auf dem Tisch vor mir ausgestellt waren. »Ratgeber zur Erweiterung Ihrer transzendentalen was-auch-immer.«

Meine Clique hatte beschlossen, dieses Jahr gemeinsam für drei Wochen nach Ibiza zu fliegen und es dort so richtig krachen zu lassen. Alle außer denen, die mit ihren Eltern in den Urlaub mussten. Und mir. Ich wäre gern mitgefahren, doch abgesehen davon, dass ich erst seit ein paar Wochen hier arbeitete und nicht schon um Urlaub bitten wollte, konnte ich es mir schlicht nicht leisten.

»Kannst du das ausräumen?« Jonah deutete auf den Karton, den er aus dem Lager geschleppt hatte. »Dann kümmere ich mich ums Schaufenster.«

Dankbar, dass er mir das Herumklettern in der höher gelegenen Auslage ersparte, wo mir jeder Passant unter das Kleid glotzen konnte, drückte ich Jonah den Staubwedel in die Hand. Während ich die Bücher – allesamt angeblich wahre Geistergeschichten – aus dem Karton räumte und in den Drehständer neben der Kasse einsortierte, beobachtete ich Jonah, der sich geschickt zwischen all dem Dekokram im Schaufenster hindurchschlängelte und dabei den Staubwedel schwang. Von Zeit zu Zeit hielt er inne, um etwas gerade zu rücken. Zwei Teenies blieben vor dem Fenster stehen, hatten jedoch mehr Augen für Jonah als für unser Angebot. Verdenken konnte man es ihnen nicht, denn mit seinem muskulösen Körper, dem kurzen blonden Haar und den grünen Augen, die durch seine Sonnenbräune regelrecht zu leuchten schienen, war er durchaus was fürs Auge. Witzig und nett war er obendrein. Nur leider nicht mein Typ.

Ich zerlegte den leeren Karton und brachte ihn ins Lager, als hinter mir die Glöckchen über der Tür Amok liefen. Ich fuhr herum, um zu sehen, wer es so eilig hatte, dass er fast die Kette mit den Glöckchen herunterriss, und erblickte Pepper, die die Tür wieder hinter sich abschloss, ehe sie mit großen Schritten und fliegenden roten Locken auf den Tresen zustürmte.

»'Tschuldige, ich bin zu spät!«, keuchte sie und versenkte ihre Handtasche mit einem gezielten Wurf in einem der offenen Fächer unter der Kasse. »Ich war noch mit Serena und ihrer Mom am Bahnhof.«

»Dann fahren sie heute in die Highlands? Zu Serenas Dad?«

Pepper grinste. »Und zu ihrem Freund.«

Ich zog eine Augenbraue hoch. »Sind die beiden jetzt offiziell zusammen? Mit dem Segen ihrer Mom?«

Vor ein paar Wochen hatte ich Serena, Peppers bester Freundin, ein Attest mit dem Stempel und der Unterschrift meines Dads besorgt, damit sie sich vor einer Klassenfahrt drücken und stattdessen heimlich zu ihrem Freund fahren konnte. Einem Freund, von dem ihre Mutter nichts wusste und mit dem sie wohl auch nicht einverstanden gewesen wäre.

Es war das erste Mal, dass ich Dad derart hintergangen hatte, und ich fühlte mich selbst jetzt, wenn ich nur daran dachte, nicht gut dabei. Natürlich hatte ich Serena helfen wollen – allerdings nicht unbedingt in diesem Ausmaß. Unter anderen Umständen hätte ich mich auch niemals darauf eingelassen. Dummerweise hatte ich kurz zuvor erfahren, dass das Café, in dem ich nach der Schule jobbte, geschlossen werden sollte. Als Pepper mir im Gegenzug für das Attest anbot, ein gutes Wort bei ihrer Chefin für mich einzulegen, konnte ich nicht Nein sagen. Ich brauchte einen Job. Vor allem aber brauchte ich das Geld. Dad arbeitete als Arzt im Krankenhaus und verdiente gut, war aber nach ein paar verpatzten Börsengeschäften so hoch verschuldet, dass wir gerade eben über die Runden kamen und ich nicht sicher sein konnte, ob das Geld für mein geplantes Studium reichen würde. Deshalb war ich mit Pepper ins Geschäft gekommen.

Als Dad von meinem neuen Job hörte, zeigte er sich zu meiner Überraschung wenig begeistert. Ich hatte damit gerechnet, dass er sich für mich freuen würde, stattdessen hätte er mir um ein Haar verboten, hier im Laden anzufangen. Verboten! Er hatte sich aufgeführt, als müsste ich fürchten, dass mir hier Blitze und Feuerkugeln um die Ohren flogen und mich dreimal täglich jemand verhexte. Dass alles ganz harmlos war, konnte ich ihm nur beweisen, indem ich ihm den Laden mit all seinem Tand gezeigt hatte. Sogar zu einer Séance war er gegangen! Das – und die Trickeffekte, die Madame nach meiner Vorwarnung deutlich zur Schau gestellt hatte – hatte ihn schließlich davon überzeugt, dass es im *Hexenkessel* alles andere als magisch zuging. New-Age-Kram und Budenzauber nannte er es seitdem und den Laden taufte er nach seiner Begegnung mit Madame kurzerhand in *Schrecksenkessel* um.

»Ich werde Serena echt vermissen. Aber nachdem sie jetzt wochenlang von Cale getrennt war, gönne ich es ihr, ihn wiederzusehen.« Pepper seufzte dramatisch. »Ich wünschte, ich hätte auch so einen Kerl.«

»Was denn, ich dachte, du stehst auf Sergej Darkov?«

»Oh ja, der ist heiß.« Sofort vergaß sie ihre Schwermut und schaltete in den gewohnten Pepper-Plapper-Modus um. »Habe ich dir schon von seinem letzten Abenteuer erzählt? Als Sergej sich mit den Teufelsfeen angelegt hat?«

»Dreimal«, lachte ich. Wenn es um den Vampir aus ihrer Lieblingsromanreihe *Hearts of Darkness* ging, war Pepper kaum zu bremsen. Ich hatte die Bücher selbst verschlungen, konnte aber nicht einmal ansatzweise mit Peppers Hingabe für Sergej mithalten.

»Ist Madame schon da?«, erkundigte sie sich.

Ich deutete in Richtung des Perlenschnurvorhangs. »In ihrem Reich.«

Pepper drängte sich an mir vorbei zur Kaffeemaschine und schenkte sich eine Tasse ein. Es war gerade mal zehn, aber so rührig, wie Pepper war, hatte ich den Verdacht, dass das heute nicht ihr erster Kaffee war. Ich wollte mich wieder dem Bücherständer zuwenden, als ich sah, wie ihre Tasche ins Rutschen geriet. Unwillkürlich griff ich danach, um zu verhindern, dass sie aus dem Fach fiel, als ich das Wesen sah, das sich durch den halb geöffneten Reißverschluss zwängte.

Ach du Scheiße! »Meine Güte, was ist das denn?«

»WAS?«, mokierte sich die Kreatur im Strickpullover. »Ich bin doch kein WAS!«

Fasziniert starrte ich den Kerl an, der wie die fünfzehn Zentimeter große Ausgabe eines knorrigen Kapitäns aussah, mit buschigem, grauem Backenbart und von Wind und Wetter gegerbter Haut. »Du kannst ja sprechen.«

Das Wesen verzog verächtlich das Gesicht. »Du doch auch. Bei Großmutters Bart, natürlich kann ich sprechen! Was glaubst du, wozu ich diese Öffnung in meinem Gesicht habe?«

Definitiv nicht nur zum Sprechen, wenn man den beachtlichen Bauchumfang betrachtete, den der dunkelblaue Strickpullover nicht vollends bedecken konnte.

»Du kannst ihn sehen?« Pepper war neben mir aufgetaucht. Ihr Blick wanderte zwischen mir und der Kreatur hin und her, die bis zur Hüfte aus ihrer Tasche ragte. Fast schon wirkte sie ein wenig beleidigt. »Serena hat Tage gebraucht, bis sie ihn davon überzeugen konnte, sich mir zu zeigen, und bei dir lässt er sich einfach so blicken. Freiwillig.«

»Freiwillig?«, schnaubte der Winzling. »Du hast echt keine Ahnung.«

»Wie auch immer«, winkte sie ab. »Das ist jedenfalls Drizzle. Er ist ein Gnom.«

»Gnom?!« Das Wesen stieß eine Reihe von Schimpfwörtern aus, bei denen der Unflätigkeitszensor in meinem Hirn vermutlich in Rauch aufgegangen wäre. »Hast du überhaupt schon mal einen Gnom gesehen, Rotschopf? Knubbelnase, Warzen im Gesicht. Hässlich wie der Arsch meiner ... Na, eben hässlich. Ich«, er warf sich stolz in die Brust und sah mich an, »bin ein Kobold. Drizzle Ebb, der Dritte, um genau zu sein. Und wer bist du, Puppe?«

Puppe? *Ich bin die, die sich gerade fragt, ob ihr der lachende Plastiktotenkopf nicht lieber ist als ein großmäuliger Kobold. Oder Gnom. Oder was immer dieser Wicht auch sein mag.*

»Das ist Riley«, kam Pepper mir zuvor.

Allmählich sickerte zu mir durch, was Pepper vorhin gesagt hatte. Was meinte sie damit, es hätte Tage gedauert, ihn dazu zu bringen, sich zu zeigen? Doch sicher nur, dass er sich versteckt hatte, oder? Er konnte sich doch wohl nicht ... Nein, das war lächerlich. »Kann er sich unsichtbar machen?« Mein Filter für Schimpfwörter sortierte leider keine dummen Fragen aus.

Entgegen meiner Befürchtung brachen weder Pepper noch

Drizzle Ebb der Dritte in Gelächter aus. »Er kann«, bestätigte Pepper das Unglaubliche. »Und wenn er es tut, ist es wirklich die Pest.«

»Das sagst du nur, weil ich deine Erdnüsse gefuttert habe, bevor du es gemerkt hast«, gab der Kobold mit liebenswürdigem Grinsen zurück.

»Und meine Cola getrunken«, ergänzte Pepper.

»Das auch.«

»Beißt der?«

»Worauf du wetten kannst!« Obwohl ich die Frage an Pepper gerichtet hatte, war es Drizzle, der mir die Antwort gab. Er befreite sich aus der Tasche und kletterte auf den Tresen. »Habt ihr was zu trinken?« Pepper schob ihm ihre Kaffeetasse hin, doch Drizzle verzog nur das Gesicht. »Was Richtiges.«

»Ich hab dir gesagt, dass es hier keinen Whisky gibt. Und keine Zigarren.«

»Werden wir ja sehen.«

Der Kobold sprang auf den Boden, zog seine Hosen zurecht, die von einem Stück Paketschnur an Ort und Stelle gehalten wurden, und stapfte durch den Durchgang davon, der zu unserem Aufenthaltsraum und den Toiletten führte.

Ich konnte nichts anderes tun, als ihm hinterherzustarren. »Woher …? Was …? Wie …? Du weißt schon!«

Diesen Moment suchte sich Jonah aus, um aus dem Schaufenster zu klettern und sich zu uns zu gesellen.

Pepper griff nach ihrer Kaffeetasse. »Erzähle ich dir heute Abend. Pizza bei dir?«

Mit unzähligen Fragen im Kopf und voller Erstaunen über das Wesen, das da aus ihrer Tasche gestiegen und davongestiefelt war, brachte ich nicht mehr als ein Nicken zustande. Meine Gedanken waren noch immer bei Drizzle, als ich mich daranmachte, die restlichen Bücher einzuräumen, während Pepper zur Tür ging, um aufzusperren. Auch wenn uns die Kunden nicht sofort überrannten – tatsächlich wartete niemand darauf, eingelassen zu werden –, lief das Geschäft gut. Der große Andrang begann meistens um die Mittagszeit, wenn die Touristen die Seitenstraßen der Oxford Street erkundeten, die Möchtegernhexen ihren Betten entstiegen waren und die Teenager, die sich aus Neugier im Laden herumtrieben, die Innenstadt unsicher machten.

Ich mochte die Arbeit hier, auch wenn ich bei der Hälfte der Sachen noch immer keine Ahnung hatte, wozu jemand sie brauchen sollte. Immerhin kannte ich mich mittlerweile gut genug aus, um zu wissen, wo das Zeug lag, nach dem die Leute fragten. Eine Hexe würde ich allerdings wohl nur dann von einem Touristen unterscheiden können, wenn Erstere auf einem Besen zur Tür hereingeflogen käme.

Tatsächlich gehörten auch echte Hexen zu unserer Kundschaft. Zumindest behaupteten sie, Wiccaner zu sein. Ob sie tatsächlich zaubern konnten, wagte ich allerdings zu bezweifeln.

»Darum geht es auch gar nicht«, hatte Jonah einmal gesagt. »Wicca ist eine Religion, aus der ihre Anhänger Kraft schöpfen.«

Pepper, die neben ihm gestanden hatte, schnaubte. »Wicca hat ungefähr so viel mit Religion und Zauberei zu tun wie ein Donut mit einer Hochzeitstorte. Wenn ihr mich fragt, geht es denen nur um eine Form der Zusammengehörigkeit. Ihr wisst schon, die Kinder, denen man früher ein Steak um den Hals binden musste, damit wenigstens der Hund mit ihnen spielt.«

»Du arbeitest in einem Hexenladen und glaubst nicht an Wicca?«, entfuhr es mir.

»Du doch auch nicht.«

Punkt für sie.

Erst ein paar Wochen später erfuhr ich, dass sie zwar nicht an den Hexenkram, wie sie es nannte, glaubte, aber durchaus davon überzeugt war, dass es *Dinge* gab, die nicht von dieser Welt waren. Näheres wollte sie mir dazu aber nicht sagen, und um sie nicht in die Verlegenheit zu bringen, eine lächerliche und haltlose Erklärung für irgendwelchen übersinnlichen Kram abgeben zu müssen, hatte ich beschlossen, nicht weiter nachzubohren. Ein Entschluss, der sich mit dem Auftauchen dieses Kobolds in Luft auflöste.

2

»Riley!« Madames dröhnende Stimme schien geradewegs durch die Wände zu dringen und riss mich aus meinen Gedanken. »Ich brauche dich mal eben hier hinten!«

Das konnte nur bedeuten, dass meine Ausbildung weitergehen sollte. Seit meinem ersten Tag im Laden hatte Madame mich unter ihre Fittiche genommen, damit ich in Zukunft die eine oder andere Séance für sie übernehmen konnte. Die Séancen waren der Teil des Jobs, der mir am meisten Spaß machte. Eine Mischung aus geschickt platzierten Licht- und Geräuscheffekten und einer Menge Schauspielerei. Madame hielt mich für ein Naturtalent, und wer war ich, ihr da zu widersprechen?

Ich verließ den Verkaufsraum durch den klappernden Vorhang aus Perlenschnüren. Dahinter lag ein kleiner Warteraum, an dessen Ende Madames Reich begann. Wie jedes Mal, wenn ich durch die Tür ins Hinterzimmer kam, hatte ich das Gefühl, eine andere Welt zu betreten. Wenn Madame Kunden hatte, waren die Fenster mit bunten Stoffen verhängt, die das Tageslicht zu einem abgeschwächten Zwielicht dämpften. Jetzt jedoch waren die Vorhänge zur Seite gezogen und ließen die Morgensonne hinein. Eines der Fenster stand sogar ein Stück weit offen.

Die Luft war vom Geruch der unzähligen Räucherstäbchen erfüllt, die im Laufe der Jahre hier abgebrannt worden waren. Der exotische Duft, der sich in den Stoffen und Polstern festgesetzt hatte, gehörte ebenso hierher wie der Rest der Einrichtung.

Hätte es ein Lehrbuch gegeben, wie das Zimmer eines Mediums auszusehen hätte, wäre vermutlich ein Foto von Madames Reich darin gewesen. Lediglich den riesigen geblümten Sessel in der hintersten Ecke hätte der Herausgeber wohl wegretuschiert. Warme Farben, bunte Stoffe und jede Menge kitschiger Dekogegenstände aus farbigem Glas. Von der Decke wölbten sich Stoffbahnen, hinter denen sich Lautsprecher verbargen, und die Wände waren mit orientalisch gemusterten Tapeten geschmückt. Mehrere Spiegel in verzierten Messingrahmen verliehen dem Raum eine ungeahnte Tiefe und ließen ihn aus manchen Blickwinkeln beinahe endlos erscheinen. Auf einer Kommode ruhte die obligatorische Kristallkugel in einer Halterung und im Zentrum des Raumes stand ein runder Tisch, dessen dunkles Holz von unzähligen Scharten zerfurcht war. Einige davon erinnerten an Kratzspuren – als hätten die Toten, zu denen Madame hier Kontakt aufnahm, versucht, eine Nachricht zu hinterlassen.

Wenn sie denn Kontakt zu ihnen aufgenommen hätte.

An eben jenem Tisch saß Madame Veritas, eine Tasse Kaffee vor sich, an deren Rand die Spuren ihres knallroten Lippenstiftes hafteten, und blätterte in einer Zeitschrift.

»Guten Morgen, Madame.« Ich sprach das *Madame* französisch aus. Wer es wagte, die englische Aussprache zu benutzen, bekam es mit ihrem berühmten Blick zu tun. Dem Blick, von dem ich mir beinahe sicher war, dass er auch Stahl schmelzen konnte. Vielleicht lag es auch an den dunkel geschminkten Augen, die das Konzept der Smokey Eyes auf eine vollkommen neue Ebene brachten. Was ihren Namen anging, hatte sich jedenfalls niemand ein zweites Mal versprochen.

»Nimm dir einen Kaffee und setz dich zu mir.« Ihre Armreifen klirrten melodisch, als sie in Richtung Kaffeemaschine deutete, die in einer Nische durch eine breite Stoffbahn vom Rest des Raumes abgetrennt war.

Während ich mir Kaffee einschenkte, sagte sie kein Wort. Vermutlich hatte sie das Magazin wieder zur Hand genommen. Sie liebte diesen Frauenkram. Besonders die Modeseiten hatten es ihr angetan, was wirklich mehr als seltsam war, wenn man bedachte, wie wenig sie mit Mode am Hut hatte. Madame Veritas sah genau so aus, wie ich mir eine Wahrsagerin immer vorgestellt hatte: Ihr Haar war von einem künstlichen Dunkelrot, mit Locken, wie man sie nur mit Hilfe von Wicklern zustandebrachte. Sie liebte Röcke und Blusen und trug die wildesten Kombinationen an Mustern und Farben mit einer Selbstverständlichkeit, die mir allen Respekt abnötigte.

Ein leises Klirren weckte meine Aufmerksamkeit. Die winzigen Kristalle, die an Schnüren von einem Lampenschirm herabhingen, wehten im Wind. Es dauerte ein bisschen, bis ich begriff, dass es kein Luftzug war, der sie in Bewegung versetzt hatte, sondern Drizzle, der darunter entlangmarschierte und dabei seine Hand über die Schnüre zog wie über die Seiten einer Harfe.

Ich warf einen Blick zu Madame. Was würde sie sagen, wenn sie den Kobold in ihrem Allerheiligsten entdeckte? Die Frage erübrigte sich, denn Madame sah lediglich kurz auf und richtete ihre Aufmerksamkeit beinahe sofort wieder auf ihre Zeitschrift. Die Sache mit der Unsichtbarkeit war offensichtlich nicht gelogen.

Un-sicht-bar-keit. Es war dieses eine unglaublich klingende Wort, das mir plötzlich bewusst machte, wie seltsam das alles war. Ein unsichtbarer Kobold. Ein Wesen, das nur in Geschichten existieren sollte, stand hier vor mir und benahm sich, als wäre es das Normalste der Welt. Gut, für ihn mochte seine Existenz normal sein, für mich war sie das nicht. Tatsächlich hatte ich Mühe, ihn nicht mit offenem Mund anzustarren.

Als hätte er mein Erstaunen bemerkt, blieb Drizzle stehen und warf mir ein spöttisches Grinsen zu, ehe er auf die Kommode kletterte. Vor der Kristallkugel, die so groß war wie er selbst, blieb er stehen. Die Hände auf die glatte Oberfläche gestützt, beugte er sich vor und betrachtete sein Spiegelbild, ehe er die Hand hob und gegen das Glas klopfte. Wieder sah Madame kurz auf und wieder bemerkte sie nichts.

Mein Blick zuckte zwischen Madame und Drizzle hin und her, als sich der Kobold zu mir umdrehte. »Stinknormales Glas«, sagte er, ohne dass Madame ihn hören konnte. »Nicht mehr wert als das Glasauge meiner Großmutter. Das ist dir doch hoffentlich klar, oder?«

Um ein Haar hätte ich ihm geantwortet. Gerade noch rechtzeitig erinnerte ich mich daran, dass ich im Gegensatz zu ihm deutlich zu hören sein würde. Also beschränkte ich mich auf ein Nicken, das Drizzle ein Schnauben entlockte.

»Alles Humbug hier! In die Zukunft sehen? Mit Geistern reden? Beschiss ist das!«

Er sprang von der Kommode und setzte seinen Erkundungsgang fort, während ich mich wieder dem Kaffee zuwandte, um nicht doch noch in Versuchung zu geraten, vor Madame mit ihm zu sprechen. Nachdem ich ausreichend Milch und Zucker in meinen Kaffee gerührt hatte, nahm ich meine Tasse und setzte mich zu Madame an den Tisch.

Sie schlug ihre Zeitschrift zu und warf sie mit Schwung auf die Fensterbank, wo sie um ein Haar Drizzle damit abgeschossen hätte, der es sich in der Sonne bequem gemacht hatte. Fluchend verpasste der Kobold der Zeitung einen Stoß, sodass sie zu Boden fiel. Madame machte sich nicht die Mühe, sie aufzuheben.

»Ich möchte ein Ritual mit dir durchführen«, eröffnete sie mir stattdessen.

»Wollen Sie etwas ausprobieren, damit Sie es später bei Ihren Kunden machen können?«

Sie schüttelte den Kopf. »Ich möchte das für dich machen.«

Bisher hatte ich lediglich als Versuchskaninchen herhalten müssen, um zu überprüfen, ob ein Schauspiel funktionierte, das sie neu in ihr Repertoire aufnehmen wollte. Meine Aufgabe war es dann, auf Dinge zu achten, die einem Kunden verraten könnten, dass es sich nur um eine gute Show handelte. Tatsächlich hatte ich einmal ein schlecht verstecktes Kabel und ein anderes Mal ein verräterisches Knacken im Lautsprecher entdeckt, das jedes Mal zu hören gewesen war, sobald sie die Geräuscheffekte dazuschaltete.

Aber ein Ritual für mich? »Wozu soll das gut sein?«

Madames Miene veränderte sich zu dem, was ich ihr Wahrsagerinnen-Gesicht nannte, jenem Gesichtsausdruck, den sie aufsetzte, kurz bevor sie ihren Kunden vermeintlich wichtige Erkenntnisse offenbarte. Die steile Falte zwischen ihren Augen und der ernste Blick waren Teil einer sorgfältig einstudierten Dramaturgie.

»Ich möchte deinen Blick schärfen, indem ich dein drittes Auge öffne.«

»Mein was?«

»Dein drittes Auge.« Sie rutschte auf ihrem Stuhl nach vorne. Als wäre mit der Bewegung schlagartig alle Spannung aus ihrem Körper gewichen, glättete sich die Stirnfalte, und auch ihr Blick schien mich nicht länger zu durchbohren. »Das Auge, mit dem du Dinge sehen kannst, die unserem normalen Blick verborgen bleiben.«

Ich hatte Mühe, ernst zu bleiben.

»Das ist ein Test, oder? Sie sind schon mitten im Schauspielmodus.«

»Nicht alles, was ich tue, ist eine Lüge.«

Jetzt konnte ich mir das Grinsen nicht länger verkneifen. »Natürlich.«

Die Stirnfalte kehrte zurück. »Ich kann tatsächlich zu Geistern Kontakt aufnehmen.«

In den paar Wochen, die ich nun schon hier arbeitete, hatte sie nie versucht, mehr zu sein als die Schauspielerin, die sie nun einmal war. Warum wollte sie mir plötzlich weismachen, dass es anders war? »Wenn das stimmt«, überlegte ich laut. »Warum sind Ihre Séancen dann nur Show?«

»Die Menschen, die in meinen Laden kommen, wollen mit der Vergangenheit Frieden schließen«, sagte sie. »Sie kommen zu mir, um einen Abschluss zu finden, nicht um zu hören, dass ihnen ein toter Freund oder Verwandter womöglich gar nicht verziehen hat. Sie *wollen* belogen werden.«

»Aber Sie könnten es? Sie könnten diesen Menschen wirklich helfen?« Ich wollte es immer noch nicht glauben. Der bloße Gedanke war schon gruselig genug – ganz zu schweigen davon, dass Dad vermutlich ausrasten würde, wenn er davon erfuhr. Nun gut, wenn tatsächlich etwas an Madames Behauptung dran sein sollte, musste er es ja nicht erfahren. »Aber warum dann die Schauspielerei? Ich meine, Sie könnten ja einen Geist rufen und dann einfach die Antwort ein wenig … äh … zurechtbiegen, wenn die Wahrheit die Leute unglücklich machen würde.«

Sie zuckte die Schultern. »Wozu die Ruhe der Toten stören, wenn sich die Menschen mit so viel weniger zufriedengeben?«

Ich wusste nicht, was ich sagen sollte. Mein Verhältnis zum Übersinnlichen war bisher rein pragmatischer Natur gewesen: Ich konnte akzeptieren, dass ich in einem Hexenladen arbeitete und dass es Menschen gab, die an die Dinge glaubten, die bei uns angeboten wurden. Aber das hieß nicht, dass ich das auch tun musste. Ich wusste nicht einmal, ob ich es *konnte.* Dafür hatte ich mich bisher zu wenig mit dem Thema auseinandergesetzt.

»Was weißt du über die Toten?«, fragte Madame, bevor ich versuchen konnte, ihre Gedanken in eine andere Richtung zu lenken.

Ich runzelte die Stirn. »Sie haben keinen Puls und werden zwei Meter unter der Erde aufbewahrt.«

»Was ist mit der Seele?«, hakte sie nach. »Der Essenz des Menschen, seinem Geist?«

Ich zuckte die Schultern. »Was soll damit sein?«

»Glaubst du daran?«

»Keine Ahnung.« Ich warf einen Hilfe suchenden Blick zu Drizzle, doch der grinste nur und murmelte nur irgendwas von wegen Budenzauber. »Ich schätze, darüber habe ich noch nie nachgedacht.«

»Und wenn du spontan antworten müsstest?«

Während der vergangenen Tage und Wochen hatte ich mich oft mit Madame unterhalten. Die meiste Zeit hatte sie mir Dinge erklärt – mir zum Beispiel gezeigt, mit welchen Tricks sie ihre Séancen abhielt, und mich immer wieder selbst das Medium spielen lassen, während sie meine Kundin gemimt hatte. Doch so ausgiebig wir uns auch mit den Séancen beschäftigt hatten, so wenig hatten wir über das Übernatürliche an sich geredet. Jetzt kam es mir fast so vor, als hätte sie mich erst langsam an das Thema heranführen wollen, bevor sie den Holzhammer auspackte.

»Ich weiß es wirklich nicht.«

Sie nickte. »Lass uns das Ritual durchführen. Es ist vollkommen harmlos.« Die Armreifen an ihren Handgelenken klirrten zustimmend. »Es wird nicht das Geringste passieren.«

»Warum müssen wir es dann überhaupt machen?«

»Weil es dir das Leben und deine Arbeit hier erleichtern wird.« Ein Lächeln streifte über ihre Züge und ließ ihre Augen aufblitzen. »Ich habe von Anfang an gespürt, dass du etwas Besonderes bist. Du strahlst von innen heraus, Riley. In dir ist Magie.«

Die meisten hätten es vermutlich bedrohlich gefunden, das zu hören – oder wären vor Freude vollkommen aus dem Häuschen gewesen. Mich beruhigten ihre Worte, denn in meinen Ohren waren sie nichts weiter als das übliche Hellseher-Blabla, mit dem sie auch ihre Kundschaft einwickelte. Fast hätte ich gelacht, als mir klar wurde, dass sie wahrscheinlich wirklich nur etwas ausprobieren, mich aber nicht einweihen wollte, damit ich unvoreingenommen an die Sache heranging. Für Unvoreingenommenheit war es jetzt zu spät. Aber das musste Madame ja nicht erfahren.

Kaum hatte sie meine stumme Zustimmung erkannt, wurde sie geschäftig. Ich erwartete, dass sie die Stoffbahnen vor die Fenster ziehen würde, um eine geheimnisvolle Atmosphäre zu schaffen. Stattdessen ging sie zu einem Standregal, das eine Ecke des Raumes einnahm, griff nach einer dicken blauen Kerze und einem Glasgefäß und kehrte damit zurück. Die Kerze verursachte einen dumpfen Laut, als Madame sie auf den Tisch stellte. Aus einer verborgenen Tasche in ihrem Rock fischte sie ein Feuerzeug und entzündete den Docht. Sofort stieg das intensive Aroma von Lavendel in die Luft.

»Zieh deinen Stuhl hier herüber«, wies sie mich an. »Stell ihn so, dass wir uns gegenübersitzen können, ohne den Tisch zwischen uns zu haben.«

Obwohl ich mich ein bisschen unbehaglich fühlte, folgte ich ihrer Aufforderung. Ich wusste, dass sie nichts tun würde, das mir schaden konnte, und mir würde sicher kein Zacken aus der

Krone brechen, wenn ich ihr den Gefallen tat und mitspielte. Abgesehen davon war ich auch neugierig geworden. Ich war zwar schon häufiger Zeuge ihrer Séancen geworden, aber noch nie bei einem Ritual dabei gewesen. Und offen gestanden interessierte es mich brennend, wie so etwas ablief.

Würde sie blutrote Pentagramme auf den Boden malen? Einen Schutzkreis, in den wir uns setzen mussten, umgeben von schwarzen Kerzen? Vielleicht war der blaue Wachsstumpen auf dem Tisch ja nur der Anfang. Vielleicht sollte ich aber auch einfach meinen Fernsehkonsum einschränken, der mich auf ziemlich beknackte Ideen zu bringen schien.

Tatsächlich holte Madame weder Kreide noch weitere Kerzen oder Pülverchen. Kein Zauberbuch, kein geweihtes Kreuz. Nicht einmal ein Räucherstäbchen zündete sie an. Stattdessen setzte sie sich mir gegenüber auf den Stuhl und hielt das Glas in die Höhe.

»Die Paste in diesem Tiegelchen wird dir helfen, dich zu konzentrieren.«

Tiegelchen? Für mich sah das Ganze verdächtig nach einem handelsüblichen Einmachglas aus. Zudem hatte der Inhalt große Ähnlichkeit mit Aprikosenmarmelade. Als Madame den Deckel abschraubte, stieg allerdings nicht das erwartete fruchtigsüße Aroma in die Luft, sondern ein ölig-würziger Geruch.

»Müssten wir den Raum nicht verdunkeln?«, fragte ich.

»Für ein Ritual ist es unerheblich, ob es hell oder dunkel ist.«

»Nur für die Kunden nicht, die Ihre Tricks bei Licht durchschauen könnten.«

Madame nickte. »Ich habe dir ja schon einmal gesagt, dass die Beobachtungsgabe in meinem Beruf das wichtigste Werkzeug ist.«

Einmal? Unzählige Male. Jeden Tag.

»Unglücklicherweise bin ich nicht die Einzige, die beobachtet.« Sie tauchte die Fingerspitze in die gelbe Masse und begann, mir damit verschlungene Zeichen auf die Stirn zu malen. Es fühlte sich klebrig an. »Ein Besuch bei einem Medium ist nichts Alltägliches«, fuhr sie fort, während sie die Pampe auf meine Stirn kleisterte. »Und wenn etwas nicht alltäglich ist, sehen die Leute genauer hin.« Sie schraubte das Glas wieder zu und stellte es neben die Kerze auf den Tisch. Dann leckte sie sich den Finger ab.

»Wenn das Licht unerheblich ist, wozu dann die Kerze?«

»Ich mag den Geruch.«

Ich deutete auf das *Tiegelchen.* »Und von der Pampe mögen Sie wohl den Geschmack?«

Lachend schüttelte sie den Kopf. »Die Paste ist gut für die Konzentration. Es sind die ätherischen Öle darin, die deinen Geist öffnen sollen. Dass sie so lecker nach Mango und Gewürzölen schmeckt, ist nur ein angenehmer Nebeneffekt.«

Obwohl ich ebenfalls lachen musste, verspürte ich auch einen Anflug von Unbehagen. Wenn Madame mich wirklich als Versuchskaninchen für ihre Show benutzte, warum war das Zimmer dann so wenig showmäßig präpariert? Das viele Licht, die fehlende Musik, keine geheimnisvollen Gesten, mit denen sie ihre Auftritte sonst so gern untermalte. War das hier wirklich echt? Führte sie tatsächlich gerade ein Ritual mit mir durch? *An* mir? Mein Magen ballte sich zu einem Klumpen zusammen. Fast fühlte es sich an, als hätte die Paste meinem Unbehagen Nahrung gegeben, es gestärkt und ihm erlaubt, tiefere Wurzeln zu schlagen. Mit diesem Ritual würde sich mein Leben für immer verändern!

Ich hielt den Atem an. Was dachte ich da für einen Quatsch? Nichts würde sich verändern! Das war doch nur Spielerei! Aber ganz gleich, wie sehr ich mir auch einzureden versuchte, dass nichts dabei war – das Gefühl, dass ich im Begriff war, einen entscheidenden, unumkehrbaren Schritt zu tun, wollte sich nicht abschütteln lassen.

Ich sah zu Drizzle, der noch immer auf dem Fensterbrett hockte und alles interessiert beobachtete. »Heb mir was von dem Mangokompott auf, ja? Nicht dass die Alte alles allein futtert oder es in noch mehr Gesichter schmiert. Was für eine Verschwendung!«

Ich hätte ihn gern gefragt, was er von dieser Ritualsache hielt. Nicht weil ich glaubte, dass er etwas von solchen Dingen verstand, sondern weil ich hoffte, dass ein Wesen, von dessen Existenz ich vor einer Stunde noch nicht einmal etwas geahnt hatte, wissen musste, ob etwas an der Sache dran war. Unglücklicherweise konnte ich nicht vor Madame mit ihm sprechen. Andererseits zeigte sein spöttisches Grinsen deutlich, was er von dem Ganzen hielt.

»Entspann dich und schließ die Augen.«

Ich zögerte, was Madame natürlich nicht entging.

»Du musst dir keine Sorgen machen. Du wirst weder durchdrehen noch von irgendeinem Monster gefressen werden. Das einzige Ergebnis, das ich mir erhoffe, ist, dass wir deine Sinne ein wenig schärfen.«

»Meine Sinne schärfen«, echote ich. »Für Übernatürliches? Dämonen und so ein Zeug?«

»Kobolde?«, ergänzte Drizzle.

»Um Gottes Willen, nein!« Sie griff nach meinen Händen. »Es gibt keine Dämonen. Und bevor du fragst: auch keine Vampire, Zombies oder Werwölfe. Das Dritte Auge wird sich auch nicht auf deiner Stirn manifestieren und fröhlich in die Unterwelt blinzeln, Riley. Es geht nur darum, dass du die Dinge um dich herum deutlicher wahrnimmst. Schwingungen, wenn du so willst. Und Energien, die von Dingen und Lebewesen ausgehen können.«

»Du hast Glück«, bemerkte Drizzle trocken. »Sie könnte dir statt dieses Budenzaubers hier auch einen schweineteuren Ring andrehen, der seine Farbe mit der Stimmung ändert. Gibt's übrigens in jedem Kaugummiautomaten, der was auf sich hält.«

»Das klingt nach einer Art Stimmungsbarometer«, sagte ich halb zu Drizzle und halb zu Madame.

»Ein wenig ist es das auch«, gab Madame zurück. »Es wird deine Intuition stärken, ebenso wie deine Menschenkenntnis. Manche Menschen sind danach tatsächlich in der Lage, Übersinnliches wahrzunehmen.«

War das der Grund für Madames mediale Fähigkeiten? Hatte sie dasselbe an sich selbst durchgeführt und war seitdem imstande, mit Geistern zu kommunizieren? Oder hatte sie mich nur verladen, als sie behauptete, mit Geistern sprechen zu können?

»Ich habe diese Zeremonie vor langer Zeit selbst durchschritten«, sagte sie, als hätte sie meine Gedanken gelesen. »Trotzdem musst du dir keine Sorgen machen. Meine Fähigkeit, mit Geistern zu sprechen, war schon vorher da. Das Ritual hat sie lediglich verstärkt. Und das ist alles, was passieren wird: die Stärkung bereits vorhandener Talente. Wenn du also noch nie einen Geist gesehen hast, brauchst du dir keine Gedanken zu machen.«

Soweit ich wusste, war mir noch nie ein Geist begegnet. Die als Gespenster und Monster verkleideten Schauspieler aus dem London Dungeon zählten wohl nicht. Es sah also ganz danach aus, als könnte ich mich entspannt zurücklehnen und die Show genießen.

Mir war sowieso schleierhaft, warum ich mich plötzlich wie

ein Feigling benommen hatte. Nach meinem kurzen Anflug von Panik hatte ich mich jetzt aber wieder im Griff. Der Klumpen in meinem Magen hatte sich aufgelöst. Ich war bereit.

Madame hielt immer noch meine Hände. »Schließ die Augen.«

Dieses Mal folgte ich ihrer Aufforderung. Allerdings nur so weit, dass ich sie durch meine Wimpern hindurch noch schemenhaft erkennen konnte. Ein paar Sekunden verstrichen, in denen das gedämpfte Rauschen des Verkehrs auf der nahen Oxford Street und die Atemzüge des Kobolds die einzigen vernehmbaren Laute waren.

Dann begann Madame zu sprechen. Sehr leise und in einer Sprache, die ich nicht verstand. Vielleicht Latein.

Es dauerte nicht lange und war im Vergleich zu den Séancen erstaunlich unspektakulär. Sobald Madame ihre Worte gesprochen hatte, gab sie meine Hände frei. Schlagartig verschwand die Wärme, mit der mich ihr Griff erfüllt hatte, und ich begann zu frösteln. Durch meine halb geöffneten Augen beobachtete ich, wie sie noch einmal nach dem Glas griff und mit dem Zeigefinger darin eintauchte. Wieder malte sie mir ein Symbol auf die Stirn. Dann blies sie die Kerze aus.

»Wir sind fertig. Du kannst die Augen wieder aufmachen.«

»Das war alles?«

Madame lachte. »Ich habe dir doch gesagt, dass nichts Schlimmes passieren wird. Keine Tänze, keine rituellen Gesänge und auch keine Opfergaben.«

Ich horchte in mich hinein, suchte nach einer Veränderung, nach etwas, das anders war als zuvor. Aber da war nichts. »Ich spüre nichts.«

»Das sollst du ja auch gar nicht.«

»Dann ist nichts passiert?«

»Abwarten.« Sie stellte die Kerze und das Tiegelchen an ihren Platz zurück und verschwand hinter dem Vorhang, um sich Kaffee nachzuschenken.

Ich warf einen Blick zu Drizzle.

Der Kobold war aufgestanden und betrachtete mich fast schon nachdenklich. »Beim haarigen Hinterteil meiner Großmutter! Es sieht ganz so aus, als wäre doch nicht alles Betrug hier.« Er wirkte unentschlossen, dann schüttelte er den Kopf. »Weißt du was, Puppe? Damit will ich nichts zu tun haben. Mir hat der ganze Stress mit den Hütern und dem bescheuerten Jäger schon gereicht. Sag dem Rotschopf, dass ich mir die Stadt anschauen gehe. Mach's gut!« Er machte kehrt und marschierte auf das Fenster zu, hielt aber noch einmal kurz inne. »Viel Glück, Puppe!«, rief er, ehe er durch den Spalt nach draußen sprang.

Ich stürzte zum Fenster, um zu sehen, ob er sicher gelandet war oder womöglich mit gebrochenen Knochen auf dem Asphalt lag. Zum Glück war ihm nichts passiert. Pfeifend ging er in Richtung Oxford Street davon, wobei er immer wieder in die riesigen Pfützen sprang, die noch von den Hitzegewittern der letzten Nacht übrig waren.

Als Madame mit ihrem Kaffee zurückkam, stand ich immer noch am Fenster. »Da draußen wartet dein Schicksal auf dich«, sagte sie, und mit einem Lächeln fügte sie hinzu: »Aber erst nach Feierabend. Also zurück an die Arbeit.«

Ich kehrte in den Laden zurück, wo statt meines Schicksals nur Pepper und Jonah auf mich warteten. Und zusätzliche Arbeit, denn Jonah machte mir sofort klar, dass ich heute an der Reihe war, das Mittagessen zu besorgen. Ich nahm ihre Bestellungen auf und machte mich auf den Weg, noch immer rätselnd, womit der Kobold nichts zu tun haben wollte.

3

Nick Wolfe trommelte ungeduldig mit den Fingern auf dem Lenkrad seines Aston Martin. Seit zwanzig Minuten kroch er nun schon die Gower Street entlang, hangelte sich in einer Autoschlange von Ampel zu Ampel und trat das Gaspedal seines Sportwagens durch, wann immer sich ihm ein paar Meter boten, auf denen ihn niemand behinderte. Vor allem nicht die verdammten roten Doppeldeckerbusse, die alle naselang eine Haltestelle ansteuerten! Wahrscheinlich wäre er mit der U-Bahn längst am Ziel, aber Nick hasste öffentliche Verkehrsmittel. Ganz besonders, seit er endlich seinen Führerschein hatte und im Besitz des silbergrauen Geschosses war, in dessen Ledersitzen er nun schon seit einiger Zeit unruhig hin und her rutschte.

Der Eventmanager seines Vaters erwartete ihn in einem Theater in der Nähe der Fleet Street, um mit ihm die Abläufe des jährlichen Wohltätigkeitsballs von Wolfe Enterprises durchzusprechen, der morgen Abend stattfinden würde. »Damit du mich nicht blamierst«, hatte sein Vater gesagt, als er ihm den Termin gestern aufs Auge gedrückt hatte.

Als ob ich je etwas getan hätte, um dich zu blamieren.

Nick tat alles, um es seinem Vater, dem großen Baulöwen und Firmeneigner, recht zu machen. Eines Tages würde er in die Fußstapfen von Mitchell Wolfe treten und eines der größten und einflussreichsten Unternehmen der Stadt führen. Eine Zukunft, auf die er vorbereitet wurde, seit er denken konnte.

Immerhin war es ihm gelungen, seinen Vater zu überzeugen, ihm zumindest die ersten Ferienwochen freizugeben. Für gewöhnlich säße er jetzt in der Firma, würde seinen Vater oder einen seiner Angestellten zu Terminen begleiten, ihnen assistieren, beobachten und lernen. Doch auch wenn er freihatte, entband ihn das nicht von allen Verpflichtungen. Auf Nicks Anwesenheit beim jährlichen Wohltätigkeitsball und ein paar anderen Veranstaltungen hatte sein Vater bestanden.

Nick hatte sich darauf eingelassen. Ein paar Events waren zu verkraften und allemal besser als komplett verplante Tage und Abende. Wenn er eines gerade nicht brauchen konnte, dann einen vollgepackten Terminkalender. Er hatte eigene Pläne. Und dafür brauchte er Zeit.

Zwanzig Minuten, und er hatte es gerade mal vom Euston Square bis in die Nähe des British Museum geschafft! Dabei wusste er nicht einmal, warum er sich so aufregte. Dann kam er eben zu spät. Und wenn schon – sein Vater würde nicht einmal anwesend sein. Vermutlich würde dieser Eventheini ihm brühwarm verklickern, dass er unpünktlich gewesen war, aber das machte sowieso keinen Unterschied. Wenn es nicht die Uhrzeit war, fand sein Vater sicher einen anderen Grund, ihn zu kritisieren. »Ich kritisiere dich nicht«, würde er dann behaupten. »Ich gebe dir nur Feedback. Du sollst schließlich einmal der Beste werden, und ich helfe dir, deinen Weg zu finden!«

Nick vermutete, dass sein Vater lediglich den Leuten auf dem Golfplatz und im Club erzählen wollte, dass er – Mitchell Wolfe – ihn *gemacht* hatte. Dass Nick ohne die Ausbildung und Erziehung, die ihm sein Vater ermöglicht hatte, ein Nichts wäre. Und er würde danebenstehen, höflich nicken und sich für die Unterstützung seines Vaters bedanken.

In der letzten Zeit häuften sich die Phasen, in denen er Wut in sich aufsteigen spürte, sobald er seinen Vater nur sah. Dabei bekam er ihn ohnehin kaum zu Gesicht. Sie wohnten zwar im selben Haus, aber wenn man ehrlich war, lebte sein Vater in Wahrheit in der Firma. Er kam spät nach Hause, manchmal auch gar nicht. Nick wusste nicht, wo er dann steckte, und genau genommen wollte er es auch gar nicht wissen. Er kannte die Verhandlungsmethoden seines Vaters und mutmaßte, dass die langen Nächte bedeuteten, dass er wieder mal eine weibliche Geschäftspartnerin von den Vorteilen einer Zusammenarbeit überzeugen musste. Zumindest war das der Grund gewesen, warum seine Mutter ihn verlassen hatte. Wenn sein Vater zu Hause war, hing er die meiste Zeit am Telefon oder studierte irgendwelche Berichte.

Schon wieder kam die Blechlawine vor ihm an einer verstopften Kreuzung zum Stehen. Nick trat auf die Bremse und ließ den Kopf gegen die Nackenstütze fallen.

Der jährliche Wohltätigkeitsball war seinem Vater ein besonderes Anliegen. Es war ein teures Vergnügen, doch sein Vater wurde nicht müde zu betonen, wie wichtig es war, dass der Name der Firma mit sozialem Engagement in Verbindung gebracht wurde und den Leuten nicht nur als Bauland fressende Heuschrecke im Gedächtnis blieb. Ganz zu schweigen davon, dass sich auf derartigen Veranstaltungen häufig gute Geschäfte anbahnen ließen.

Nick gingen diese Veranstaltungen, bei denen er seit seinem sechzehnten Geburtstag Dauergast war, auf die Nerven. Zwei Jahre, in denen er als die Zukunft von Wolfe Enterprises herumgereicht worden war und es immer nur um eines gegangen war: sehen und gesehen werden.

Das Klingeln seines Handys riss ihn aus den Gedanken. Nick warf einen Blick auf das Display. *Sarah Ward.* Schon wieder. Das

Mädchen verfolgte ihn, seit er den Fehler gemacht hatte, sie vor ein paar Wochen zu einer Spendengala mitzunehmen. Er hatte eine Begleitung gebraucht – sein Vater hatte darauf bestanden – und sich für Sarah entschieden, die dieselbe Privatschule besuchte wie er. Sie war nicht dumm und sah gut aus. Die Chancen, dass sie ihn in der Öffentlichkeit blamierte, waren gering, also hatte er sie eingeladen.

Unglücklicherweise war sie auch ehrgeizig und schien sich in den Kopf gesetzt zu haben, sich einen reichen Freund zu angeln. Den reichsten, den sie an dieser Schule kriegen konnte. Vielleicht sogar in der ganzen Stadt. Seitdem verfolgte sie ihn. In der Schule hatte sie ihm an jeder Ecke aufgelauert, und kaum dass die Ferien begonnen hatten, war sie dazu übergegangen, ihn mit Anrufen zu terrorisieren. Es war nicht das erste Mal heute, dass sie ihn zu erreichen versuchte. Bisher hatte er ihre Anrufe ignoriert, aber vielleicht war es an der Zeit, Klartext zu reden. Er wollte sie nicht näher kennenlernen und erst recht keine Beziehung. Damit war er seit seiner Trennung von Lilian im letzten Sommer durch.

Er nahm das Gespräch über die Freisprechanlage an. »Hallo, Sarah.«

»Nick! Wie schön, dass ich dich endlich erreiche!«

Sie war so aufgeregt, dass sie viel zu schnell sprach. Offensichtlich hatte es sie überrascht, ihn nach all den Versuchen doch noch ans Telefon zu kriegen.

»Ein paar Leute aus der Schule schmeißen heute Abend eine Party, und ich wollte dich fragen … also … ob du mit mir hingehen würdest?« Schnell schob sie hinterher: »Sozusagen als Revanche dafür, dass ich bei deiner Party eingesprungen bin.«

»Hör mal, Sarah …« Ein Klopfgeräusch kündete einen weiteren Anrufer an. *Adam Saunders,* verkündete die Anzeige. Unpassender Moment, aber zu dringend, um zu riskieren, das Gespräch zu verpassen. »Tut mir leid, da kommt gerade ein Anruf rein, den ich annehmen muss.«

»Was ist mit der Party?«, hakte sie nach.

»Wird nichts.« Nick drückte sie weg, ohne eine Antwort abzuwarten, und nahm das andere Gespräch an. »Sag, dass du gute Nachrichten hast, Saunders!«

»Ich habe nicht nur gute Nachrichten, sondern ich habe *ihn.*« Obwohl Adam leise sprach, fraßen sich die Worte überdeutlich in Nicks Gehör.

»Bist du sicher?«

»So sicher, wie man nur sein kann.«

Nick glaubte förmlich, Adams triumphierendes Grinsen hören zu können.

»Komm morgen Mittag ins *Indian Palace,* bis dahin dürfte er mir gehören. Dann bringen wir das Geschäft zum Abschluss.«

»Wo hast du ihn gefunden?«

»Warte mal«, gab Adam statt einer Antwort zurück, dann hörte Nick ihn mit jemandem sprechen, vermutlich mit Miles, seinem Geschäftspartner. »Sie kommen«, sagte er dann. »Ich muss weg.«

»Warte! Wo bist du? Wer kommt?«

Aber es war zu spät. Saunders hatte schon aufgelegt. Alles, was noch vom anderen Ende der Leitung zu hören war, war durchdringende, statische Stille.

In der Hoffnung, doch noch ein paar Antworten zu bekommen, wählte er Adams Nummer.

Es klingelte.

Einmal.

Zweimal.

Dann wurde er weggedrückt.

»Verdammt!«

Als er es noch einmal versuchte, meldete sich Adams Mailbox. Nick sparte es sich, eine Nachricht zu hinterlassen, und legte auf. Vor ihm war die Kreuzung endlich frei geworden. Er bog in die New Oxford Street ein und steuerte der nächsten Ampel entgegen. Sein Fuß wippte ungeduldig auf dem Gaspedal. Immer wieder ließ er den Motor aufheulen, während er gleichzeitig auf der Bremse stand.

Ich habe ihn.

Das war die beste Neuigkeit heute – ach was, die beste Neuigkeit des ganzen Monats. Die einzige gute Neuigkeit seit einer gefühlten Ewigkeit!

Adam war fündig geworden! Endlich. Nick hatte darauf gehofft, seinen ganzen Zeitplan darauf ausgerichtet. Jetzt musste er seine Ungeduld nur noch bis morgen zügeln, dann hätte er endlich, was er so dringend brauchte. Es wurde auch höchste Zeit. Einen weiteren Fehlschlag konnte er sich nicht leisten.

Er hatte Adam Saunders vor ein paar Monaten angeheuert, gleich nachdem er die schlechten Nachrichten von seinem Großvater bekommen hatte. Es war Adam relativ schnell gelungen, einen Jäger ausfindig zu machen, der sich bereit erklärte zu besorgen, wonach sie suchten. Alles hätte wunderbar funktioniert, wäre Miles, Adams nichtsnutziger Kompagnon, nicht gierig geworden. Dieser Idiot war mit seinen Leuten losgezogen, um das Artefakt selbst abzuholen. Nur weil er sich die Bezahlung des Jägers als Mittelsmann sparen und dessen Anteil selbst einstreichen wollte, war das ganze Unternehmen in die Hose gegangen. Und zwar gründlich. Seither war der Jäger verschwunden, und das Zielobjekt befand sich in einer Gesellschaft, die es unmöglich machte, ohne Waffengewalt heranzukommen.

Saunders hatte es versaut!

Nach dieser Nummer hätte Nick ihn am liebsten gefeuert. Da ihm aber keine Zeit blieb, einen neuen Artefakthändler ausfindig zu machen und anzuheuern, hatte er Adam den Auftrag zähneknirschend gelassen.

In den letzten Wochen hatte er nur selten von ihm gehört, und wenn, waren die Nachrichten alles andere als aufbauend gewesen. Letzte Woche allerdings hatte Adam angedeutet, möglicherweise etwas gefunden zu haben. Das war der Moment gewesen, in dem Nick Himmel und Hölle in Bewegung gesetzt hatte, ein paar Wochen freizubekommen.

Heute schien sein Glückstag zu sein!

Er näherte sich der Ampel. Vor ihm lichtete sich der Verkehr. Wenn er Gas gab, würde er es noch in dieser Grünphase schaffen. Nick trat das Pedal durch. Der Aston Martin schoss vorwärts, als plötzlich ein Schatten von einer Verkehrsinsel auf die Straße sprang, direkt vor seinem Wagen.

Er hämmerte auf die Hupe und stieg in die Eisen, kam aber erst ein paar Meter weiter zum Stehen. Sein Puls raste. Er warf einen erschrockenen Blick in den Rückspiegel. Die Sonne spiegelte sich in den großen Pfützen am Straßenrand und blendete ihn. Mit zusammengekniffenen Augen starrte er in den Spiegel und suchte die Straße hinter sich ab. Es dauerte einen Moment, bis er die Gestalt, ein Mädchen in einem Sommerkleid, entdeckte. Zu seiner Erleichterung lag sie nicht auf der Straße, sondern war auf die Verkehrsinsel zurückgesprungen, von der sie gekommen war. Ihr schien nichts passiert zu sein.

»Alles bestens«, beruhigte er sich selbst. Er legte den Gang ein und fuhr wieder los, als ein Erdbeermilchshake in einer rosa Gischtwolke auf seiner Heckscheibe explodierte. Schlagartig löste sich seine Erleichterung in Luft auf. Zum zweiten Mal innerhalb weniger Meter legte er eine Vollbremsung hin.

4

Bremsen quietschten, und einen Herzschlag später sprang ein dunkelhaariger Typ wie ein Schachtelteufel aus der Angeberkarre, die mich nicht nur um ein Haar plattgemacht, sondern mich auch noch, dank der Pfützen, von oben bis unten durchnässt hatte.

Ohne sich um die hupenden Autofahrer zu kümmern, stürmte er auf mich zu. »Bist du bescheuert, mir deine Milchpampe draufzuwerfen?«, fuhr er mich an. »Hast du eine Ahnung, was dieses Schmuckstück kostet? Über hunderttausend Pfund!«

Mein Herz raste, was zum Teil noch von dem Schreck herrührte, den er mir versetzt hatte, zum Teil aber auch von der Wut, die jetzt in mir aufstieg. Meine Hände zitterten, und ich hatte Mühe, die Tüte mit den Sandwiches ruhig zu halten. Mein Getränk hatte ich ja bereits geopfert. Ich ließ den Blick über die Schlammspritzer auf meinem Kleid und runter zu den durchweichten, ehemals weißen Segeltuchturnschuhen gleiten.

»Schau dir die Sauerei an! Wie soll ich mich so in den Laden stellen?« Madame würde sich die Haare raufen, wenn sie mich so sah.

Halb rechnete ich damit, dass er mich wieder anschreien würde, doch was er stattdessen tat, war der Gipfel der Frechheit. Er zog seine Geldbörse aus der Innentasche seines Designersakkos, griff hinein und hielt mir vier 50-Pfund-Noten unter die Nase.

»Hier, das sollte genügen.« Sein Blick brachte deutlich zum Ausdruck, dass es in seinen Augen wohl für fünf Kleider wie meines reichen musste. »Kauf dir was Schönes.«

Wie konnte ein Kerl, der kaum älter zu sein schien als ich, so mit Scheinen um sich werfen? »Ich will dein verdammtes Geld nicht!«

»Was willst du dann, Aschenputtel? Eine Einladung zum Ball?«

»Wie wäre es mit einer Entschuldigung für dein rücksichtsloses Verhalten?«

»Wie wäre es, wenn du dich stattdessen für deine Hirnlosigkeit entschuldigst?«

Mir klappte der Kiefer runter. »Wie bitte?«

»Bin ich hier einfach auf die Straße gesprungen oder du?«

»Ich bin jedenfalls kein durchgeknallter Raser, der hier doppelt so schnell wie erlaubt mit seinem Luxusschlitten die Straße entlangprescht.«

Fast schon mitleidig sah er mich an. Er war nicht wirklich gutaussehend, wusste sich aber in seinen Designerklamotten vorteilhaft zu präsentieren. Seine Klappe und seine herablassende Art waren allerdings alles andere als vorteilhaft. »Nur keinen Neid, Herzchen.«

Mir platzte der Kragen. »Du arroganter … arroganter …«

Er hob erwartungsvoll eine Augenbraue.

»Pimpf!«, brachte ich den Satz zu Ende und hätte am liebsten aufgestöhnt. Warum schaffte ich es nicht einmal jetzt, auszusprechen, was ich dachte? *Arsch!* Das war es, was ich wirklich hatte sagen wollen. Genauso viele Buchstaben wie *Pimpf* und trotzdem für mich unaussprechlich.

Wie lächerlich meine Beleidigung tatsächlich war, war dem Gesicht des Arsch-Pimpfs deutlich anzusehen. Seine Miene schwankte irgendwo zwischen Überraschung und Verachtung.

»Verschwinde einfach mit deinem fahrenden Phallussymbol!«

»Deine Fremdwortkenntnisse scheinen auf jeden Fall besser zu sein als dein Repertoire an Schimpfwörtern. Du weißt doch, was ein Repertoire ist, oder?«

»Lackaffe!« Ich fegte die Hand mit dem Geld, die er mir noch immer hinhielt, aus dem Weg und stürmte an ihm vorbei über die Straße. Dieses Mal erreichte ich die Museum Street ohne Zwischenfälle. Ich war schon fast beim *Hexenkessel* angekommen, als ich mich endlich traute, einen Blick über die Schulter zu werfen. Zum Glück folgte mir der Kerl nicht. Er stand auch nicht länger am Straßenrand herum und wedelte mit Geldscheinen. Vermutlich war er längst wieder in seinen Schlitten gestiegen und dabei, die nächsten ahnungslosen Fußgänger aufs Korn zu nehmen.

Mit jedem Schritt, den ich mich weiter von der Hauptstraße entfernte, wurde der Verkehrslärm mehr und mehr zu einem entfernten Rauschen. Allmählich beruhigte sich auch mein Herzschlag wieder. Mein Blick glitt über die mittlerweile vertrauten Hausfassaden, die die Straße säumten. Ein Café reihte sich hier an das andere, dazwischen gab es Buch- und Antiquitätenläden und an der Ecke einen gemütlichen Pub. Unmittelbar vor dem *Hexenkessel* begann eine kleine Fußgängerzone, keine dreißig Meter lang, aber lang genug, um diesen Teil der Straße in eine Insel der Ruhe zu verwandeln. Der Autoverkehr wurde in eine Querstraße umgeleitet und gelangte erst nach einem Umweg um die Häuserzeile herum auf der anderen Seite der Fußgängerzone wieder auf die Museum Street. Hier konnte mich immerhin niemand über den Haufen fahren, wenn ich mir später meine tägliche Kuchendosis im *High Tea* holen würde.

Noch immer wütend, packte ich die Tüte mit unseren Mittagessen fester und betrat den Laden. Meine durchweichten Schuhe hinterließen nasse Abdrücke auf den dunklen Holzdielen, und ich musste höllisch aufpassen, damit ich nicht ausrutschte. Verdammte Gummisohlen!

»Du meine Güte, Riley! Wie siehst du denn aus!«

Grummelnd stellte ich das Essen auf dem Tresen ab. »Mich hätte gerade fast so ein Irrer über den Haufen gefahren.«

Pepper riss die Augen auf. »Ist dir was passiert?«

Ich schüttelte den Kopf. Von den ruinierten Schuhen und dem schmutzigen Kleid einmal abgesehen, ging es mir gut. Trotzdem war es ziemlich knapp gewesen. Hätte ich nur ein bisschen langsamer reagiert …

»Jetzt erzähl schon!«, drängte Jonah von hinten. »Lass dir nicht alles aus der Nase ziehen!«

Meine Güte, der Kerl war fast so neugierig wie Pepper. Da ich mir sowieso Luft machen musste, berichtete ich den beiden von meinem Versuch, die Straße zu überqueren, und dem Idioten in seinem Sportwagen.

»Hat er sich wenigstens entschuldigt?«, fragte Pepper.

»Nicht direkt.«

»Du hast ihm doch hoffentlich ordentlich die Meinung gegeigt und ihm gesagt, was er ist?«, erkundigte sich Jonah grinsend. Er kannte die Antwort genau, trotzdem konnte er das Sticheln nicht lassen.

»Klar«, behauptete ich und griff nach der Essenstüte. Höchste Zeit, den Rückzug anzutreten.

»Arschloch?«

Ich blinzelte. »Was?«

»Hast du ihn Arschloch genannt und ihm den Finger gezeigt?«, hakte Jonah nach.

»So was Ähnliches.«

Pepper hatte ihren Schock und ihr Mitleid offensichtlich inzwischen überwunden, gerade rechtzeitig, um in dieselbe Kerbe zu schlagen. »Wie hast du ihn denn genannt?«

Ich wollte nicht antworten, wusste aber, dass die beiden keine Ruhe geben würden, also konnte ich es ebenso gut gleich hinter mich bringen. »Arroganter Pimpf und Lackaffe«, murmelte ich und spürte, wie mein Gesicht heiß wurde. Manchmal hatte ich das Gefühl, ungefähr so aufregend wie ein Stück Brot zu sein. Dabei war ich gar nicht zu nett, wie Jonah immer behauptete. Höchstens zu höflich.

Jonah und Pepper prusteten los. »Pimpf?«

»*Arroganter* Pimpf«, korrigierte ich ihn. »Und –«.

»Ja, ja, und Lackaffe. Schon verstanden. Damit konntest du vielleicht vor fünfzig Jahren jemanden beeindrucken.« Jonah schüttelte den Kopf. »Du musst wirklich an deinen Beleidigungen arbeiten.«

Immerhin funktionierte mein Fremdwortschatz, wie mir der Pimpf ja bestätigt hatte. Ich zuckte die Schultern. »Zumindest habe ich es geschafft, euer Essen heil anzuschleppen. Was übrigens nicht für meinen Milchshake gilt.«

»Runtergefallen?«

»Auf seine Heckscheibe geschmissen.«

Pepper hielt mir die Hand zum high five hin und ich klatschte grinsend ab.

Jonah stieß Pepper in die Seite. »Meinst du, sie lernt es noch?«

»Fluchen? Riley?« Pepper schüttelte den Kopf. »Nicht in diesem Leben.«

Das darauf folgende Gelächter der beiden war laut genug, um Madame aus ihrem Reich zu locken. »Gibt es Essen? Ich sterbe vor Hunger!« Ihr Blick blieb an meinen Klamotten hängen. »Du meine Güte, was ist dir denn zugestoßen?!«

»Ich bin meinem Schicksal begegnet«, erinnerte ich mich an ihre Worte nach dem Ritual. »Sie hatten recht, es hat tatsächlich da draußen auf mich gewartet. Obwohl es wohl eher das Schicksal meiner Klamotten war.«

Als Madame den Kopf schüttelte, klirrten ihre Creolenohrringe. »Kleidung hat kein Schicksal, nur einen Lebenszyklus. Weißt du was, heute ist sowieso nichts los. Fahr nach Hause, schmeiß das Zeug in die Waschmaschine und mach dir einen schönen Nachmittag.«

5

Das ließ ich mir nicht zweimal sagen.

Bevor Madame es sich anders überlegen konnte, brachte ich das Essen nach hinten und verschwand im Bad, um mich wenigstens so weit wieder herzurichten, dass ich mich in die U-Bahn wagen konnte. Der untere Teil meines Kleides war zwar nass, dafür fügten sich die schlimmsten Schlammspritzer einigermaßen unauffällig in das Blumenmuster ein. Bei den Schuhen ließ sich ohne Waschmaschine nichts machen. Schnell checkte ich mein Spiegelbild. Das Kleid mochte okay sein, von meiner Frisur konnte man das nicht behaupten. Ich sah aus, als hätte ich einen Ringkampf mit einer Steckdose verloren. Ich löste das Haargummi aus meinen honigfarbenen Locken, fuhr ein paar Mal mit den Fingern hindurch und fasste es dann wieder zu einem ordentlichen Zopf zusammen. Immerhin hatte die Wimperntusche gehalten, sodass meine braunen Augen nicht aussahen, als hätte ich einen Schlammtümpel darum herum verteilt. Anderes Make-up trug ich nicht. Wir hatten Ende Juli und die Stadt stöhnte seit zwei Wochen unter einer ungewöhnlichen Hitzewelle. Zu heiß, als dass ich mir Make-up ins Gesicht gekleistert hätte, das mir ohnehin nur davonlaufen würde.

Wieder besserer Laune, holte ich meine Tasche aus dem Laden und verabschiedete mich.

Obwohl ich einmal umsteigen musste, vergingen keine zwanzig Minuten, bis ich an der Angel Station die U-Bahn verließ. Ich folgte der City Road ein Stück weit und bog in die Duncan Terrace ein, als ich ein kleines Fellbündel am Straßenrand, halb unter den Büschen eines angrenzenden Cafés verborgen, liegen sah. Bei genauerem Hinsehen entpuppte sich das Bündel als grau getigerte Katze. Ich hätte weitergehen sollen, brachte es aber nicht über mich. Etwas an dem Tier … es sah einfach nicht aus, als würde es nur im Schatten dösen. Vorsichtig, um es nicht zu verschrecken, ging ich näher heran. Mein erster Eindruck bestätigte sich. Die Hinterbeine ausgestreckt, lag es reglos da. Der hintere Teil des Körpers sah deformiert aus. Als hätte ihn etwas eingedrückt. Ein Auto musste den kleinen Tiger erwischt haben.

Erst dachte ich, die Katze wäre tot, dann jedoch bemerkte ich das leichte Zittern und die flachen Atemzüge, unter denen sich der Brustkorb hob und senkte.

Ein Mann, der hinter den Büschen im Café saß, blickte über die Hecke. »Der ist nicht mehr zu helfen.«

Nein, vermutlich nicht. Trotzdem brachte ich es nicht über mich, das Tier seinem Schicksal zu überlassen. Jemand musste es von seinem Leid erlösen. Ein paar Meter die Straße runter war eine Tierarztpraxis, dort würde ich es hinbringen.

Ich betrachtete das blutverkrustete Fell. Zum Glück hatte ich noch eine Plastiktüte in meiner Tasche. Ich kramte sie heraus und schob sie vorsichtig unter das Tier. *Kratz mich bloß nicht,* flehte ich stumm. Auf eine Tetanusimpfung hatte ich nun wirklich keine Lust.

Meine Sorge war zum Glück unbegründet. Entweder war die Katze dankbar für die Hilfe oder – was wohl wahrscheinlicher war – längst zu schwach, sich noch zu wehren. Es gelang mir mühelos, sie hochzuheben. Durch das Plastik hindurch spürte ich die Wärme des bebenden Körpers. Mitleid überkam mich und trieb mir die Tränen in die Augen. Ich blinzelte sie fort und machte mich auf den Weg, folgte der Straße, die auf der einen Seite von einer lang gezogenen Grünanlage und auf der anderen von einer endlosen Häuserreihe flankiert wurde. Nach ein paar Minuten erreichte ich eine Einfahrt. Ein Schild mit der simplen Aufschrift »Tierarzt« wies in den Hinterhof, wo ein paar Autos vor einem Rückgebäude parkten. Ich war noch etwa fünfzehn Meter vom Haus entfernt, als ein Junge aus der Tür kam und sich daran machte, hinter sich abzusperren.

»Warte!«

Er hatte mich gehört, doch statt die Tür für mich zu öffnen, rüttelte er einmal kurz daran, um sicherzugehen, dass auch wirklich abgeschlossen war, bevor er sich zu mir umdrehte.

»Tut mir leid«, rief er mir zu. »Wir haben erst morgen wieder Sprechstunde.«

»Ich habe hier einen Notfall!«

Neugierig geworden, kam er auf mich zu. In seinem braunen Haar blitzten ein paar helle Reflexe im Licht, als hätten Sonne und Salzwasser es ausgebleicht. Tatsächlich sah er aus wie ein Surfer, den man von einem kalifornischen Strand hierher verfrachtet hatte. Viel zu jung, um ein Tierarzt zu sein, kaum älter als ich selbst. Er bemerkte das Bündel in meinen Armen. Vorsichtig schob er das Plastik zur Seite, um einen Blick auf die Katze werfen zu können. Dann zögerte er.

»Sie gehört nicht mir«, sagte ich, als mir klar wurde, dass er nicht wusste, wie er mir beibringen sollte, dass es nicht gut um das Tier stand. »Ich habe sie am Straßenrand gefunden und wollte nicht ...«

»... dass sie leidet?«

Ich nickte.

»Okay, komm mit. Der Doktor ist noch da.«

Er lief vor mir die Treppe hoch und sperrte auf. »Ich bin übrigens Craig«, sagte er, als er mir die Tür aufhielt, »Craig Lucas, Praktikant und angehender Tierarzt.«

»Riley Summers.«

»Freut mich.« Sein Lächeln ließ ihn nur noch mehr wie einen Beachboy wirken, braun gebrannt, mit blitzend weißen Zähnen.

Craig führte mich einen kurzen, düsteren Flur entlang, ehe er eine weitere Tür aufsperrte und mich in die Praxis einließ. Kaum waren wir drin, nahm er mir vorsichtig die Katze ab. Sobald die Last von meinen Armen verschwunden war, bemerkte ich, dass meine Hände zitterten.

Craig führte mich durch einen Raum, an dessen Wänden Käfige aufgereiht standen. Sobald wir hereinkamen, wurden die Tiere unruhig. Ein Hund begann zu bellen, was eine Katze mit wütendem Fauchen quittierte. In einem Käfig stand ein kleiner Affe auf den Hinterbeinen und rüttelte kreischend am Gitter.

»Ganz ruhig, Jungs«, sagte Craig an die Tiere gewandt, als sei es das Natürlichste der Welt. »Es ist alles in Ordnung.«

Seine Stimme war so angenehm sanft und beruhigend, dass mich plötzlich das Gefühl überkam, hier genau richtig zu sein. Meine Hände zitterten nicht mehr. Zu meinem Erstaunen war ich nicht die Einzige, bei der Craigs Tonfall Wirkung zeigte. Er hatte die Worte kaum ausgesprochen, da kehrte auch schon Ruhe in den Käfigen ein. Der Affe klammerte seine Pfoten zwar immer noch um das Gitter, hatte aber aufgehört zu kreischen und blickte nur noch nach draußen, als wollte er sehen, was los war. Der Hund bellte nicht mehr und die Katze rollte sich in einer Ecke des Käfigs zusammen und schloss die Augen.

»Sieht so aus, als wäre Tierarzt der perfekte Beruf für dich. Wenn nicht, kommt wohl nur noch Dompteur infrage.«

Meine Worte entlockten ihm ein Grinsen.

Durch eine Tür in der hinteren Wand gelangten wir in den Behandlungsraum. An einem Schreibtisch unter dem Fenster saß ein grauhaariger Mann über seine Akten gebeugt. Als wir hereinkamen, sah er auf. »Hast du was vergessen?«

»Notfall«, sagte Craig nur und ging zu einem Metalltisch in der Mitte des Raumes. Vorsichtig legte er die Katze darauf ab und knipste die Lampe darüber an.

Der Doktor stand auf und folgte seinem Praktikanten zum Behandlungstisch. Mir warf er dabei nur einen kurzen Blick zu und murmelte etwas, das wie *Doktor Philips* klang.

Mit einem geübten Griff entfernte er die Plastiktüte und ließ sie unter den Tisch fallen. Vorsichtig zog er ein Augenlid der Katze auf und leuchtete mit einer kleinen Lampe hinein, bevor er sich daranmachte, den geschundenen Körper abzutasten. Abgesehen vom leisen Scharren der Vorderpfoten, die über die metallene Oberfläche des Behandlungstisches schabten, gab das Tier keinen Laut von sich und zeigte auch sonst keine Regung.

»Zuckt nicht mal«, hörte ich den Doktor zu Craig sagen. »Lediglich Kopf und Vorderpfoten noch mobil.«

Eine Ewigkeit schien zu vergehen, in der Dr. Philips seine Untersuchung fortsetzte und Craig mir immer wieder aufmunternde Blicke zuwarf. Schließlich schüttelte der Doktor den Kopf.

»Das Rückgrat ist gebrochen«, sagte er. »Und sie scheint innere Verletzungen zu haben. Ich werde sie erlösen.«

Während er die Spritze vorbereitete, konnte ich nicht aufhören, die Katze anzustarren. Zu sehen, wie sich ihre Vorderpfoten noch immer unablässig bewegten, als wollte sie fort von hier, hatte etwas Gruseliges. Bevor Dr. Philips die erste Spritze setzte, nahm Craig mich beim Arm.

»Lass uns draußen warten«, sagte er und führte mich durch

eine weitere Tür aus dem Behandlungsraum. Über einen Gang gelangten wir in eine Küche. Craig deutete auf einen Tisch. »Setz dich. Willst du eine Tasse Tee?«

»Gern.« Obwohl meine Knie ein wenig weich waren, blieb ich neben ihm stehen und beobachtete, wie er den Wasserkocher füllte, zwei Tassen aus dem Schrank holte und Teebeutel darin versenkte. »Was passiert jetzt da drinnen?«

»Als Erstes bekommt sie ein Beruhigungsmittel«, erklärte er. »Sobald das wirkt, spritzt der Doktor ihr eine tödliche Dosis Narkotikum.«

»Wird sie etwas spüren?«

Er schüttelte den Kopf. »Nein, es ist ein schmerzloser Prozess. Abgesehen davon scheint sie durch das gebrochene Rückgrat keinerlei Schmerzempfinden mehr zu haben. Sie leidet also nicht.«

Das Wasser kochte. Craig füllte es in die Tassen und stellte sie dann zusammen mit einer Packung Kekse auf den Tisch. »Komm, setzen wir uns. Du hast bestimmt weiche Knie.«

»Wie kommst du darauf?«

»Man bringt nicht jeden Tag eine Katze zum Tierarzt, damit sie eingeschläfert wird. Abgesehen davon bist du ein wenig blass um die Nase.«

»Vielleicht bin ich einfach ein farbloser Typ?«

Es tat gut, sein Grinsen zu sehen. Ich kannte ihn erst seit ein paar Minuten und die Umstände unseres Kennenlernens waren nicht sonderlich erfreulich gewesen. Dass er es trotzdem schaffte, der Situation mit einem einzigen Grinsen die Härte zu nehmen, hatte etwas Beruhigendes.

»Farblos? Danach siehst du mir nicht gerade aus.«

Die nächsten Minuten redeten wir gerade so viel, um nicht in Schweigen zu verfallen, aber nicht genug, dass ich das Gefühl gehabt hätte, er wolle mich ausfragen. Ich erzählte ihm noch einmal, wo ich die Katze gefunden und dass ich es nicht über mich gebracht hatte, sie einfach liegen zu lassen und er erzählte davon, dass er beschlossen hatte, Tierarzt zu werden, als sein Hund krank geworden und von einem Tag auf den anderen gestorben war.

»Damals habe ich mir geschworen, dass mir so was nie wieder passieren würde und dass ich in der Lage sein will, die Anzeichen zu erkennen, wenn etwas nicht stimmt. Ganz schön kitschig, oder?«

»Nein, gar nicht. Wie alt warst du?«

»Elf.«

»Alt genug für einen Berufswunsch, der über Feuerwehrmann und Astronaut hinausgeht«, befand ich.

Craig lachte. »Was ist mit dir? Was hast Du noch vor?«

»Ich will studieren, ich bin mir nur noch nicht sicher, was.« Mich interessierten einfach zu viele Dinge. Marketing erschien mir ebenso spannend wie Geschichte oder Architektur. Allmählich sollte ich mich wohl entscheiden, denn ich würde bald meine ersten Bewerbungen für einen Studienplatz abschicken müssen.

Craig trank seinen Tee aus und stellte die Tasse ins Spülbecken. »Mach doch ein paar Praktika«, schlug er vor. »Das hilft bestimmt bei der Entscheidung.«

»Dafür bleibt mir neben meinem Job keine Zeit.«

»Was machst du?«

»Ich arbeite im *Hexenkessel* und verkaufe da allen möglichen Zauberkram.« Es hörte sich nur halb so dämlich an, wie ich befürchtet hatte.

»Das klingt nun wirklich alles andere als farblos.«

Lachend gab ich ihm meine leere Tasse und stand auf. »Ich

habe dich schon genug von deinem freien Nachmittag gekostet. Was bin ich für die Behandlung schuldig?« *Bitte lass es nicht zu viel sein!*

»Das ist schon in Ordnung. Wir behandeln immer mal wieder Streuner umsonst, die zu uns gebracht werden.«

Um ein Haar hätte ich erleichtert die Luft ausgestoßen.

6

Als ich mich auf den Heimweg machte, war ich noch immer traurig wegen der Katze. Gleichzeitig dachte ich über Craig nach. Die Begegnung mit ihm war das einzig Positive an diesem Nachmittag gewesen. Er hatte mich noch zur Tür begleitet und mich dort verabschiedet. Ein paar Mal hatte er Anstalten gemacht, etwas zu sagen, es aber letztlich bleiben lassen. Ich war mir ziemlich sicher, dass er drauf und dran gewesen war, mich um eine Verabredung zu bitten. Dass er es nicht getan hatte, machte ihn nur noch sympathischer, denn ich konnte aufdringliche Typen nicht ausstehen. Dummerweise brachte mich das aber auch in die unglückliche Lage, selbst den ersten Schritt tun zu müssen, wenn ich ihn wiedersehen wollte. Etwas, wobei ich mich nicht sonderlich geschickt anstellte, weshalb ich auch seit über einem Jahr kein Date mehr mit einem Jungen gehabt hatte. Nicht, seit ich herausgefunden hatte, dass mein damaliger Freund mit einer Tussi aus dem Schwimmteam fremdgegangen war. Craig Lucas allerdings könnte es tatsächlich wert sein, ihn näher kennenzulernen.

Ich könnte ihn nächste Woche anrufen und auf einen Kaffee einladen. Einfach als Dankeschön für seine Hilfe. Vollkommen unverfänglich. Dann würde ich ja sehen, wie sich die Dinge entwickelten.

Hauptsache, er fährt keine Angeberkarre, schoss es mir durch den Kopf. Der Gedanke an den Lackaffen mit seinen Designerklamotten und der dicken Brieftasche ließ mich den Kopf schütteln. Den Vogel sollte ich nun wirklich nicht mit Craig in einen Topf schmeißen.

Von der Praxis aus waren es nur noch ein paar Minuten Fußweg zu mir nach Hause. Dad und ich wohnten in einem Reiheneckhaus in der Raleigh Street, einer ruhigen Straße, in der Reihenhaus auf Reihenhaus folgte. Die Häuser sahen fast alle gleich aus, Backsteinfassaden mit einem weißen Anstrich im unteren Teil und einem Garten auf der Rückseite. Der Garten war nicht groß, hatte aber immerhin genug Platz für eine kleine Terrasse, ein Kräuterbeet und ein Stück Rasen mit einem winzigen Teich und einem Apfelbaum. Bei unserer derzeitigen finanziellen Lage hätten wir uns das Haus eigentlich gar nicht leisten können. Zumindest wäre unser Leben vermutlich um einiges leichter gewesen, wenn wir es verkaufen und in eine kleine Wohnung ziehen würden. Zu meiner Erleichterung wollte sich Dad aber ebenso wenig davon trennen wie ich. Ich liebte dieses Haus, denn es war das Einzige, was mich noch mit meiner Mom verband. Hier hatte sie mit uns gelebt, bevor ihr Herz versagt hatte. Hier waren wir eine Familie gewesen.

Ich war gerade drei Jahre alt geworden, als wir sie verloren, und meine Erinnerungen gingen kaum über einzelne Bilder, Gerüche und Gefühle hinaus, trotzdem gab es Tage, an denen ich sie vermisste. Und ich wusste, dass es für Dad noch viel schlimmer war. Manchmal kam es mir vor, als sei für ihn jeder Tag ohne Mom ein Kampf. Er sprach nicht viel über sie, eigentlich nur, wenn ich Fragen stellte, und dann nur zögerlich. Der Schmerz war ihm dann jedes Mal so deutlich anzusehen, dass ich vor einer ganzen Weile mit meinen Versuchen aufgehört hatte, von ihm mehr über Mom zu erfahren. Nach Moms Tod war auch Grandpa Flashy nicht mehr gekommen. Ich konnte mich nicht einmal mehr erinnern, wie mein Großvater wirklich geheißen hatte, ich hatte ihn immer nur Grandpa Flashy genannt, weil er so blass war, dass er geradezu weiß zu leuchten schien.

Wie schlecht es Dad wirklich ging, hatte ich herausgefunden, als ich vor zwei Jahren zufällig Zeuge einer Unterhaltung zwischen ihm und Doc geworden war. Doc hieß mit echtem Namen Thomas Clarke und war nicht nur Dads bester Freund, sondern auch der Arzt gewesen, der mich zur Welt gebracht hatte. Obendrein war er mein Taufpate und so etwas wie ein Onkel für mich.

Dad und ich waren immer unzertrennlich gewesen. Früher hatten wir jede freie Minute zusammen verbracht, waren ins Kino oder in Museen gegangen oder angeln gefahren. Dads Trauer hätte über die Jahre leichter werden sollen, stattdessen schien sie sich zu verschlimmern. Als ich älter wurde, ertappte ich ihn immer wieder dabei, wie er vor sich hin starrte. Dabei lag eine so große Traurigkeit in seinem Blick, dass mir jedes Mal ganz anders wurde. Den Grund dafür hatte ich erst herausgefunden, als ich ihn und Doc in der Küche reden hörte.

»Sie sieht ihr mit jedem Tag ähnlicher«, hatte Dad gesagt, und in seiner Stimme hatte so viel Schmerz gelegen, dass es mich Mühe kostete, das Schluchzen zu unterdrücken, das in meiner Kehle aufstieg und mich als Lauscher verraten hätte. Für Dad musste es sein, als würde ihm jedes Mal, wenn er mich sah, ein Messer ins Herz gerammt.

An diesem Tag war ich auf den Speicher gegangen und hatte die Schachtel hervorgezogen, in der Dad die Erinnerungen an Mom aufbewahrte. Die Schachtel mit Moms Ehering stellte ich unbeachtet zur Seite. Mich interessierte etwas anderes. Als ich die Fotos auspackte, die dort schon so lange lagen, wusste ich, was er meinte. Mom anzusehen, war, als würde ich ein zehn Jahre älteres Bild meiner selbst betrachten. Kein Wunder, dass er meine Gegenwart kaum ertrug.

Von da an bemühte ich mich, es ihm leichter zu machen, indem ich alles tat, um mich von Mom zu unterscheiden. Sie hatte nie Make-up verwendet, also begann ich, mich zu schminken. Ihr Haar war kurz gewesen, also ließ ich meines wachsen. Sie trug meistens Jeans, also ging ich dazu über, Röcke und Kleider anzuziehen. Tatsächlich schien es Dad plötzlich leichter zu fallen, mich anzusehen, ohne ständig an Mom zu denken. Trotzdem suchte ich immer weiter nach Möglichkeiten, mich äußerlich von ihr abzugrenzen. Als ich eines Tages mit einer dicken Brille auf der Nase nach Hause kam, dirigierte Dad mich in sein Arbeitszimmer.

Wie ein Schüler, der etwas angestellt hatte und zum Rektor gerufen wurde, saß ich ihm an seinem Schreibtisch gegenüber. Dad sah müde aus. Kein Wunder, denn damals war das Geld bei uns schon knapp gewesen (auch wenn er mir das zu diesem Zeitpunkt noch verschwiegen hatte) und er machte seit einer ganzen Weile Zusatzschichten im Krankenhaus. »Seit wann hast du eine Sehschwäche?«

Es war mir noch nie leichtgefallen, ihm etwas vorzumachen. Ich sah auch keinen Grund, ihn zu belügen. Allerdings hatte ich auch nicht vor, ihm meine wahren Motive zu verraten. »Ach, Dad!«, rief ich gespielt empört, als wäre vollkommen klar, warum das Gestell auf meiner Nase saß. »Ich hab doch keine Sehschwäche. Das ist nur Fensterglas.« War es wirklich. Der Rest entsprach dann nicht mehr so ganz der Wahrheit. »Die Teile sind gerade so hip, dass ich unbedingt auch eine haben musste. Sieh dir doch mal diesen Rahmen an. Rattenscharf, oder?«

»Um nicht zu sagen, obercool«, ergänzte er trocken. Das war mein Dad. Der alte Dad, der mir mit meiner wachsenden Ähnlichkeit zu Mom immer weiter abhandengekommen war.

Mein Grinsen hatte nichts mit seinem Kommentar zu tun. Ich freute mich darüber, dass meine Bemühungen Erfolg hatten.

Allerdings war Dad nicht dumm.

»Ich weiß, was du da tust, Riley.«

»Ich versuche cool zu sein.«

»Und ich weiß deine Bemühungen wirklich zu schätzen.«

»Das sagen Väter wohl eher selten zu ihren ultracoolen Kids.«

»Riley, was du da tust … ich weiß es wirklich zu schätzen«, sagte er noch einmal. »Aber es ist nicht deine Aufgabe, mir das Leben zu erleichtern. Ich hätte schon viel früher merken müssen, was ich dir damit aufhalse.«

Der Kloß in meinem Hals kam völlig aus dem Nichts. »Dad …«

»Du kannst nichts dafür, dass du ihr so ähnlich siehst, und du solltest dich auch nicht verkleiden müssen, nur um … du weißt schon.«

Er schaffte es zwar, mich zu überraschen, aber offensichtlich konnte er noch immer nicht aus seiner Haut und über die Dinge sprechen, die er seit Jahren vermied.

»Wenn du eine Brille trägst, dann weil du sie brauchst oder sie wirklich cool findest. Nicht meinetwegen. Das Gleiche gilt für deine Frisur und deine Klamotten. Such dir etwas aus, das du schön findest, nicht etwas, von dem du denkst, dass du mir damit das Leben leichter machst.«

»Hey, die langen Haare sind schön!«

»Das stimmt. Wann hattest du zum letzten Mal eine Jeans an?«

Jeans waren Moms bevorzugtes Kleidungsstück gewesen. Es gab kein Foto, auf dem sie etwas anderes trug. »Äh, nicht seit …« Seit ich Röcke und Kleider für mich entdeckt hatte, wollte ich sagen, sparte mir dann aber die Lüge. »Seit ich die Fotos angeschaut habe.«

»Hör zu, ich werde mir Hilfe suchen, damit ich meinen Ballast nicht bei dir abladen muss. Schon gar nicht, ohne monate- oder jahrelang nicht zu merken, was ich da eigentlich tue.«

»Und wie hast du es dann jetzt plötzlich gemerkt?«, rutschte es mir heraus.

»Habe ich nicht. Doc hat mich darauf aufmerksam gemacht, wie sehr du dich verändert hast und wie wenig du Mia plötzlich noch ähnelst. Da habe ich es endlich begriffen.«

Dad hat mich nie gefragt, wie ich auf die Idee gekommen war, mein Äußeres so sehr zu verändern, und ich habe es ihm nie erzählt. Nach unserer Unterhaltung, die in einer langen Vater-Tochter-Umarmung geendet hatte, war er ein Jahr lang einmal wöchentlich zu einer Selbsthilfegruppe gegangen. Seine Trauer war nicht verschwunden, er vermisste Mom noch immer, aber zumindest mich konnte er wieder ansehen, ohne diesen Schmerz im Blick zu haben. Ganz egal, wie ähnlich ich Mom sah.

Wir unternahmen nicht mehr so viel miteinander wie früher. Das lag allerdings eher daran, dass ich älter geworden und lieber mit meinen Freunden unterwegs war, als mit meinem alten Herrn abzuhängen.

Als ich jetzt den Flur betrat, wusste ich sofort, dass ich allein war. Wäre Dad da, hätte ich längst Elton John durchs halbe Haus plärren hören, den er immer auf voller Lautstärke laufen ließ, solange ich nicht zu Hause war. Stattdessen empfingen mich Stille und eine angenehme Kühle.

Es war gerade kurz nach Mittag und Dad würde sicher nicht vor sieben Uhr nach Hause kommen. Vielleicht auch später, je nachdem, wie viele Zusatzstunden er heute wieder ackerte.

Ich nutzte die Zeit, um mein Kleid und die Schuhe in die Waschmaschine zu werfen, zu duschen und etwas zu essen. Mein Sandwich hatte ich im Laden vergessen, also wärmte ich mir die Reste vom gestrigen Nudelauflauf auf. Sobald ich gegessen und abgewaschen hatte, schnappte ich mir ein Buch, verzog mich damit in den Garten und versank die nächsten Stunden darin.

»Hey, willst du vielleicht mal die Tür aufmachen, Riley?«

Ich war so in meine Lektüre vertieft, dass ich erschrocken zusammenfuhr. Pepper war an der Mauer hochgeklettert, die eine Seite unseres Gartens von der Straße abgrenzte, und sah mich über die Kante hinweg vorwurfsvoll an.

»Jetzt mach schon«, rief sie, als ich mich nicht rührte. »Ich kann hier nicht ewig rumhängen. Außerdem habe ich die Pizza dabei. Keine Ahnung, wie lange die vor deiner Haustür stehen bleibt, wenn ich sie nicht im Auge behalte.«

Nach der ganzen Aufregung hatte ich vollkommen vergessen, dass Pepper vorbeikommen wollte. »Komm rum, ich lass dich rein.«

Keine fünf Minuten später saßen wir mit Peppers Riesenpizza und einer Flasche Cola unter dem Apfelbaum im Gras. Pepper ließ den Blick durch den Garten wandern. »Du hast echt ein Leben. Während andere sich im Laden gewisse Sitzflächen aufreißen, hockst du hier im Schatten rum und machst es dir gemütlich.«

»Die Gemütlichkeit habe ich mir heute hart verdient.«

»Ach komm, das bisschen Wasser und ein Idiot. So schlimm kann das doch gar nicht gewesen sein.«

Immerhin waren die Flecken aus meinen Schuhen und dem Kleid rausgegangen. »Das war noch längst nicht alles.«

»Schieß los!«

Ich erzählte ihr von der armen Katze und meinem Ausflug zum Tierarzt. Sobald ich auf Craig zu sprechen kam, wollte Pepper sofort alles über ihn wissen. Viel gab es nicht zu sagen, denn allzu viel wusste ich ja selbst nicht über ihn. Trotzdem musste ich grinsen, als Pepper darüber zu spekulieren begann, was für ein Typ er wohl war und ob mich die Katze vielleicht zu Mr Right geführt haben könnte.

»Schicksal, Riley«, sagte sie bedeutungsschwanger in ihrer besten Madame-Imitation. »Das war garantiert Schicksal.«

»Okay, das reicht«, sagte ich lachend. »Ich kenne ihn doch noch gar nicht!«

»Aber du findest ihn nett.«

»Ja, schon. Aber dass ich darüber nachdenke, mit ihm einen Kaffee trinken zu gehen, bedeutet noch nicht, dass er mein Schicksal ist.«

»Wer weiß«, grinste Pepper.

Ich lehnte mich im Stuhl zurück und blickte in den Teich, als mir siedend heiß einfiel, was ich vergessen hatte. Ruckartig setzte ich mich wieder auf. »Mensch, Pepper! Ich soll dir von Drizzle ausrichten, dass er sich die Stadt anschauen will.«

»Er will was?«

»Stadt anschauen.« Ich versuchte mich zu erinnern, was genau er gesagt hatte. »Er war in Madames Reich und hat uns bei der Arbeit beobachtet. Als wir fertig waren, meinte er, dass hier wohl nicht alles Betrug sei. Dann faselte er was von wegen, die Sache mit den Hütern und dem Jäger hätte ihm schon gereicht und dass er damit nichts zu tun haben will. Und weg war er. Ist einfach aus dem Fenster gesprungen und davonmarschiert. Hast du eine Ahnung, was er meinte?«

»Madame hat mehr Talente, als sie zeigt. Er hat wohl gemerkt, dass längst nicht alles Show ist.«

»Ja, ja. Aber was ist mit der Sache mit diesen Hütern? Oder Jägern?«

»Ich komme immer noch nicht drüber weg, dass du ihn sehen konntest.« Sie zog eine Grimasse. »Wenn ich daran denke, wie lange es gedauert hat, bis er sich mir gezeigt hat.«

»Hüter? Jäger?«, beharrte ich.

Pepper zuckte die Schultern. »Keinen Schimmer.«

»Er ist also sonst wirklich unsichtbar.« Irgendwie erschien mir immer noch alles, was mit dem Kobold zu tun hatte, unglaublich. Allein seine Existenz war schon … eigenartig.

»Drizzle kann nur gesehen werden, wenn er das auch will. Oder von seinen eigenen Leuten.« Sie grinste. »Der Familie kann eben keiner entkommen.«

»Wo kommt er her? Wie hat Serena ihn gefunden? Jetzt erzähl schon!«, drängte ich.

Pepper rieb sich nachdenklich den Hals. Sie zögerte, das war ihr anzusehen. Als müsste sie erst überlegen, was sie mir sagen sollte. »Um ehrlich zu sein, weiß ich nicht wirklich viel über ihn. Ich war von seinem Auftauchen mindestens so überrascht wie du. Serena hat ihn irgendwo in den Highlands aufgelesen und er war wohl ziemlich anhänglich. Er wollte unbedingt die Stadt sehen.«

»Und weiter?«

»Nichts weiter. Mehr weiß ich auch nicht. Außer, dass er eine große Klappe hat und einem die Haare vom Kopf frisst.«

Ich wurde das Gefühl nicht los, dass das längst nicht alles war. Für den Augenblick wollte ich es aber dabei bewenden lassen. Wenn Pepper nicht mehr rausrücken wollte, würde es auch nichts helfen, weiter zu bohren. Zumindest nicht jetzt. Vielleicht morgen oder in den nächsten Tagen.

Ich dachte gerade darüber nach, wie ich ihr vielleicht doch noch etwas entlocken konnte, als Dad den Kopf zur Terrassentür heraussteckte.

»Hallo, Liebes, ich bin zu Hause.« Dann bemerkte er, dass

ich nicht allein war. »Oh, du hast Besuch. Sind wohl doch nicht alle deine Freunde weggefahren.«

»Wir arbeiten zusammen«, sagte ich. »Das ist Pepper. Pepper, mein Dad.«

»Ah, im Schrecksenkessel. Na, dann noch viel Spaß. Bestimmt erzählt ihr euch Gruselgeschichten.« Grinsend verschwand er wieder im Haus.

»Schrecksenkessel?«, echote Pepper.

»So hat er den Laden getauft, nachdem er Madame begegnet ist.«

Wir brachen beide in Gelächter aus, und als wir uns schließlich wieder beruhigten, war der Moment vorbei, in dem ich Pepper weiter nach Drizzle hätte fragen können.

»Ich bin richtig froh, dass du jetzt auch ein Teil der Schrecksenkesselfamilie bist.«

»Ich auch.« Bevor ich im Laden angefangen hatte, waren Pepper und ich nur flüchtige Bekannte gewesen. Wir hatten in der Schule ein paar Kurse zusammen, sonst aber nicht wirklich etwas miteinander zu tun gehabt. Seit ich für Madame arbeitete, hatten wir uns besser kennengelernt und angefreundet. »Allerdings«, fügte ich nach einer kurzen Pause hinzu, »solltest du vielleicht davon absehen, Jonah weiter anzuhimmeln.«

Sie sah so verwirrt drein, dass ich mir das Lachen verbeißen musste. »Ist das … wieso?«

»Erstens: ja, es ist so offensichtlich. Und zweitens: Wenn wir die Schrecksenkesselfamilie sind, ist Jonah dein Bruder, und abgesehen davon, dass Inzucht gesetzlich verboten ist, kann sie für euren Nachwuchs wirklich schlimme Folgen haben.«

Pepper packte den leeren Pizzakarton und schlug damit nach mir. »Riley Summers, du bist wirklich unmöglich! Wie kannst du mir so einen Schreck einjagen!« Schon während sie mit mir schimpfte, begann sie zu lachen, und als sie den verbeulten Karton wieder ins Gras warf, wurde aus ihrem Gelächter ein strahlendes Lächeln. »Er hat mich heute Nachmittag gefragt, ob ich mit ihm ausgehen will.«

In gespielter Erleichterung stieß ich die Luft aus. »Gott sei Dank! Ich war langsam schon versucht, ihn zu fragen, wann er sich endlich mit dir verabreden will. Zu sehen, wie du jeden Tag um ihn herumschleichst und dich nicht traust, den Mund aufzumachen, ist ja kaum auszuhalten!«

Pepper war witzig und vorlaut, wenn es allerdings um Jonah ging, wurde sie plötzlich schüchtern. Gut, dass er sich endlich ein Herz gefasst hatte.

Als sie sich verabschiedete und nach ihrer Handtasche griff, kippte die um. Ein Buch rutschte heraus und fiel auf den Rasen – die reichlich zerfledderte Taschenbuchausgabe eines Sergej-Darkov-Romans.

»Ich dachte, du liebst diese Bücher. Wie kannst du so damit umgehen?«

»Das ist meine Unterwegs-Ausgabe – vierzehn Mal gelesen. Das Hardcover steht natürlich sicher zu Hause im Regal.«

Nachdem sich Pepper auf den Heimweg machte, setzte ich mich noch eine Weile zu Dad ins Wohnzimmer. Ich erzählte ihm von meinem Tag – wobei ich den Kobold und Madames Ritual unter den Tisch fallen ließ. Wir schimpften gemeinsam über diesen rücksichtslosen und unverschämten Autofahrer und bemitleideten das Schicksal der Katze.

»Du solltest diesen Craig anrufen«, sagte Dad, als ich ihm eine gute Nacht wünschte. »Er scheint in Ordnung zu sein.«

»Ich denke, das werde ich.«

Nach einer ausgedehnten Dusche und zwei Folgen *Gossip Girl* war ich reif fürs Bett. Ich schaltete den Fernseher ab, knipste das Licht aus und rollte mich unter meiner Decke zusammen, wo ich schnell in einen unruhigen Schlaf fiel.

Der Tod strich wie ein Pesthauch durch meine Träume, mal in Gestalt eines Kerls in Designerklamotten, dann in Form eines Reifenabdrucks auf dem Rücken einer Katze. Die Bilder des vergangenen Tages mischten sich zu einer albtraumhaften Vision, die mir den Angstschweiß aus den Poren trieb. Wieder sah ich den Luxusschlitten auf mich zurasen, doch dieses Mal schaffte ich es nicht, mich auf den Bürgersteig zu retten. Ein heftiger Aufprall, dann wurde ich unter die Motorhaube gerissen und vom Gewicht einer Tonne Stahl zerquetscht. Der Schmerz durchdrang jede Faser meines Körpers, bis ich mich zuckend wand und den erlösenden Tod herbeisehnte.

Ich wollte mich befreien, unter dem Wagen herauskriechen, doch meine Beine gehorchten mir nicht. Ebenso wenig der Rest meines Körpers. Der metallische Geruch von Blut stieg mir in die Nase und erfüllte meine Sinne.

Plötzlich stand ich außerhalb meines Körpers vor der Motorhaube des silbernen Wagens, unter dem ich begraben lag, und betrachtete meinen reglosen Körper. Doch es war nicht mehr ich, dort auf dem Asphalt, sondern eine kleine Tigerkatze.

Wieder und wieder durchlebte ich denselben Unfall und jedes Mal war es am Ende die Katze, die mit zerschmettertem Rückgrat unter dem Wagen lag. Als ich glaubte, es nicht länger zu ertragen, wachte ich auf. Die Bilder erloschen und hinter meinen geschlossenen Lidern breitete sich eine angenehme Leere aus. Nur die Klagelaute der Katze verfolgten mich noch immer. Auf der Suche nach dem wahren Ursprung des Geräusches öffnete ich die Augen. Und begann zu schreien.

7

Immer noch schreiend, sprang ich aus dem Bett, verhedderte mich dabei in meiner Decke und fiel. Auf dem Hintern rutschte ich von meinem Bett weg, bis ich mit dem Rücken gegen den Kleiderschrank stieß. Sonnenlicht fiel durch das Fenster herein und tauchte den Grund für meine Panik in warmes Licht. Die Katze auf meinem Kopfkissen rührte sich nicht, starrte mich nur an. Dieser Blick, so leer und tot. Und trotzdem war da etwas in ihren Augen … eine Form von Leben, die ich nicht beschreiben konnte.

Wie um alles in der Welt kam sie hierher? Wie war das möglich? Es musste ein anderes Tier sein. Ein Streuner, der sich nachts ins Haus geschlichen hatte. Aber was versuchte ich mir vorzumachen? Der eingedrückte Leib war unverkennbar.

Ein Traum! Das musste ein Traum sein. Um meine Vermutung zu bestätigen und mich selbst zu beruhigen, zwickte ich mich fest in den Unterarm. »Au!« Verflucht!

Mir war speiübel. Vorsichtig kroch ich auf Knien näher an das Bett heran. Meine Hand zitterte, als ich sie nach der Katze ausstreckte. Die Katze, die mich noch immer anstarrte, verschwamm mehr und mehr vor meinen Augen. Gleich würde ich ohnmächtig werden. In Gegenwart dieses Zombie-Tiers sicher keine gute Idee.

Doch es war nicht mein Bewusstsein, das sich trübte. Es war der Anblick der Katze selbst. Ihre Gestalt franste aus. Dann löste sie sich vor meinen Augen in Luft auf, zerfloss wie eine Nebelschwade, die vom Wind davongetragen wurde, und verschwand.

Mit offenem Mund starrte ich auf das leere Kopfkissen. Nicht einmal ein einzelnes Katzenhaar war darauf zu sehen. Noch immer zögernd berührte ich den Kissenbezug. Er fühlte sich kühl unter meinen Fingern an, nicht so, als hätte eben noch ein lebendiges Wesen darauf gelegen.

Von wegen lebendig! Diese Katze war tot. Tot. Tot. Tot. TOT!

Also doch ein Traum. Aber das Zwicken hatte wehgetan. Scheiß auf das Zwicken! Was sollte es denn sonst sein? Eine Geisterkatze? Ein Zombie, der mich im Schlaf fressen wollte, sich dann aber aus meinem Zimmer gebeamt hat, weil ich zu früh aufgewacht war?

Wohl kaum.

Endlich raffte ich mich dazu auf, vom Boden aufzustehen. Zumindest wollte ich das. Sobald ich jedoch auf die Beine kam, begann sich alles zu drehen, bis mir schwarz vor Augen wurde. Es gelang mir gerade noch, mich an der Wäschekommode festzuhalten, sonst wäre ich umgekippt. Mein Gott, war mir schlecht! Meine Haut war von einem kalten Schweißfilm überzogen und mein Puls lag bei gefühlten 800 Schlägen pro Minute. Ich sollte mich setzen, am besten hinlegen. Mein Blick fiel auf das Bett, das ich gerade noch mit einem Geister-was-auch-immer-Zombie-Vieh geteilt hatte. Nein, hinlegen kam nicht infrage. Nicht da. Und nicht jetzt.

Mit zitternden Knien tastete ich mich zu meinem Schreibtisch voran und ließ mich auf den Stuhl fallen, als die Tür aufgerissen wurde und Dad ins Zimmer stürmte.

»Riley! Was ist los? Ist alles in Ordnung?«

Irritiert blinzelnd, sah ich ihn an. »Was?«

»Du hast geschrien.«

»Oh, ja. Das.« Es konnte höchstens eine Minute her sein, seit ich kreischend aus dem Bett gesprungen war. Kein Wunder, dass mein Kreislauf am Boden war. Stundenlang liegen und dann von null auf hundert in einer tausendstel Sekunde. »Äh ... Ich glaube, ich habe schlecht geträumt.«

Dad musterte mich von oben bis unten. »Dein Gesicht hat dieselbe Farbe wie die Linoleumböden im Krankenhaus.«

»Solange niemand auf mir herumtrampelt«, scherzte ich lahm.

Ich wollte Dad nicht beunruhigen. Schon gar nicht wegen eines blöden Traumes. Nichts anderes konnte es gewesen sein, davon war ich mittlerweile überzeugt. Als ich noch kleiner gewesen war, hatte ich hin und wieder Phasen gehabt, in denen ich gedacht hatte, bereits wach zu sein. Mehr als einmal war ich auf halbem Weg zur Zimmertür zu mir gekommen, auf der Flucht vor einem Albtraum, den mein Verstand noch nicht ganz abgeschüttelt hatte, während mein Körper bereits wach war und reagierte.

»Vielleicht hast du dir eine Sommergrippe eingefangen.« Er legte mir die Hand auf die Stirn. »Fühlt sich kühl an.«

»Es war wirklich nur ein Traum«, beharrte ich. »Ich bin aufgesprungen, aber mein Kreislauf ist liegen geblieben. Der kommt jetzt erst langsam angekrochen.«

Einen Moment lang musterte er mich schweigend, bis er endlich nickte. »Aber sag mir Bescheid, falls es dir schlechter geht, okay? Wenn du eine Grippe ausbrütest, gehörst du ins Bett.«

»Keine Grippe. Wirklich.«

»Gut.« Dad fuhr sich mit der Hand durch das kurze braune Haar. Er sah so müde aus und ich hatte ihn mit meinem Geschrei jetzt auch noch um das letzte bisschen Schlaf gebracht.

»Warum gehst du nicht ins Bad und ich setze inzwischen einen schönen, starken Kaffee auf? Dein Kreislauf wird mir einen Dankesbrief schreiben.«

»Den unterschreibe ich mit«, sagte ich.

Aus Angst, meinen Beinen nicht trauen zu können und Dad noch mehr zu beunruhigen, blieb ich sitzen, bis er aus dem Zimmer gegangen war. Als ich mich schließlich hochhievte und ins Bad schleppte, fühlte ich mich schwach und ausgelaugt.

Nachdem ich geduscht hatte, schlüpfte ich in ein pinkfarbenes Shirt und eine Jeans. Endlich begann ich mich besser zu fühlen. Wieder normal. Je länger ich darüber nachdachte, desto wahrscheinlicher erschien mir meine Theorie. Die ganze Nacht über hatten mich die Bilder der Katze verfolgt. Kein Wunder, wenn es meinem Verstand da schwerfiel, sie abzuschütteln und sofort in den Wachzustand umzuschalten. Ich hatte also geträumt aufzuwachen, was aber wohl erst wirklich der Fall gewesen war, als ich versucht hatte, vom Boden aufzustehen.

Dads Kaffee war der Himmel auf Erden. Tatsächlich fühlte ich mich nach der ersten Tasse schon viel besser. Die Pfannkuchen, die er gezaubert hatte, während ich unter der Dusche die Erinnerungen an die Katze abwusch, trugen ihren Teil dazu bei, dass ich mich allmählich wieder wie ich selbst zu fühlen begann.

Ganz allmählich sah ich mich imstande, Dad von meinem Traum zu erzählen. Als ich fertig war, schob er mir mitfühlend die Marmelade über den Tisch zu, damit ich meinen Pfannkuchen damit bestreichen konnte.

»Das Schicksal dieser Katze hat dich ganz schön mitgenommen, was?«

Man fand nicht jeden Tag ein sterbendes Tier am Straßenrand. »Ich glaube, bis auf Weiteres verzichte ich darauf, mir eine Katze zu wünschen. Oder einen Hund.«

»Soll mir recht sein. Solange du dir nicht ersatzweise ein Pferd wünschst.«

»Wir könnten es neben der Waschmaschine im Keller unterbringen.«

»Oder in deinem Zimmer und du ziehst zur Waschmaschine.«

»So ein Pferd braucht Bewegung, Dad. Wir werden schon das Wohnzimmer räumen müssen.«

»Ich hoffe, du magst Pferdesalami.«

Wir sahen uns über den Tisch hinweg an, dann brachen wir in Gelächter aus. Ich war Dad dankbar, dass er nicht länger nachbohrte, ob es mir wirklich gut ging. Vielleicht hatte auch die heiße Dusche gereicht, damit sich meine Gesichtsfarbe wieder deutlicher von den grauen Bodenbelägen auf seiner Station abhob.

Während ich meine Pfannkuchen verdrückte, erstellten wir die Einkaufsliste für diese Woche, und Dad quetschte mich über meine Pläne für die Ferien aus. Viel hatte ich dazu nicht zu sagen. Ich meinte lediglich, dass ich das wohl spontan entscheiden würde. Je nach Wetter und je nachdem, an welchen Tagen ich im Laden arbeiten musste.

Schließlich trank er seinen Kaffee aus und stellte die Tasse in die Spülmaschine. »Du bist sicher, dass es dir gut geht? Oder soll ich zu Hause bleiben?«

»Geh nur, ich bin in Ordnung.« Grinsend fügte ich hinzu: »Es sei denn, du willst heute blaumachen.«

Sein Grinsen geriet etwas schief. »Ich fürchte, das können wir uns gerade nicht leisten.« Das war der Nachteil, wenn man nach Stunden bezahlt wurde und nicht pauschal.

Sobald sich Dad auf den Weg ins Krankenhaus machte, ging ich wieder nach oben in mein Zimmer. Eine Weile stand ich unschlüssig in der Tür herum. Ich konnte mich einfach nicht überwinden, zum Bett zu gehen. Zu groß war meine Angst, dort etwas zu entdecken, das meine Traumtheorie widerlegen würde. Schließlich gab ich mir einen Ruck. Ich zog die Decke zurück und inspizierte Kissen und Laken, bis ich mir sicher war, dass kein Tier darauf gelegen hatte. Erleichtert räumte ich alles wieder an seinen Platz, trat ein paar Klamotten, die eigentlich in die Wäsche gehörten, in die Ecke hinter der Tür und kehrte nach unten zurück, um den Frühstückstisch abzuräumen. Ich erledigte noch ein bisschen lästigen Haushaltskram und machte mich schließlich auf den Weg zur Arbeit.

Bis ich im *Hexenkessel* ankam, war der Albtraum zu einer Erinnerung verblasst. Pepper, Jonah und ich folgten unserer üblichen morgendlichen Routine. Wir füllten die Regale auf, wischten Staub – ja, ich erwischte zielsicher den Schalter, woraufhin mich der blöde Totenschädel wieder auslachte – und sperrten pünktlich auf. Alles war wie immer. Bis auf die Tatsache, dass Madame noch nicht hier war und sich bereits ein paar Leute in den Laden verirrt hatten.

»Weiß einer von euch, wo sie steckt?«, erkundigte ich mich, als sie auch um viertel nach zehn noch nicht aufgetaucht war.

Pepper schüttelte den Kopf. Jonah sagte etwas, seine Worte gingen allerdings im ohrenbetäubenden Gelächter des verflixten Totenkopfes unter, den ein Kunde in diesem Augenblick entdeckt hatte.

»Was?«, bohrte ich nach.

»Ich sagte, ihr 10-Uhr-Termin wartet auf sie.«

»Hast du sie schon angerufen?«, wollte Pepper wissen.

»Mailbox. Ich habe ihr eine Nachricht hinterlassen, aber bis jetzt hat sie sich nicht gemeldet.«

Vielleicht gab es eine Betriebsstörung bei der U-Bahn oder

sie stand mit dem Bus im Stau. Andererseits war Madame sonst immer die Erste im Laden, noch vor Jonah und mir. Dass sie ausgerechnet an einem Tag, an dem sie einen so frühen Termin hatte, zu spät kommen sollte, passte so gar nicht zu ihr.

»Entschuldigen Sie, Miss«, rief ein Mann vom Kräuterregal Pepper zu. »Können Sie mir helfen?«

Während sie zu ihm ging, kam der Typ von vorhin an die Kasse, um den Totenschädel zu bezahlen. Volltreffer! Endlich war das Ding weg! Zu dumm nur, dass noch eine Kiste mit seinen Kumpels im Lager stand. Vielleicht waren die ja kooperativer.

»Ich rufe noch mal bei Madame an.« Ich schnappte mir das schnurlose Telefon und zuckte zusammen, als es in meiner Hand zu klingeln begann. Ein wenig genervt nahm ich das Gespräch an. »Hexenkessel, Zauberei- und Wiccabedarf. Wie kann ich Ihnen helfen?«

»Riley, ich bin es.«

»Madame? Wir haben uns schon gefragt, wo Sie stecken.«

»Ich bin zu Hause.«

»Wie lange wird es dauern, bis Sie hier sind?«

»Ich komme heute nicht.«

»Aber Ihr Kunde wartet schon.«

»Tut mir leid, aber ich habe schreckliche Migräne. Ich bleibe heute im Bett.«

Tatsächlich klang sie ungewöhnlich matt. »Okay«, sagte ich. »Dann werde ich sehen, dass ich den Termin verschieben kann. Vielleicht, wenn wir einen kleinen Nachlass anbieten und –«

»Ich möchte, dass du diesen Termin übernimmst.«

Es dauerte etwas, bis Madames Worte meinen Verstand erreichten. »Was? Das kann ich nicht!«

»Natürlich kannst du! Wir haben das unzählige Male durchgespielt. Du weißt genau, was du tun musst.«

Trotzdem … Ich war immer davon ausgegangen, dass Madame bei meiner ersten Séance daneben sitzen, mir auf die Finger schauen und vielleicht unter die Arme greifen würde. Davon, dass ich allein sein würde, war nie die Rede gewesen. Natürlich hatten wir den Ablauf in den letzten Wochen unzählige Male durchgespielt, und bis vorhin war ich mir auch noch sicher gewesen, es allein hinzubekommen. Allerdings war es dann doch ein Unterschied, ob ich mir vorstellen konnte, es allein durchzuziehen, oder ob ich es *tatsächlich* tun musste. Die technische Seite war dabei gar nicht das Problem. Ich wusste, wo die Schalter waren und welchen ich wann drücken musste. Die Schwierigkeiten lagen eher im Zwischenmenschlichen, denn im Gegensatz zu Madame war ich nicht darin geübt, jemanden unbemerkt auszufragen und zu beobachten, um herauszufinden, was er erwartete – und ihm dann genau das zu liefern.

»Hast du nicht Lust, es endlich einmal auszuprobieren?«

Jetzt packte sie mich bei meinem Ehrgeiz. Das war nicht gerade fair. An jedem anderen Tag hätte ich mich vermutlich bereitwillig der Herausforderung gestellt. Heute allerdings, wo mir noch immer die Albträume der Nacht und das unangenehme Erwachen am Morgen nachhingen, fühlte ich mich weniger zuversichtlich.

Madame überging mein Zögern. »Du kennst die Fragen und weißt, wie alles abzulaufen hat. Hast du nicht erzählt, dass du in der Theater AG gewesen bist?«

Vor acht Jahren. Ich hatte damals einen Baum gespielt und eine Stunde lang reglos auf der Bühne herumgestanden. Das hätte ich Madame wohl besser sagen sollen.

»Bessere Voraussetzungen gibt es doch gar nicht! Außerdem«, fuhr sie fort und kam mir dabei vor wie ein Vertreter, der mir ein neues Superprodukt anpries. »Außerdem haben wir dein drittes Auge geöffnet. Das wird ein Spaziergang für dich!«

Ich sagte nichts. Mir war längst klar, dass sie mich bereits breitgeschlagen hatte. Schweigend wartete ich darauf, dass sie fortfuhr.

»Das wird ein leichtes Gespräch«, sagte Madame schließlich. »Das Übliche. Der Name der Frau ist Grace Shepherd. Im Vorgespräch sagte sie mir, dass sie mit ihrem Onkel sprechen will. Ich habe ihre Aufregung gespürt. Ihr geht es nicht um den Onkel, sondern nur um den Kick einer Séance. Du musst ihr also gar nicht viel erzählen. Mach ein bisschen Brimborium, und dann sag ihr, dass es dem Onkel gut geht und sie sich keine Sorgen machen muss. Den Rest improvisierst du.«

Jetzt hatte sie es geschafft, meinen Kampfgeist anzustacheln. »Also gut«, sagte ich. »Aber machen Sie mir keine Vorwürfe, wenn es in die Hose geht.«

»Na bitte!«, entfuhr es Madame. Gedämpfter, als hätte sie sich erst wieder an ihre Migräne erinnert, sagte sie: »Du musst dich nur daran erinnern, was ich dir immer über meinen Beruf gesagt habe.«

»Die wichtigste Gabe einer Wahrsagerin ist ihre Beobachtungsgabe«, wiederholte ich den Satz, den sie mir eingetrichtert hatte.

»Solange du die Augen offen hältst, wirst du immer Dinge entdecken, die anderen verborgen bleiben. Du schaffst das schon!«

Bevor ich noch etwas erwidern konnte, hatte sie auch schon die Verbindung beendet. »Du schaffst das schon«, äffte ich sie nach. Klar, die Frau, die tatsächlich mit Geistern kommunizieren konnte, hatte leicht reden!

Ich legte das Telefon an seinen Platz zurück, straffte die

Schultern und machte mich auf den Weg zu der wartenden Kundin. Ich konnte nur hoffen, dass es wirklich so leicht werden würde, wie Madame behauptete. *Es geht ihr nur um den Kick einer Séance.* Lampenfieber hin oder her, mit jemandem, der nur eine gute Show sehen wollte, würde ich schon fertig werden.

Ich kam gerade hinter dem Tresen vor und war schon fast beim Durchgang zum Wartebereich, als sich ein dunkelhaariger Mann, der vor einem der Regale stand, schwungvoll umdrehte und mit mir zusammenprallte. Der Zusammenstoß war derart wuchtig, dass ich ins Stolpern geriet. Geistesgegenwärtig griff er nach meinem Arm und verhinderte, dass ich auf dem Hintern landete.

»Entschuldigen Sie!« Erschrocken sah er mich mit seinen hellgrauen, fast schon farblosen Augen an. »Haben Sie sich wehgetan?«

»Nichts passiert.« Es war ja meine eigene Schuld. Wäre ich nicht so mit meinen Gedanken beschäftigt gewesen, würde ich nicht wie eine Flipperkugel gegen arglose Kunden knallen.

Der Mann hielt noch immer meinen Arm fest. Erst als ich einen bedeutungsvollen Blick auf seine Hand warf, gab er mich mit einem gemurmelten »Entschuldigung« frei. Seine Augen waren wirklich ungewöhnlich, fast schon unheimlich. Als könnten sie Dinge sehen … Ich schüttelte den Gedanken ab, schenkte dem Mann ein flüchtiges Lächeln, das gleichzeitig Abschied und Entschuldigung sein sollte, und ging weiter.

Vor dem Perlenschnurvorhang atmete ich noch einmal kurz durch, dann betrat ich den dahinter liegenden Wartebereich und der Mann mit den farblosen Augen geriet in Vergessenheit.

Eine zierliche dunkelhaarige Frau saß auf einem der Stühle und blickte gedankenverloren aus dem Fenster. Sie war nicht allein. Neben ihr stand ein muskulöser Mann und blätterte in einem unserer Werbeflyer. Zuerst erschreckte mich der Gedanke, meine Show vor zwei Zuschauern aufführen zu müssen, dann jedoch kam mir die Idee, dass das womöglich sogar gut war. Vielleicht lenkten sie sich gegenseitig so sehr ab, dass ich leichtes Spiel hatte. Oder der Schuss ging nach hinten los, und die beiden wären aufmerksamer, als gut für mich war. Jetzt war es ohnehin zu spät, denn sie hatten mich bemerkt. Ich setzte ein Lächeln auf und ging zu ihnen.

Der Mann musterte mich von oben bis unten, dann warf er einen Blick auf das Foto im Flyer. »Sie sind nicht Madame Veritas.«

Das ging ja gut los. Wenn ich die Nummer einigermaßen retten wollte, musste ich erst einmal herausfinden, in welchem Verhältnis die beiden zueinander standen. Verwandt waren sie wohl nicht. Tatsächlich hätten sie kaum unterschiedlicher sein können. Es war nicht nur die Größe, die sie unterschied, sondern auch die Auswahl der Kleidung. Während der Mann mit Khakishorts und Turnschuhen wie der typische Tourist aussah, trug die Frau ein dunkelblaues Kostüm mit hochhackigen Schuhen. Etwas, in dem ich mich bestenfalls auf einem offiziellen Anlass oder bei einem Vorstellungsgespräch erwischen lassen würde.

»Mein Name ist Riley«, versuchte ich die Situation zu retten. »Sie müssen die Shepherds sein.«

»Ich bin James und das ist meine Frau Grace«, nickte er. »Wo ist nun Madame Veritas?«

»Sie ist leider krank geworden. Wenn es Ihnen nichts ausmacht, werde ich die heutige Sitzung übernehmen.« Ich war selbst beeindruckt, wie professionell ich mich anhörte. Nur weiter so, Riley Summers! Go, go, go!

Grace betrachtete mich mit hochgezogener Augenbraue. »Sie

sehen nicht aus wie ein Medium. Abgesehen davon … Nehmen Sie es mir nicht übel, aber sind Sie nicht ein bisschen jung für so etwas?«

»Geister nehmen keine Rücksicht auf Alter und Mode.« Ich gab mir alle Mühe, pikiert zu klingen, als hätte sie mich in meiner Berufsehre gekränkt. »Wenn sie Kontakt aufnehmen wollen, kommt es ihnen nicht auf derart weltliche und oberflächliche Dinge an.« Wenn ich diese Shows regelmäßig abziehen sollte, brauchte ich unbedingt so etwas wie eine Uniform. Jede Menge Klimperschmuck und bunte Klamotten. Nicht, dass mein pinkfarbenes Shirt nicht bunt genug war. Es war nur zu *einfarbig* bunt. »Wenn es Ihnen nicht um den Kontakt geht, sondern darum, dass Madame ihn persönlich für Sie aufnimmt, kann ich Ihren Termin natürlich auch auf nächste Woche verschieben. Bis dahin ist Madame Veritas sicher wieder auf den Beinen.«

Wenn sie ihren Termin verschoben, wäre es zwar schade, gleichzeitig aber auch eine Erleichterung. Und niemand könnte behaupten, ich hätte es nicht versucht.

James und Grace wechselten einen Blick. Fast glaubte ich die Worte fassen zu können, die stumm zwischen ihnen hin und her zischten. Schließlich wandte sich James wieder an mich. »Das wird nicht nötig sein. Wir sind nur noch bis heute Abend in der Stadt und nachdem Sie ebenfalls ein Medium sind …«

Den beiden war klar, dass sie in der kurzen Zeit vermutlich kein anderes Medium finden würden, das noch einen Termin frei hatte. Das war der einzige Grund, warum sie es mit mir versuchen wollten. Ich war die Besser-als-nichts-Lösung.

Auch wenn ich das Gefühl nicht loswurde, dass dieser James es mir nicht leichtmachen würde, öffnete ich die Tür zu Madames Reich. »Bitte, treten Sie ein.«

8

Es war erstaunlich, wie unterschiedlich die beiden auf das Hinterzimmer reagierten. Während Grace die Stoffe und Spiegel betrachtete und beim Anblick der scheinbar willkürlich durcheinandergewürfelten Farben und Formen leise »Ahs« und »Ohs« ausstieß, interessierte sich James nicht für den Tand, sondern für das, was sich dahinter verbarg. Neugierig wanderte er durch den Raum, ließ seine Finger über Gegenstände, Lampen und Vorhänge streifen, klopfte dabei immer wieder gegen Wände und Spiegelrahmen oder hob etwas an, um die Unterseite zu betrachten. Er hätte gedankenverloren wirken können, wie ein Mann, der eine fremde Umgebung erforschte, ohne ihr wirklich Beachtung zu schenken. Als ich jedoch seinen Blick auffing, wusste ich, dass nichts davon zufällig geschah. Er erforschte den Raum auf der Suche nach einem Beweis dafür, dass er im Begriff war, sich auf eine Show einzulassen und nicht auf eine ernsthafte Séance. Ein wenig erinnerte er mich an Drizzle, der sich gestern ganz ähnlich benommen hatte.

Zielsicher griff James nach einer von der Decke hängenden Stoffbahn, hinter der sich ein Lautsprecher verbarg. Ihn davon abzuhalten, den Stoff zur Seite zu ziehen, hätte ihn nur in seinem Misstrauen bestärkt. Kurzerhand entschied ich, ihn machen zu lassen und einfach auf die Geräuscheffekte zu verzichten, die aus diesem Lautsprecher kämen. Ich schlug den Vorhang zur Seite, hinter dem sich die Kaffeemaschine und der CD-Player befanden, und legte eine von Madames CDs ein.

»Hier ist ein Lautsprecher!«, rief James seiner Frau triumphierend zu.

Ich drückte die Playtaste und unterdrückte ein Grinsen, als er unter den ersten Harfenklängen zusammenzuckte, die aus der Box über ihm drangen.

»Warum sind die Boxen versteckt?«

»Sehen Sie sich die Dinger doch an.« Ich deutete auf den quadratischen Lautsprecher, dessen metallisch glänzende Hülle sich wie ein Fremdkörper von den bunten Stoffen abhob. »Viel zu hip. Das ruiniert die ganze Atmosphäre.«

»Aber Musik?« Die anfängliche Überraschung in James' Zügen war einem spöttischen Grinsen gewichen. »Hören wir die Geister dann überhaupt noch?«

»Die Musik erleichtert es sogar«, behauptete ich. »Es handelt sich hierbei um transzendentale Sphärenklänge, die nicht nur den gerufenen Geist anlocken, sondern auch meine Sinne als Medium öffnen sollen.« Improvisieren, hatte Madame gesagt. Bitte schön, das konnte sie haben. Und dass mein Fremdwortschatz gut war, hatte ja erst gestern jemand festgestellt.

Keine Ahnung, ob es so etwas wie transzendentale Sphärenklänge überhaupt gab. Mir war nur auf die Schnelle nichts Besseres eingefallen, das wichtig und geheimnisvoll zugleich klang. Im Nachhinein war ich froh über meinen spontanen Einfall, den CD-Player einzuschalten. Die Musik würde das Anspringen des Projektors übertönen, mit dem ich später ein schemenhaftes Geisterabbild in einen der Spiegel projizieren wollte. Der Projektor war wirklich leise und bisher war er noch nie jemandem aufgefallen. Bei James argwöhnte ich allerdings, dass er auch während der Séance Augen und Ohren offen halten würde. Zumindest seine Ohren würden es jetzt schon einmal schwerer haben.

Die Sache begann mir Spaß zu machen. Diesen Skeptiker an der Nase herumzuführen, war eine Herausforderung. Meine Güte, wie er den Sessel inspizierte! Er starrte das gepolsterte Ungetüm so durchdringend an, dass ich schon fürchtete, er würde gleich ein Messer aus der Tasche ziehen und den Stoff aufschlitzen, in der Hoffnung, in seinem Inneren etwas Verräterisches zu entdecken.

Ich ließ zu, dass er seine Erkundung fortsetzte. Solange Grace ihn mit ihren ständigen »Sieh dir das an!« und »Hast du das schon gesehen?« davon abhielt, sich zu genau umzusehen, konnte nicht allzu viel passieren. Während ich beobachtete, wie sie sich mit großen Augen umsah, mit der Hand über Stoffe strich und mit dem Finger gegen die baumelnden Quasten einer Stehlampe schnippte, nahm ich zum ersten Mal wirklich wahr, wie perfekt Madames Einrichtung ihren Zweck erfüllte. Der Raum war dermaßen überfrachtet, es gab so viel zu sehen und zu entdecken – und jedes Teil lenkte das Auge von den Dingen ab, die besser unentdeckt blieben.

Dank Grace' Begeisterung kam James mit seiner Erkundungstour nicht sonderlich gut voran. Ständig forderte sie seine Aufmerksamkeit, wollte, dass er dieses und jenes betrachtete, und hielt ihn davon ab, sich zu genau umzusehen. Und wenn sie ihn nicht ablenkte, tat ich es. Die Kaffeemaschine hinter dem Vorhang ließ ich ihn noch entdecken. Als er sich jedoch der Ecke näherte, in der sich der Projektor verbarg, stellte ich mich ihm in den Weg.

»Ich würde Ihnen gern noch Gelegenheit geben, sich umzusehen, aber dann bleibt uns nicht mehr genug Zeit für die eigentliche Séance«, sagte ich und deutete zum Tisch. »Wenn Sie sich bitte setzen würden.«

»Ich dachte, Geister hätten es nicht mehr eilig.«

»Die Geister nicht, James«, gab ich mit einem Lächeln zurück. »Die Kunden, die nach Ihnen einen Termin haben, aber vielleicht schon.«

Grace war noch immer vollkommen gefangen, trotzdem kam sie zum Tisch und setzte sich. James nahm neben ihr Platz. Zu meiner Erleichterung machte er keine Anstalten, den Tisch umzudrehen. Andernfalls hätte er unter der Tischplatte Dinge entdeckt, die definitiv nicht für seine Augen bestimmt waren.

Ich zog die Stoffbahnen vor die Fenster und zündete eine Reihe von Kerzen an, die überall im Zimmer verteilt standen. Jede meiner Bewegungen ließ die Flammen über die Dochte tanzen und das Licht hin und her zucken. Die Spiegel fingen die Reflexionen auf und ließen es aussehen, als befänden wir uns in einem Meer aus Kerzen. In Wahrheit waren es nicht einmal zwei Dutzend. Bevor James unruhig werden konnte, holte ich Madames Kristallkugel, platzierte sie vor mir auf dem Tisch und setzte mich.

James' Misstrauen hätte mich verunsichern sollen. Anfangs war das auch so gewesen, jetzt jedoch hatte es die gegenteilige Wirkung auf mich. Dieser Mann wusste, dass er ein Schauspiel zu sehen bekommen würde. Und wie die Zuschauer einer Zaubershow, die herauszufinden versuchten, wie der Bühnenzauberer einen bestimmten Trick zustandegebracht hat, versuchte er hinter das Geheimnis der Séance zu kommen. Hatte Madame nicht selbst gesagt, dass die Leute, die hierherkamen, belogen werden wollten? Dieses Wissen sorgte dafür, dass ich mich nicht schlecht dabei fühlte, den Shepherds etwas vorzuspielen. Alles, was blieb, war ein wenig Lampenfieber und der Wunsch, eine perfekte Show zu liefern.

»Bevor wir beginnen können, muss ich wissen, wen ich für Sie rufen soll?«

»Meinen Onkel«, sagte Grace. »Hugh Stetson.«

»Wie lange ist er denn … Wann ist er gestorben?«

»Vor ein paar Wochen.«

Für gewöhnlich hielt Madame keine Sitzungen ab, wenn es dabei um einen so frischen Verlust ging. Die Wahrscheinlichkeit, dass die Menschen, die den Kontakt suchten, noch trauerten und es ihnen nicht um den Spaß an der Séance ging, war einfach zu hoch. Umso überraschender, dass sie diesen Termin angenommen hatte.

»Standen Sie und Onkel Hugh sich nahe?«

Als Grace den Kopf schüttelte, hätte ich um ein Haar erleichtert aufgeseufzt. Vermutlich war der Onkel nur der Aufhänger, den die beiden gesucht hatten, um zu einem Medium zu gehen. Damit konnte ich leben. Alles war gut, solange Grace nicht in Tränen ausbrach, wenn ich vorgab, der Geist würde durch mich sprechen. Falls ich im weiteren Verlauf unseres Gesprächs herausfinden sollte, dass sie doch um ihren Onkel trauerte, würde ich abbrechen, indem ich behauptete, keinen Kontakt herstellen zu können. Wenn ich eines nicht tun wollte, dann in kaum verheilten Wunden herumzustochern und sie wieder aufzureißen.

»Woran ist Ihr Onkel gestorben?«

»Fragen Sie ihn, wenn Sie mit ihm sprechen.«

Erst dachte ich, James kannte die Antwort auf meine Frage nicht, dann wurde mir jedoch bewusst, dass es ein weiterer Test sein sollte. Einer, den ich nicht bestehen konnte – es sei denn, ich erriet Onkel Hughs Todesursache.

»War es ein natürlicher Tod?«

Obwohl ich meine Frage an Grace gerichtet hatte, war es

wieder ihr Mann, der antwortete. »Lassen Sie sich das von ihm erzählen.«

»Das würde ich«, sagte ich. »Allerdings erleichtert es die Anrufung, Näheres zu wissen. Es hilft mir, die Energien besser zu konzentrieren und zu entscheiden, wie viel Kraft ich einsetzen muss. Menschen, die vor ihrem Ende sehr gelitten haben, lassen sich schwerer rufen, als jemand, der friedlich eingeschlafen ist. Ich glaube, es ist die Erinnerung an den Schmerz, die sie von unserer Welt fernhält.«

Grace schien auf meine Erklärung anzuspringen. Sie setzte zu einer Antwort an, als ihr James wieder einmal zuvorkam: »Es war kein schwerer Tod.«

Mehr würde ich nicht erfahren, das war mir sofort klar, als ich in seine Augen sah. Er war entschlossen, mich auflaufen zu lassen. Keine guten Aussichten. Vielleicht wäre es besser, mich gar nicht erst auf die Séance einzulassen, doch James' Verhalten stachelte meinen Ehrgeiz an. Ich wollte wissen, wie weit ich kommen würde.

Mit meiner nächsten Frage wandte ich mich direkt an James. »Gibt es sonst etwas, das Sie mir über Onkel Hugh erzählen möchten?« Als er den Kopf schüttelte, nickte ich. »Dann lassen Sie uns anfangen.«

In einer fließenden Bewegung strich ich über die Oberfläche der Kristallkugel, als könne ich allein dadurch Bilder heraufbeschwören, bevor ich meine Hände neben der Kugel in der Luft innehalten ließ.

»Sollen wir uns nicht die Hände reichen?«, fragte Grace.

»Wenn Sie möchten, können Sie das gern tun.«

»Ist es denn nicht nötig?«

Ich musste den Blick nicht von der Kugel nehmen, um zu wissen, dass das spöttische Lächeln in James' Züge zurückgekehrt war. Irgendwie musste ich ihn von seiner Skepsis wegbekommen, doch dafür durfte ich es auch nicht übertreiben. Vielleicht war es schon zu viel gewesen, die Kristallkugel zu benutzen. Ich wusste nicht einmal, warum ich mich für die Kugel entschieden hatte, statt für einen kleinen Kreis, indem wir uns an den Händen hielten, wie James und Grace es erwartet hatten. Vielleicht hatte ich nach einem Schutz gesucht, hinter dem ich mich verstecken konnte.

»Wenn es Ihnen hilft, können Sie sich gern bei den Händen nehmen«, sagte ich. »Für die Geister macht das keinen Unterschied.«

James zuckte die Schultern. »Ich dachte, es würde Ihre Energie irgendwie … kanalisieren, sodass Sie leichter Kontakt aufnehmen können.«

»Dasselbe erreiche ich mit der Kugel. Lassen Sie uns beginnen. Schließen Sie bitte die Augen.«

Ich ließ ein paar Sekunden verstreichen, um zu sehen, ob die beiden meiner Aufforderung folgten, dann senkte ich den Blick auf die Kugel. Eine Weile tat ich nichts anderes, als die Kristalloberfläche anzusehen und der Harfenmusik zu lauschen, die aus den Boxen drang. Für den Fall, dass James mich heimlich beobachtete, würde es so aussehen, als sei ich hochkonzentriert. Lautlos formten meine Lippen den Namen des Toten, und während ich ihn in einer Endlosschleife wiederholte, steigerte ich ganz allmählich die Lautstärke von einem kaum vernehmbaren Wispern zu einem Flüstern, bis ich ihn schließlich laut und deutlich aussprach.

»Hugh Stetson. Hugh Stetson. Hugh Stetson. »

Wieder und wieder sagte ich den Namen, als wäre er eine Beschwörungsformel. Ich fragte mich, ob ich zwischendurch etwas summen sollte – keine spezielle Melodie, einfach etwas, das geheimnisvoll klang. Mein Gesangstalent war jedoch so dürftig, dass ich vorsichtshalber darauf verzichtete. Auch wenn es sicher ein netter Effekt gewesen wäre.

Es war Zeit, eine Stufe weiter zu gehen. Ich legte den Kopf in den Nacken und reckte die Arme in die Luft, wobei ich mir reichlich bescheuert vorkam. »Die Tore zur Geisterwelt mögen sich öffnen und dem gerufenen Geist den Weg in unsere Mitte weisen. Wir rufen den Geist von Hugh Stetson.« Ich machte eine kurze Pause, ehe ich meine letzten Worte wiederholte. Dann: »Folge unserem Ruf!«

Wieder eine Pause.

»Deine Nichte Grace wartet auf dich!«

Im Hintergrund setzte die Harfe zu einem dramatischen Solo an, das meine Rufe nach Onkel Hughs Geist untermalte.

»Hugh Stetson«, rief ich ein letztes Mal. »Wir rufen dich!«

Dann ließ ich die Arme auf den Tisch sinken. Ich täuschte schweres Atmen vor, als hätten mich die Anrufungen Kraft gekostet, und ließ den Blick langsam durch den Raum wandern, ehe ich meine Augen auf eine Ecke des Zimmers richtete. »Ich kann ihn spüren«, sagte ich leise. Noch war es zu früh, den Projektor anzuschalten. »Er beginnt sich zu manifestieren.«

Grace öffnete die Augen. »Wo ist er?«

Ich deutete in die Ecke, die vom Kerzenschein ausgeleuchtet wurde. Die Flammen ließen die Schatten tanzen, als wären sie die wirklichen Geister.

James und Grace folgten meinem Blick. Noch ein paar Sekunden, dann würde ich mit dem Knie den Schalter für den Projektor umlegen, der auf der Unterseite der Tischplatte angebracht war. Sobald die schemenhaften Umrisse im Spiegel erschienen, musste selbst James seine Skepsis ablegen!

Die Augen zusammengekniffen, als müsse ich mich immer

noch konzentrieren, starrte ich an die Stelle, an der sich Onkel Hugh angeblich manifestierte. »Komm zu uns!«, forderte ich ihn auf und ließ meinen Blick langsam weiterwandern, dem Spiegel entgegen, in dem wir sein vermeintliches Abbild als Erstes erblicken würden. »So ist es gut. Noch ein Stückchen näher. Zeig dich uns.« Und an Grace gewandt: »Sehen Sie, wie sein Haar im Licht leuchtet?«

James begann zu lachen. »Haare? Onkel Hugh hatte eine Glatze, Schätzchen.«

Ich schluckte einen Fluch herunter und ließ das Knie sinken, mit dem ich schon fast den Schalter berührt hatte. »Dann ist es der falsche Geist«, beeilte ich mich zu sagen.

Wie viel Prozent der männlichen Bevölkerung hatten eine Glatze? Ich kannte die Zahlen nicht, doch es konnten nicht so viele sein. Und wie wahrscheinlich war es, dass ausgerechnet ich einen davon erwischen musste?

Mit großen Worten und Gesten gab ich vor, den Geist zu bannen, ihn zurückzuschicken in die Welt, aus der er gekommen war, und den Weg für Onkel Hugh freizugeben. Ich machte mir nicht die Mühe, meine Klienten noch einmal zu bitten, die Augen zu schließen. James würde es nicht tun. Er hatte meinen Betrug gewittert und würde sich keine Sekunde der weiteren Show entgehen lassen.

In der Hoffnung, vielleicht noch etwas retten zu können, setzte ich zu einer weiteren Anrufung an. Dabei starrte ich in die Kristallkugel, als könne ich das Kommen des Geistes dort zuerst erkennen. In Wahrheit wollte ich nur James' bohrendem Blick ausweichen.

Dieses Mal sparte ich mir das ganze Brimborium. Keine Gesten, keine Blicke. Nur Worte. Meine Hände blieben auf der Tischplatte, während ich erneut nach Onkel Hugh rief.

»Die Pforten sind geöffnet, folge unserem Ruf!«, verlangte ich zum gefühlt tausendsten Mal. »Hugh Stetson, erhöre uns!« Bei jedem Horrorfilm wäre ich in Gelächter ausgebrochen. Mir waren jedoch schon nach drei Sätzen die spannenden Formulierungen ausgegangen, sodass ich mich auf ständige Wiederholungen verlegte, in der Hoffnung, dass es mir gelänge, sie wie ein Muster wirken zu lassen. Falls ich mich je wieder an eine Séance heranwagen sollte, nahm ich mir vor, mir im Vorfeld bessere Texte zu überlegen.

»Ich kann dich spüren«, fügte ich nun doch noch abweichend hinzu und zuckte zusammen, als ein kühler Hauch über meinen Nacken strich. Es hatte sich wie eine Berührung angefühlt! Unwillkürlich schüttelte ich den Kopf. Jetzt ließ ich mich schon selbst von meiner künstlich erzeugten Gruselatmosphäre einfangen. Zu dumm, dass meine Kunden nicht ebenfalls darauf hereinfielen. Grace' Blick streifte umher, als suche sie tatsächlich nach Onkel Hugh, während sich James zurücklehnte. Ein Bein über das andere geschlagen, die Arme vor der Brust verschränkt, beobachtete er mich.

Es war kälter geworden. Die Gänsehaut, die sich über meine Arme ausbreitete, war ein deutliches Zeichen für den plötzlichen Temperaturabfall. Oder dafür, dass ich mich zu sehr von meiner eigenen Show mitreißen ließ.

Es war Zeit, dem Spektakel ein Ende zu bereiten. Es würde ein unrühmlicher Abgang werden, aber ganz gleich, wie sehr ich mich auch anstrengte, ich würde das hier zu keinem gelungenen Abschluss mehr bringen. Nicht unter James wachsamen Blicken.

Eine letzte Anrufung. Dann würde ich behaupten, den Geist zu sehen – und ihn gleich wieder verloren zu haben.

»Hugh Stetson, erscheine!« Mir wurde übel. Kugel und Tisch

begannen sich vor meinen Augen zu drehen. Jeder Muskel in meinem Körper fühlte sich plötzlich schwach an und meine Hände zitterten. Es war dasselbe Gefühl wie heute Morgen, als ich aus dem Albtraum aufgewacht war. Da hatte ich es allerdings noch auf meinen Kreislauf geschoben – jetzt wurde ich das Gefühl nicht los, dass ich mir vielleicht doch eine Sommergrippe eingefangen hatte. Ich atmete ein paar Mal tief durch und verdrängte mein Unwohlsein. Den Blick noch immer auf die Kugel gerichtet, sagte ich: »Ich kann ihn sehen.«

»Echt?«, erklang eine Stimme neben meinem Ohr.

Ich fuhr herum und starrte einer bläulich schimmernden Erscheinung ins Gesicht, deren Umrisse wie Nebel waberten. Der Mann hatte sich über meine Schulter gebeugt und blickte in die Kugel, als versuchte er, etwas darin zu erkennen.

Er hatte keine Haare.

Ich fühlte mich körperlich so schwach, dass ich nicht die Kraft aufbrachte, um in Panik zu verfallen. Obwohl es mich drängte, aufzuspringen und zurückzuweichen, schaffte ich es nicht einmal, meinen Stuhl zur Seite zu rücken, fort von der wabernden Gestalt.

Grace und James beobachteten mich, schienen jedoch nicht zu sehen, was ich sah.

Nur widerwillig richtete ich den Blick wieder auf den Geist. »Du bist nicht echt, oder?«

Die Erscheinung fletschte die Zähne zu einem Grinsen. »Sag ihnen, dass sie das Sparbuch nicht finden werden.«

»Onkel Hugh? Du bist wirklich Onkel Hugh?«

»Live und«, er richtete sich auf und blickte an seiner blau schimmernden Gestalt herab, »zumindest in einer Farbe.«

Grace sah sich um. »Ist er hier?«

»Natürlich nicht.« James verdrehte die Augen und sah mich

an. »Und er wird auch nicht erscheinen. Nicht wahr, Schätzchen?«

Mein Mund war trocken und meine Hände zitterten so sehr, dass ich sie flach auf die Tischplatte presste. Ich zwang mich durchzuatmen. Onkel Hugh sah nicht aus, als würde er mich angreifen wollen. Durchscheinend, wie er war, bezweifelte ich, dass er überhaupt imstande war, etwas zu berühren. Oder jemanden.

Ich wusste nicht, wie er hierhergekommen war, doch ich konnte auch nicht umhin, einen gewissen Triumph zu empfinden. Wenn der Geist nun schon einmal hier war, konnte ich die Séance ebenso gut zu Ende bringen. Eine *echte* Séance.

Oh Mann, ich mache mir gleich in die Hosen!

Oh Mann, ist das cool!

Oh Scheiße!

Hin- und hergerissen zwischen Begeisterung und Panik, schluckte ich meine Angst herunter und kämpfte die Schwäche nieder, die sich in meinen Gliedern eingenistet hatte. Dann richtete ich meinen Blick auf Grace, ohne Onkel Hugh dabei vollends aus den Augen zu lassen (man konnte ja nie wissen). »Sie können jetzt mit ihm sprechen.«

Die beiden sahen sich um, und für einen Moment war ich versucht, den Knopf für den Projektor zu drücken, um ihnen etwas fürs Auge zu bieten. Aber wen interessierten jetzt noch billige Spezialeffekte?

Das gewohnte überhebliche Grinsen umspielte James' Mundwinkel. Ich wusste, dass er mir Testfragen stellen würde. Dinge, die nur der echte Hugh Stetson wissen konnte. Ich warf einen Blick zu Onkel Hugh, dessen Umrisse in kühlem Blau flackerten. Er schien sich nicht sonderlich zu freuen, seine Nichte und ihren Mann zu sehen.

Grace' Blick war auf die Stelle neben mir gerichtet. »Dort ist etwas«, flüsterte sie. »Ich kann etwas sehen. Ein Flirren in der Luft.« Sie schluckte. »Fragen Sie ihn –«

»Wo das Sparbuch ist?«, kam ich ihr zuvor.

James' Kopf ruckte hoch. »Woher wissen Sie das?«, entfuhr es ihm.

»Onkel Hugh hat wohl schon geahnt, dass Sie sich danach erkundigen würden.«

Die beiden überwanden ihre Überraschung erstaunlich schnell. »Wo ist es?«, fragten sie wie aus einem Munde.

Neben mir begann Onkel Hugh zu lachen. »Die glauben doch nicht ernsthaft, dass ich ihnen das verraten werde! Dieses gierige Pack!«

Grace und James reagierten nicht auf seine Worte. Offensichtlich nahmen sie Hugh, wenn überhaupt, auf einer anderen Ebene wahr, als ich es tat. Einer Ebene, zu der offenbar keine Geräusche gehörten.

»Na los«, drängte Hugh. »Sag es ihnen.«

»Das kann ich ihnen so nicht sagen!«

Er zuckte die Schultern. »Warum nicht? Ich würde es doch auch tun.«

»Aber ich bin nicht du.« Ich konnte es nicht fassen, dass ich mit einem Geist über Regeln der Höflichkeit diskutierte.

»Was ist denn nun?«, drängte Grace. »Was sagt er?«

Ich warf Hugh einen auffordernden Blick zu, doch der Geist verschränkte die Arme vor der Brust und schüttelte den Kopf.

»Ich glaube, er hat es vergessen«, versuchte ich es diplomatisch.

»Das habe ich nicht!«, donnerte Hugh so laut, dass ich zusammenzuckte.

»Sie sprechen gar nicht wirklich mit ihm«, rief Grace gleichzeitig.

»Das Sparbuch war ein Zufallstreffer«, stimmte James seiner Frau zu.

Und Hugh verlangte: »Sag ihnen, dass ich es nicht vergessen habe, sondern dass ich mich weigere, es ihnen zu sagen. Sag ihnen, dass sie –«

»Sag es ihnen selbst!« Mir schwirrte der Kopf von dem Durcheinander. Es war schon schwierig genug, in einer Diskussion mit mehreren Leuten den Überblick zu behalten. Dass einer davon ein Geist war, den nur ich hören konnte, und mir obendrein sterbenselend war, machte es nicht leichter.

»Das ist dein Job«, gab Onkel Hugh zurück. »Du bist hier das Medium!«

»Bin ich nicht.«

Seine Gestalt flackerte, als er zu einer Erwiderung ansetzte. Er öffnete und schloss den Mund, wie ein Fisch auf dem Trockenen, und alles, was schließlich über seine Lippen kam, war ein überraschtes: »Bist du nicht?«

»Nein.«

Grace klammerte sich offensichtlich immer noch an die Möglichkeit, etwas über den Verbleib des Sparbuchs herauszufinden. »Was sagt er denn?«

»Gar nichts«, kam James meiner Antwort zuvor. »Sie spielt uns etwas vor.« Um seine Theorie zu beweisen, stand er auf und öffnete die Klappe, hinter der der Projektor verborgen war. »Da! Es ist alles eine Lüge. Hiermit lässt sie uns diese Erscheinung sehen. Noch dazu eine schlecht gemachte!«

Dass der Projektor ausgeschaltet war, bemerkte er nicht. Vielleicht wollte er es gar nicht sehen. Andernfalls hätte er sich der Tatsache stellen müssen, sich im selben Raum mit einem Geist zu befinden.

»Gehen wir!« Er packte seine Frau bei der Hand und zog

sie zum Ausgang. Obwohl sie sich auf dem Weg nach draußen immer wieder nach der durchscheinenden Gestalt ihres Onkels umsah, folgte Grace ihm ohne Widerworte.

Ich sprang auf, um die beiden aufzuhalten, als ich eine kühle Berührung spürte. Hugh hatte mir seine Geisterhand auf die Schulter gelegt. »Lass sie gehen«, sagte er. »Sie sind es nicht wert.«

Mir lag eine Antwort auf der Zunge, die sich in einem Schwindelanfall verlor. Meine Knie knickten ein und einen Herzschlag später fand ich mich auf dem Boden wieder. Ich blinzelte, konnte jedoch nicht verhindern, dass sich mein Gesichtsfeld mehr und mehr verengte. Dann wurde es schwarz.

9

Zum wohl hundertsten Mal in den letzten zehn Minuten warf Nick einen Blick auf seine Rolex. Adam war zu spät. Nicht die akademische Viertelstunde, die in seinen Kreisen noch als akzeptabel galt, sondern *wirklich* zu spät. Er war seit einer halben Stunde überfällig.

Eine halbe Stunde, die Nick nun bereits an seinem üblichen Tisch im *Indian Palace* saß, den Blick über die in edlem Weiß und Silber eingedeckten Tische schweifen ließ und sich alle Mühe gab, sich seine wachsende Unruhe nicht anmerken zu lassen. Unter seine Ungeduld mischte sich mehr und mehr das Gefühl, dass etwas nicht in Ordnung war. Seit Adam gestern das Gespräch beendet hatte, hatte er sich nicht mehr gemeldet und war auch nicht mehr zu erreichen gewesen. Auch jetzt nicht, wo er eigentlich hier sein sollte.

Nick widerstand dem Drang, nach seinem Smartphone zu greifen und es erneut zu versuchen. Adams Handy war ohnehin ausgeschaltet, ebenso wie das seines Geschäftspartners Miles, und unter der Geschäftsnummer der beiden meldete sich nur der Anrufbeantworter mit immer demselben »Sprechen Sie nach dem Piep«. Kein Hinweis darauf, wo sie steckten.

Der Oberkellner trat mit einer angedeuteten Verbeugung an den Tisch. »Darf ich Ihnen noch etwas bringen, Mr Wolfe? Vielleicht ein kleiner Appetizer, bis Ihre Gesellschaft kommt?«

Nick bestellte einen Kaffee – den dritten seit er hier saß –, nicht etwa, weil er so ein Faible für Koffein hatte, sondern um den Kellner für eine Weile ruhigzustellen und seinen Händen etwas zu tun zu geben, wenn er mit dem Löffel darin rührte.

Vor gerade einmal vierundzwanzig Stunden hätte er aus der Haut fahren können, vor Erleichterung und Freude. Daran hatte nicht einmal diese Kratzbürste etwas ändern können, die ihm in ihrer Unachtsamkeit um ein Haar vor den Wagen gesprungen war und deren dämlichem Erdbeershake er eine Extradurchfahrt in der Waschanlage verdankte. Je länger Adam jedoch auf sich warten ließ, desto mehr schwand seine gute Laune. Dass ausgerechnet heute Abend der Wohltätigkeitsball stattfand und er vorher noch einiges zu erledigen hatte, trug auch nicht gerade dazu bei, seine Stimmung zu heben. Schon die ganze Zeit versuchte er abzuwägen, wie lange er auf der Veranstaltung bleiben musste, ohne als unhöflich zu gelten. Unglücklicherweise gefiel ihm die Antwort darauf nicht, denn wenn er nicht vorhatte, wie ein Mädchen eine Migräneattacke zu inszenieren, würde er einer der Letzten sein, der die Spendengala verließ. Er war nie sonderlich scharf auf solche Veranstaltungen gewesen, heute allerdings war es schlimmer als sonst. Wenn Adam ihm das versprochene Artefakt brachte, hatte er Wichtigeres zu tun, als Leuten die Hände zu schütteln und sie um großzügige Gaben für die Wohltätigkeitsstiftung seines Vaters zu bitten. Nick kannte seinen Vater allerdings gut genug, um zu wissen, dass dieser ihn auf die eine oder andere Weise dafür büßen lassen würde, wenn er die Gala sausen ließ oder sich zu früh verabschiedete. Dann doch lieber in den sauren Apfel beißen und diesen einen Abend opfern, auch wenn es seine Geduld auf eine harte Probe stellte.

Der Kellner brachte den Kaffee und Nick warf erneut einen Blick auf die Uhr, als sein Telefon zu klingeln begann. Er hatte gehofft, dass es Adam war, der sich endlich meldete, doch auf dem Display blinkte Paul Jareds Name auf.

Er nahm das Gespräch an. »Hey, Paul, wie ist es in der Karibik?«

»Heiß – in jeder Hinsicht«, lachte Paul. »Mädels gibt es hier, das würdest du nicht glauben. Du hättest mitkommen sollen.«

Nick zuckte die Schultern. Mädchen – am besten Groupies wie Sarah Ward oder welche wie Lilian – waren im Augenblick so ziemlich das Letzte, wofür er sich interessierte. »Wenn du mich sehen könntest, würdest du erkennen, dass ich grün vor Neid bin.«

Wieder lachte Paul. »Ja, das höre ich schon an deiner Stimme. Klingt nach Stock im Arsch, Wolfe!«

Paul war sein bester Freund. Er hatte noch andere Freunde, die meisten aus dem Hockeyteam, in dem er bis letzten Sommer gespielt hatte, aber Paul war der, dem er am meisten vertraute. Sie kannten sich schon ihr ganzes Leben lang, denn Pauls Dad arbeitete seit zwanzig Jahren als Anwalt für Nicks Vater. Neben derselben Schule besuchten sie für gewöhnlich auch dieselben Veranstaltungen. Zumindest, wenn Paul der Sinn danach stand und er sich nicht lieber davor drückte. Eine Möglichkeit, um die Nick ihn jedes Mal beneidete.

»Was hindert dich daran, diesen blöden Empfang sausen zu lassen und stattdessen mit mir durch die Clubs zu ziehen?«, war eine Frage, die Paul ihm dann regelmäßig stellte.

Die Antwort war immer dieselbe. »Du kennst meinen Vater.«

»Du solltest endlich mal anfangen, dein eigenes Leben zu leben und dir nicht deine Zukunft von deinem alten Herrn diktieren lassen. Irgendwann bist du fünfzig und in einem Leben gefangen, das du einfach nur scheiße findest. Dann hast du die Chance verpasst, etwas daran zu ändern. Du wirst allein alt werden. Allein, Nick.«

Paul kannte Nick besser als jeder andere. Genau genommen war er wohl der Einzige, der ihn, abgesehen von seinem Großvater, wirklich kannte. Und oft wurde er das Gefühl nicht los, dass Paul besser wusste, was Nick wollte, als er selbst. Eines allerdings wusste Nick mit unumstößlicher Sicherheit: Er wollte nicht allein und einsam sein. Wollte nicht werden wie sein Vater, dessen einzige Freunde die waren, die ihm geschäftliche Vorteile brachten, und dessen wichtigste Bezugsperson sein Anwalt war. Wenn er sich allerdings ansah, musste er sich eingestehen, dass er auf dem besten Weg war, genau so zu enden. Ein bester Freund, die Jungs aus dem Team hatte er kaum noch gesehen, seit er nicht mehr dazugehörte, alle anderen nur oberflächliche Bekannte – Menschen, denen er nicht vertraute und die er nicht zu nah an sich heranlassen wollte. Es war noch nicht so lange her, da hatte er gedacht, es wäre anders. Das war, bevor Lilian ihm die Augen geöffnet hatte. Jemand in seiner Position musste wohl froh sein, überhaupt einen einzigen aufrichtigen Freund zu haben. Meine Güte, wie ihm die Oberflächlichkeit seiner Welt zu den Ohren rauskam!

»Ich habe keinen«, Nick senkte die Stimme, damit ihn an den Nebentischen niemand hören konnte, »Stock im Arsch.«

»Nein?« Nick glaubte förmlich zu hören, wie Paul grinste. »Ich möchte wetten, du trägst gerade einen Anzug mit Krawatte.«

Schuldbewusst zupfte Nick an seiner Krawatte, sagte aber nichts. Sein Schweigen genügte Paul.

»Meine Güte, wir haben Ferien! Du hast frei. F – r – e – i. Frei. Und statt dich zu freuen, mal keine Schuluniform tragen zu müssen, zwängst du dich gleich in die nächste Uniform. Sauteure Designerstücke, keine Frage – aber in den Ferien? Mach dich mal locker, Mann!«

»Ich bin locker.« *Zumindest so locker es gerade geht.*

»Wo zwickt es dann? Karibikneid?«

Neid traf es vielleicht nicht ganz. Unter anderen Umständen säße er jetzt vielleicht zusammen mit Paul irgendwo unter Palmen, anstatt hier auf einen verdammten Artefakthändler zu warten, dessen Erfolg für ihn von essentieller Wichtigkeit war.

»Ich warte auf Saunders. So wie es aussieht, ist er gestern fündig geworden.«

Paul, der in Nicks Probleme eingeweiht war, wurde schlagartig ernst. »Das ist großartig! Ich freue mich für dich. Aber …«

»Aber was?«

»Bist du sicher, dass es das Richtige ist?«

»Das Artefakt?«

»Nein, das, was du vorhast. Kannst du das alles mit deinem Gewissen vereinbaren?«

»Es ist ja nicht so, dass jemand dafür sterben musste«, sagte Nick.

»Zumindest kein Mensch. Aber *jemand* musste dafür sterben.«

»Ein Dämon, Paul!« Es fiel Nick schwer, leise zu sprechen. »Eine Höllenkreatur, die es ohnehin nur darauf abgesehen hat, Menschen zu schaden.«

»Dämon hin oder her, was ist mit deinem Großvater? Glaubst du wirklich, dass es für ihn das Richtige ist? Wer weiß, welche Auswirkungen dieser Zauber auf ihn hat.«

»Auswirkungen? Du weißt, welche Auswirkungen er hat!«

»Und wenn etwas schiefgeht?«

»Das wird es nicht.«

Paul seufzte. »Okay, halt mich auf dem Laufenden, ja?«

»Mache ich.« Nick beendete das Gespräch und schob das Smartphone in die Innentasche seines Sakkos. Nein, es würde nichts schiefgehen. Zumindest nicht, wenn Adam endlich auftauchte!

Doch Adam kam nicht.

Nach einer weiteren halben Stunde des Wartens, in der sich seine Unruhe mehr und mehr in Wut verwandelte, musste sich Nick eingestehen, dass Adam nicht mehr kommen würde. Beim letzten Mal war es ganz genauso gewesen. Adam hatte ihm von seinem Erfolg berichtet und dann die vereinbarte Übergabe einfach platzen lassen. Nick hatte ihn schließlich in seinem Büro gefunden. Statt ihn, seinen Auftraggeber, darüber zu informieren, dass die Sache in die Hose gegangen war, hatte er sein Handy aus- und den Anrufbeantworter eingeschaltet, trank Bier und zockte seit Stunden irgendeinen Shooter am PC.

Der Gedanke, dass schon wieder etwas in letzter Minute schiefgegangen sein könnte, war beunruhigend. Ebenso wenig gefiel Nick die Vorstellung, dass er wieder einmal von einem Handlanger, jemandem, den er für seine Dienste bezahlte, hingehalten wurde!

Dem würde er was erzählen!

Er beglich seine Rechnung und ging zu seinem Wagen. Eigentlich hätte er seinen Smoking für heute Abend abholen sollen, aber das musste jetzt eben warten. Statt zu seinem Schneider zu fahren, machte er sich auf den Weg zu Adams Wohnung, die gleichzeitig sein Büro beherbergte. Dafür, dass Adam ihn zwang, ihm hinterherzulaufen, würde er ihm die Rechnung kürzen! Allein, dass er gezwungen war, ins East End zu fahren!

Je weiter er kam, desto mehr wichen die gediegenen viktorianischen Fassaden seelenlosen Wohnsilos, die nur einen Zweck zu erfüllen schienen: so viele Menschen wie möglich unterzubringen. In manchen Straßen waren die Häuser nur zwei- oder dreistöckig, in anderen Gegenden reihte sich ein Hochhaus ans nächste. Die Grünflächen, so sie überhaupt vorhanden waren, wirkten verwahrlost, die ganze Gegend heruntergekommen. Hier lebten jene, die weniger Glück im Leben hatten als er.

Adam wohnte in einer Ecke, in der die Grenze zwischen halbwegs gediegenen Mittelklassewohnungen und ghettoähnlichen Hochhaussiedlungen verlief. Tatsächlich schien Adams Zuhause diese Grenze darzustellen. Sein Haus lag auf einem von einer hohen Mauer umgebenen Eckgrundstück, im hinteren Teil eines verlassenen Fabrikgeländes. Nick fuhr durch das offen stehende Tor auf den ungepflasterten Hof. Schotter spritzte unter seinen Reifen auf, als er den Aston Martin in Schrittgeschwindigkeit an den schlimmsten Schlaglöchern vorbeimanövrierte, was angesichts ihrer schieren Menge kein leichtes Unterfangen war. Er fuhr an der Fabrikhalle vorbei, einem heruntergekommenen Backsteinbau, in dessen bröckelnder Fassade sich keine einzige intakte Fensterscheibe mehr befand. Kein vergessenes Schild, kein noch so kleiner Hinweis deutete darauf hin, was hier einmal hergestellt worden war. Angesichts des Zustands der Halle lagen die Glanzzeiten dieser Fabrik ohnehin Jahrzehnte zurück.

Am hinteren Ende der Fabrik, durch einen schmalen Streifen wild wuchernden Rasens davon getrennt, stand ein zweigeschossiges Haus, in dem früher vermutlich der Verwalter mit seiner Familie gewohnt hatte. Die Fenster waren heil, die Fassade aus roten Backsteinen wirkte allerdings kaum ansehnlicher als die der Produktionshalle. Aus dem Fundament zwängte sich Unkraut hervor, und hüfthoch wucherndes Gras und Unkraut schienen das Gebäude von allen Seiten zu umgeben. Lediglich vor dem Eingang, wo Nick jetzt seinen Wagen neben Adams verbeulten Vauxhall abstellte, war eine Schneise geschlagen worden.

Als er aus dem Wagen stieg, zog er sein Sakko zurecht und

nutzte das Seitenfenster, um den Sitz seiner Krawatte zu überprüfen. Sein kurzes Haar wirkte in der spiegelnden Scheibe eher silbern als schwarz und seine ernsten Züge glatter, als sie in Wirklichkeit waren. Zufrieden mit seinem Auftreten, immerhin sollte Adam sofort sehen, wer in dieser Unternehmung das Geld und das Sagen hatte, ging er auf das Haus zu. Aus dem Briefkasten, der neben der Tür am Mauerwerk angebracht war, ragte eine Zeitung. Nick stutzte. Soweit er wusste, studierte Adam jeden Morgen die Kleinanzeigen, die potenzielle Kunden häufig nutzten, um mit Leuten wie ihm in Kontakt zu treten. Auch Nick hatte damals eine Anzeige aufgegeben, in der Hoffnung einen Artefakthändler zu finden. *Suche Kunstwerke, zu schön für diese Welt,* hatte sein Text gelautet. Eine Formulierung, die er einmal bei seinem Großvater aufgeschnappt hatte und von der er wusste, dass sie sein Wissen über die Welt jenseits der Pforten offenbarte. Adam war auf seine Anzeige angesprungen und sie waren ins Geschäft gekommen. So wie er den Artefakthändler kannte, würde der die Zeitung niemals ignorieren und damit riskieren, dass ihm ein Auftrag durch die Lappen ging.

Er drückte den Klingelknopf, hörte das Schrillen hinter der Tür und die durchdringende Stille, die darauf folgte. Keine Schritte. Keine Rufe. Nur Stille. Während Nick wartete, entdeckte er einen Schlammspritzer auf seinem Schuh. Er zog ein Taschentuch aus seinem Sakko und wischte damit ein paar Mal über das schwarze Leder, bis es wieder glänzte. Zufrieden steckte er das Taschentuch zurück und klingelte noch einmal.

Und dann noch einmal.

Schließlich gab er auf. Adam war nicht hier. Er saß nicht unrasiert vor seinem PC, zu feige, ihm sein erneutes Scheitern einzugestehen. Aber warum zum Teufel stand sein Auto auf dem Hof?

Das Gefühl, das ihn schon im Restaurant beschlichen, das er

dort allerdings erfolgreich verdrängt hatte, kehrte zurück. Etwas war nicht in Ordnung.

Nick drehte am Türknauf. Er rechnete nicht wirklich damit, dass etwas passieren würde, doch zu seiner Überraschung schwang die Tür auf.

»Adam?« Seine Stimme hallte von den hohen Wänden wider, ohne dass ihr eine Antwort folgte. Ohne zu zögern, trat Nick ein. Adams Büro lag hinter der ersten Tür zu seiner Linken. Schnurstracks hielt Nick darauf zu. Er machte sich nicht die Mühe zu klopfen, stieß die Tür einfach auf und ließ den Blick durch den Raum schweifen. Bis auf eine umfangreiche Büchersammlung über Wesen und Dinge, die die meisten Menschen nur aus Märchen kannten, gab es nichts, das auf Adams Tätigkeit hindeutete. Keine Kundenlisten, keine Rechnungsordner oder Auftragsbücher.

Adam regelte seine Geschäfte, ohne Beweise zu hinterlassen. Zahlungen erfolgten bar. Jede Form von Schriftverkehr wurde vermieden. Niemand, der nicht auch über das Jenseits Bescheid wusste, wäre je auf die Idee gekommen, dass Adam etwas anderes als der Student sein könnte, als der er sich ausgab.

Nicks Blick fiel auf den Anrufbeantworter. Siebzehn neue Anrufe. Wie oft hatte er Adams Festnetznummer gewählt? Vielleicht fünf oder sechs Mal, vermutete er. Das hieß, dass Adam schon länger nicht mehr hier gewesen war. Vermutlich seit gestern nicht mehr. Das wiederum würde bedeuten, dass Adam ihn nicht absichtlich versetzt hatte, sondern dass tatsächlich etwas passiert sein musste. Er drückte die Abhörtaste, in der Hoffnung, der Anrufbeantworter würde ihm die Antworten liefern, nach denen er suchte. Fehlanzeige. Abgesehen von seinen eigenen Nachrichten hatte kein einziger Anruf etwas mit Nicks Auftrag zu tun oder gab einen Hinweis auf Adams Verbleib.

In der obersten Schreibtischschublade fand er Adams Terminkalender. Die meisten Einträge bestanden aus Kürzeln und einer Nummer. Nick schlug den heutigen Tag auf. Vier Termine waren dort eingetragen – einer davon war das Treffen im *Indian Palace*. Nick wählte die erste der anderen Nummern. Am anderen Ende meldete sich ein Mann.

»Guten Tag, mein Name ist Miles, ich bin der Geschäftspartner von Mr Saunders«, stellte sich Nick vor. Er setzte gerade dazu an fortzufahren, als der Mann ihm auch schon ins Wort fiel.

»Dann wollen Sie mir sicher erklären, warum Saunders heute nicht aufgetaucht ist.«

»Mr Saunders war leider verhindert«, improvisierte Nick. »Ich wollte nur Bescheid geben, dass er Sie so bald wie möglich anrufen wird.«

Bevor der Mann noch etwas erwidern konnte, beendete Nick das Gespräch. Die anderen beiden Telefonate verliefen ganz ähnlich. Adam war zu keinem Termin erschienen und hatte sich auch nicht gemeldet, um abzusagen.

»Schöne Scheiße.« Nick warf den Terminkalender in die Schublade zurück und sah sich ratlos um. »Wo steckst du, Saunders? Und wo ist mein Artefakt?«

Adam war ausgesprochen geschäftstüchtig. Dass er an einem Tag mal einen Termin sausen ließ, konnte Nick sich noch vorstellen. Vielleicht auch zwei, wenn etwas Lukratives dazwischen kam. Aber alle? Und das, ohne zu verschieben oder zumindest abzusagen? Das passte nicht zu ihm.

Um sicherzugehen, dass Adam auch wirklich nicht im Haus war – weder krank im Bett noch tot –, inspizierte Nick die übrigen Zimmer.

Nichts. Das Haus war verlassen.

Schließlich kehrte er zu seinem Wagen zurück und setzte sich wieder hinter das Steuer. Wenn Adam etwas passiert war, musste es jemanden geben, der davon wusste. Vielleicht die Nachrichten. Nick zog sein Smartphone hervor. In eine Suchmaschine tippte er *Adam Saunders* und *London* ein. Nichts. Keine Nachrichten, keine Profile. Adam Saunders, zumindest der, nachdem er suchte, schien im World Wide Web nicht zu existieren. In der Hoffnung, doch noch eine Spur zu finden, ging er dazu über, die Lokalteile der Zeitungen und Nachrichtensender zu durchforsten. Dabei stieß er zwar nicht auf Adams Namen, aber schon bald auf eine Schlagzeile, die seine Aufmerksamkeit erregte.

Rätselhafter Tod am Hyde Park Corner

Nick ließ das Telefon sinken, noch bevor er die ersten Worte gelesen hatte. Das Foto, das zu Beginn des Berichts abgedruckt war, reichte aus, um seine schlimmsten Befürchtungen zu bestätigen. Der Tote war Miles. Adams Geschäftspartner. Nachdem Nick seinen ersten Schrecken überwunden hatte, nahm er sich den Artikel vor. Der Verfasser berichtete von einer Touristengruppe, die den Leichnam am Morgen gefunden hatte. Laut Polizei könne vor Abschluss der Obduktion keine Aussage zur Todesursache gemacht werden, ein Fremdverschulden sei aber nicht auszuschließen. Wieder und wieder überflog Nick die Zeilen, ohne einen Hinweis auf Adam oder darauf, was geschehen war, zu finden.

Frustriert und beunruhigt starrte er auf Miles' Foto. Schließlich legte er das Smartphone zur Seite und startete den Motor. Es war an der Zeit, ein paar Kontakte zu aktivieren.

10

Als ich die Augen öffnete, fand ich mich in Madames Sessel wieder, ohne zu wissen, wie ich dorthin gekommen war. Genau genommen wusste ich nicht einmal, was *überhaupt* passiert war. Mein Zustand seliger Ahnungslosigkeit hielt allerdings nur zwei Sekunden lang an. Ziemlich genau die zwei Sekunden, die ich brauchte, um die bläulich schimmernde Gestalt in der Mitte des Raums zu entdecken.

Mit einem Fluch, der so wenig Sinn ergab, dass nicht einmal mein innerer Zensor sich die Mühe machte, ihn in etwas noch Idiotischeres zu verwandeln, fuhr ich hoch. Schlagartig wurde mir so schwindlig, dass ich wankte.

»Setz dich lieber wieder hin«, riet der Geist – Onkel Hughs Geist, wie ich mich jetzt erinnerte. »Nicht, dass ich dich gleich wieder in den Sessel hieven muss.«

Da mir die Kraft für koordinierte Bewegungsabläufe zu fehlen schien, ließ ich mich in die Polster sinken. Ohne Onkel Hugh aus den Augen zu lassen, sortierte ich meine Erinnerung. Okay, ich hatte einen Geist gerufen. Einen verdammten echten Geist! Mir war schlecht geworden und schwindlig. Dann musste ich irgendwie zusammengeklappt sein. Dass ich noch lebte und mich obendrein in einem bequemen Sessel wiederfand, statt auf dem harten Boden, bedeutete wohl, dass Hugh nicht vorhatte, mir etwas anzutun. *Oder damit warten will, bis ich es auch mitbekomme,* fügte der Teil von mir hinzu, für den das Licht am Ende des Tunnels immer der Zug war.

Wenn er mich hierherverfrachtet hatte, bedeutete das … »Du kannst Dinge berühren?« *Mich?*

»Wenn ich mich konzentriere.«

Mühsam setzte ich mich aufrecht hin. Lieber wäre ich ihm stehend gegenübergetreten; da mein Körper aber gerade nicht mitspielte, war das die nächstbeste Wahl. Die Übelkeit war abgeflaut, auch der Schwindel besserte sich allmählich. Dafür fühlte ich mich so schwach wie ein altes Salatblatt. »Wie lange war ich weggetreten?«

»Ein oder zwei Minuten, schätze ich.«

»Deine Verwandten«, erinnerte ich mich. »Wo sind Grace und James hin? Hast du sie –«.

»In die Flucht geschlagen?« Er schüttelte so vehement den Kopf, dass das blaue Leuchten wie ein optisches Echo um ihn herumflirrte. Dann grinste er. »Die zwei waren wohl mit deiner Performance nicht zufrieden.«

»Sie haben dich nicht gesehen, oder?«

»Sie haben *etwas* gesehen, aber so wie ich meine geschätzte Nichte und ihren wertlosen Mann kenne, wollten sie lieber nicht wahrhaben, was sie da sahen. Oder dass ich ihnen nicht die Antwort geben wollte, wegen der sie gekommen waren.«

Das Sparbuch. Von wegen, leichtes Gespräch. Einen Spaziergang hatte Madame es genannt. Die Shepherds waren abgehauen, ohne zu bezahlen. Das war wirklich unglaublich! Ich hatte einen echten Geist beschworen und diese beiden bezichtigten mich des Betrugs!

Es sei denn, ich bildete mir den Geist nur ein. Unwillkürlich tastete ich nach meiner Stirn. Vielleicht hatte ich ja Fieber. Richtig, richtig hohes Fieber, das mich Erscheinungen sehen ließ.

Das würde auch meine Schwäche erklären. »Vielleicht doch eine Sommergrippe«, murmelte ich.

»Sommergrippe?« Die blau schimmernde Fieberfantasie war näher gekommen und betrachtete mich mit hochgezogener Augenbraue. »Du bist es wohl eher nicht gewöhnt, jemanden wie mich zu rufen.«

Wem wollte ich etwas vormachen? Meine Stirn fühlte sich kein bisschen heiß an, nicht mal warm. Das da vor mir – das war echt. »Aber ich habe dich gar nicht gerufen«, sagte ich lahm. »Das war doch alles nur Show.«

Hugh lachte, ein bellendes Lachen, das von den Wänden widerhallte und mich zusammenzucken ließ. »Ja, klar, Show«, gluckste er. »Wenn du mich nicht gerufen hast, bin ich das Gespenst von Canterville. Du hast über alle Kanäle gefunkt, Mädchen! Klar, dass das Kraft kostet.«

»Du meinst, ich fühle mich so schei… schlecht, weil ich dich gerufen habe?« Scheiße! Ich fühlte mich scheiße! Schlecht war viel zu harmlos.

Hugh nickte. »Einen Geist zu rufen, kostet Kraft. Ganz besonders, wenn man es offensichtlich so wenig kontrollieren kann wie du.«

Heute Morgen hatte ich mich ganz ähnlich gefühlt. Ich hatte es auf den Traum geschoben – aber was, wenn es doch kein Traum gewesen war? Wenn ich stattdessen …? »Könnte mir so etwas im Schlaf passieren? Könnte ich den Geist eines Toten rufen, ohne es zu merken? Den eines toten Tiers zum Beispiel?«

»Hattest du Mitleid mit der Kreatur?«

Ich nickte.

»Und du hast von dem Tier geträumt?«

Wieder ein Nicken.

»Und dann?«

»Lag es auf meinem Kopfkissen.«

»Aber vermutlich nicht allzu lange, oder?«

»Nein. Es ist verblasst – wie der Albtraum, für den ich es gehalten habe.« Ich stutzte. »Warum bist du noch nicht verblasst?«

»Die Energie, die man in die Anrufung eines Tiers steckt, wird normalerweise ziemlich schnell aufgezehrt«, erklärte er. »Wie eine Batterie, die sich entleert, – und schwupps! – ist der Bildschirm schwarz. Vieh verschwunden.«

»Und du?«

»Ich bin doch kein Tier.« Fast wirkte er ein wenig empört, dann jedoch schüttelte er nachsichtig den Kopf. »Du hast wirklich keine Ahnung, was du da machst, oder? Also pass auf: Um einen Geist zu rufen, braucht es deine Energie, ein Stück deiner Lebenskraft. Ein menschlicher Geist nimmt die Energie auf, die du ihm gibst. Statt sie aber abzubauen und sich wieder aufzulösen, können wir zusätzliche Energie aus der Umwelt absorbieren. Von jedem Lebewesen in unserer unmittelbaren Umgebung ein bisschen.«

Sollte das heißen, er konnte bleiben, so lange er wollte? Ich wollte ihn fragen, aber während ich ihn noch musterte, wurde ich mir plötzlich der ganzen Situation bewusst. Vor mir stand ein Geist. Wabernd, blau und durchscheinend. Er sah nicht unfreundlich oder gefährlich aus, aber er war immer noch ein Geist. Ein Wesen, an dessen Existenz ich bis vor einer Stunde noch nicht einmal geglaubt hatte. Und jetzt, nachdem die Shepherds fort waren und mich nicht länger der Wunsch ablenkte, eine gute Show zu bieten, wurde mir erst so richtig bewusst, was das bedeutete: Ich hatte einen Toten gerufen.

Plötzlich erschien mir das Zimmer viel zu klein für uns beide. Ich hatte das Gefühl, keine Luft mehr zu bekommen. Raus hier! Nur raus!

Ich sprang auf. Zum Glück war der Schwindel inzwischen so weit abgeflaut, dass ich nicht mehr ins Taumeln geriet. Mit trotzdem weichen Knien stürmte ich an Hugh vorbei. An der Tür blieb ich noch einmal stehen, drehte mich zu ihm um und rief: »Ich entlasse dich zurück in deine Welt.« Das waren die Worte, die Madame in ihren Séancen – den *falschen* Séancen – benutzte, um den Kunden zu signalisieren, dass die Show vorbei war. Ich konnte nur hoffen, dass Hugh das ebenfalls begreifen und verschwinden würde.

Was mich anging, brauchte ich jetzt erst einmal frische Luft und einen wirklich, wirklich starken Kaffee. Nicht die Plörre, die die Kaffeemaschinen hier fabrizierten. Ohne mich noch einmal umzudrehen, eilte ich durch den Laden und zur Tür hinaus, auf die Straße. Als ich endlich wieder zu mir kam, stand ich schon im *High Tea* am Tresen und hatte mir einen doppelten Espresso bestellt.

In einem Sessel vor dem Fenster saß der Mann mit den farblosen Augen, mit dem ich im Laden zusammengestoßen war. Meine Güte, das schien eine Ewigkeit her zu sein! Als sich unsere Blicke trafen, nickte ich ihm zu. Für einen Moment schien es, als würde er nicht reagieren, dann erwiderte er mein Nicken und richtete seine Aufmerksamkeit wieder auf seine Zeitung.

Ich bezahlte und verzog mich mit meiner Tasse an einen ruhigen Tisch, von dem aus ich den *Hexenkessel* im Auge hatte. Der Kaffee war noch zu heiß, um ihn zu trinken, deshalb verbrachte ich die Zeit damit, auf den Laden zu starren. Ich versuchte gar nicht erst zu ergründen, warum ich plötzlich Geister rufen konnte, denn ich war mir sicher, den Grund dafür zu kennen – Madames Ritual. *Von wegen, da kann gar nichts passieren!* Etwas war definitiv passiert.

Gut, ich hatte Hugh fortgeschickt. Aber was, wenn ihn das nicht interessierte? Was, wenn ich zurückkam und er immer noch da war?

Ich leerte meinen Espresso mit zwei Schlucken und war drauf und dran, mir noch einen zu holen, ließ es dann aber bleiben. Abgesehen davon, dass mir ein zweiter Espresso vermutlich einen Herzinfarkt bescheren würde, hätte er doch nur den einen Zweck: meine Rückkehr in den Laden hinauszuzögern. Da ich mich der Frage, ob der Geist verschwunden war, früher oder später ohnehin stellen musste, konnte ich es ebenso gut gleich hinter mich bringen.

Natürlich war er noch da, als ich schließlich in Madames Reich zurückkehrte. Er saß im Sessel und blätterte in einer ihrer Zeitschriften, so vertieft in den Lesestoff, dass er erst aufsah, nachdem ich mich vernehmlich räusperte.

»Ah, du bist zurück.«

»Und du bist immer noch da.«

»Hast du etwas anderes erwartet?«

Und ob! Die Show war vorbei, dass er hier war, war ein Unfall, und wenn es nach mir ging, konnte er jetzt wieder verschwinden. »Offen gestanden ja. Deine … äh … Dienste werden hier nicht länger benötigt.«

»Das dachte ich mir schon, als du diesen Entlasse-dich-in-deine-Welt-Kram vom Stapel gelassen hast. Tolle Wortwahl übrigens. Seeeehr dramatisch. Ich wette, die Leute stehen auf so was.«

Die Leute vielleicht, Geister schien das wohl eher kalt zu lassen. »Warum bist du noch da?«

Er schlug die Zeitschrift zu, legte sie auf seinen Schoß und erhob sich. Dabei sank sie durch seinen Körper und blieb auf dem Polster liegen. »Es ist nett hier.«

»Ich möchte aber, dass du gehst.«

»Vergiss es.«

Eine glatte Kampfansage. Meinetwegen. Ich hatte höflich gefragt, er wollte nicht, also musste ich wohl härtere Geschütze auffahren. Ich holte das schnurlose Telefon, das neben der Kaffeemaschine lag, und wählte Madames Nummer. Sie meldete sich weder am Festnetz noch auf dem Handy. Als die Mailbox ansprang, war ich drauf und dran, etwas von einem Geist zu erzählen, doch egal, wie ich den Satz auch in Gedanken vorformulierte, er klang immer unglaublich dämlich. Schließlich legte ich auf.

Hugh stand noch immer vor dem Sessel, leuchtete vor sich hin und grinste ziemlich selbstzufrieden. Dieses Grinsen war auch der Grund, warum ich die Wahlwiederholung drückte. Ich würde mich nicht von einem Geist auslachen lassen! Und was war schon dabei, Madame von ihm zu erzählen? Immerhin hatte sie mir erst gestern eröffnet, dass sie wirklich Kontakt aufnehmen konnte. Garantiert hatte sie ganz genau gewusst, was dieses blöde Ritual auslösen würde.

Wieder meldete sich die Mailbox. Und noch immer scheute ich mich davor, das Wort »Geist« in den Mund zu nehmen. Es auszusprechen, würde es real werden lassen. Nicht, dass ein durchscheinender toter Onkel, der Zeitschriften las und bewusstlose Hilfskräfte in Sessel legte, nicht ohnehin schon viel zu real gewesen wäre. In bester Verleugnung sagte ich: »Die Séance ist schiefgegangen. Bitte rufen Sie schnell zurück!« Von wegen schiefgegangen. Vollkommen verkackt hatte ich die ganze Nummer!

Da ich keine Ahnung hatte, wie lange ich auf den Rückruf warten musste, ließ ich Hugh einfach neben seinem Sessel stehen und ging in den Laden.

Jonah stand mit einem Kunden am Kräuterregal und drückte ihm ein Päckchen nach dem anderen in die Hand, das der ihm von einer ziemlich lang aussehenden Liste nannte. Die Begeisterung, mit der der Mann das Regal betrachtete, deutete darauf hin, dass er weder ein Tourist, noch ein Wicca-Anhänger war, sondern eher zu den Köchen gehörte, die sich bei uns mit exotischen Kräutern und Gewürzen eindeckten, die es nicht in jedem Supermarkt zu kaufen gab. Ich ging an den beiden vorbei und gesellte mich zu Pepper, die gerade die Energiesteine auf einem der Tische nach Farben sortierte.

»Ich brauche ein Buch mit Bannzaubern«, sagte ich leise.

Pepper sah auf. »Was willst du denn bannen? Deine Unfähigkeit, Schimpfwörter auszusprechen?«

»Nicht so laut.« Ich sah mich kurz um. »Das muss niemand mitkriegen. Und nein, es hat nichts mit Unflätigkeiten zu tun.« Noch einmal ließ ich den Blick umherschweifen, um sicherzugehen, dass uns niemand hörte, bevor ich – noch leiser – sagte: »Die Séance ist schiefgegangen. Ich habe einen Geist beschworen und der will nun nicht mehr verschwinden.«

Oh mein Gott! Das klang noch dämlicher, als ich es mir ausgemalt hatte.

Pepper schien das ganz ähnlich zu sehen. »Du verarschst mich!«

Ich sagte nichts, sah sie nur an. Da begannen ihre Augen zu leuchten. »Du hast wirklich …? Wie geil ist das denn?« Dann: »Wo ist er? Ich will ihn sehen!«

»Auf keinen Fall!«

Pepper verschränkte die Arme vor der Brust. »Keine Besichtigung – keine Bücher.«

»Das ist nicht fair!«

»Es ist auch nicht fair, mir einen Geist vorzuenthalten. Außerdem«, fügte sie fast schon trotzig hinzu, »habe ich dir den Kobold auch gezeigt.«

Ich sah davon ab, sie darauf hinzuweisen, dass es nicht ihr Verdienst gewesen war, dass ich Drizzle zu Gesicht bekommen hatte, sondern allein die Entscheidung des Kobolds. Wenn ich nicht nachgab, würde sie es auch nicht tun. Ich schob Pepper ins Hinterzimmer. Sobald wir über die Schwelle waren, blieb ich stehen und sah in Richtung des Sessels, wo Hugh es sich wieder bequem gemacht hatte. Dieses Mal saß er auf der Zeitschrift. »Bitte schön«, sagte ich. »Da hast du ihn.«

Selbst wenn sie seine Gestalt nicht sehen konnte, so würde sie zumindest *irgendetwas* wahrnehmen. So war es auch bei Grace gewesen.

Pepper starrte auf den Sessel, geradewegs auf den Geist. Schließlich wanderte ihr Blick weiter, ehe er erneut zum Sessel zurückkehrte. »Du solltest Madames Zeitschriften nicht so herumliegen lassen. Du weißt, dass sie das nicht mag.«

»Pepper, er sitzt mit seinem blau schimmernden Hintern mitten auf der InStyle!«

»Knackiger Hintern, bitte«, korrigierte Hugh.

»Vielen Dank, Hui Buh! Hilfreicher wäre es allerdings, wenn du dich zeigen würdest.«

»Wo bleibt da der Spaß? Lieber sehe ich mir an, wie du versuchst, deine Freundin von meiner Existenz zu überzeugen.«

Ich warf ihm einen finsteren Blick zu und wandte mich dann an Pepper. »Er weigert sich, sich zu zeigen.«

Pepper ging auf den Sessel zu. Als sie noch etwa zwei Meter entfernt war, streckte sie den Arm aus und ging langsam weiter, so langsam wie ein Mensch, der sich an eine brüchige Klippe herantastet. Eine Handbreit bevor ihre Finger Hughs Stirn berührten, blieb sie stehen. Sie sah ihm geradewegs in die Augen, konnte aber weder die Grimassen sehen, die er ihr schnitt, noch seine Nähe spüren.

Hugh quietschte empört, als Pepper durch ihn hindurch nach der InStyle griff. »Das ist jetzt aber doch ein bisschen sehr intim fürs erste Treffen«, beschwerte er sich.

Selbst Schuld! Wenn du dich zeigen würdest, hätte sie dich vermutlich nicht versehentlich angegrapscht. Da ich nicht mehr vor Pepper mit ihm sprechen wollte, versuchte ich, ihm meine Gedanken mit einem finsteren Blick zu übermitteln.

»Du hast mich drangekriegt, Riley.« Sie legte die Zeitschrift zu den anderen zurück, bevor sie mich wieder ansah. »Ich hab echt geglaubt, du hättest einen Geist hergezaubert. Schade eigentlich.«

Ja, schade. Schade, dass sie ihn nicht sehen konnte.

Irgendwie musste ich die Kurve kriegen, dass Pepper nicht sauer auf mich war, mir aber trotzdem die Bücher beschaffte. »Ich war wirklich überzeugend, oder?« Ich zwang mich zu einem Grinsen. »Aber wenn es dich beruhigt, eine Weile habe ich selbst daran geglaubt.«

Sie zog eine Augenbraue hoch. »Ernsthaft?«

»Sie glaubt immer noch dran«, gluckste Hugh. »Zwangsläufig.«

»Du kennst ja die Séancen. Ich habe noch nie eine selbst gemacht, erst recht nicht allein. Vermutlich habe ich mich so reingesteigert, dass ich angefangen habe, *Dinge* zu sehen.« Hugh schnaubte, als ich ihn so betont als Ding bezeichnete. »Die Geräusche und die Projektionen wirken schon ganz schön echt. Aber weißt du was, diese Bücher mit den Bannsprüchen würden mich trotzdem interessieren.«

Pepper betrachtete mich mit gerunzelter Stirn, als wüsste sie nicht, was sie aus den letzten Minuten machen sollte. Dann nickte sie. »Klar. Bin gleich wieder da.«

Sobald sie verschwunden war, fuhr ich zu Hugh herum. »Das war ziemlich kontraproduktiv!«

»Was? Dass ich mich deiner Freundin nicht gezeigt habe, damit ihr zu zweit versuchen könnt, mich dahin zurückzuschicken, wo ich herkomme?«

»Exakt.«

Er schien zu merken, wie ratlos ich war. »Sich als Geist zu zeigen, bringt nur Scherereien«, versuchte er zu erklären.

»Ach, aber mir zeigst du dich.«

»Du hast mich schließlich gerufen.«

»Hätte ich nicht gemacht, wenn ich gewusst hätte, dass du tatsächlich auftauchst.«

Hughs Brustkorb begann zu beben, einen Augenblick später brach das Gelächter aus ihm hervor. Er lachte, bis er zu japsen begann, was ausgesprochen erstaunlich war, angesichts der Tatsache, dass er in seinem Zustand wohl kaum zu atmen brauchte. Als Pepper mit einem Buch zurückkehrte und es mir in die Hand drückte, gluckste er noch immer.

Schon das bunte Cover und der Titel *Reinigung durch Meditation* machten mich stutzig, und der Klappentext verriet mir, dass es für meine Zwecke nicht zu gebrauchen war. Es ging darum, Räume von negativen Schwingungen zu befreien.

»Was soll ich denn damit?«

»Vielleicht liegt es ja an den Schwingungen hier drin, dass du dir einen Geist eingebildet hast. Wenn du die mal so ordentlich durchputzt ...« Pepper zuckte mit den Schultern.

Hugh, der sich gerade wieder halbwegs beruhigt hatte, brach in erneutes Gelächter aus. »Du hast sie verarscht und jetzt zahlt sie es dir heim!«

Nur, dass es nie meine Absicht gewesen war, was ich ihr aber ohne Beweise – von denen Hugh sich weigerte, sie zu liefern –

nur schwer klarmachen konnte. »Verkaufen wir neben diesem New-Age-Kram nicht auch andere Bücher? *Echte* Bücher.«

Pepper schüttelte den Kopf. »Madame hält das für zu gefährlich. Sie sagt, dass sie den Spinnern, die kein Experiment auslassen, damit eine geladene Waffe in die Hand geben würde, deshalb …« Sie hatte schon zu viel gesagt, da half es auch nichts mehr, schnell den Mund zuzuklappen.

»Deshalb?«

»Tut mir leid, Riley, aber die echten Bücher gehören zu Madames persönlichem Besitz und den hat sie weggesperrt. Weder Jonah noch ich haben einen Schlüssel.«

Den Rest des Tages wartete ich vergebens auf Madames Rückruf. Ich hatte gehofft, es würde genügen, in den Laden zu gehen und Hugh im Hinterzimmer zurückzulassen.

Eine Weile klappte das auch ganz gut, und irgendwann konnte ich tatsächlich meinen Job erledigen, ohne ständig über das Gespenst von nebenan nachzudenken. Irgendwann wurde es Seiner Bläulichkeit allerdings langweilig, und er entschloss sich, uns Gesellschaft zu leisten. Den Rest des Tages schwebte er ständig um mich herum und gab zu Gesprächen seinen Senf dazu – den natürlich nur ich hören konnte. Mehr als einmal musste ich mir auf die Zunge beißen, um ihm nicht versehentlich zu antworten und mich vor Pepper, Jonah oder einem Kunden lächerlich zu machen.

Wann immer keine Kunden im Laden waren, wurden Pepper und Jonah nicht müde, mich über meine missglückte Séance auszuquetschen. Ich blieb bei der Wahrheit – zumindest die meiste Zeit über. Hughs Auftauchen ließ ich natürlich aus und erzählte ihnen stattdessen etwas von missglückten Spezialeffekten und dem enttarnten Projektor.

Am Nachmittag bemerkte ich plötzlich, dass Hugh nicht

mehr da war. Ich sah mich überall um, durchforstete den Laden, das Lager und alle Nebenräume, ohne auch nur den leisesten Schimmer von Blau zu entdecken. Bei Ladenschluss war er immer noch verschwunden, und ich begann allmählich Hoffnung zu schöpfen, dass das so bleiben würde.

11

Als ich an diesem Abend nach Hause kam, war ich so platt, als hätte ich Dads komplette Nachtschichten eines ganzen Monats übernommen. Meine Güte, was für ein Tag! Umso mehr freute es mich, dass Dad zu Hause war. Laut seinem Plan hätte er heute eigentlich eine Doppelschicht gehabt und bis Mitternacht im Krankenhaus sein müssen. Zu hören, wie er in der Küche hantierte, hellte meine Stimmung sofort auf. Garantiert machte er sein berühmtes Indisches Curry – meine absolute Leibspeise.

Immer noch müde, aber guter Dinge, streifte ich meine Schuhe ab und ging in die Küche. »Hi, Dad. Ich wusste gar nicht –«. Ich verstummte so schlagartig, als hätte mir jemand ein klebriges Knäuel in den Mund geschoben. Das war nicht Dad, der da am Herd stand.

Der blau schimmernde Glatzkopf drehte sich zu mir um, einen Kochlöffel in der Hand. »Ah, da bist du ja endlich! Ich hatte schon Angst, du kommst zu spät und mir verkocht alles.«

»Hmpf.« Mehr brachte ich beim besten Willen nicht heraus. Trotzdem bemühte ich mich, ungeachtet meines heruntergeklappten Kiefers etwas Sinnvolles herauszuwürgen, was allerdings in einem lang gezogenen »Waddl?« über meine Lippen kam.

»Was ich hier mache?«

Ich nickte.

»Kochen.«

Worte mochten nicht funktionieren, dafür gelang es mir, die Augen bedrohlich zusammenzukneifen.

»Du magst doch hoffentlich Spaghetti Bolognese?«

»Ich mag … will vor allem wissen, wie du hierherkommst!« Hurra, ich konnte wieder sprechen. »Wie hast du mich gefunden?«

Hugh tauchte den Kochlöffel in die blubbernde Soße und rührte um. »Ich bin deiner Aura gefolgt.«

»Gefolgt? Du warst *vor* mir da.«

»Das ist doch Wortklauberei.« Er zuckte die Schultern, ohne vom Topf aufzusehen. »Als du aus dem Laden gestürmt bist, habe ich zufällig die Briefe in deiner Handtasche gefunden. Da stand deine Adresse drauf.«

»Du hast in meiner Tasche gewühlt?« Er hatte meine persönlichen Sachen durchsucht! Das war echt das Letzte! Wäre er ein x-beliebiger Typ gewesen, hätte ich ihm einen derartigen Föhn verpasst, dass er hinterher nicht mehr wissen würde, ob er da Spaghettisoße oder Zahnpasta kochte. Nur war er kein x-beliebiger Typ. Und eine wichtige Frage war noch offen. »Nur fürs Protokoll: Bist du gefährlich?«

Er warf mir einen Blick über die Schulter zu. »Würde ich es dir sagen, wenn ich es wäre?«

»Vermutlich nicht. Trotzdem, noch mal: Bist du es?«

»Nein.«

»Schwörst du das?«

»Bei meinem Leben«, grinste er.

»Sehr witzig.« Seltsamerweise glaubte ich ihm trotzdem. Vielleicht lag es daran, dass ich ihn selbst gerufen hatte und mir einfach nicht vorstellen konnte, dass ich imstande sein könnte, ein menschenfressendes Monster zu beschwören. Oder aber ich war einfach nur ein gutgläubiger Trottel, der auf das fröhliche Grinsen seiner Blauschimmrigkeit hereinfiel. So oder so, ich hatte keine Angst mehr vor ihm. »Okay, noch mal also: Warum bist du noch hier?«

»Weil die Bolognese noch nicht fertig ist.«

»Hugh!«

Er hob beschwichtigend die Hände. Vom Kochlöffel tropfte Hackfleisch auf den Fliesenboden. »Entschuldige, du bist einfach so leicht hochzuschießen, da kann ich nur schwer widerstehen.«

»Habe ich die falschen Worte benutzt, um dich zurückzuschicken?«

»Schätzchen, das hat doch nichts mit Worten zu tun.«

Es machte mich wahnsinnig, dass er sich alles aus der Nase ziehen ließ. Er wusste das. Und genoss es. »Womit dann?«, fragte ich bemüht ruhig.

»Willenskraft. Statt diesem ›Verschwinde dahin, wo du hergekommen bist‹-Kram, könntest du genauso gut Blumenkohl sagen. Wenn du dir nur stark genug wünschst, dass ich verschwinde, würde es auch dann funktionieren.«

Wenn einer den Willen hatte, ihn wieder loszuwerden, dann wohl ich. »Blumenkohl.« *Hau ab! Hau ab! Hau ab!*

»Du musst deine Kräfte bündeln«, erklärte er. »Dich konzentrieren. Aber du bist wohl einfach zu ungeübt. Ganz besonders, wenn es darum geht, jemanden wegzuschicken, der gar nicht gehen will.«

»Warum willst du das nicht?« Zum ersten Mal fragte ich mich, wie es wohl sein mochte, ein Geist zu sein. Wo er wohl herkam und wie es dort war?

»Ganz ehrlich? Tot zu sein, ist sterbenslangweilig. Außerdem«, er begutachtete mich von oben bis unten, »bist du viel zu dürr und kannst jemanden brauchen, der dich versorgt.«

»Das macht Dad ganz gut.«

»Und wo ist er?«

Seine Worte ließen mir die Luft raus. Ja, Dad kochte für uns. Wenn er zu Hause war. An allen anderen Abenden gab es irgendwelchen Tütenkram, Sandwiches oder auch mal gar nichts. Und diese blöde Geisterbolognese roch wirklich verflucht gut. Ich ging zum Küchentisch und ließ mich auf einen der Stühle fallen. »Und wie soll das hier jetzt weitergehen?«

»Für den Anfang mit einer großen Ladung Spaghetti mit Hughs Spezialsoße.« Er verfrachtete einen Berg Nudeln auf einen Teller, packte ordentlich Soße obendrauf und stellte ihn mir vor die Nase. »Zum Sterben lecker!«

Das war sie tatsächlich. Allerdings verkniff ich es mir, ihn zu sehr für seine Kochkünste zu loben, um ihn nicht noch zusätzlich zu ermuntern, sich dauerhaft hier einzunisten. Oder noch selbstzufriedener zu grinsen, als er es sowieso schon tat.

Nach dem Essen spülte Hugh das Geschirr, und ich verzog mich auf mein Zimmer, wo ich ein paar Mal versuchte, Madame zu erreichen. Die hatte inzwischen allerdings ihre Mailbox abgestellt, sodass ich nicht einmal eine weitere Nachricht hinterlassen konnte.

Lange Zeit saß ich auf meinem Bett, starrte an die Wand und fragte mich, was ich jetzt tun sollte. Draußen wurde es langsam dunkel und auch im Zimmer wuchsen die Schatten immer weiter an. Trotzdem machte ich mir nicht die Mühe, das Licht anzuschalten. Ich konnte also Geister rufen. Hieß das, ich war ein Medium? Oder eher eine Beschwörerin? Hugh hatte gesagt, ich wäre zu ungeübt. Vielleicht sollte ich ein wenig üben. Testen, wozu ich imstande war – und vor allem lernen, diesen Geisterrufkram zu kontrollieren. Andererseits hatte ich bereits einen Geist an der Backe. Die Vorstellung, noch ein paar dieser bläulichen Exemplare zu rufen, die sich nicht mehr verziehen wollten, gefiel mir nicht sonderlich. Am Ende wäre einer von denen dann vielleicht wirklich gefährlich. Außerdem war dieser ganze Geistermist auch irgendwie unheimlich.

Hugh ließ sich an diesem Abend nicht mehr blicken. Keine Ahnung, wohin Geister verschwanden, wenn sie … na ja, wenn sie eben verschwanden. Er tauchte jedenfalls nicht mehr auf, und ich schlief irgendwann ein, obwohl ich mir fest vorgenommen hatte, mit einem Geist im Haus garantiert kein Auge zuzutun.

Als mich mein Wecker am Morgen aus dem Schlaf brüllte, fühlte ich mich fit und ausgeschlafen. Bereit, es mit einem neuen Tag aufzunehmen. Solange nur keine weiteren Überraschungen – oder Geister – dazukamen. Dad saß bereits mit seiner Zeitung am Esstisch, als ich nach einer ausgedehnten Dusche in die Küche kam.

»Guten Morgen, Schatz«, begrüßte er mich guter Dinge.

»Morgen, Dad.« Ich küsste ihn auf die Stirn und warf einen Blick auf den Tisch. »Pfannkuchen, Rührei und Toast. Hattest du eine schlaflose Nacht oder wann hast du das alles gezaubert?«

»Das ist wohl das Mindeste, nachdem du die ganze Bügelwäsche erledigt hast.«

Hatte ich? Nicht dass ich wüsste – es sei denn, Schlafwandeln gehörte zu meinen neuen Fähigkeiten. »Äh … ja. Musste ja auch mal gemacht werden.«

»Hört, hört, da schmückt sich jemand mit fremden Federn.« Wie aus dem Nichts erschien Hughs schimmernde Gestalt neben dem Kühlschrank. »Mach dir keine Gedanken, Typen wie ich brauchen keinen Schlaf, und irgendwie muss man die Zeit ja totschlagen.« Er musterte mich von oben bis unten. »Hübsches Kleid übrigens. Rostrot steht dir gut.«

Meine Lippen formten ein lautloses »Danke« in seine Richtung – fürs Bügeln und für sein Kompliment –, das er mit einem Nicken quittierte, dann setzte ich mich zu Dad und lud meinen Teller mit den Leckereien voll, die er gemacht hatte. Dass ein dienstbarer Geist die Bügelwäsche gemacht hatte, behielt ich wohl besser für mich, ebenso wie die Tatsache, dass ich diesen Geist gerufen hatte. Das würde Dad nur in seinen Bedenken gegen meinen Job im *Hexenkessel* bestärken.

Dad faltete seine Zeitung zusammen und legte sie zur Seite. »Und, beschwört ihr heute wieder irgendwelche Toten?«, fragte er augenzwinkernd und machte dabei eine Geste, die wohl ein flatterndes Gespenst darstellen sollte. Oder eine Fledermaus. Weiß der Geier.

Ich warf einen Blick zu Hugh, der immer noch am Kühlschrank lehnte. »Nein, das stand gestern schon auf dem Programm«, bemerkte ich trocken.

Dad grinste, nicht ahnend, dass ich kein bisschen scherzte.

Nach dem Frühstück ging er wieder ins Bett, er war wohl noch später von seiner Schicht heimgekommen, als ich gedacht hatte, und ich machte mich auf den Weg zur Arbeit.

Es ist nicht lustig, in Begleitung eines für alle Welt unsichtbaren Geistes U-Bahn zu fahren, der einen auf der ganzen Strecke zutextet. Mehr als einmal musste ich mir auf die Zunge beißen, um ihm nicht zu antworten und mich damit in die Scharen merkwürdiger Gestalten einzureihen, die sich in London herumtrieben. Ich hoffte inständig, dass Madame heute wieder gesund war!

Auf den letzten Metern des Weges waren wir die Einzigen auf der Straße. Die Museum Street war um diese Zeit noch weitgehend verlassen, die meisten Leute waren auf der Oxford Street unterwegs, saßen beim Frühstück in den Cafés oder warteten vor dem British Museum darauf, dass es öffnete.

»Wo hast du die Nacht über gesteckt?«, fragte ich Hugh, nachdem ich mich dreimal versichert hatte, wirklich allein zu sein.

»Im Äther«, sagte er in einem Tonfall, als wäre das doch wohl sonnenklar, und um mich endgültig zu verwirren, fügte er noch hinzu: »Dematerialisiert.«

Wir hatten den Laden erreicht. Ich war extra früher losgefahren, um mit Madame sprechen zu können, bevor Jonah oder Pepper kamen. Diesen Zeitvorsprung wollte ich jetzt nicht verschenken. Hugh würde mir diese Äther-Sache später erklären müssen. Oder Madame, denn wenn ich erst mit ihr gesprochen und sie ihn zurückgeschickt hatte, blieb ihm wohl keine Zeit mehr für Erklärungen.

Ich sperrte auf, schlüpfte zur Tür hinein, bevor die Glöckchen darüber sich melden konnten, und schloss hinter mir wieder ab. Der Geruch von Räucherstäbchen und Kaffee erfüllte die Luft – das bedeutete, dass Madame bereits da war. Erleichtert ging ich durch den Perlenvorhang, in Richtung Hinterzimmer, als ich auch schon ihre Stimme vernahm. Sie telefonierte. Mist! Ich hatte fast einen ganzen Tag und eine ganze Nacht mit diesem Geist verbracht, trotzdem konnte ich es kaum abwarten, ihr endlich davon zu erzählen. Hoffentlich legte sie bald auf.

Ich wollte schon wieder kehrtmachen, als ich sie sagen hörte: »Ja, ich habe das Ritual mit ihr durchgeführt.«

Abrupt blieb ich stehen. Es gehörte sich nicht zu lauschen, schon klar, aber als ich das Wort Ritual hörte, konnte ich einfach nicht anders.

»Jetzt müssen wir sehen, was passiert«, fuhr sie ohne Unterbrechung fort. »Nein, natürlich habe ich ihm nichts davon erzählt. Altan, für wie dumm hältst du mich denn?« Eine Weile herrschte Schweigen, dann: »Sie ist skeptisch. Wir müssen noch abwarten.« Wieder eine Pause, in der sie den Worten vom anderen Ende der Leitung lauschte. »Mach dir keine Sorgen, hier im Laden habe ich sie im Auge.«

Mochte ich anfangs noch gezweifelt haben, immerhin konnte sie noch ein Dutzend anderer Rituale abgehalten haben, war ich mir spätestens bei ihren letzten Worten sicher, dass sie über mich sprach. *Hier im Laden habe ich sie im Auge.* Klar, sie konnte immer noch Pepper meinen, auch wenn ich das für unwahrscheinlich hielt. So oder so reichten ihre Worte, um mich zögern zu lassen. Ich verspürte noch immer den Drang, ihr zu erzählen, was gestern passiert war. Gleichzeitig war ich aber auch misstrauisch geworden. Ich fragte mich, was sie mit diesem Ritual wirklich bezweckt hatte und ob es tatsächlich so uneigennützig gewesen war, wie sie behauptete. Und wer war dieser geheimnisvolle *Ihm*, der Kerl, dem sie nichts davon erzählt hatte? Solange ich diese Fragen nicht beantworten konnte, entschied ich mich, lieber erst einmal die Klappe zu halten.

Ich kehrte in den Laden zurück und machte mich an die üblichen Vorbereitungen. Der Nachfolger des gestern verkauften Totenschädels war genauso dämlich wie sein Vorgänger. Auch er begann mit seinem höllischen Gelächter, kaum dass mein Staubwedel den Schalter auch nur streifte. Scheißteil!

Der Perlenvorhang klimperte, als Madame in den Laden kam. »Ach, Riley, du bist ja schon da. Tut mir leid, dass ich nicht zurückgerufen habe, aber ich habe meine Mailbox erst heute Morgen abgehört. Was ist denn passiert?«

Trotz meines Misstrauens war ich kurz davor, ihr alles zu erzählen. Ausgerechnet ein Blick auf Hugh hielt mich davon ab. Der Geist erschien aus dem Nichts hinter Madame, blickte mich über ihre Schulter hinweg ernst an und schüttelte den Kopf.

Madame hielt plötzlich inne, als könne sie die Energie des Geistes hinter sich spüren. In dem Augenblick, in dem sie sich umdrehte, verschwand Hugh. Er löste sich nicht etwa langsam in Luft auf oder verzog sich wie Nebel, sondern war von einem Herzschlag auf den anderen einfach weg – wie das Bild eines Fernsehers, den man ausschaltete. Madame runzelte kurz die Stirn, dann sah sie wieder mich an. »Also?«

»Die ganze Séance ist komplett in die Hosen gegangen«, platzte ich heraus. Ich erzählte ihr von James' Misstrauen und davon, wie er die Lautsprecher und schließlich auch den Projektor entdeckt hatte. Meine Version der Wahrheit endete damit, wie die beiden wütend davongestürmt waren. Ein Geist kam darin nicht vor. »Es war ein Desaster«, seufzte ich.

»Mach dir nichts draus«, sagte Madame. »Dieser James scheint eine ziemlich harte Nuss gewesen zu sein. Solche Leute könnte selbst ich nur zufriedenstellen, wenn ich einen echten Geist rufe.«

Das hat auch nicht geholfen.

»Ich glaube gar nicht, dass es so schlecht gelaufen ist. Du hast einfach nur Pech gehabt. Bei der nächsten Séance setzt du dich einfach dazu und siehst dir alles noch einmal in Ruhe an.«

Verglichen mit den letzten beiden Tagen verliefen die nächsten Stunden erfreulich unspektakulär. Seine Bläulichkeit blieb verschwunden, vermutlich fürchtete er, dass Madame – im Gegensatz zu mir – in der Lage sein würde, ihn in seinen Äther, oder wo immer er herkommen mochte, zurückzuschicken, und ließ es lieber nicht drauf ankommen. Pepper war bester Dinge, und auch Jonah, der sowieso immer ein Sonnenschein war, war noch besser drauf als üblich. Kein Wunder, die beiden hatten ja heute Abend ihr Date. Ich konnte nur hoffen, dass das nicht schiefgehen und das Arbeitsklima darunter leiden würde.

Kurz vor der Mittagspause nahm der Tag dann doch noch eine überraschende Wendung. Ich war im Lager und kramte nach ein paar Kerzen, als Pepper aufgeregt hereinplatzte.

»Besuch für dich!«, rief sie. »Und ein verflixt heißer obendrein.«

»Was für ein heißer Besuch?«

Sie grinste von einem Ohr zum anderen, weigerte sich aber, mir mehr zu verraten. Stattdessen packte sie mich am Arm und zog mich mit sich in den Laden, wo Craig Lucas neben dem Tresen wartete. Braun gebrannt, in Turnschuhen und Cargoshorts, wirkte er in einem Laden wie diesem so fehl am Platz wie ein Sonnenschirm in der Nacht. Was meiner Freude, ihn zu sehen, keinen Abbruch tat.

»Craig, was machst du denn hier?«

»Hi, Riley.« Er wischte sich eine widerspenstige Locke aus der Stirn. »Ich war zufällig in der Nähe, da dachte ich mir, ich schau einfach mal rein.«

»Shopping-Tour oder Museumsbesuch?«

»Was?«

»Na, wenn du in der Nähe warst, gibt es eigentlich nur diese zwei Erklärungen.«

»Ja. Stimmt.« Er fuhr sich übers Kinn. »Nichts davon. Die Wahrheit ist, dass ich deinetwegen hier bin.«

»Soll ich dich in Sachen Hexenbedarf beraten?«

»Du sollst mit mir ausgehen. Morgen Abend? Ich dachte, wir könnten Pizza essen gehen und uns dann einen Film ansehen.«

Morgen war Freitag. Am Samstag hatte ich frei, ich könnte also den Abend mit Craig verbringen und am nächsten Morgen ausschlafen. Besser ging es nicht. »Gern.«

»Wohnst du in der Nähe der Praxis?«

Ich nickte.

»Wenn du mir deine Adresse gibst, hole ich dich ab. Sagen wir um sieben?«

Ich schrieb ihm meine Adresse und meine Handynummer auf einen alten Kassenzettel und er gab mir im Austausch seine Nummer. »Wir sehen uns morgen.«

Die Tür war noch nicht ganz hinter ihm zugefallen, da stand Pepper schon neben mir. »Sag bloß, das war der Tierarzt-Typ?«

»War er.« Ich konnte gar nicht mehr aufhören zu grinsen. Nach allem, was seit unserer letzten Begegnung passiert war, hatte ich gar nicht mehr an ihn gedacht. Umso mehr freute es mich, dass er mich nicht so schnell vergessen hatte.

Craig war noch nicht lange fort, und Pepper lief gerade richtig warm, mich noch einmal über ihn auszuquetschen, als Madame den Kopf durch den Perlenvorhang steckte.

»Gerade hat jemand einen Termin für heute Nachmittag vereinbart«, sagte sie. »Dann kannst du dir den ganzen Spuk noch einmal in Ruhe ansehen.«

12

Es gab Tage, da hasste Morden seinen Job. Und derzeit kamen diese Tage ziemlich geballt daher. Seine Fähigkeiten waren ein Geschenk. Eines, mit dem er etwas bewirken sollte. Stattdessen tat er seit über einer Woche nichts anderes, als Salina Brown zu beschatten. Die Frau hatte dem Obersten gegenüber ein großes magisches Talent erwähnt, jemanden, der ihren Zwecken dienlich sein sollte. Allerdings war Salina vorsichtig genug gewesen, keinen Namen zu nennen, und seit ihr wohl klar geworden war, dass der Oberste andere Pläne mit diesem Talent hatte als sie selbst, waren ihr keine weiteren Informationen mehr zu entlocken. Sie hatte sogar behauptet, sich geirrt und lediglich ein Medaillon gespürt zu haben, das diese Person getragen hatte. Eine so offensichtliche Lüge, dass selbst Morden sie ihr nicht abkaufte. Daraufhin hatte der Oberste beschlossen, diesen Menschen, der so eine unglaubliche Menge Magie in seinem Blut haben sollte, selbst zu finden, und seine Gedankenwächter auf Madame Veritas – wie sich Salina im Geschäftsleben nannte – angesetzt.

Seitdem beschatteten Morden und zwei seiner Kollegen die Frau, und seine Arbeit war zu etwas Banalem verkommen, von dem er hoffte, es bald wieder hinter sich lassen zu können. Natürlich war seine Aufgabe wichtig, wenn die Bewahrer ihr langfristiges Ziel erreichen wollten. Doch das änderte nichts daran, dass er sich nutzlos und fehl am Platz fühlte. Weit unter seinem Wert und seinem Können eingesetzt.

Er war Gedankenwächter, kein Privatdetektiv!

Trotzdem war er jetzt auf dem Weg zu seiner Schicht. Schon bei dem Gedanken, bis zum Abend in diesem beschissenen Café herumzusitzen, viel zu viel Kaffee zu trinken und die meiste Zeit aus dem Fenster auf den gegenüberliegenden Laden zu starren, kam ihm die Galle hoch.

Aber es musste getan werden. Und wenn er endlich anfing, es als Teil eines Ganzen zu sehen, würde er womöglich auch erkennen, wie wichtig sein Beitrag war.

Zumindest wäre er das, wenn wir endlich Erfolg hätten.

»Finde den Zauberer, den sie vor uns verbirgt«, so lautete sein Auftrag.

Die ersten Tage hatten sie damit verbracht, Salina zu beobachten, in der Hoffnung, die Frau würde sie früher oder später zu dem – oder der – Gesuchten führen. Nachdem Morden und seine Kollegen sich einige Tage und Nächte um die Ohren geschlagen hatten, ohne dass Salina je etwas anderes getan hatte, als morgens in ihren Laden und abends wieder nach Hause zu fahren, war es an der Zeit gewesen, die Taktik zu ändern. Sie würde ihr entdecktes Wunderkind nicht tagelang aus den Augen lassen, und das konnte nur eines bedeuten: Es musste im Laden sein.

Als der Oberste Salina gestern erneut zu sich gerufen hatte, hatte Morden die Gelegenheit genutzt, seine Theorie zu überprüfen. Unter ihren Augen hätte er den Laden nicht betreten können, ohne dass sie gewusst hätte, warum er hier war. Ohne sie allerdings …

Er war als Kunde in den *Hexenkessel* gekommen. Als ausgesprochen ungeschickter Kunde, der es binnen einer Viertelstunde geschafft hatte, in jeden der Mitarbeiter zu stolpern und diesen auf Magie hin zu scannen. Ohne Erfolg. Dabei war er sich so sicher gewesen, dass es einer von ihnen sein musste! Am ehesten das Mädchen, das Salina zuletzt eingestellt hatte. Aber auch bei ihr zeigte sich nicht das geringste Anzeichen von Magie. Sie war so blank wie ein weißes Blatt Papier. Nichts in ihrem Blut hatte auf ihn reagiert.

Und so waren sie wieder da angelangt, wo sie angefangen hatten: bei der Beschattung. Es musste jemand sein, der den Laden regelmäßig aufsuchte, nur war ihnen bisher niemand aufgefallen.

Wie jeden Tag hatte Morden seinen Porsche Cayenne im Hinterhof der St. George' Bloomsbury Church zwischen den Müllcontainern abgestellt. Ein Ort, an dem er einem Passanten nicht auffallen würde.

Er verließ den Kirchhof durch das schmiedeeiserne Tor und machte sich auf den Weg zur Museum Street. Als er die Straßenecke erreichte, richtete sich sein Blick sofort auf das Café gegenüber, sodass er den Mann zu spät bemerkte, der im selben Moment von der anderen Seite um die Ecke kam. Sie stießen zusammen, und der Mann, der sich bei näherem Hinsehen als Teenager entpuppte, stolperte zurück. Reflexartig griff Morden zu, packte den Jungen beim Arm und verhinderte so einen Sturz. Die Magie sprach sofort zu ihm. Das war er! Der, nach dem sie seit Tagen Ausschau hielten. Wie eine warme Welle floss die Kraft der Magie vom Arm des Jungen in die Fingerspitzen des Gedankenwächters und ließ seine Sinne vibrieren. Er war froh, ihn endlich gefunden zu haben. Gleichzeitig war er ein wenig enttäuscht. Es war die Rede von einem großen Talent gewesen, von einer ungeahnten Menge Magie. Was er jedoch spürte, schien kaum über eine durchschnittliche Begabung hinauszugehen.

Als Morden den Arm des Jungen freigab, musterte er ihn mit

einem raschen Blick. Er war braun gebrannt, mit etwas zu langen Haaren, die ihm ins Gesicht hingen, seine Cargohosen und die Turnschuhe modern. Alles in allem wirkte er ein wenig zu hip, um zur Klientel von Salinas Laden zu gehören. Andererseits hieß es ja nicht, dass er dort auch Kunde war. Wer konnte schon wissen, unter welchen Umständen sie auf den Jungen aufmerksam geworden war? Vielleicht war gerade die Tatsache, dass er nicht ins Bild passte, der Beweis dafür, dass er derjenige war, nach dem der Oberste suchte. Warum sonst sollte Morden keine zehn Meter vom *Hexenkessel* entfernt auf ihn stoßen?

Der Junge entschuldigte sich rasch und ging weiter, marschierte geradewegs in Richtung der Kirche. Das war die Gelegenheit. Morden ließ dem Teenager ein paar Meter Vorsprung, ehe er sich an seine Fersen heftete.

Kurz bevor der Junge die Zufahrt zum Kirchhof erreichte, beschleunigte der Gedankenwächter seinen Schritt. Immer weiter schmolz der Abstand zwischen ihnen zusammen, bis er ihn auf der Höhe des schmiedeeisernen Tors eingeholt hatte.

»Entschuldige«, sprach Morden ihn an. »Kannst du mir vielleicht helfen?«

Der Junge drehte sich zu ihm um. »Wo brennt es denn?«

»Das ist ein wenig peinlich, aber mein Wagen …« Er deutete in Richtung des Hinterhofs, wo das Heck hinter den Mülltonnen hervorlugte. »Ich habe da drin so bescheuert geparkt, dass ich jemanden brauchen könnte, der mir ein paar Handzeichen gibt, damit ich beim Rangieren nicht die ganzen Mülltonnen abräume.«

»Waren Sie nicht gerade in die andere Richtung unterwegs?«

Misstrauisches Bürschchen, der Kleine. »Ich wollte zurück zum *High Tea*. Ein Kollege von mir ist noch dort.« So weit war das nicht einmal gelogen. »Als ich dich allerdings gesehen habe, dachte ich mir, ich könnte mir den Spott meines Kollegen sparen.« Er zuckte die Schultern.

»Okay, ich lotse Sie raus.«

Nebeneinander betraten sie den Hof. Morden richtete den Blick auf den Jungen. »Du musst mir in die Augen sehen.«

»Was?« Der Teenager blinzelte verwirrt, tat aber aus bloßem Reflex, was von ihm verlangt worden war. Ihre Blicke kreuzten sich. Mehr brauchte es nicht.

»Du wirst jetzt in meinen Wagen steigen«, sagte der Gedankenwächter und ließ seine Macht aufflackern. »Das ist dein eigener Wunsch, du wirst dich nicht dagegen wehren, dich nicht wundern und keine Fragen stellen.«

Der Junge machte einen Schritt zurück. »Haben Sie noch alle Latten am Zaun?«

Verflucht, es hatte nicht funktioniert! Die Magie schien den Jungen zu schützen. Er musste ihn berühren, wenn er seine Kräfte auf ihn wirken lassen und seinen Geist manipulieren wollte, doch der Junge würde sich nicht mehr so einfach anfassen lassen. Ganz sicher würde er nicht stillhalten.

Morden machte einen schnellen Schritt auf ihn zu, packte ihn im Genick und drosch seinen Kopf gegen einen Müllcontainer. Bewusstlos und mit einer blutenden Platzwunde an der Stirn ging er zu Boden. Nicht unbedingt feine Kunst und kein Vergleich zum subtilen Einsatz seiner Kräfte, aber immerhin zweckdienlich.

Er kramte nach seinem Autoschlüssel, als er ein Geräusch hinter sich hörte. Das Knirschen von Kies unter Schuhsohlen. Alarmiert fuhr er herum. Eine Frau stand in der Einfahrt. Ein Handy in der Hand, zog sie sich langsam in Richtung Straße zurück. Hätte der Untergrund sie nicht verraten, hätte sie es geschafft. Als Morden vorpreschte, schrie sie erschrocken auf, dann wirbelte sie herum und floh durch das Tor und auf die Straße.

Wenn da draußen noch andere waren und es ihr gelang, Alarm zu schlagen, würde es kompliziert werden. Selbst für einen Gedankenwächter. Zu seinem Glück war die Straße verlassen.

Die Frau war noch keine zwei Meter vom Tor entfernt, als er sie einholte. Ein weiterer Grund, hohe Schuhe an Frauen zu mögen: Sie sahen nicht nur gut aus, sie machten auch langsam.

Sobald Morden nah genug war, streckte er den Arm nach ihr aus und packte zu. Sie versuchte sich loszureißen, doch er hatte sie fest im Griff. Mit einem Ruck drehte er sie zu sich herum. Seine Hände schlossen sich um ihre Oberarme. Langsam zog er sie näher. Panik flackerte in ihrem Blick.

»Tun Sie mir nichts«, flehte sie.

»Keine Sorge.« Er schob sie vor sich her, zurück in den Hinterhof und hinter die Container, wo niemand sie sehen konnte.

Dieses Mal würde er es richtig machen. Auch wenn er keine Magie in ihrem Blut spürte, die sie gegen seine Kräfte hätte schützen können, wollte er dieses Mal kein Risiko eingehen. Er drängte sie zurück, bis sie gegen einen Container stieß und nicht mehr weiter konnte. Eine Hand noch immer um ihren Arm geklammert, legte er die andere auf ihre Stirn. Sein Blick hielt ihren gefangen. Sofort wurde sie ruhiger, sackte regelrecht in seinem Griff zusammen und wäre umgekippt, hätte er sie nicht zwischen sich und dem Container gehalten.

Er drang in ihre Erinnerungen ein, sah, wie sie vor ein paar Minuten einen der Buchläden in der Museum Street verlassen hatte, und folgte ihrem Gedächtnis bis zu dem Punkt, an dem sie das Gelände der Kirche erreichte. Es kostete ihn kaum Mühe, die Dinge aus ihren Gedanken zu entfernen, die sie gesehen hatte. Jene Bilder, die sie überhaupt erst in diese Lage gebracht hatten. Morden löschte die Erinnerung daran, wie er den Jungen niedergeschlagen hatte, aus ihrem Gedächtnis und pflanzte ihr stattdessen das Bild einer streunenden Katze ein, die zwischen den Mülltonnen umherstreifte und ihre Aufmerksamkeit erregt hatte. Mit diesen Gedanken führte er sie zur Straße. Er drehte sie in die Richtung, in die sie unterwegs gewesen war, und trat einen Schritt zurück. Sobald er sie freigegeben hatte, setzte sie sich wieder in Bewegung und ging einfach weiter, als wäre nichts gewesen.

Mit einem raschen Blick nach allen Seiten vergewisserte sich Morden, dass nicht bereits der nächste Passant auf ihn aufmerksam geworden war. Bis auf die Frau, die sich wie ein Schlafwandler von ihm fortbewegte, war immer noch niemand zu sehen. Rasch kehrte er in den Hinterhof zurück und verfrachtete seinen noch immer bewusstlosen Fang in den Kofferraum des Cayenne.

13

Das Schaufenster des *Hexenkessel* war mit einer unglaublichen Menge Tand ausgestattet. Esoterische Ratgeber stapelten sich zwischen Tarotkarten, Hexenhüten und Räucherstäbchen. Der Gipfel war ein Totenschädel mit rot glühenden Augen, der so offensichtlich aus Plastik war, dass Nick den Anblick schon fast als Beleidigung seiner Intelligenz auffasste. Doch trotz des Krempels im Schaufenster würde er hier genau das finden, wonach er suchte.

Dass er erst für den Nachmittag einen Termin bekommen hatte, hatte seine Geduld auf eine harte Probe gestellt. Dass sein Vater obendrein noch einen Teil des Vormittags für eine Manöverkritik genutzt hatte, war noch das Sahnehäubchen gewesen. Für Nick war die gestrige Wohltätigkeitsgala eine Pflichtveranstaltung gewesen. Eine, vor der er sich nach Adams Verschwinden nur zu gern gedrückt hätte. Um seinen Vater nicht gegen sich aufzubringen und sich zeitraubende Diskussionen über die Notwendigkeit solcher Veranstaltungen für den Ruf der Familie und des Unternehmens zu ersparen, war er pflichtgemäß erschienen. Wie gewohnt hatte er den wohlgeratenen Sohn gegeben, unzählige Hände geschüttelt, mit jedem geplaudert und gelächelt, bis er glaubte, seine Gesichtsmuskeln nicht länger kontrollieren zu können. Und wie gewohnt hatte sein Vater trotzdem etwas an seinem Auftreten auszusetzen gehabt. Banalitäten, die vermutlich niemandem außer Mitchell Wolfe aufgefallen waren. Unternehmerfrau X, mit der er zehn Sekunden weniger gesprochen hatte als mit Gattin Y. Sein Lächeln nicht charmant genug, die Haltung zu nachlässig. Und warum überhaupt war er ohne Begleitung erschienen? Das Übliche eben.

Nick hatte an den passenden Stellen genickt und Besserung gelobt. Er hätte verflucht noch mal *alles* versprochen, solange er sich nur endlich um seine eigenen Angelegenheiten kümmern konnte. Zum Glück brach sein Vater am Samstag zu einer Geschäftsreise auf. Zehn Tage USA für seinen Vater und zehn Tage Freiheit für Nick. Nachdem sein Vater ihn entlassen hatte, war Nick zu seinem Großvater gefahren. Er hatte dem alten Mann erzählt, dass er seinem Ziel ganz nah war, war sich aber nicht einmal sicher, ob er seine Anwesenheit überhaupt bemerkte. In letzter Zeit verfiel sein Großvater mehr und mehr, ein Verfall, der längst nicht mehr nur körperlicher Natur war. Auch sein Geist zog sich Stück für Stück aus dieser Welt zurück. Zuzusehen, wie der einzige Mensch, von dem Nick sich je verstanden und geliebt gefühlt hatte, immer weiter dahinschwand, war kaum zu ertragen. Allein der Anblick seines Großvaters reichte aus, ihn in seinem Vorhaben zu bestärken. Er würde alles tun, um ihm zu helfen!

Absolut alles.

Deshalb war er hier.

Es war ein Risiko, aber Madame Veritas war das einzige Medium, von dem er sicher war, dass sie auch wirklich über die Fähigkeiten verfügte, die er brauchte. Sein Großvater hatte einmal von ihr gesprochen und sie als das einzig wahre Medium der Stadt bezeichnet. Allerdings wusste diese Madame Veritas nicht nur über Geister, sondern auch über das Jenseits Bescheid. Zu einer Eingeweihten zu gehen, um den Geist eines Artefakthändlers zu beschwören, war gewagt. Er konnte nur hoffen, dass sie Miles nicht kannte und Nick die Geschichte abkaufte, die er sich zurechtgelegt hatte. Risiko hin oder her, eine andere Möglichkeit sah er nicht.

Nachdem alle Versuche, etwas über Adams Verbleib herauszufinden, erfolglos geblieben waren, war dies der letzte Strohhalm, der ihm geblieben war.

Séancen – Wahrsagungen – Lebensberatung – Madame Veritas hat die Antworten auf ihre Fragen, verkündeten grelle Leuchtbuchstaben im Fenster. Es war an der Zeit, sich diese Antworten zu holen.

Nick öffnete die Tür und betrat den *Hexenkessel*. Das Ambiente war überraschend heimelig. Viel dunkles Holz, dazu warmes Licht und der Geruch von Bohnerwachs und Holzpolitur, der die Luft erfüllte. Alles war auf das typische New-Age-Publikum ausgerichtet – viel Tand, noch mehr Plunder und eine Menge Lebenshilfe in Buchform. Falls es hier auch wirklich Nützliches geben sollte, wurde es vermutlich irgendwo unter dem Ladentisch aufbewahrt und nur auf Nachfrage verkauft. Ganz davon abgesehen, dass echte Zauberei diesen ganzen Firlefanz ohnehin nicht brauchte.

Im Augenblick war er der einzige Kunde im Laden. Ungeduldig winkte er die Rothaarige heran, die hinter dem Tresen stand und ihm lächelnd entgegensah. Ihre Miene verfinsterte sich ein wenig, und es dauerte einen Moment, ehe sie um die Theke herum zu ihm kam. Sie unterzog ihn einer kurzen Musterung und schien zu dem Schluss zu gelangen, dass er keine Sonderbehandlung und erst recht kein weiteres Lächeln verdiente.

»Kann ich dir helfen?«

»Ich habe einen Termin«, sagte Nick kühl. »Sag Madame Veritas, dass ich hier bin.«

Es hatte den Anschein, als wollte sie einfach quer durch den

Laden brüllen, dass er da war. Sie hatte den Kopf schon in Richtung eines Durchganges gewandt und den Mund geöffnet, schien es sich dann aber anders zu überlegen. »Bin gleich wieder da«, sagte sie und verschwand hinter den Perlenschnüren.

Nick ignorierte den anderen Verkäufer hinter dem Tresen und ließ den Blick weiter umherwandern. Nie im Leben hätte er freiwillig einen Laden wie diesen betreten. Wären die Umstände andere …

»Ah, Mr Wolfe.« Eine schreiend bunt gekleidete Frau trat durch den Perlenvorhang und kam mit ausgebreiteten Armen auf ihn zu. Fast schon fürchtete er, sie wolle ihn umarmen. Als sie ihn jedoch erreichte, streckte sie ihm die Hand entgegen. Unzählige Armreifen klirrten, als Nick sie schüttelte. »Ich bin Madame Veritas. Herzlich Willkommen in meinem Reich.«

Die Rothaarige, die dem Medium gefolgt war, kehrte hinter den Tresen zurück. Es war das Letzte, was er vom Laden sah, denn Madame Veritas belegte ihn sofort mit Beschlag. Mit einer einladenden Geste hielt sie die Perlenschnüre zur Seite und führte ihn in ein Hinterzimmer. Das Zentrum des Raumes, der ähnlich bunt und kitschig gestylt war wie das Medium selbst, nahm ein alter Holztisch mit sechs hochlehnigen Stühlen ein. Und hinter eben jenem Tisch stand die Kratzbürste, die ihm vorgestern fast vor das Auto gelaufen war und dann noch die Frechheit besessen hatte, ihm nicht nur einen pampigen Shake gegen die Scheibe zu werfen, sondern ihn auch noch für ihre eigene Gedankenlosigkeit zu beschimpfen. Arroganter Pimpf hatte sie ihn genannt. Und Lackaffe. Reichlich harmlos im Vergleich zu den Worten, die ihm in diesem Augenblick auf der Zunge gelegen hatten. Dieser Laden passte perfekt zu jemandem, der so verpeilt war wie sie. Verpeilt genug, um einfach auf die Straße zu laufen. Vermutlich war sie so eine Eso-Tussi, die mit Blumen sprach, Schwingungen in der Luft spürte und darauf baute, dass die Welt ihr nichts Böses wollte. Lediglich ihre Klamotten wirkten für eine wie sie erstaunlich normal.

»Darf ich vorstellen, meine Assistentin Riley. Das ist Nick Wolfe, der junge Mann, der heute unsere Hilfe braucht.«

Riley nickte nur. Ein kurzes Flackern in ihrem Blick verriet, dass sie ihn ebenfalls erkannt hatte und über seine Anwesenheit etwa genauso begeistert zu sein schien wie er über die ihre. Hätte er eine Wahl gehabt und gewusst, wo er ein anderes zuverlässiges Medium finden konnte, wäre er gegangen. So aber schluckte er seine aufsteigende Wut herunter. Ganz sicher würde er sich nicht von irgendeiner dahergelaufenen Tussi von seinem Ziel abbringen lassen.

»Bitte, nehmen Sie Platz und erzählen Sie mir, zu wem ich Kontakt aufnehmen soll.«

Ohne dem Mädchen weitere Beachtung zu schenken, setzte er sich auf den Stuhl, den Madame ihm zuwies, zog ein Foto von Miles aus seiner Brieftasche und schob es Madame über den Tisch hin. Es war das Foto aus dem Zeitungsartikel, das er ausgedruckt hatte. Ein anderes besaß er nicht. »Ich möchte mit diesem Mann sprechen.«

Das Medium und ihre Assistentin hatten ihm gegenüber Platz genommen. Beide betrachteten das Bild eingehend. Die Kratzbürste vermutlich, um ihn nicht ansehen zu müssen.

»Welche Bedeutung hat dieser Mann für Sie?«, fragte Madame Veritas. »Ist er ein Freund? Ein Verwandter? Was erwarten Sie sich von diesem Kontakt?«

Nick war auf diese Frage vorbereitet. »Ich mache gerade ein Praktikum bei *London Inside.*« Das war der Name des Blattes, auf dessen Website er den Artikel über Miles Tod entdeckt hatte. »Mein Redakteur will, dass ich einen Artikel schreibe. Ich dachte mir, ich könnte den Todesfall von vorletzter Nacht aus einer anderen Perspektive beleuchten.«

»Der des Opfers.«

»Ganz genau. Investigativer Journalist klärt Todesfall mit ungewöhnlichen Mitteln auf.« Er zwinkerte ihr schelmisch zu, wobei er sich ziemlich dämlich vorkam, und fuhr fort: »Das klingt vielleicht seltsam, aber ich hege die Hoffnung, dass es funktioniert.«

Über Miles' Geist würde er hoffentlich in Erfahrung bringen, was mit Adam passiert war. Und wo das verdammte Artefakt abgeblieben war.

Auf ein Zeichen des Mediums hin stand das Mädchen auf, zog die Vorhänge vor und entzündete die Kerzen im Raum. Als sie sich wieder setzte, beugte sich Nick über den Tisch zu Madame. »Ich möchte keine Show«, sagte er. »Ich will die echte Sache. Dafür zahle ich Ihnen das Doppelte.«

»Wie heißt der Mann, zu dem Sie Kontakt suchen?«

»Miles Baker.« Die Polizei hatte zwar noch keinen Namen veröffentlicht, Nick ging jedoch davon aus, dass Madame Veritas weder die Pressekonferenzen der Polizei noch die Internetableger diverser Zeitungen verfolgte, um das zu wissen.

»Lassen Sie uns beginnen«, sagte das Medium. »Reichen wir einander die Hände zu einem Kreis.« Mit ihrer Linken ergriff sie Nicks Hand, mit der Rechten die ihrer Assistentin. Als das Mädchen Nicks andere Hand ergriff, machte sie ein Gesicht, das deutlich zum Ausdruck brachte, dass es viele abscheuliche Dinge gab, die sie jetzt lieber anfassen würde.

Madame Veritas begann etwas zu murmeln, doch zu leise, als dass Nick die Worte hätte verstehen können. Das Wenige, das er hörte, klang nach einer fremden Sprache. Lediglich Miles' Namen glaubte er hin und wieder herauszuhören. Ganz allmählich hob sie ihre Stimme.

»Wir rufen dich, Miles Baker«, waren die ersten Worte, die Nick laut und deutlich verstand. »Komm zu uns und beantworte unsere Fragen. Miles Baker.«

Unablässig wiederholte sie die Anrufung, deren Kern immer derselbe blieb, während die Worte leicht variierten. Allmählich wurde Nick ungeduldig. Was, wenn sie gar nicht vorhatte, Miles' Geist zu rufen? Was, wenn sie lediglich eine Show abzog, so wie sie es vermutlich bei einem gewöhnlichen Kunden tat? Aber wie hätte er ihr klarmachen sollen, dass er die Wahrheit kannte. Dass er wusste, über welche Fähigkeiten sie verfügte, ohne zu viel über sein eigenes Wissen und seine Pläne zu offenbaren? Er konnte nur hoffen, dass sie ihm nichts vormachte.

Sein Blick wanderte zu Riley, die ihre Aufmerksamkeit auf Madame Veritas gerichtet hatte. Ihre Züge offenbarten keinen ihrer Gedanken.

Madame Veritas' Anrufung ging weiter. Nick betrachtete noch immer die Kratzbürste, deren Hand sich angenehm warm in seiner anfühlte, als sich schlagartig etwas veränderte. Es war, als wäre der Raum plötzlich statisch aufgeladen. Die feinen Härchen auf seinem Handrücken und im Nacken stellten sich auf, als ein kühler Lufthauch über ihn hinwegstrich. Sofort richtete er den Blick auf das Medium.

War da ein Flimmern in der Luft, unmittelbar neben ihr? Madame Veritas murmelte etwas und bewegte den Kopf zur Seite, als wollte sie eine Fliege verscheuchen. Was auch immer Nick gesehen zu haben glaubte, war mit ihrer Bewegung verschwunden.

Mit einem Keuchen zog das Medium die Hände zurück und sank auf dem Stuhl zusammen, als hätte ihr jemand die Luft herausgelassen. Für einen Moment waren ihre schweren Atemzüge die einzigen Geräusche im Raum.

»Es tut mir leid«, sagte sie schließlich, noch immer keuchend. »Ich kann seinen Geist nicht erreichen. Er ist fort.«

»Fort?«, echote Nick.

»Weitergezogen.«

Madame Veritas richtete sich auf. »Wenn ein Toter keine ungelösten Probleme oder offenen Sorgen mehr hat, zieht seine Seele weiter. An einen Ort, an dem wir ihn nicht erreichen können.«

»Versuchen Sie es noch einmal!«

Sie schüttelte den Kopf. »Das bringt nichts. Wenn er noch da wäre, hätte ich ihn zumindest spüren müssen. Aber da war nicht das Geringste, als ich nach ihm gerufen habe.«

Was war mit dem Luftzug und dem Flimmern? War das etwa nichts? Er setzte dazu an, noch etwas zu sagen, doch dem Medium war anzusehen, dass sie keinen weiteren Versuch unternehmen würde. Falls sie es überhaupt je wirklich versucht hatte. Mühsam beherrscht schob er seinen Stuhl zurück und stand auf.

Auch Madame und das Mädchen erhoben sich. Rileys Gesicht wirkte auf den ersten Blick so neutral wie zuvor. Er hätte ihr keine weitere Aufmerksamkeit geschenkt, wäre ihm nicht der Anflug eines Stirnrunzelns aufgefallen, der sich zwischen ihren Augenbrauen eingenistet hatte. Sie wirkte … irritiert. Nick schob den Gedanken beiseite. Wahrscheinlich war sie nur enttäuscht, dass ihre Mentorin es nicht geschafft hatte, ihre Arbeit zu tun. Oder überrascht, dass sie keine Show abgezogen und vorgegeben hatte, mit Miles' Geist zu sprechen. War das der Beweis, dass das Medium es wirklich versucht hatte? Dass sie ihm keine Show geboten, sondern ihm stattdessen gesagt hatte, dass sie keinen Kontakt knüpfen konnte?

Frustriert und ohne die leiseste Ahnung, was er jetzt tun sollte, bezahlte Nick und verließ den Laden.

14

Der Lackaffe war schon längst fort, doch ich hatte mich immer noch nicht gerührt. Wie gebannt starrte ich auf die Tür, die er bei seinem Verschwinden hinter sich zugeknallt hatte.

Er war nicht glücklich.

Und mir war schlecht.

Meine Güte, es war schon wieder passiert! Ohne es zu wollen, hatte ich einen Geist beschworen. Die Übelkeit war nicht ganz so schlimm wie gestern bei Hugh, und zu meiner Erleichterung war mir dieses Mal weder schwindlig, noch fühlte ich mich furchtbar schwach. Aber ich hatte es getan! Meine Gedanken waren so auf diesen Miles fixiert gewesen und auf die Frage, was ihm wohl passiert sein mochte, dass ich ihn unbewusst hierher gelockt hatte. Allerdings hatte meine Konzentration nicht ausgereicht, um ihn zu halten. Was ich einerseits unendlich schade fand, denn so blieb das Rätsel seines Todes ungelöst. Gleichzeitig war ich aber auch ziemlich dankbar. Abgesehen davon, dass ich vermutlich wieder aus den Latschen gekippt wäre und mich für den Rest des Tages wie ein alter Putzlappen gefühlt hätte, hätte ich Madame erklären müssen, was da passiert war. Oder mir eine verdammt gute Lüge einfallen lassen müssen. Von allen Dingen, die hätten schiefgehen können, war ich mit meiner halben Beschwörung also noch ganz gut weggekommen.

Während Madame die Stoffbahnen zurückzog und das Sonnenlicht einließ, machte ich mich daran, die Kerzen auszublasen und schon mal alles für den nächsten Termin vorzubereiten. Wahrsagen mit Tarotkarten. Wie ferngesteuert legte ich den Stapel Karten auf den Tisch und bereitete frische Räucherstäbchen vor, während Madame frischen Kaffee aufsetzte.

Ich hatte noch immer daran zu kauen, dass ich meine Kräfte – oder wie auch immer man das Talent, blau schimmernde Tote zu rufen, nennen mochte – so offensichtlich nicht unter Kontrolle hatte. In Gedanken ging ich die Séance wieder und wieder durch, in der Hoffnung, mich daran zu erinnern, wann und wie es passiert war.

Alles war wie immer gewesen. Madame hatte ihren üblichen Budenzauber abgezogen. Jene Show, von der sie behauptete, dass die Leute sie von ihr erwarteten. Der Lackaffe mochte ihr eine Menge Kohle geboten haben, damit er den echten Geist zu sehen bekam, doch mir war sofort klar gewesen, dass Madame sich nicht darauf einlassen würde. Einem Zeitungsschmierfinken würden wir ganz bestimmt keine Schlagzeilen liefern!

Andererseits hätten wir vielleicht einen Mord aufklären können. War es deshalb passiert? Weil ich helfen wollte?

Der Lackaffe schien jedenfalls nichts bemerkt zu haben. Madame hingegen hatte den Geist gesehen, daran bestand überhaupt kein Zweifel. Sie hatte ihm direkt ins Gesicht geschaut, hatte gesehen, wie er die Lippen bewegte, in dem verzweifelten Versuch, ihr etwas zu sagen. Trotzdem hatte sie nichts unternommen, damit er sich verständlich machen konnte. Ich kannte die Gesten, die aussahen, als würde sie eine Fliege verscheuchen, und hatte gesehen, wie sie die Lippen lautlos bewegte. Sie hatte ihn fortgeschickt!

Zum ersten Mal fragte ich mich, ob ich schon einmal Zeuge geworden war, wie Madame einen echten Geist gerufen hatte, oder ob sie – wie sie behauptete – nur so tat, weil die Leute ohnehin nicht bereit für die Wahrheit waren und die ersten echten Geister hier erst seit gestern aufgetaucht waren. Meinetwegen.

Die Kaffeemaschine nahm ratternd ihren Dienst auf und Madame trat hinter dem Vorhang hervor. Eine Weile betrachtete sie mich schweigend, so lange, bis ich nervös wurde und das Räucherstäbchen, das ich gerade in die Halterung stecken wollte, sinken ließ. »Stimmt etwas nicht, Madame?«

»Hast du während der Séance etwas gemacht?«

Oh. Oh. Ich zwang mich, überrascht dreinzuschauen. »Ich habe nur den Knopf für den Lufthauch gedrückt.« Ein paar versteckte Düsen an der Wand, aus denen der *Hauch der Toten* durch den Raum strich. Wenn ich zu sehr auf Madames Frage einging, lief ich vielleicht Gefahr, mich zu verquatschen. Das Telefonat, das ich heute Morgen angehört hatte, hing mir noch immer im Ohr, und auch mein Unbehagen war immer noch da. »Es war zu früh für die Düsen, oder? Ich hätte erst drücken dürfen, wenn Sie *Kontakt* haben.«

Madame schwieg, als würde sie nachdenken, dann schüttelte sie den Kopf. »Du warst nicht zu früh dran. Du konntest ja nicht ahnen, dass ich abbrechen würde.«

»Aber warum? Warum haben Sie die Show nicht durchgezogen? Dieser Lackaffe war bereit, das Doppelte zu zahlen!«

»Und was hätte ich ihm deiner Meinung nach erzählen sollen?« Sie nahm das ausgedruckte Foto des Toten vom Tisch, das er zurückgelassen hatte, und warf es in den Mülleimer. »Er hätte diesen Mann nach seinem Tod und nach dem Mörder gefragt. Ich kann ihm doch nicht einfach irgendeine erfundene Geschichte auftischen, die dann morgen in diesem Schmierblatt steht, für das er arbeitet.«

Das klang überzeugend. Natürlich hätte sie eine Geschichte

auftischen können, dass sich der Tote an nichts erinnerte. Das war allerdings weit weniger glaubhaft, als einfach keinen Kontakt herstellen zu können. »Sie hätten den echten Geist rufen und ihn nach seinem Mörder fragen können.«

»Das habe ich tatsächlich versucht.« Müde ließ sie die Schultern hängen. »Ich wollte ihn rufen, wollte fragen, was passiert war, aber ich konnte ihn nicht erreichen.«

Fast war ich bereit gewesen, ihr zu glauben. Um ein Haar hätte ich die Geschichte geschluckt. Ihre letzten Worte allerdings ließen mein Misstrauen schlagartig zurückkehren. Madame hatte den Geist gesehen und ihn bewusst gebannt, daran bestand für mich kein Zweifel. Warum belog sie mich? Was auch immer ihre Gründe sein mochten, ich war froh, dass ich ihr nichts von Hugh erzählt hatte. Ich hatte ihr vertraut und wäre nicht auf den Gedanken gekommen, an ihren Absichten zu zweifeln. Inzwischen war ich mir da nicht mehr so sicher.

Vielleicht war mein Misstrauen ja übertrieben. Was war schon passiert? Ein Telefonat, das alles bedeuten konnte und nichts mit mir zu tun haben musste, und Madames Behauptung, den Geist nicht erreicht, ihn nicht einmal gesehen zu haben. Vielleicht hatte sie ihn ja schützen wollen. Aber wovor?

15

Noch immer enttäuscht blickte der Oberste Bewahrer auf den Jungen hinab, der vor ihm auf dem Steinboden kniete. Das Haar hing ihm zerzaust in die blutige Stirn, sein angstvoller Blick flackerte unstet, was nicht allein am Fackelschein lag, der das Gemäuer erhellte. Seine Cargohosen waren voller Flecken, einer Mischung aus Blut und … Nicht jeder wurde mit der Macht und den Schmerzen fertig, die im Laufe der Extraktion durch seinen Körper rasten. Bei manchen versagte die Blase. So wie bei ihm. Immerhin hatte er überlebt.

Morden, einer seiner Gedankenwächter, hatte den Jungen hergebracht. Von Magie in seinem Blut hatte er gesprochen und davon, dass dieser hier derjenige sein musste, nach dem sie suchten. Der Einzige in Salinas Umfeld, der Magie in sich hatte. Was der Oberste Bewahrer vorgefunden hatte, war mehr als eine durchschnittliche Gabe, aber nicht einmal annähernd so viel, wie er nach Salinas Beschreibung erwartet hatte. Dieser Junge wusste nicht einmal um das Geschenk, das er in sich trug!

Auch wenn er nicht der Gesuchte war, hatte er ihn trotzdem extrahiert. Unbemerkt von den anderen Bewahrern hatte Morden den Jungen in das Gewölbe unter dem Haus gebracht, den Ort, der neben Severius' letzter Ruhestätte auch jene Kammer beherbergte, in der der Oberste Bewahrer seine Arbeit verrichtete. Eine Kammer, von deren Existenz die anderen zwar wussten, aber nicht ahnten, was darin tatsächlich vor sich ging.

Natürlich hatte er sie in seine Pläne eingeweiht, hatte ihnen gesagt, dass er Magie auffing, mit deren Hilfe er Severius in ihre Mitte zurückholen wollte. Als er begonnen hatte, die Magie nicht nur aus Gegenständen, sondern auch aus Menschen zu nehmen, waren sie skeptisch gewesen. Doch sie hatten sich überzeugen lassen und sogar in Kauf genommen, dass der Verstand der Extrahierten unter der Prozedur litt – wie schlimm, ahnten sie nicht. Die Wahrheit hätte ihre Gewissen nur unnötig belastet. Sie hätte Debatten heraufbeschworen, über ihre moralische Verantwortung und die Richtigkeit ihres Handelns. Das wollte der Oberste Bewahrer ihnen – und sich selbst – ersparen. Diese Zeit hatten sie nicht. Deshalb ließ er sie in dem Glauben, dass die schlimmsten Nebenwirkungen harmlose Verwirrungszustände waren, die sich früher oder später legten.

Seit ihm klar geworden war, dass es ihnen nicht gelingen würde, Severius zurückzuholen, solange sie sich lediglich auf die Suche nach Artefakten konzentrierten, deren Magie sie extrahieren konnten, hatte er begonnen, auch nach Menschen Ausschau zu halten.

Morden und vier weitere seiner Gedankenwächter waren in seine Pläne eingeweiht. Ihnen vertraute er blind. Bisher hatten sie gute Dienste geleistet und binnen eines Jahres mehr magisch begabte Menschen zu ihm gebracht, als die übrigen Bewahrer und Gedankenwächter magische Gegenstände hatten auftreiben können. Ohne die Magie der Menschen würden sie alt werden und verfallen, ehe es ihnen gelänge, den Zirkel zu schließen und ihre Kräfte wiederherzustellen. Wer sollte all die Zauberer unter Kontrolle halten, wenn die Bewahrer zu schwach waren, um das länger zu übernehmen? Wer würde dafür sorgen, dass jene, die genug Magie im Blut hatten, um sie bewusst zu nutzen, diese nicht missbrauchten?

Mit dem Blut einiger Zauberer hätte er sein Ziel deutlich schneller erreichen können, doch *wahre* Zauberer waren registriert. Ihr Verschwinden – oder der Verlust ihrer Kräfte – würde bemerkt werden. Das Risiko konnte er nicht eingehen. Deshalb nahm er nur Wilde – wie diesen Jungen –, die keine Ahnung von den Kräften hatten, die ihnen innewohnten.

Was er tat, musste getan werden. Welchen Sinn hatte es schon, die anderen damit zu belasten? Er würde diese Bürde für sie tragen.

Mit dem Jungen war er fertig. In einem archaischen Ritual, das er während der letzten Monate öfter durchgeführt hatte, als ihm lieb war, hatte er die Magie aus seinem Blut herausdestilliert und in den Antersoman fließen lassen, jenes Kristallgefäß, in dem er all die extrahierte Magie der letzten Jahre aufgefangen hatte.

Wie viel fehlte noch? Die Kraft von hundert Artefakten? Die Magie von drei Dutzend weiteren Menschen, die ähnlich talentiert waren wie dieser hier? Oder die Macht eines einzigen *wirklichen* Talents. Eines Talents, das Madame Veritas vor ihm zu verbergen versuchte.

Der Oberste Bewahrer bemerkte, dass Morden ihn mit seinen beinahe farblosen Augen betrachtete und auf seine Befehle wartete. »Nimm ihm die Erinnerung, und dann bring ihn dahin zurück, wo du ihn gefunden hast.«

Er trat einen Schritt zurück, um Morden Platz zu machen. Der Gedankenwächter baute sich vor dem Jungen auf, legte ihm die Hand auf die Stirn und zwang ihn, ihn anzusehen. Der Oberste glaubte förmlich zu spüren, wie die Macht zwischen den beiden floss. Wenn Morden mit dem Jungen fertig war, würde er sich weder an den Obersten Bewahrer noch an Morden erinnern. Er war niemals hier gewesen. Hatte nie den Weg verlassen, den er eingeschlagen hatte, kurz bevor Morden auf in gestoßen war.

Der Junge mochte seine Hoffnungen nicht erfüllt haben, doch der Oberste war überzeugt, dass dies nicht derjenige war, von dem Salina gesprochen hatte. Sie würde sich niemals dermaßen irren, wenn es um die Macht der Magie ging. Viel wahrscheinlicher war, dass sie ahnte, was er mit ihrem Talent vorhatte. Und jetzt versuchte sie, ihren Fang zu schützen. Vermutlich wollte sie ihn immer noch ausbilden und zu einem der Ihren machen. Sie brauchten keinen Frischling, der ihren Kreis schloss. Das hatten sie versucht und es hatte nicht funktioniert. Kein lebender Zauberer, der nicht bereits zu ihrem Zirkel gehörte, verfügte über ausreichend Magie, um die Lücke zu schließen, die Severius hinterlassen hatte. Er würde seine Zeit nicht länger damit verschwenden, weiter nach jemandem zu suchen, der nicht existierte.

Morden stand noch immer über dem Jungen, den Blick auf ihn geheftet, die Fingerspitzen auf seiner Stirn, als seine Hand plötzlich zu zittern begann. Der Gedankenwächter verzog das Gesicht. Schweißtropfen perlten von seiner Stirn.

»Was ist los?«

»Etwas in ihm blockiert mich.«

»Dann streng dich mehr an.« In den letzten Tagen war schon zu viel schiefgegangen. Es sollte keine weiteren Pannen mehr geben. *Durfte* keine mehr geben.

Morden nickte. Die Lippen fest aufeinandergepresst, setzte er sein Werk fort, pflanzte dort neue Erinnerungen, wo die Wahrheit verschleiert werden musste. Eine Ewigkeit schien zu vergehen, in der der Oberste Bewahrer darauf wartete, dass sein Handlanger fertig war.

Endlich zog Morden die Hand zurück. »Es ist vollbracht.«

Jetzt musste der Gedankenwächter ihn nur noch binnen der nächsten Stunde zurückbringen, ehe sich der Verstand des Jungen klärte und er zu sich kam. Während dieser Stunde war der Junge eine Marionette, die Anweisungen befolgte, ohne mitzubekommen, wo er war oder was um ihn herum geschah.

Morden bedeutete dem Jungen aufzustehen. Wacklig erhob er sich, der Blick verschleiert und leer.

Der Oberste wollte sich schon abwenden, als sich etwas an dem Jungen veränderte. Seine Augen füllten sich mit Blut, als seien alle Gefäße gleichzeitig geplatzt. Blut rann auch aus seinen Ohren und seiner Nase. Dann brach er zusammen.

16

Heute Abend war ich an der Reihe, den Laden dicht zu machen. Madame war schon gegangen, und Pepper und Jonah hatten gerade lange genug gewartet, bis wir den Schlüssel hinter dem letzten Kunden herumdrehten. Die beiden fieberten ihrem Date so sehr entgegen, dass schon am Nachmittag nicht mehr viel mit ihnen anzufangen war. Jonah war nervös und ließ ständig irgendwas fallen, und Pepper war völlig aufgedreht – kein schöner Zustand bei jemandem, der auch im Normalzustand oft schon aufgekratzt war. Ich wollte mir gar nicht vorstellen, was mich morgen erwartete. Auf jeden Fall konnte ich mich wohl auf jede Menge Dauergrinsen einstellen.

Ich sortierte die Ware in den Regalen, rückte sie zurecht und sorgte dafür, dass alles wieder an Ort und Stelle stand. Als ich fertig war, schnappte ich mir meine Tasche und schaltete das Licht aus. Auf halbem Weg zur Tür blieb mein Blick am Perlenvorhang hängen. Bevor ich darüber nachdenken konnte, war ich schon durch den Vorhang und stand in Madames Reich. Draußen war es noch hell genug, sodass ich kein Licht einschalten musste. Ich warf meine Tasche in den Sessel, zog das Foto des Toten aus dem Papierkorb und setzte mich damit an den Tisch.

Ich strich das zerknitterte Papier glatt, immer und immer wieder, während ich minutenlang auf das Gesicht starrte, das mir entgegenblickte. Was sollte das werden? Was machte ich hier?

Die Antwort lag auf der Hand. Ich hatte doch sowieso darüber nachgedacht, meine Fähigkeiten zu testen. Allerdings hatte ich diese Idee auch mindestens genauso schnell wieder verworfen, wie sie gekommen war. Und jetzt würde ich es doch tun.

Mist! Mist! Mist!

Die Augen noch immer auf das Foto gerichtet, begann ich seinen Namen zu murmeln. »Miles Baker«, wiederholte ich immer und immer wieder. Ich flüsterte den Namen, sagte ihn laut, schrie ihn einmal sogar in den Raum hinein. Nichts passierte. Ich versuchte, mich auf ihn zu konzentrieren, an ihn zu denken, wie ich es heute Nachmittag getan hatte, und ihn mir her zu *wünschen*. Es gab keinen Lufthauch, der den Geist angekündigt hätte, kein Flimmern und keinen blauen Schimmer in der Luft. Miles Bakers Geist zeigte sich nicht.

»Komm schon!«, presste ich frustriert hervor. »Heute Nachmittag hast du dich auch nicht so angestellt!«

Ich schloss die Augen, in der Hoffnung, mich besser konzentrieren zu können. »Komm schon, komm schon, komm schon!«

Ein Anflug von Übelkeit wallte in mir auf. Mein Kopf wurde zurückgerissen, als hätte mich jemand beim Genick gepackt. Dann explodierten die Bilder vor meinen Augen. Ein Mann im Dunkeln – das war Miles –, mit einer Pistole in der Hand. Er stand am Fuße des Royal Artillery Memorial im Hyde Park Corner und sah sich hektisch nach allen Seiten um. Da war noch jemand. Ein hochgewachsener blonder Mann, der sich im Schutz der Dunkelheit näherte. Als Miles ihn bemerkte, fuhr er herum. Die Waffe auf den Blonden gerichtet, zwang er ihn, stehen zu bleiben. Ich sah, wie sich seine Lippen bewegten, sah, dass der andere antwortete, doch ich konnte die Worte nicht hören. Ich konnte überhaupt keine Geräusche hören, außer einer Art statischem Rauschen.

Der andere Mann kam langsam näher. Er hielt die Arme zur

Seite gestreckt, als wollte er zeigen, dass er unbewaffnet war. Aber er sah keineswegs ungefährlich aus. Seine Bewegungen erinnerten an ein Raubtier, das sich vorsichtig an sein Opfer heranpirschte und nur auf den geeigneten Augenblick zum Zuschlagen wartete.

Miles hob die Pistole und zielte. Der Blonde blieb stehen, keine fünf Meter entfernt. Selbst im Schein der Laternen entging mir die Intensität seines Blickes nicht. Als könne er Miles allein durch die Macht seiner Augen dazu bewegen, die Waffe sinken zu lassen. Und für einen Moment schien das tatsächlich der Fall zu sein. Miles' Hand zuckte. Mit der anderen packte er das Gelenk seiner Waffenhand und hielt sie fest. Wieder bewegten sich die Lippen seines Gegenübers. Miles' Arm zitterte. Dann drückte er ab. Mündungsfeuer erhellte für einen Sekundenbruchteil die Nacht. Ich schrie auf, wartete darauf, dass der andere zur Seite sprang. Aber der machte nicht einmal den Versuch, auszuweichen. Sein Arm schnellte nach oben. Ein Lichtstrahl schoss aus seinem Ring hervor, lenkte die Kugel ab, die ihn durchbohrt hätte, und grub sich in Miles' Brust. Getroffen sackte dieser zusammen. Sofort war der andere bei ihm. Wieder bewegten sich seine Lippen, und ich war mir sicher, einen Fluch davon abzulesen. Das Rauschen, das meine Ohren bis eben noch erfüllt hatte, verklang. Und mit ihm die Bilder. Ich war zurück in Madames Hinterzimmer, den Blick auf das Foto gerichtet.

Scheiße, was war das?

War Miles Baker so gestorben? Durch einen Lichtstrahl aus einem Ring? Das war doch … Fantasy. Gandalf würde so etwas tun, vielleicht auch Harry Potter, aber doch nicht irgendein Kerl in einem öffentlichen Park. In der Stadt, in der ich zu Hause war!

»Es gibt doch keine Magie«, sagte ich und zuckte zusammen,

als ich bemerkte, dass ich die Worte laut ausgesprochen hatte. Sie klangen viel zu laut und viel zu unwahr nach dem, was ich eben gesehen hatte.

Magie. Allein das Wort klang … falsch. Und gleichzeitig war es das einzige, das beschreiben konnte, was ich eben gesehen hatte. Trotzdem konnte ich es nicht glauben. Ich *wollte* es nicht glauben.

Andererseits konnte ich Geister rufen und irgendwo in der Stadt spazierte ein Kobold herum. Warum sollte Magie dann nicht möglich sein?

»Du schuldest mir wirklich ein paar Antworten«, sagte ich zu dem Foto vor mir.

Miles schien das allerdings wenig zu interessieren, denn so sehr ich mich auch weiter bemühte, es wollte mir nicht gelingen, seinen Geist dazu zu bringen, hier anzutanzen. Frustriert gab ich schließlich auf und fuhr nach Hause.

Dad saß vor dem Fernseher, sah sich die *East Enders* an und futterte Pizza. Hinter ihm auf der Sofalehne hockte Hugh und kommentierte alles, was die Schauspieler sagten und taten.

»Hallo, Schatz.«

»Hi, Dad.« Ich drückte ihm einen flüchtigen Kuss auf die Stirn, ließ mich neben ihm in die Polster fallen und schnappte mir ein Stück Pizza.

»Heute keine Lust gehabt, etwas zu kochen?«, fragte ich und sah dabei Hugh an.

»Ich muss später noch zur Schicht«, sagte Dad.

Und der Geist sagte: »Ich konnte wohl kaum in der Küche hantieren, wenn dein alter Herr den ganzen Tag im Haus ist.«

Das klang einleuchtend.

Eine Weile saßen wir in einträchtigem Schweigen nebeneinander, und ich war froh, dass Dad mich nicht nach meinem

Tag fragte. Keine Ahnung, ob ich noch die Kraft gehabt hätte, mir etwas auszudenken oder auch nur zu behaupten, alles wäre wie immer gewesen. Ich sah nur immer wieder diesen Lichtstrahl vor mir, der Miles Baker getötet hatte. Schon lange hatte ich mich nicht mehr so allein gefühlt wie jetzt. Wenn es doch nur jemanden gäbe, mit dem ich darüber reden könnte. Meine besten Freunde waren alle zu weit weg. Die Vorstellung, ihnen von Magie zu erzählen, war so schon merkwürdig genug. Es aber auch noch am Telefon zu tun – nein, das kam nicht infrage. *Die würden glatt glauben, dass ich sie verarschen will.* Oder dass ich zu viele Abgase eingeatmet hatte.

Vielleicht konnte ich morgen mit Pepper darüber sprechen. Sie mochte zwar Hugh nicht gesehen haben, aber sie kannte Drizzle. Wenn sie von der Existenz des Kobolds wusste, vielleicht gab es noch mehr Dinge … Hatte ich nicht sowieso das Gefühl gehabt, dass sie mir nicht alles erzählt hatte? Die Andeutungen, die Drizzle gemacht, die Sachen, die ich nicht verstanden hatte. Was, wenn er Magie gemeint hatte? Und was, wenn Pepper mehr darüber wusste?

»Sag mal, Dad, glaubst du eigentlich an Magie?«

Das Pizzastück entglitt ihm und landete auf dem Fußboden. Einen Herzschlag lang waren seine Gesichtszüge regelrecht entgleist. Dann fing er sich wieder. Was blieb, war ein Stirnrunzeln. »Wie kommst du denn auf so einen Blödsinn?«

Ich zuckte die Schultern. »Keine Ahnung«, behauptete ich. »Du warst am Anfang so gegen meine Arbeit im Laden, dass ich mich gefragt habe, ob du vielleicht Angst hattest, jemand könnte mich verhexen. Und das würde ja irgendwie bedeuten, dass du an diesen ganzen Kram glaubst.«

Kopfschüttelnd klaubte er das Stück Pizza auf und warf es in die Schachtel zurück. »Ich habe mir lediglich Sorgen um dich gemacht. Du bist jung und in deinem Alter ist man leicht zu beeinflussen. Dieser ganze Hexenkram dort … ich war mir einfach nicht sicher, ob es das Richtige für dich ist. Diese Wicca-Zirkel … das hat doch alles was Sektenartiges an sich.«

»Du hattest Angst, dass ich in einer Art Hexensekte landen würde?«

»So was in der Richtung«, sagte er ausweichend. »Zum Glück ist weder der Laden noch deine Madame mit ihrer Bühnenshow sonderlich ernst zu nehmen.«

Äh … ja.

»Du solltest ihm mal sagen, dass du dafür umso ernster zu nehmen bist, Nachwuchsbeschwörerin«, mischte sich Hugh ein.

Ich warf ihm einen finsteren Blick zu. Dann hatte ich eine Idee. »Weißt du was, Dad, ich bin erledigt. Ich geh duschen und hau mich ins Bett. Noch ein bisschen lesen oder so.« Ich wünschte ihm eine gute Nacht und verzog mich aus dem Wohnzimmer. In der Tür blieb ich noch einmal kurz stehen und bedeutete Hugh, mir zu folgen. Wenn ich schon einen Geist im Haus hatte, konnte der sich auch nützlich machen.

Als ich in mein Zimmer kam, war Hugh nicht da. Seit ich ihn beschworen hatte, klebte er mir an den Fersen, und ausgerechnet jetzt wollte er lieber fernsehen, als mir zu helfen? Wütend begann ich aufzuräumen. Ich klaubte ein paar Zeitschriften vom Boden auf, warf sie auf einen Haufen und schleppte meine Schmutzwäsche zum Wäschekorb. Bevor ich hier allerdings einen Großputz veranstaltete, entschied ich, lieber doch duschen zu gehen. Ich öffnete die Schranktür und suchte ein paar frische Klamotten raus. Als ich den Schrank wieder schloss, tauchte Hughs blau schimmerndes Gesicht dahinter auf.

»Buh!«, rief er.

Ich fuhr zusammen und er kriegte sich vor Lachen nicht mehr ein. »Du siehst aus, als hättest du einen Geist gesehen, Riley!«

Von allen Geistern dieser Welt hatte ich ausgerechnet einen mit einer Vorliebe für platte Witze beschwören müssen. »Nicht nur einen«, brummte ich.

Schlagartig wurde er ernst. »Das klingt, als hättest du was Spannendes zu erzählen. Schieß los! Oder wolltest du nur, dass ich dir folge, damit ich dir beim Duschen zusehen kann?«

»Was?« Erschrocken senkte ich die Stimme, aus Angst, Dad könne mich hören. »Davon träumst du, toter Mann!«

Grinsend schwebte er zum Bett hinüber und machte es sich auf meinen Kissen bequem. »Die Antwort ist übrigens: Ich weiß es nicht.«

»Welche Antwort?«

»Na, auf die Frage, ob ich an Zauberei glaube.«

Ich setzte mich im Schneidersitz auf den Teppich und begann mit gedämpfter Stimme zu erzählen. Von Madames Telefonat am Morgen, der Séance, bei der ich den Geist gerufen, den Madame weggeschickt und von dem sie behauptet hatte, ihn nicht zu sehen. Und von meinem zweiten Beschwörungsversuch, der mit der Vision von Miles Bakers Tod geendet hatte. Nachdem ich fertig war, fehlten sogar Hugh für eine Weile die Worte.

»Ich konnte ihn nicht mehr erreichen«, sagte ich. »Aber ich weiß nicht, was ich falsch gemacht habe.«

»Ich glaube nicht, dass du etwas falsch gemacht hast«, sagte Hugh schließlich. »Deine Kräfte sind vielleicht ungeübt, aber sie sind auch so stark, dass ihnen kaum ein Geist widerstehen wird.«

»Soll das heißen, dass jeder Geist, den ich rufen will, auch kommen wird?«

»Und obendrauf die, die du nicht rufst.«

Ich kniff die Augen zusammen. »Das musst du mir erklären.«

Hugh rutschte ein Stück näher an die Bettkante heran und sah zu mir herab wie ein Lehrmeister zu seinem Schüler. »Dass du ungeübt bist, haben wir ja schon festgestellt«, rekapitulierte er. »Obendrein hast du jede Menge Macht. Das ist eine unglückliche Kombination. Du strahlst diese Energie aus, von der wir Geister angezogen werden wie eine Maus vom Käse.«

»Ich hoffe, meine Energie riecht besser.«

»Oh, die riecht lecker und ausgesprochen verführerisch für uns. Verlass dich drauf.« Er runzelte die Stirn. »Und genau da liegt das Problem. Wir stehen sozusagen in den Startlöchern und warten nur darauf, dass du uns die Tür öffnest. Erinnerst du dich an die Katze?«

Als ob ich die so schnell vergessen könnte.

»Dein Mitleid hat dem Katzengeist das Tor geöffnet. Wenn du nicht aufpasst, kann dir dasselbe mit einem menschlichen Geist passieren. Es muss gar kein Mitleid sein. Trauer, der Wunsch zu helfen, all der rührselige Kram könnte schon ausreichen, um die Tür einen Spalt zu öffnen und die Geister freizulassen. Du kannst froh sein, dass du dich vorgestern bei deiner Séance so sehr auf mich konzentriert hast. Andernfalls hättest du da eine echte Party veranstalten können.«

Und wenn alle Partygäste Hugh nacheiferten und sich weigern würden, wieder zu gehen, hätte ich hier ganz schnell eine ziemlich volle Bude.

»Aber wenn meine Energie wie ein Köder für euch Geister ist, warum kam Miles dann nicht?«

»Keine Ahnung. Vielleicht hielt ihn etwas davon ab. Immerhin hat er dir eine Nachricht geschickt.«

»Du meinst, das ist wirklich passiert?«

Hugh zog eine Augenbraue hoch. »Was denkst du denn?«

»Dass mir meine überlasteten Synapsen ein paar Halluzinationen geschickt haben?«, schlug ich hoffnungsvoll vor. »Vielleicht ist bei mir ja eine Schraube locker.«

»Vielleicht hat deine Madame ihn aber auch einfach nur ins Licht geschickt, und seine Erinnerungen waren das Einzige, das von ihm noch hier war. So eine Art Echo.«

»Ins Licht?«

Hugh setzte sich aufrecht hin und bedachte mich mit seinem besten Oberlehrerblick. »Geister – Lektion 52. Es gibt Situationen, in denen ein Geist nicht mehr gerufen werden kann. Er ist dann ins Licht gegangen. Dahin, wo ihr Medien und Beschwörer ihn nicht mehr erreichen könnt. Kein Anschluss unter dieser Nummer.«

»Und warum geht nicht einfach jeder Geist in dieses Licht? Warum können wir manche überhaupt noch erreichen und andere nicht mehr?«

»Manche finden keinen Frieden, weil noch etwas ungeklärt ist. Die sind wie diese lästigen Menschen, die jede Meinungsverschiedenheit ausdiskutieren wollen, bevor sie sich endlich verziehen. Andere sind einfach verwirrt und haben noch gar nicht kapiert, dass sie tot sind. Die eiern hier herum, bis es ihnen einer sagt oder sie es selbst schnallen. Und dann gibt es noch diejenigen, deren Tod so frisch ist, dass ihre Seele den Körper noch nicht vollends verlassen hat.« Mit einem Schulterzucken fügte er hinzu: »Und als letzte Kategorie wohl auch noch Geister, die es langweilig finden, tot zu sein.«

»Dann hat es dir im Licht nicht gefallen?«

»Ich war nie dort«, sagte er. »Wenn man erst einmal da ist, gibt es kein Zurück mehr. Das ist mir … irgendwie zu endgültig.«

Ich fragte mich, wie es für ihn sein musste, tot zu sein. Plötzlich aus dem Leben gerissen, mit einem unbekannten Ziel und ohne zu wissen, ob und in welcher Form er dort weiterexistieren würde. »Wie lange hängst du schon fest?«

»In der Zwischenwelt?«

Ich nickte.

»Seit meinem Tod. Erst ein paar Wochen. Vielleicht einen oder zwei Monate. Ich bin mir nicht sicher, die Zeit verliert dort ziemlich schnell an Bedeutung.«

»Und du hast nie jemanden aus dem Licht zurückkommen sehen?«

»Es ist nicht möglich zurückzukommen«, sagte er noch einmal.

»Warum willst du nicht dorthin?«

Zum ersten Mal, seit ich Hugh kannte, wirkte er vollkommen ernst, geradezu nachdenklich. »Was, wenn es kein guter Ort ist? Es könnte langweilig sein oder die Leute dort sind schrecklich. Was, wenn es mir nicht gefällt und ich dann dort festhänge? Die Ewigkeit kann ziemlich lang werden.«

Es lag mir auf der Zunge, ihn danach zu fragen, ob er denn nicht an Wiedergeburt oder etwas in der Art glaubte. Oder daran, dass eine Seele verging und ihn im Licht schlicht und ergreifend gar nichts erwartete. Dass er einfach zu existieren aufhörte. Ich sprach nichts davon aus. Zum Teil, weil ich ihn nicht beunruhigen wollte, zum Teil, um das Gespräch nicht in eine vollkommen andere Richtung zu lenken.

»Aber du kannst doch auch jetzt nicht wirklich irgendwo hin«, sagte ich stattdessen. »Du sitzt hier fest. Niemand kann dich sehen oder mit dir reden.«

»Du redest doch mit mir. Und wenn ich wollte, könnte mich sehr wohl jemand sehen.«

»Du weißt genau, wie ich das meine, Hugh.«

»Schon klar, dass ich nicht den Rest meines – deines Lebens

bei dir rumhängen kann«, räumte er ein. »Aber wie ich schon sagte, du hast ein interessantes Problem und ich sterbe vor Neugier, zu sehen, wie das weitergeht.«

»Und heute ist es offensichtlich noch mal eine ganze Ecke interessanter geworden«, seufzte ich.

»Darauf kannst du wetten!«

Auch wenn mich seine Anwesenheit bisher nicht sonderlich begeistert haben mochte, so war Hugh vermutlich die beste und verlässlichste Quelle für Geisterfragen. Und im Augenblick wohl auch der Einzige, mit dem ich über Magie sprechen konnte.

»Kann man jemanden gegen seinen Willen ins Licht schicken?«

Er blickte betroffen drein. »Willst du mich wirklich so dringend loswerden?«

»Was? Nein. So war das nicht gemeint. Es geht gar nicht um dich.«

Soweit ich das unter dem blauen Schimmer erkennen konnte, entspannte sich seine Miene. Trotzdem blieb er auf der Hut. Kein Wunder, wenn man bedachte, dass ich mir bis vorhin nichts mehr gewünscht hatte, als ihn loszuwerden. »Sondern?«

»Du hast gesagt, Madame hätte Miles vielleicht ins Licht geschickt«, überlegte ich laut. »Die Frage ist, ob sie ihn tatsächlich für immer und ewig ins Licht gejagt oder ihn nur irgendwie in die Zwischenwelt zurückgeschickt hat, aus der ich ihn gerufen habe.«

»Das lässt sich herausfinden.«

»Kannst du ihn aufspüren?«

»Wenn er noch da ist, schon.«

»Klasse!« Wenn Hugh ihn fand, würde ich mehr über seinen Tod und diesen Lichtstrahl, den ich gesehen hatte, erfahren. Und ich würde vielleicht auch herausfinden, warum Madame ihn fortgeschickt hatte.

Ich suchte den Internetartikel mit Miles' Foto heraus, den Ausdruck hatte ich im Laden wieder in den Papierkorb geworfen, und zeigte es Hugh. »Alles klar«, sagte er. »Warte nicht mit dem Essen auf mich, Schatz. Es kann spät werden.«

»Hugh!«

»Du willst wissen, wie spät?« Als ich nickte, sagte er: »Das kommt darauf an, ob und wie leicht er zu finden ist. Ein paar Stunden. Vielleicht auch ein paar Tage. Pass auf dich auf!«

Dann verschwand er und ich hatte mein Zimmer wieder für mich allein.

Den Rest des Abends verbrachte ich mit dem Versuch, im Internet etwas über Miles Baker in Erfahrung zu bringen, fand aber kaum mehr als ein ziemlich karges Facebookprofil und ein paar Fotos und Beiträge aus seiner Schulzeit von vor ein paar Jahren. Immerhin fand ich heraus, wo er wohnte und dass er als Händler arbeitete, wenn auch nirgendwo stand, womit er handelte. Das Blöde war nur, dass ich keine Ahnung hatte, was ich damit anfangen sollte.

Gerade als ich ins Bett gehen wollte, klingelte mein Handy. Es war Pepper. Mit einem Seufzen stimmte ich mich auf eine endlose »Der Abend mit Jonah war so genial«-Litanei ein und nahm das Gespräch an.

»Hi, Pepper. Was gibt's? Wie war dein Date?«

»Es war eine Katastrophe!«, platzte es aus Pepper heraus.

»Schlechter Film?«

»Nein.«

»Schlechtes Essen?«

»Nein.«

»Jetzt lass dir doch nicht alles aus der Nase ziehen!«

Pepper seufzte, und ich glaubte, ein unterdrücktes Schniefen zu hören. »Er ist so unglaublich nett.«

»Das ist deine Katastrophe? Ein netter Kerl bei einem Date?«

»Nein, du verstehst das nicht«, hielt Pepper dagegen. »Er ist einfach *zu* nett. Er versucht ständig, mir alles recht zu machen, mir jeden Wunsch von den Augen abzulesen und dafür zu sorgen, dass es mir gut geht.«

»Das klingt ja wirklich grauenvoll.« Und ich beklagte mich darüber, dass mich mein Ex mit irgendeiner Schlampe aus dem Schwimmteam betrogen hatte. Also echt.

»Riley! Du nimmst mich nicht ernst!«

»Tut mir leid, aber mir fällt es gerade ein wenig schwer, dir zu folgen.«

»Weißt du, was man über das Wort ›nett‹ sagt?«

»Nett ist die kleine Schwester von –«. Mein innerer Zensor brachte mich zum Schweigen.

»Von Scheiße«, beendete Pepper den Satz für mich. »Mal ehrlich, könntest du dir vorstellen, mit jemandem zusammen zu sein, der immer nur lieb und nett ist? Jemand, der dir ständig in allem zustimmt und versucht, dir alles recht zu machen?«

»Jemand, der keine eigene Meinung hat, sondern nur das tut, was du willst?«

»Genau!«

»Das hat er getan?« Ich fand zwar immer noch, dass es Schlimmeres gab, begann Pepper aber allmählich zu verstehen.

»Den ganzen Abend. Dauerlächeln, ohne Unterbrechung. Ständige Zustimmung. Ich hatte schon Angst, ihm würde irgendwann mal der Kopf vom Hals brechen, so oft hat er genickt.« Sie machte eine kurze Pause, dann fällte sie ihr folgenschweres Urteil: »Jonah ist süß, aber er ist auch unglaublich berechenbar. Da ist kein bisschen Gefahr. Nichts Aufregendes.«

»Du meine Güte, wie lange kennst du ihn? Ein Jahr? Zwei?«, fragte ich. »Was hast du erwartet? Dass er plötzlich die Beißer ausfährt und dir gesteht, dass er in Wahrheit Sergej Darkov ist?«

Peppers Schweigen machte klar, dass sie zumindest davon geträumt hatte.

Ich seufzte. »Pepper!«

»Ich bin so enttäuscht, Riley. Ich dachte wirklich, er wäre der Richtige. Einer, der mich auf Händen trägt. Okay, das würde er auch tun – aber in dem Fall ist das genau das Problem. Ich glaube, er würde alles tun, um mir zu gefallen. Ich will mich aber auch mal streiten können. Will jemanden mit einer eigenen Meinung. Jemanden, der nicht zu allem Ja und Amen sagt. Weißt du, was der Hammer war? Als wir im Pizza-Corner waren, habe ich ihn ins Damenklo geschickt. Ich habe behauptet, da nicht reingehen zu können, wenn jemand anderes drin ist, und ihn gebeten, die anderen rauszuschicken.«

Ich prustete los. »Das ist nicht dein Ernst!«

»Doch. Ich wollte wissen, wie weit ich gehen kann. Er hätte es getan, Riley! Wenn ich ihn nicht aufgehalten hätte, wäre er geradewegs da reinmarschiert und hätte den Waschraum und die Toiletten für mich geräumt. Das war soooooo peinlich!«

Das war es wirklich.

»Und jetzt?«, wollte ich wissen. »Wie geht es jetzt weiter?«

»Ich muss ihm verklickern, dass das mit uns nichts wird. Oh Mann, es war schon schwer, ein Date mit ihm zu bekommen – und jetzt, wo ich es hatte, muss ich mich wieder entdaten.« Sie stöhnte theatralisch. »Das wird die Hölle.«

Eine Weile noch erging sie sich in Details des Abends, dann nahm sie mir das Versprechen ab, niemandem von ihrem Pleite-Date zu erzählen, und beendete das Gespräch.

17

Am nächsten Morgen war Hugh immer noch nicht zurück. Dafür saß Dad am Küchentisch und las Zeitung. Es hatte einen Fehler bei der Schichteinteilung gegeben, weshalb zu viele Ärzte für die Nachtschicht eingeteilt gewesen waren. Daraufhin hatten sie ihn nach einer Stunde wieder nach Hause geschickt. Wenn ich mir ansah, wie ausgeschlafen er aussah, wünschte ich mir, dass solche Fehler häufiger vorkämen. Andererseits waren sie für unsere Finanzen nicht sonderlich zuträglich.

Ich wünschte ihm einen guten Morgen, setzte mich zu ihm an den Tisch und bestrich mir einen Toast mit Butter und Marmelade, während ich gleichzeitig Dad über den Rand seiner Zeitung hinweg beobachtete. Plötzlich erinnerte ich mich daran, wie ihm gestern die Pizza aus der Hand gefallen war, als ich ihn gefragt hatte, ob er an Magie glaubte. Es konnte Zufall gewesen sein, aber da war auch noch dieser Ausdruck auf seinem Gesicht gewesen. Für einen kurzen Moment hatte er ausgesehen, als hätte man ihn auf frischer Tat ertappt. Fragt sich nur, wobei. Seine Reaktion war jedenfalls interessant genug gewesen, dass ich gern noch ein bisschen weiterbohren wollte. Vielleicht war er ja selbst ein Medium und ich hatte meine Kräfte von ihm geerbt. Es konnte nicht schaden, ihm noch ein wenig auf den Zahn zu fühlen.

»Gestern habe ich nach Magie gefragt«, sagte ich und beobachtete ihn dabei ganz genau. »Das heutige Thema lautet Geister.«

Dad verdrehte die Augen. »Warum diese Themen? Wegen deines Jobs?«

»Ich glaube, ich habe gestern einen gesehen. Einen Geist, meine ich.« Egal, wie oft ich es aussprach, es klang nie weniger verrückt als beim ersten Mal.

Dad sah mich über die Zeitung hinweg an. Sein Gesicht wirkte versteinert, doch dann grinste er plötzlich. »Und ich glaube, deine Madame Veritas ist mit ihrem Schauspiel vielleicht ein bisschen zu überzeugend.«

Ich erzählte ihm von der gestrigen Séance und dass es tatsächlich so ausgesehen hatte, als wäre ein Geist erschienen. Allerdings ließ ich Dad auch in dem Glauben, dass es nur einer von Madames Spezialeffekten gewesen war. »Manchmal sieht das wirklich verdammt echt aus. Als wäre tatsächlich einer im Zimmer.«

Damit war das Thema Geister abgehakt. Dad hatte sich nicht aus der Reserve locken lassen. Wenn er etwas vor mir verbarg, dann war er heute besser darauf vorbereitet, es weiterhin verschlossen zu halten. Wahrscheinlicher war allerdings, dass er gar nichts zu verbergen hatte. Sonst hätte ich doch in den letzten siebzehn Jahren etwas merken müssen. *Irgend*etwas.

Ich weiß nicht, ob ich von der Idee angestachelt wurde, meine Kräfte könnten von ihm stammen, oder ob die Gelegenheit, über meine Erlebnisse der letzten Tage zu sprechen – zumindest über den unverfänglichen Teil davon –, mich so mitriss, dass ich gleich zum nächsten Minenfeld überging.

»Madame hat übrigens ein Ritual mit mir durchgeführt.«

Dieses Mal ließ er die Zeitung sinken. »Ich will nicht, dass du solche Dinge machst, Riley!«

Treffer! Auf Geister hatte er nicht reagiert, dafür jetzt. Interessant. Es war mir bis eben gar nicht bewusst gewesen, aber ich hatte mich noch nie mit Dad über Übersinnliches unterhalten. Wusste ich schon bei mir nicht genau, wie ich zum Thema stand (okay, nach den letzten Tagen neigte ich dazu, an einige Dinge zu glauben – zwangsläufig), hatte ich nicht die leiseste Ahnung, was er davon hielt. Nicht nur, dass wir nie darüber gesprochen hatten, er hatte auch immer einen Bogen um das Thema gemacht, wurde mir jetzt klar. Filme zu übersinnlichen Phänomenen? Kamen nicht ins Haus. Bücher? Kannst du vergessen. Der Ansatz eines Gesprächs? Regelrecht abgeblockt und schnell zu einem anderen Thema übergegangen. Erstaunlich, dass mir das so noch nie aufgefallen war. Auch wenn ich diese Erkenntnis spannend fand, hieß das aber immer noch nicht, dass Dad ein Medium war. Vielleicht war er auch nur abergläubisch und hatte Angst, irgendwas herbeizureden.

»Warum nicht?«, hakte ich nach.

»Weil es Humbug ist und ich nicht will, dass du deine Zeit mit Blödsinn verschwendest.«

»Ich arbeite dort«, rechtfertigte ich mich. »Ich muss diese Dinge wissen, wenn ich für Madame Termine übernehmen soll.«

»Aber du musst dich nicht zum Versuchskaninchen für irgendwelche Rituale machen lassen, die wer weiß welche Auswirkungen auf deine Psyche haben!«

»Warte, ich weiß, was jetzt kommt«, sagte ich. »Teenager. Leicht beeinflussbar. Sekte.«

»Am besten gehst du dort nicht mehr hin.«

»Dad! Das ist nicht dein Ernst!«, protestierte ich. Oh Scheiße, ich hatte es zu weit getrieben! »Du hast selbst gesagt, dass Madame nicht ernst zu nehmen ist.«

»Und wenn schon. Dieser Laden scheint dir alle möglichen Flausen in den Kopf zu setzen.«

»Du weißt, dass ich das Geld brauche.«

Dad blieb unnachgiebig. »Es gibt auch andere Jobs.«

»Es gibt auch Väter, die sich nicht an der Börse verzocken und hinterher so verschuldet sind, dass sie sich kaum noch den Frühstückstoast leisten können.«

Dad versteinerte unter meinen Worten und ich hielt erschrocken inne. Mein Gott, hörte ich mich verbittert an. Wir konnten keine großen Sprünge machen, aber darben mussten wir deshalb noch lange nicht. »Es tut mir leid, Dad. Das hätte ich nicht sagen dürfen. Entschuldige.«

Er fuhr sich mit der Hand über die Augen. Plötzlich wirkte er unendlich müde und viel älter, als er mit seinen vierundvierzig Jahren aussehen sollte. »Nein, du hast ja recht. Ich würde dir so gern mehr bieten, dir deine Wünsche erfüllen. Es ist nur …«

Ich schüttelte den Kopf. »Es ist okay, Dad. Wirklich. Aber ich *brauche* diesen Job.« Wie sollte ich mehr über meine Kräfte oder das, was ich gesehen hatte, herausfinden, wenn ich nicht mehr in den *Hexenkessel* durfte. »Du weißt, dass ich nicht der Typ bin, der sich leicht beeinflussen lässt. Mich fängt garantiert keine Sekte ufogläubiger Geisteranhänger ein. Ich denke einfach nur über Dinge nach und darüber, ob und warum Leute an so etwas glauben. Das ist alles. Und es ist kein Grund, mir diesen Job zu verbieten.« Ihm war anzusehen, dass er wankte. Vermutlich war es sein schlechtes Gewissen, das ich mit meinen unbedachten Worten hervorgeholt hatte, das ihn jetzt nachgeben lassen würde. Um sicherzugehen, fügte ich noch hinzu: »Du willst nicht, dass ich einen Heulanfall bekomme. Das halten die Möbel vielleicht nicht aus.«

Meinen letzten großen Heulkrampf hatte ich mit zwölf gehabt. Damals war ich so wütend und enttäuscht darüber gewesen, dass Dad mir verboten hatte, auf eine Party zu gehen. Die erste Party meines jungen Lebens, auf der obendrein der tollste Typ des Universums sein würde. Zumindest fand ich das damals. Ich war so verschossen in diesen Kerl und so stinksauer auf Dad gewesen, der im Begriff war, mir mein ganzes Leben zu ruinieren. Dass ich mit meinem Schwarm noch nie ein Wort gewechselt hatte und er obendrein fünf Jahre älter war als ich, hatte damals keine Bedeutung gehabt. Mein Heulanfall war so heftig gewesen, dass ich nicht gesehen hatte, wohin ich lief, als ich aus dem Zimmer stürmte. Ich knallte geradewegs gegen die Glasvitrine. Die Scheiben blieben ganz, aber bei der Erschütterung lösten sich alle Zwischenböden, krachten lärmend nach unten und zermalmten Dads Whiskyvorräte im untersten Fach.

Bei der Erinnerung an diesen denkwürdigen Augenblick meiner pubertären Rebellionskarriere begannen Dads Mundwinkel verdächtig zu zucken. Auch ich konnte mir ein Grinsen nicht mehr verkneifen und schließlich prusteten wir beide los.

»Du hast meinen 18jährigen Ardbeg platt gemacht«, keuchte Dad, noch immer lachend.

Ich kicherte. »Und du meine Verlobung mit Mr Perfect verhindert!« Über den ich neulich gehört hatte, dass er von der Uni geflogen war und jetzt in einem Schnellrestaurant arbeitete.

Als wir uns schließlich wieder fingen, seufzte Dad. »In Ordnung, bleib in dem Laden, wenn es dir dort gefällt. Aber versprich mir, solchen Ritualen in Zukunft aus dem Weg zu gehen.«

Worauf du wetten kannst!

»Versprochen.« Wer konnte schon wissen, was Madame mir als Nächstes angedeihen ließ. Am Ende würde ich noch einen von Peppers geliebten Vampiren beschwören. Oder selbst zu einem werden. Ich stand auf und küsste ihn auf die Stirn. »Danke, Dad.«

Ich räumte meinen Teller in die Spülmaschine und wollte wieder nach oben gehen.

»Riley?«

In der Tür blieb ich noch einmal stehen. »Ja?«

»Eigentlich wollte ich die richtige Gelegenheit dafür abwarten, aber vielleicht ist jetzt genau der passende Moment«, sagte er. »Wenn es mit den Schichten weiter so gut klappt, habe ich bis nächsten Sommer alles abbezahlt. Dann kann ich dir dein Studium finanzieren und du kannst aufhören zu arbeiten und dich ganz auf deine Zukunft konzentrieren.«

»Das sind tolle Neuigkeiten, Dad!«

»Es tut mir wirklich leid.«

Ich nickte nur. Mehr ließ der dicke Kloß nicht zu, der mir die Kehle zuschnürte. Ich war mir sicher, dass er nicht nur unseren Disput von eben meinte, sondern noch viel mehr. Die Zeit, in der er mir aus dem Weg gegangen war, seine Börsenzockerei, Moms Tod. Einfach alles, was in unserem Leben bisher schiefgegangen war.

Der Tag ging genauso nervenaufreibend weiter, wie er angefangen hatte. Im Laden schlichen Pepper und Jonah umeinander herum, ohne dass einer der beiden ein Wort sagte. Pepper warf mir einen flehenden Blick zu, als hoffte sie, ich könne ihre Probleme lösen. Nein, danke. Ich hatte genug eigenen Mist, um den ich mich kümmern musste.

Als sie kurz nach Mittag einmal im Lager verschwand, tauchte Jonah so plötzlich neben mir auf, als hätte er sich geradewegs an meine Seite gebeamt. »Ich brauche deinen Rat, Riley.«

Nicht du auch noch! Die Mischung aus Schnauben und Seufzen, die ich von mir gab, schien er als Aufforderung aufzufassen. Binnen einer Minute bekam ich von ihm seine Version des gestrigen Dates serviert.

»Ich habe wirklich versucht, ihr alles recht zu machen, aber wenn ich das eine tue, dann will sie schon das nächste und …« Jonah schüttelte den Kopf. »Ich mag Pepper. Ich mag sie wirklich. Aber ich fürchte, als Freundin ist sie mir ein wenig zu … lebendig. Damit werde ich echt nicht fertig.«

Ich sah ihn an, ohne etwas zu sagen.

»Du musst mir helfen, Riley!«

Ich packte ihn am Arm und schob ihn ins Lager. Pepper, die dabei war, ein paar Kartons umzustapeln, drehte sich zu uns um. Ihre Augen wurden groß.

»Ich schmeiße den Laden«, sagte ich. »Ihr redet. Wagt es ja nicht, euch draußen blicken zu lassen, bevor ihr alles geklärt habt. Und zwar wirklich geklärt.«

Damit zog ich die Tür hinter mir zu. Es dauerte eine halbe Stunde, bis sich die beiden herauswagten. Pepper sagte etwas und Jonah lachte. Dann standen sie vor mir.

»Danke.« Jonah tätschelte mir ein wenig unbeholfen den Arm und machte sich davon, um sich auf einen Kunden zu stürzen, der gerade zur Tür hereinkam.

Pepper stieß hörbar die Luft aus. »Ja, danke.«

Ich zog eine Augenbraue hoch. »Und wie ist der Status jetzt?«

»Freunde«, grinste sie. »Wie vorher.« Dann stieß sie einen tiefen Seufzer aus. »Ich bin wirklich froh, wenn ich endlich Urlaub habe. So viel Stress hält kein Mensch aus.«

»Du arbeitest nicht die ganzen Ferien?«

Sie schüttelte den Kopf. »Die letzten Wochen habe ich frei. Dann rühre ich keinen Finger und werde den ganzen Tag nur Dinge tun, auf die ich wirklich, wirklich Lust habe!«

Ein Luxus, den ich mir momentan nicht leisten konnte.

Als ich zum Feierabend den Laden verließ, fiel mein Blick durch das Fenster des *High Tea,* wo der Typ mit den farblosen

Augen saß, an seinem Kaffee nippte und mich durch die Scheibe musterte. War der Kerl da drüben eingezogen oder warum hing er plötzlich ständig hier herum?

Schon auf dem Heimweg hatte ich ihn wieder vergessen. Ich war viel zu aufgeregt, um mich länger mit ihm zu beschäftigen. In einer Stunde würde Craig mich abholen. Hoffentlich wurde unser Date nicht zu einem ähnlichen Desaster wie bei Pepper und Jonah. Ganz sicher würde ich ihn nicht losschicken, damit er das Damenklo für mich räumte.

Wie es mit ihm geworden wäre, fand ich nie heraus, denn Craig tauchte nicht auf. Ich saß aufgestylt im Wohnzimmer, warf alle paar Sekunden abwechselnd einen Blick auf die Wanduhr und mein Handy, und wartete.

Und wartete.

Zum Glück war Dad nach seinem Dienst zu Doc gefahren, sodass ich mich nicht seinem Mitleid oder Trost ausliefern musste. Andererseits wäre ein wenig Mitleid durchaus nett gewesen.

Zweimal rief ich Craig auf seinem Handy an und trennte die Verbindung, sobald sich die Mailbox meldete. Ich würde mich nicht zum Affen machen und eine Nachricht hinterlassen, mit der ich mich als verzweifelt und sitzen gelassen outete. Um elf ging ich in mein Zimmer, schminkte mich ab und schlüpfte in meinen Schlafanzug. Stinksauer warf ich mich aufs Bett und ergab mich meinem Zorn auf die ungerechte Welt, auf Jungs im Allgemeinen und Craig im Speziellen.

18

Am nächsten Morgen fühlte ich mich wie gerädert. Ich hatte den größten Blödsinn aller Zeiten geträumt; von blau schimmernden Erscheinungen, Lichtstrahlen und Madame, die nur in Rätseln und Lügen sprach. Zuletzt kam die Katze wieder ins Spiel. Sie lag auf dem Stahltisch des Tierarztes. Der Doktor hatte alles für die tödliche Injektion vorbereitet. Als er die Spritze ansetzte, um die Katze einzuschläfern, verwandelte sich das Tier, verschwamm und dehnte sich aus, bis es keine Katze mehr war, die dort auf dem kalten Tisch lag, sondern Craig. Das war der Moment, in dem ich aufwachte.

Es war sieben Uhr, ich hatte gestern Abend vergessen, die Vorhänge vorzuziehen, weshalb es im Zimmer bereits gnadenlos hell war. Viel zu hell für einen frühen Samstagmorgen.

Immerhin lag weder der Geist einer toten Katze noch der eines eingeschläferten Tierarztpraktikanten auf meinem Kopfkissen. So wie die letzten Tage gelaufen waren, musste ich dafür vermutlich schon dankbar sein.

Meine Dankbarkeit endete allerdings schlagartig, sobald ich mich daran erinnerte, dass Craig mich versetzt hatte. Kein Wunder, dass ihn mein Unterbewusstsein zur Strafe einschläfern wollte.

Die Erinnerung an die letzten Traumbilder, die nur ganz allmählich verblassten, erweckte ein ungutes Gefühl. Was, wenn sie keine Rachepläne meines Unterbewusstseins, sondern eine

Botschaft waren? Was, wenn er mich nicht versetzt hatte? Vielleicht war ihm etwas zugestoßen!

Schnell checkte ich mein Handy, fand aber auch heute keine Nachricht von Craig. Je länger ich darüber nachdachte, desto unwahrscheinlicher erschien es mir, dass er mich schnöde versetzt haben sollte. Er hatte doch selbst um das Date gebeten und dabei alles andere als unsicher gewirkt. Warum sollte er also plötzlich kalte Füße bekommen?

Vielleicht hatte er einen Unfall gehabt und lag im Krankenhaus, während ich hier saß und mich in Rachefantasien erging. Mit einem unguten Gefühl im Magen wählte ich Craigs Nummer. Wieder nur die Mailbox. Ich hinterließ eine Nachricht, dass ich mir Sorgen machte und er mir bitte nur Bescheid geben solle, ob es ihm gut ging. Danach suchte ich die Nummer der Praxis heraus, für die er arbeitete, und rief dort an, in der Hoffnung, dass einer der Angestellten etwas wusste. Es meldete sich nur der Anrufbeantworter. Was hatte ich auch an einem Samstag um kurz nach sieben erwartet? Der Blechkamerad erklärte, dass ich außerhalb der Sprechzeiten anrief. Bevor er die Notfallnummer einer Tierklinik herunterbeten konnte, legte ich auf.

Nach einer ausgedehnten Dusche zog ich mich an und ging nach unten. Schon auf der Treppe roch es verlockend nach Kaffee. Genau das, was ich jetzt brauchte.

»Morgen, Dad.«

Ich hatte erwartet, ihn hinter seiner Zeitung am Esstisch zu finden, doch der Tisch war ebenso verlassen wie der Rest der Küche. Wenn man einmal von dem blau schimmernden Geist vor dem Herd absah.

»Dein Dad ist schon weg. Doppelschicht.«

»Und seit wann bist du wieder da?«

»Dir auch einen guten Morgen, Herzblatt.«

Ich seufzte. »Entschuldige. Ich …«

»Das war ein Scherz«, grinste Hugh. »Mach dich mal locker.«

Leichter gesagt als getan. »Also? Seit wann?«

»Seit heute Nacht.«

Ich holte Luft, doch bevor ich etwas sagen konnte, redete er schon weiter. »Du hast geschlafen und ich wollte dich nicht wecken. Vermutlich wäre es deinem Blutdruck abträglich gewesen, von einem schimmernden Geist geweckt zu werden.«

Da hatte er wahrscheinlich recht. Die bloße Vorstellung, mitten in der Nacht, völlig verpennt und verwirrt, die Augen zu öffnen und ein Gespenst zu sehen … da schüttelte es mich schon. »Hast du Miles gefunden?«

Hugh schüttelte den Kopf, riss die Pfanne in die Luft und wirbelte den Pfannkuchen darin herum. »Entweder ist er bereits ins Licht gegangen oder er ist verschreckt und will nicht gefunden werden.«

»Wenn er nicht im Licht ist, sondern sich nur irgendwo versteckt, kann ich ihn dann irgendwie aufspüren?«

Hugh starrte nachdenklich in die Pfanne. »Es könnte gehen«, sagte er, als er den Pfannkuchen auf einen Teller verfrachtete. »Du brauchst etwas, das ihm gehört hat, als eine Art Verstärker.«

Manchmal war die Welt schon eigenartig. Da stand ich in meiner eigenen Küche, beschmierte einen Pfannkuchen, den mir ein Geist gemacht hatte, mit Pflaumenmus und spekulierte darüber, wie ich bewusst einen weiteren Geist rufen konnte. Einen, der womöglich durch die Einwirkung von Magie gestorben war. So grotesk die Situation auch sein mochte, ich musste einfach wissen, was hier los war. Ich musste wissen, warum Madame mich belogen hatte und ob ich ihr überhaupt noch vertrauen konnte. Ganz zu schweigen davon, dass es mich natürlich brennend interessierte, ob das, was ich in dieser Vision –

oder wie auch immer man es nennen wollte – gesehen hatte, tatsächlich Magie gewesen war. Das wäre der Hammer! Oder ein echter Grund, um in Panik zu verfallen. Was davon es werden würde, konnte ich dann immer noch spontan entscheiden.

Vermutlich war Miles noch im Leichenschauhaus. Wenn es mir gelänge, dort hinein- und an seine Sachen heranzukommen, hätte ich einen persönlichen Gegenstand von ihm.

»Das kannst du vergessen.«

»Was?«

»Das Leichenschauhaus.«

Erst jetzt wurde mir bewusst, dass ich wohl laut nachgedacht hatte. »Warum?«

»Sein Krempel ist bestimmt längst bei den Bullen, irgendwo in einer Asservatenkammer. Immerhin ist das möglicherweise Beweismaterial in einem Mordfall.«

»Du kennst dich aber ziemlich gut mit so was aus.«

»Ich habe so gut wie keine Folge von *Judge Judy* ausgelassen. Man kann davon halten, was man will«, grinste er. »Aber man lernt fürs Leben. Oder für danach. Wenn du etwas von ihm haben willst, musst du zu ihm nach Hause.«

Mir klappte der Unterkiefer runter. »Ich soll in seine Wohnung einbrechen? Kannst du nicht …?«

»Ach, du willst nicht, aber ich soll?« Er stellte die Pfanne in den Geschirrspüler, ehe er sich wieder zu mir drehte. »Es gibt sicher ein Gesetz, das es verbietet, einen arglosen Geist zum Einbruchdiebstahl anzustiften.«

Das bezweifelte ich. Während ich noch darüber nachdachte, wie ich ihn doch noch überreden konnte, schüttelte er bedauernd den Kopf.

»Die Wahrheit ist, dass ich zwar in die Wohnung rein kann, aber ich kann nichts mit nach draußen bringen.« Er schnappte sich den Pfannenwender von der Anrichte und marschierte damit auf die mir gegenüberliegende Wand zu. Das blaue Schimmern, das Hugh umgab, verblasste, als er durch die Wand verschwand. Der Pfannenwender hingegen blieb hängen und fiel klappernd zu Boden.

Hugh steckte den Kopf durch die Wand. »Bei der Nummer kann mir kein fester Gegenstand folgen. Du musst also selbst einbrechen.«

Verdammte Scheiße. »Mist.«

»Aber ich begleite dich gern«, grinste er. »Zur moralischen Unterstützung.«

Sehr moralisch, so ein Einbruch bei einem Toten. Oder generell. Trotzdem war ich erleichtert, nicht allein gehen zu müssen. Gleichzeitig war ich über mich selbst entsetzt, wie bereitwillig ich mich – von einem Geist! – zu einem Einbruch überreden ließ. Immerhin war der Mann ein Mordopfer. Wenn mich jemand erwischte, würde das nicht nur eine Strafe, sondern auch eine Menge unangenehmer Fragen nach sich ziehen. Trotzdem wollte ich es versuchen. Ich brauchte einfach Antworten.

Mein geisterhafter Komplize und ich entschieden, die Sache am helllichten Tag durchzuziehen. Wir gaben Miles' Adresse bei Street View ein. Er wohnte in einem großen Haus im East End, keiner dieser Ghettobunker, aber groß genug, dass dort jede Menge Leute ein und aus gehen würden. Zumindest tagsüber. Ein Mädchen und ihr Geisterkumpel würden da sicher nicht weiter auffallen.

Wir fuhren mit der U-Bahn nach Whitechapel. Von dort aus waren es nur noch ein paar Minuten Fußweg. Je näher wir unserem Ziel kamen, desto nervöser wurde ich.

»Wenn du ein Geist wärst, würdest du jetzt flackern, so sehr hast du die Hosen voll.«

»Na, vielen Dank auch«, ätzte ich zurück. »Du bist ja auch nicht derjenige, dem man Handschellen verpassen und ihn in eine Zelle schmeißen kann. Da kann man ganz leicht den coolen Macker spielen und große Töne spucken.«

Ich wollte noch mehr sagen, aber gerade da kam eine Gruppe Jugendlicher an uns vorbei, die mich – auch ohne dass ich mit jemandem redete, der gar nicht da war – von oben bis unten musterten. Wie einen Fremdkörper, der in ihrem Viertel nichts verloren hatte. Ich wartete, bis sie auf einem Sportplatz verschwanden, bevor ich Hugh wieder ansah.

»Eigentlich wollte ich dich ablenken«, sagte er.

»Indem du über meine vollen Hosen sprichst.«

»Ich weiß zu wenig über dich, sonst könnten wir auch die Hosen ausklammern und über den Rest von dir sprechen.«

Damit hatte er recht. Ich hatte auch nicht vorgehabt, mich mit einem Geist anzufreunden, den ich schnellstmöglich wieder dahin schicken würde, wo er hergekommen war. Nachdem ich seine Hilfe nicht mehr brauchte. Ganz schön schäbig von mir, wie ich zugeben musste. Andererseits waren wir gerade dabei, Komplizen zu werden, warum also nicht auch Freunde – oder zumindest gute Bekannte?

»Im Herbst fängt mein Abschlussjahr an«, sagte ich, um zumindest ein bisschen was über mich zu erzählen. »Danach will ich studieren, weiß aber noch nicht, was. Irgendwas Geisteswissenschaftliches vielleicht.«

»Wohl eher Geister*wissenschaftlich*«, konterte Hugh.

Wir sahen uns an und mussten lachen. Gut, dass die Jugendlichen schon fort waren und die Straße ansonsten relativ verlassen war. Von einer müde aussehenden Frau einmal abgesehen, die ihre Einkäufe nach Hause schleppte und mir einen schrägen Blick zuwarf, waren wir allein unterwegs.

Als wir Miles' Wohnhaus erreichten, einen lang gezogenen fünfstöckigen Neubau, dessen glatt verputzte Fassade jemand bewusst auf Backstein getrimmt hatte. Mit dem Ergebnis, dass sie aussah wie eine Plastikversion von Backsteinen. Ich blieb vor dem Weg stehen, der zum Hauseingang führte, und starrte auf das Gebäude.

»Und jetzt?«

»Solltest du Gas geben, sonst fällt die Tür wieder zu.«

Tatsächlich kam gerade eine Frau mit einem Kinderwagen aus dem Haus. Sie kämpfte damit, die Tür weit genug aufzubekommen, um das klobige Gefährt nach draußen zu verfrachten. Ein paar schnelle Schritte, dann war ich bei ihr und hielt ihr die Tür auf. Mit einem gemurmelten Dank schob sie den Kinderwagen an mir vorbei und ging davon, ohne sich noch einmal nach mir umzudrehen.

Zeugin Nummer eins auf meinem Weg zur Einbrecherkarriere. Immerhin hatte ich den Kopf gesenkt gehalten, sodass sie mein Gesicht bei einer polizeilichen Gegenüberstellung vielleicht nicht erkennen würde.

Bevor noch weitere Leute meinen Weg kreuzten, schlüpfte ich in den düsteren Hausflur. Ich sparte mir die Mühe, nach einem Lichtschalter Ausschau zu halten, denn Hughs blaues Leuchten reichte vollkommen, um mich den Weg erkennen zu lassen. Neben der Treppe befand sich eine Flut von Briefkästen. Dummerweise standen zwar Namen dran, aber keine Stockwerke. Wozu auch? Seufzend wandte ich mich wieder der Tür zu.

»Spar dir die Mühe«, sagte Hugh. »Während du Samariter gespielt hast, habe ich einen Blick aufs Klingelbrett geworfen. Vierte Etage.«

Wir nahmen den Aufzug. Oben angekommen, fanden wir uns in der Mitte zweier endlos scheinender Gänge wieder, die sich nach beiden Seiten erstreckten und in denen sich eine Wohnungstür an die andere reihte.

»Stand zufällig auch was über die Richtung am Klingelbrett?«

»Da lang.« Hugh schwebte vor mir in den linken Gang. Sein Leuchten tanzte wie eine hektisch gewordene Aura um ihn herum, als er eine Tür nach der anderen in Augenschein nahm. Ich folgte ihm mit etwas Abstand. Meine Turnschuhe verursachten keinen Laut auf dem fleckigen Teppich, dessen Farbe irgendwo zwischen Braun, Grau und Grün angesiedelt war. Einzig das Brummen der Neonröhren war zu vernehmen, die in viel zu großen Abständen an der Decke hingen. Schließlich hielt Hugh vor einer Tür im hinteren Teil des Ganges inne.

»Ist es das?«, flüsterte ich.

Er nickte.

Ich starrte auf die Tür.

Ich hatte mich zwar dazu entschlossen, in Miles' Wohnung einzubrechen, um nach Hinweisen zu suchen. Blöderweise hatte ich aber vergessen, mir zu überlegen, *wie* ich das tun wollte. Ich besaß keine Kreditkarte, und selbst wenn ich eine gehabt hätte, hätte ich nicht den leisesten Schimmer gehabt, wie man damit ein Schloss knackt und ob das bei dem hier überhaupt funktionieren würde. Meine Erfahrungen auf diesem Gebiet beschränkten sich darauf, dass Dad und ich einmal den Schlüsseldienst rufen mussten, nachdem er seinen Schlüssel verloren und ich meinen im Haus vergessen hatte. Ich warf einen Hilfe suchenden Blick zu Hugh.

Er zuckte mit den Schultern und marschierte neben der Tür durch die Wand. Mit ihm verschwand das Leuchten, und es zeigte sich, wie schummrig die Neonröhren tatsächlich waren. Während ich mich noch nach allen Seiten umsah und darauf hoffte, dass nicht ausgerechnet jetzt jemand in den Flur kam und mich vor der Tür eines Mordopfers entdeckte, vernahm ich ein gedämpftes Klicken. Die Tür schwang auf und Hugh grinste mir entgegen. »Schnell, komm rein. Beeil dich. Bevor dich noch jemand sieht!«

Ich schlüpfte über die Schwelle und schloss die Tür hinter mir. Vor mir erstreckte sich ein langer Flur, von dem drei Türen abzweigten. Zwei standen offen und ließen ein wenig Tageslicht bis zu uns vordringen.

Wohin jetzt? Ich hatte keinen Schimmer, wonach genau ich eigentlich suchte. Ein persönlicher Gegenstand sollte es sein. Etwas, das eng mit Miles verbunden war. Da eine Tür so gut war wie die andere, beschloss ich, ganz links anzufangen. Auf dem Weg durch den Flur traf mich die Erkenntnis wie ein Schlag. Ich blieb so abrupt stehen, dass meine Schuhsohlen auf dem Laminat quietschten, und fuhr zu Hugh herum.

»Du hast die Tür geöffnet!«, sagte ich.

»Klar. Sonst stündest du immer noch da draußen.«

Gut möglich, aber das war es nicht, worauf ich hinauswollte. »Beim Frühstück hast du mir demonstriert, dass du nicht mit einem Gegenstand durch die Wand kannst! Aber du hast wohl vergessen, mir zu sagen, dass du einfach die Tür öffnen und dann gemütlich damit rausspazieren könntest!«

Grinsend zuckte Hugh die Schultern. »Wo wäre da der Spaß geblieben? Um nichts in der Welt hätte ich verpassen wollen, wie du dich als Panzerknacker versuchst.«

»Das ist kein Spaß, Hugh! Ich könnte verhaftet werden!« *Und ich könnte dir den Hals umdrehen!* Was allerdings ein ziemlich sinnloser Wunsch war, bei jemandem, der sowieso schon tot war und jeden Versuch, ihn zu killen, vermutlich nur mit einem Lachanfall quittiert hätte.

Zu meinem Erstaunen schwand jeder Anflug von Fröhlichkeit aus seinem Gesicht. Selbst der blaue Schimmer wirkte plötzlich matter. »Daran habe ich gar nicht gedacht. Dass sie dich sehen und hops nehmen können.«

Es sah ganz danach aus, als hätten Geister – zumindest dieser hier – eine andere Vorstellung davon, was gefährlich war und was nicht. Kunststück, ihm konnte schließlich nichts passieren, ganz gleich, was er auch anstellte. Ich hingegen befand mich am steilen Beginn einer Verbrecherkarriere. Erst das gefälschte Attest für Peppers Freundin, jetzt ein Einbruch. Wenn das so weiterging, würde ich nächsten Monat meine eigene Mafiabande anführen.

Oder im Jugendknast sitzen.

»Okay, bringen wir es hinter uns«, seufzte ich. »Was denkst du, wäre persönlich genug?«

»Sein Lieblingspyjama.«

»Und woher soll ich bitte wissen, welcher das ist?«

»Du kannst auch einfach seine Zahnbürste nehmen«, fuhr Hugh ungerührt fort. »Oder einen Kamm. Vielleicht hängen ja noch ein paar Haare von ihm drin, das wäre die perfekte Verbindung.«

Und vermutlich die ekligste – von der Zahnbürste einmal abgesehen.

Hinter der Tür ganz links lag die Küche. Sie war klein, zweckmäßig eingerichtet und überraschend aufgeräumt. Kein schmutziges Geschirr, keine alten Zeitungen oder Lebensmittelreste, die offen herumstanden. Entweder war Miles Baker ausgesprochen penibel gewesen, oder aber er hatte gern auswärts gegessen. Hinter dem Esstisch führte ein offener Durchgang in ein Wohnzimmer. Auch hier war es ähnlich aufgeräumt wie nebenan. Die Einrichtung wirkte so unpersönlich wie in einem Hotelzimmer. Es gab keine Bücher, Zeitungen oder Zeitschriften.

Nur ein Sofa, eine Stereoanlage und einen Fernseher. An der hinteren Wand führte eine Tür ins Schlafzimmer. Hier herrschte dieselbe Hotelatmosphäre wie im Rest der Wohnung. Sogar der Schreibtisch unter dem Fenster war viel zu aufgeräumt. Ein Computer, ein Block mit Stift und ein schwarzes Buch, vermutlich ein Terminkalender, mehr lag dort nicht.

Ich ging auf den Kleiderschrank zu. Es musste ja nicht sein Lieblingspyjama sein, vielleicht tat es auch ein Pullover.

»Schau lieber erst ins Bad«, riet mir Hugh, der mir bei jedem Schritt über die Schulter schaute.

Vermutlich bestand er nur auf Kamm oder Zahnbürste, damit er sich wieder über mich lustig machen konnte, weil ich das eklig fand. »Ein Pulli mit seinen Haaren tut es doch sicher auch.«

Hugh brummte etwas, das verdächtig nach »vermutlich hast du recht« klang.

Ich fand zwar keinen Pullover, entdeckte aber ein T-Shirt, das neben dem Bett auf dem Boden lag. Am Kragen hingen sogar ein paar Haare. Hoffentlich waren sie auch von Miles.

Mit dem T-Shirt in der Hand stand ich kurz unschlüssig da, ehe ich mich auf das Fußende des Bettes setzte. Meine Finger klammerten sich um den glatten grauen Stoff. Ich schloss die Augen.

»Miles Baker, ich rufe dich.«

Da ich keine Ahnung hatte, ob es einen besseren Weg gab, einen Geist zu beschwören, als den, den ich nun schon zweimal versehentlich eingeschlagen hatte, blieb ich einfach bei meiner Methode. Wieder und wieder murmelte ich den Namen vor mich hin, abwechselnd von »Ich rufe dich«, »Zeig dich« oder »Komm zu mir« durchbrochen. Nachdem Hugh keine Einwände erhob, konnte es nicht so verkehrt sein. Trotzdem geschah nichts. Auf der Digitalanzeige des Radioweckers schritten die Minuten voran, während ich mich mehr und mehr konzentrierte, mein Bemühen verstärkte und mir wirklich, wirklich wünschte, mit Miles sprechen zu können. Doch er tauchte nicht auf. Ich fühlte mich nicht schwach, mir wurde kein bisschen übel, und ich bekam keine Visionen von magischen Lichtblitzen.

Irgendwann begann Hugh mir hilfreiche Tipps zu geben, wie »Du musst dich mehr konzentrieren!« oder »Lass laufen, Mädel!«.

Davon wurde es nicht besser.

Schließlich gab ich auf. Laut der Digitalanzeige waren vierzig Minuten vergangen, seit ich mich auf das Bett gesetzt hatte.

»Der ist wohl schon über alle Berge«, meinte Hugh.

Ich warf das T-Shirt auf den Boden zurück und stand auf. »Verschwinden wir.«

»Was? Nichts da!« Hugh baute sich vor mir auf und blickte entrüstet auf mich herab. Bisher war mir nicht aufgefallen, dass er wesentlich größer als ich gewesen wäre, also schwebte er vermutlich ein Stück höher über dem Boden als gewöhnlich. »Wir sehen uns jetzt erst einmal genauer um. Vielleicht finden wir ja in seinen Sachen etwas.«

Das setzte allerdings voraus, dass sich in den Schränken mehr persönliche Gegenstände befanden, als offen herumstanden. Mir gefiel das nicht. Das Ganze war auch so schon ziemlich heikel. Andererseits war ich hier, weil ich Antworten suchte. Jetzt zu gehen, ohne es zumindest zu versuchen …

Die Entscheidung wurde mir abgenommen. Noch während mein Gewissen und meine Neugier miteinander rangen, hörte ich von draußen ein Geräusch.

Die Tür!

»Da kommt jemand!«, kommentierte Hugh das Offensichtliche.

Ich hatte nirgendwo einen Hinweis gefunden, dass außer Miles noch jemand hier wohnte. Aber vielleicht hatte er eine Freundin, die einen Schlüssel besaß, oder die Erben kamen, um sich seinen Krempel unter den Nagel zu reißen. Wer es auch war, ich saß gewaltig in der Tinte.

»Versteck dich!«, raunte Hugh mir zu und verblasste.

19

Ich wünschte, ich könnte mich ebenfalls einfach in den Äther verpfeifen – ich wäre auch damit zufrieden gewesen, im Erdboden versinken oder mich auf den Mond beamen zu können. Hauptsache, weg hier!

Da meine Möglichkeiten, mich aus dem Staub zu machen, eher begrenzt waren, schlich ich zur Tür, die vom Schlafzimmer auf den Flur führte, und lauschte. Schritte näherten sich über den Gang. Schnell huschte ich durch die andere Tür ins Wohnzimmer. Mir blieb keine Zeit mehr, die Tür zu schließen, denn der Eindringling (okay, eigentlich war ich hier wohl der Eindringling) trat ins Schlafzimmer. Hastig drückte ich mich neben der Verbindungstür an die Wand, ohne mehr als einen Schatten auszumachen.

Eng an die Wand gepresst, verharrte ich und lauschte den Schritten nebenan, fragte mich bei jedem Knarren, jedem noch so winzigen Rascheln, wo der Kerl sein mochte. Was, wenn er ins Wohnzimmer kam und mich neben dem Durchgang fand, an die Wand geklatscht wie eine unliebsame Mücke?

Polizei. Fingerabdrücke. Gegenüberstellung. Jugendknast. Irgendwo dazwischen vielleicht noch eine Verhandlung, bei der ein Richter mit einem Hammer auf einen Tisch schlug, damit auch der letzte Trottel kapierte, dass mein Schicksal besiegelt war.

Allerdings kam mir noch eine Variante in den Sinn, die

schlimmer war als Knast. Was, wenn es kein Freund, keine Freundin und kein gieriger Erbe war – sondern Miles' Mörder? Der Blonde, den ich in meiner Vision gesehen hatte.

Die Schritte kamen näher. Ein langer Schatten fiel ins Wohnzimmer. Wenn ich mich noch enger an die Wand presste, würde ich ein Teil des Mauerwerks werden. In meiner augenblicklichen Lage keine schlechte Idee. Ich hielt die Luft an, wartete darauf, dass dem Schatten die dazugehörige Gestalt folgte, als ein Krachen aus dem Schlafzimmer zu hören war. Schlagartig zog sich der Schatten zurück. Und ich traute mich wieder zu atmen.

»Mach schnell!« Hugh tauchte so plötzlich vor mir auf, dass ich einen Aufschrei nur unterdrücken konnte, indem ich mir schmerzhaft auf die Zunge biss. »Die zugeknallte Schranktür wird ihn nicht ewig ablenken.«

Vom Kleiderschrank aus war das Wohnzimmer nicht einsehbar. Wenn der Kerl dort hingelaufen war, würde er nicht sehen, wie ich mich aus dem Staub machte. Vorausgesetzt, er stand auch wirklich dort.

»Du bist außer Sicht. Lauf!«

Angetrieben von Hugh, durchquerte ich mit großen Schritten das Wohnzimmer, dankbar für den dicken Teppich, der jedes Geräusch schluckte. Da die Tür zum Gang geschlossen war und ich nicht wagte, sie zu öffnen, nahm ich den Durchgang in die Küche und stürmte von dort auf den Gang.

Hugh, der mir vorausgeeilt war, stieß einen Schrei aus. Aber es war zu spät. Der Kerl hatte das Schlafzimmer verlassen und nichts Besseres zu tun, als das Wohnzimmer auszulassen und geradewegs in den Flur zurückzukehren. Jenen Flur, in dem ich gerade auf die Wohnungstür zustürzte.

Die Tür lag auf halber Strecke zwischen uns. Wenn der Kerl

mir den Gefallen tat, überrascht innezuhalten oder zumindest kurz zu zögern, konnte ich es schaffen. Dann musste ich ihn nur noch irgendwie abhängen. Und hatte, nach der Frau mit dem Kinderwagen, Augenzeuge Nummer zwei auf meiner Liste. Oder Miles' Mörder auf den Fersen.

Vielleicht hätte es geklappt. Vielleicht hätte ich die Tür vor ihm erreicht und wäre davongekommen. Hätte ich ihn nicht im selben Moment erkannt.

Was zum Geier hatte der Lackaffe hier zu suchen?

Ich zögerte nur einen winzigen Augenblick, doch das reichte ihm, um die Tür vor mir zu erreichen. Mit zwei großen Schritten war er dort und verstellte mir den Weg. Ich wich langsam in Richtung Küche zurück. Wenn ich ihn dazu bringen könnte, mir zu folgen, und dann durch das Wohnzimmer rauskäme … Er folgte mir tatsächlich. Allerdings war er dabei so schnell, dass ich es gerade schaffte, mich umzudrehen. Er bekam mich am Arm zu fassen, riss mich herum und drängte mich zurück, bis ich mit dem Rücken gegen die Wand stieß.

»Was hast du hier zu suchen?«, fuhr er mich an.

»Nichts. Und du?« Es sah ganz danach aus, als wäre er immer noch an seiner Story über Miles' Tod dran, und offensichtlich war der Lackaffe – er hieß Nick, erinnerte ich mich – in der Wahl seiner Mittel ebenso wenig wählerisch wie ich.

»Ich? Ich rufe jetzt die Polizei«, sagte er.

Schweigen folgte seinen Worten. Wir starrten uns an und hofften vermutlich beide, der jeweils andere möge sich einfach in Luft auflösen. Oder explodieren. Meine Panik legte sich ein wenig, sobald mir klar wurde, dass auch er hier eingebrochen war. Er konnte mich nicht der Polizei ausliefern, ohne selbst in Erklärungsnot zu geraten. Es war nur eine leere Drohung, mit der er wohl hoffte, mich zum Reden zu bringen.

Meine Güte, selbst für einen Einbruch trug dieser Typ einen Maßanzug mit Seidenkrawatte. Wenn ich gewusst hätte, dass es einen Dresscode für solche Unternehmungen gibt, hätte ich mich ein wenig mehr herausgeputzt.

Als hätte ihn ein Geistesblitz mitten ins Hirn getroffen, runzelte er plötzlich die Stirn. »Das ist nicht dein Ernst!«, entfuhr es ihm. »Du und deine *Madame* – ihr seid wohl nicht zufällig darauf spezialisiert, die Wohnung kürzlich Verstorbener auszuräumen, oder?«

Empört schnappte ich nach Luft. »Natürlich nicht!« Um ihn nicht die Oberhand gewinnen zu lassen, versuchte ich, ihn in die Defensive zu drängen. »Und seit wann brechen Journalisten in die Wohnungen Verstorbener ein?«

Er antwortete nicht. Das musst er auch gar nicht, denn in diesem Augenblick begriff ich, dass er alles Mögliche sein mochte, aber ganz sicher kein angehender Journalist. Die teuren Designerklamotten. Die Angeberkarre. Sein ganzes Auftreten. Einer wie er würde doch nie im Leben ein Praktikum machen, bei dem er sich von irgendeinem herrischen Chefredakteur herumscheuchen lassen müsste!

»Du bist kein Zeitungspraktikant.«

Sein Schweigen wog so schwer wie ein Schuldeingeständnis.

»Wie wäre es, wenn du mich jetzt loslässt«, schlug ich vor. »Wir verschwinden beide in unterschiedliche Richtungen und vergessen, dass wir uns je über den Weg gelaufen sind.«

Ich streifte seine Hand von meinem Arm und machte einen Schritt zur Seite. Er folgte meiner Bewegung. Hinter ihm, am anderen Ende des Ganges, sah ich Hugh. Allerdings konnte ich ihm kaum zurufen, dass ich noch ein Ablenkungsmanöver brauchte, wenn es überraschend kommen sollte. Aber ich konnte etwas anderes tun.

Betont auffällig ließ ich meinen Blick über Nicks Schulter wandern und rief: »Hugh! Hilf mir!«

Das reichte.

Sofort fuhr Nick herum.

Ich riss mich los, unterlief seinen Arm, mit dem er mich zu fassen versuchte – und stolperte über sein Bein, das er geistesgegenwärtig ausgestreckt hatte. Bevor ich auf den Boden knallen konnte, packte er mich und zog mich zurück. Einen Atemzug später stand ich erneut mit dem Rücken zur Wand, und Nicks Gesicht war meinem so nah, dass ich ihm in die Nase hätte beißen können.

»Was willst du hier?«, fragte er, jedes Wort betonend.

In erster Linie wollte ich abhauen. Da das gerade keine Option zu sein schien, konnte ich ihm ebenso gut antworten. »Madame hat dir nicht die Wahrheit gesagt. Sie hat Miles' Geist gesehen. *Ich* habe ihn gesehen.«

Er runzelte die Stirn und wich so weit zurück, dass zwischen uns jetzt immerhin genug Abstand für ein Buch oder einen anderen schmalen Gegenstand gewesen wäre. Nicks Atem strich über mein Gesicht. »Sein Geist war da? Was hat er gesagt?«

»Nichts. Er hat die Lippen bewegt. Aber irgendwie war er wohl nicht voll da, um sich verständlich zu machen.«

Er sagte nichts und wartete darauf, dass ich weiterredete.

»Ich bin hier, weil ich noch einmal versuchen wollte, ihn zu rufen. Ich dachte, wenn ich einen persönlichen Gegenstand von ihm als eine Art Verstärker einsetze, könnte es funktionieren. Immerhin wurde er ermordet und –«. Ich klappte den Mund zu. Dieser Kerl war kein Journalist. Was, wenn er mit dem Mord zu tun hatte? Er mochte nicht in meiner Vision vom Tatort vorgekommen sein, aber er konnte immerhin irgendwie die Strippen im Hintergrund gezogen, den Auftrag gegeben haben oder etwas in der Art. Aber warum sollte er dann den Geist des Opfers rufen wollen? Damit der seinen Namen als den seines Mörders rausposaunte? Um ihm noch einmal den Hals umzudrehen? Wohl kaum. Der Lackaffe mochte arrogant und herrisch sein, aber wie ein Mörder sah er mir nicht aus. Auch nicht wie einer, der einen Mord in Auftrag gab.

»Ich hatte das Gefühl, dass er etwas sagen wollte, und ich wollte wissen, was das ist«, sagte ich schließlich.

»Warum hat das Medium gelogen?«

»Der Geist konnte sich nicht verständlich machen. Welchen Unterschied hätte es also gemacht, ob er zu sehen war oder nicht?« Noch eine Lüge, mir fiel jedoch kein Grund ein, warum ich ihm, einem Fremden, den ich nicht einmal mochte, erzählen sollte, was wirklich passiert war und wie sehr ich selbst an Madame zweifelte. Ich blieb so nah an der Wahrheit wie nötig. Das musste genügen.

Er musterte mich von oben bis unten, mit demselben Blick, mit dem er mich schon gescannt hatte, nachdem er mich beinahe über den Haufen gefahren hatte. Ich kam mir vor wie ein Bazillus unter dem Mikroskop. »Du willst einen Geist rufen? *Du?* Wo sind deine närrischen Klamotten? Der Klimperschmuck und der andere Tand?«

Seine Stimme troff vor Sarkasmus, doch davon ließ ich mich nicht beirren. Ich kratzte alles Selbstbewusstsein zusammen, das ich aufbringen konnte, und straffte die Schultern.

Hinter Nick war Hugh näher gekommen. »Ich glaube, er mag dich nicht.«

Das beruht auf Gegenseitigkeit. »Es wird dich vielleicht überraschen, Nick Wolfe Nicht-Journalist, aber die Leute, die zu uns in den Laden kommen, erwarten all diesen Kram. Nötig ist er deshalb noch lange nicht. Oder brauchst du zum Autofahren etwa deinen Luxusschlitten? Ein anderer Wagen würde dich wohl auch von A nach B bringen. Aber du erwartest eben etwas von deinem Auto.« *Oder du musst damit etwas kompensieren.*

»Du kannst also Geister rufen.« Der Spott war noch immer nicht aus seiner Stimme gewichen. Er glaubte mir nicht. Nicht ohne Beweis.

Da ich bereits Erfahrung damit gemacht hatte, wie Hugh reagierte, wenn ich ihn dazu bewegen wollte, sich zu zeigen, konnte ich Nick diesen Beweis nicht liefern. Ich warf einen Blick zu Hugh. Der schien meine Gedanken zu erraten.

»Vergiss es!«, sagte er.

Ich erwiderte nichts. Ganz bestimmt würde ich mich nicht vor Nick Wolfe, diesem Lackaffen-Pimpf, lächerlich machen, indem ich mit jemandem verhandelte, den er nicht sehen konnte.

»Weißt du was, ich gehe jetzt.« Dieses Mal hielt er mich nicht auf, als ich an ihm vorbeimarschierte. Er folgte mir auch nicht. Das Letzte, was ich von ihm sah, war, wie er im Flur stand und hinter mir herstarrte.

Obwohl ich am liebsten gerannt wäre, gab ich mir alle Mühe, im normalen Tempo zum Aufzug zu gehen. Erst als ich die Kabine betreten hatte und sich die Tür hinter mir schloss, wagte ich aufzuatmen.

»He, wirst du wohl auf mich warten!« Hugh zwängte sich durch den kleiner werdenden Spalt der Aufzugtür.

Ich drückte den Knopf für das Erdgeschoss. »Du kommst doch auch so raus. Reingekommen bist du immerhin auch.«

»Ich schon. Aber dann müsste ich das hier zurücklassen.« Er holte aus, und ich schaffte es gerade noch, den Gegenstand aufzufangen, der mir entgegenflog, bevor er mir ins Gesicht knallte. Das schwarze Buch von Miles' Schreibtisch. Sein Terminkalender.

»Ich dachte mir, ich nehme was Persönliches mit, für den

Fall, dass du dein Glück noch einmal versuchen willst. Außerdem stehen vielleicht irgendwelche wichtigen Notizen drin. Oder sonst was, das uns weiterhelfen könnte.«

Vielleicht keine blöde Idee.

»Bis dann.« Ohne weitere Erklärung verschwand Hugh, dieses Mal durch die geschlossene Fahrstuhltür.

»Hey, wo willst du hin? Was hast du vor?« Außer dem Echo meiner eigenen Worte, das blechern von den Kabinenwänden zurückgeworfen wurde, bekam ich keine Antwort.

Obwohl ich ständig versucht war, mich umzudrehen und nach Verfolgern Ausschau zu halten, zwang ich mich, es nicht zu tun. Lediglich, wenn ich irgendwo um eine Kurve bog, riskierte ich einen Blick nach hinten und war jedes Mal wieder überrascht, kein Rudel mit Handschellen winkender Polizisten zu sehen. Auch in der U-Bahn zeigte niemand mit dem Finger auf mich und rief: »Seht euch die Einbrecherin an!« Auf dem Weg von der U-Bahn nach Hause gelang es mir schließlich, meinen Verfolgungswahn abzulegen. Ich fühlte mich endlich wieder normal. Zumindest bis zu dem Augenblick, in dem ich den silbernen Aston Martin vor unserem Haus stehen sah. Nick Lackaffe Wolfe lehnte an der Motorhaube und ließ den Blick die Straße entlangwandern. Ich war versucht, mich zu verdrücken – sollte er doch vor der Tür herumlungern, bis ihm die Krawatte abfaulte! –, doch er hatte mich bereits gesehen. Sofort richtete er sich kerzengerade auf, als würde es für alle Zeit seinen Ruf ruinieren, wenn ihn jemand lässig an seinem Wagen lümmeln sah. Was für ein Snob!

Seufzend ging ich zu ihm, wobei ich mir alle Mühe gab, den Terminkalender in meiner Hand nicht wie Diebesbeute aussehen zu lassen. »Vom Einbrecher zum Stalker, keine schlechte Karriere für einen Vormittag. Was willst du hier?«

Erst jetzt bemerkte ich den Blumenstrauß, der halb hinter ihm verborgen auf der Motorhaube lag. Er griff danach und hielt ihn mir entgegen. »Ich wollte mich entschuldigen.«

Allmählich wurde er mir wirklich unheimlich. »Wofür? Fürs Fast-über-den-Haufen-Fahren? Fürs Wie-Dreck-Behandeln? Oder fürs Zu-Tode-Erschrecken?«

Er warf einen Blick auf die zweifelsohne völlig überteuerten Blumen, dann sah er mich wieder an. »Wenn die nicht genug sind –«.

»Komm bloß nicht auf die Idee, noch ein paar Geldscheine dazuzustecken.« Ich riss ihm den Strauß aus der Hand, murmelte ein zugegebenermaßen nur mit viel Fantasie verständliches »Entschuldigung angenommen« und wollte an ihm vorbei ins Haus.

Er vertrat mir den Weg. »Warte!«

Zum ersten Mal machte ich mir die Mühe, ihn bewusst anzusehen – den Teil hinter dem Anzug und der glatten Fassade des reichen Jungen. Sein schwarzes Haar war kurz geschnitten und saß so akkurat, dass ich mich fragte, womit er seiner Frisur drohte, für den Fall, dass eine Strähne es wagen sollte, aus der Reihe zu tanzen. Ich unterdrückte das Verlangen, ihm mit der Hand durch die Haare zu fahren, einfach nur, um diese unnatürliche Ordnung ein wenig durcheinanderzubringen und ihn menschlicher aussehen zu lassen. Ein Blick in seine sturmgrauen Augen sagte mir, dass das keine gute Idee wäre. Diese Augen, die kantigen Züge – ich war mir nicht sicher, ob er überhaupt einen Funken Humor hatte. Am Ende würde er mir die Hand abbeißen, sobald ich ihm zu nah kam. Er war nicht heiß, wie Craig oder Jonah. Kein Schönling, nach dem sich die Leute umdrehten (zumindest nicht, solange er nicht neben seiner Karre stand oder mit Geldbündeln herumwedelte). Trotzdem hatte er eine gewisse Ausstrahlung. Da war etwas Raues, Ungeschliffenes an ihm, das ich nicht in Worte fassen konnte, das ihn aber durchaus interessant machte. Aber nicht interessant genug, um sein großkotziges Benehmen zu vergessen.

»Was denn noch?«

»Ich dachte, wir könnten uns vielleicht zusammentun.«

Zu meiner Ehrenrettung kann ich sagen, dass mir der Kiefer nicht runterklappte und ich auch nicht in Gelächter ausbrach. Tatsächlich ertappte ich mich dabei, dass ich mich fragte, ob er vielleicht Informationen über Miles haben könnte, die mir helfen würden, meine Fragen zu beantworten. Es konnte vielleicht nicht schaden, mir zumindest anzuhören, was ihm vorschwebte. »Was schlägst du vor?«

»Zieh dir was Schickes an, wir gehen ins *Victorian.* Dann reden wir darüber.«

Ganz davon abgesehen, dass selbst das schickste Teil, das ich besaß, für ein Restaurant wie das *Victorian* nicht ausreichen würde, hatte ich nicht vor, mich darauf einzulassen. »Ich gehe nirgendwohin, wo ein Essen mich einen Wochenlohn kostet.«

»Du bist eingeladen, betrachte es als Entschuldigungsessen.«

»Dann erst recht nicht.«

Er runzelte die Stirn. »Was ist mit unserer Zusammenarbeit?«

»Wenn du darüber reden willst, wirst du dich mit Pizza in der Küche eines Reihenhauses begnügen müssen.«

20

Nick folgte Riley ins Haus. Es war nicht groß, regelrecht zwergenhaft im Vergleich zu dem, was er gewohnt war. Im Gegensatz zur Villa seines Vaters merkte man dem Haus an, dass hier echte Menschen lebten. Die Möbel waren abgewohnt, trotzdem wirkte die Einrichtung hell und gemütlich, geradezu einladend. Alles war sauber, ohne dabei an ein Museum zu erinnern, in dem man keinesfalls etwas berühren durfte.

Riley warf ihren Terminkalender auf eine Kommode und streifte ihre Schuhe im Flur ab. Nick tat es ihr gleich, ehe er hinter ihr in eine Küche trat, die kleiner als die Speisekammer bei ihm zu Hause war. Er blieb in der Tür stehen und sah zu, wie Riley eine Vase mit Wasser füllte und die Blumen darin versenkte.

Immerhin war sie bereit, mit ihm zu reden. Die fünfzig Pfund, die er in den Strauß investiert hatte, hatten sich also schon einmal gelohnt. Jetzt musste er sie nur noch dazu bringen, ihm zu helfen.

Sie stellte die Vase auf die Fensterbank, schnappte sich die Lieferkarte eines Pizzadienstes, die unter einem Magneten am Kühlschrank hing, und drückte sie ihm in die Hand. »Such dir was aus.«

Nick warf nicht einmal einen Blick drauf. »Ich nehme dasselbe wie du.«

Er sah zu, wie sie nach dem Telefon griff und zweimal Pizza Salami bestellte. Als sie auflegte, hielt sie plötzlich inne. Langsam drehte sie sich zum ihm um. Eine steile Falte hatte sich in der Mitte ihrer Stirn gebildet. »Woher wusstest du, wo ich wohne?«

»Du hast so etwas wie eine Visitenkarte zurückgelassen.« Auf ihren verständnislosen Blick hin zog Nick den Notizzettel aus der Innentasche seines Sakkos und hielt ihn ihr hin.

Sie riss ihm den Zettel fast aus der Hand und studierte ihn. »Das ist mein Name und meine Adresse!«

Der Zettel war ihm in Miles' Wohnung vor die Füße geflattert, ein paar Minuten nachdem sie verschwunden war. Natürlich hatte er sich gefragt, warum sie ihre Daten an einem Ort, an dem sie eingebrochen war, zurücklassen sollte, er war aber ziemlich schnell zu dem Ergebnis gelangt, dass ihm die Antwort ziemlich egal war. Wichtig war nur, dass er den Zettel gefunden hatte. Vielleicht war es eine Fügung des Schicksals gewesen, die ihm den Weg wies.

»Hugh!«, rief sie.

Derselbe Name, den sie schon in Miles' Wohnung für ihr Ablenkungsmanöver benutzt hatte. Wer auch immer dieser Hugh sein mochte, vielleicht ihr Bruder oder ihr Freund, er gab keine Antwort.

Seufzend gab sie ihm den Zettel zurück. »Willst du etwas trinken?«

»Bitte.«

Sie holte zwei Gläser aus einem Schrank und ging zum Kühlschrank. »Mach dir keine Hoffnungen, der Schampus ist uns leider heute Morgen ausgegangen. Ich kann dir nur Cola anbieten.«

Kratzbürste. »Cola ist in Ordnung.«

Eine Minute später saßen sie vor gefüllten Gläsern am Küchentisch und starrten sich schweigend an.

»Okay«, sagte sie schließlich. »Du bist kein Journalist, so viel ist klar. Warum erzählst du mir also nicht erst einmal, wer du wirklich bist?«

»Nick Wolfe«, sagte er. »Aber das weißt du ja schon. Ich bin der Sohn von Mitchell Wolfe, dem Eigentümer von Wolfe Enterprises.« Damit lagen die Karten auf dem Tisch. Ab sofort würde sie ihn mit ausgesuchter Freundlichkeit behandeln.

Statt es jedoch mit einem Lächeln zu versuchen oder damit, sich für ihr Verhalten zu entschuldigen, erwiderte sie lediglich seinen Blick. Schließlich nickte sie. »Okay, Nick Wolfe, Sohn von und so weiter und so fort. Warum um alles in der Welt interessiert sich der Erbe eines Multimillionen-Konzerns für den Tod irgendeines Unbekannten? Ist das irgend so eine Wohltätigkeitssache, die in euren Kreisen üblich ist?«

Nicht ganz die Reaktion, mit der er gerechnet hatte. Besser wäre es gewesen, sie hätte sich eingeschüchtert oder wenigstens beeindruckt gezeigt.

Nick hatte schon gestern zu Miles' Wohnung fahren und sich dort umsehen wollen, doch sein Vater hatte ihn den ganzen Tag und den größten Teil des Abends in Beschlag genommen, um ihm Anweisungen für die Zeit seiner Abwesenheit zu geben. Er war wütend darüber gewesen. Jetzt jedoch war er froh, dass es so gekommen war. Andernfalls hätte er Riley nicht erwischt und nie herausgefunden, dass sie den Geist gesehen hatte. Sofern sie die Wahrheit sagte. Andererseits sah er keinen Grund, warum sie ihn deswegen belügen sollte.

Er hätte sich in den Hintern beißen können, dass er sie einfach hatte verschwinden lassen. Glücklicherweise war ihm dann der Zettel mit ihrer Adresse vor die Füße geflattert und hatte es ihm erspart, noch einmal zu diesem unsäglichen Laden zu fahren, in dem sie arbeitete.

»Nein, Miles Baker hat nichts mit einem Wohltätigkeitsprojekt zu tun«, sagte er schließlich. »Mein Interesse an seinem Tod ist rein persönlicher Natur.«

»Geht das auch ein bisschen genauer?«

Es wäre ihm lieber gewesen, sie über seine Motive im Dunkeln zu lassen, da er jedoch schon geahnt hatte, dass sie das nicht hinnehmen würde, hatte er sich auf dem Weg hierher eine Geschichte zurechtgelegt. Eine, die keine Fragen aufwerfen würde, die er nicht beantworten wollte.

»Mein Bruder Adam ist seit einigen Tagen verschwunden«, sagte er. »Miles war sein bester Freund. Ich weiß, dass die beiden an dem Abend, an dem Miles starb, zusammen unterwegs waren.« War ihr Blick weicher geworden? War das Mitleid, das er da in ihren Zügen sah? Hervorragend! »Ich habe alles versucht, um Adam zu finden. Ich war sogar bei der Polizei. Ohne Erfolg. Miles' Geist ist meine letzte Hoffnung.« Er machte eine Pause und tat so, als fiele es ihm schwer, über seinen Schatten zu springen, dann seufzte er. »Du scheinst Ahnung von Geistern zu haben. Du könntest noch einmal versuchen …«

»Das ist eine sehr anrührende Geschichte«, sagte sie und stand auf. »Leider liegt die Betonung wohl auf Geschichte. Ich denke, es ist besser, wenn du jetzt gehst.«

Nick sprang auf. »Was? Nach allem, was ich dir erzählt habe, schmeißt du mich jetzt raus?«

»Ich lasse mich nicht gern belügen und mindestens ebenso ungern lasse ich mich benutzen. Für welche Zwecke auch immer. Ich bin mir sicher, dass du deine Gründe hast, warum du mit Miles sprechen willst, aber solange du nicht bereit bist, mir die Wahrheit zu sagen, und stattdessen versuchst, mir irgendwelchen Mist aufzutischen, kannst du meine Hilfe vergessen. Das Haus ist nicht groß, du findest sicher allein raus.«

Nick stand da wie vom Blitz getroffen. Er war so sehr von seiner Geschichte überzeugt gewesen, dass er nicht einmal auf die Idee gekommen war, sie könne sie durchschauen. »Wie hast du es gemerkt?«

»Wenn jemand aus einer Familie wie deiner verschwindet, erwarte ich Zeitungsartikel und Fernsehreportagen. Hauptnachrichten. Flugblätter. Ein öffentlicher Aufruf der verzweifelten Familie, der verlorene Sohn möge zurückkehren oder jemand möge doch bitte, bitte Hinweise liefern. Natürlich gegen eine großzügige Belohnung. Die Polizei würde die Stadt nach ihm absuchen und eine Horde Privatermittler jeden Stein umdrehen. Aber ganz sicher würdet ihr nicht versuchen, den Geist seines toten Kumpels zu befragen – zumindest nicht, bevor ihr nach ein paar Wochen erfolgloser Suche vollkommen verzweifelt und bereit wärt, nach jedem Strohhalm zu greifen, sei er auch noch so dünn.«

»Du bist ziemlich clever.«

»Zumindest bin ich nicht das dumme Schaf, für das du mich zu halten scheinst. Machs gut.«

»Zwanzigtausend.«

»Was?«

»Ich zahle dir zwanzigtausend Pfund, wenn du mir hilfst.«

Sie sah ihn an wie ein Reh im Scheinwerferlicht, mit einem Gesichtsausdruck irgendwo zwischen Überraschung und Empörung.

»Von Blumen und einem Essen zu zwanzigtausend? Wenn mir das zu wenig ist, was bietest du mir dann an?« Sie schüttelte den Kopf. »Du gehst jetzt besser.«

Er machte keine Anstalten zu gehen. Das hier war zu wichtig, als dass er es sich erlauben konnte, es zu versauen. Das Leben seines Großvaters hing womöglich von der Hilfe dieses Mädchens ab. »Wenn ich dir die Wahrheit sage, können wir dann noch einmal von vorne anfangen?«

»Ich glaube nicht, dass das noch was bringt.« Sie verschränkte die Arme vor der Brust und sah auffordernd zur Tür.

In Nick arbeitete es fieberhaft, während er sich abwandte und langsam in Richtung Flur ging. Bevor er die Küche verließ, blieb er noch einmal stehen. »Wenn ich dir sage, dass es um das Leben meines Großvaters geht«, sagte er, ohne sich umzudrehen. »Würdest du mir dann glauben?«

»Und darauf verzichten, mir auch noch die zwanzig anderen vorbereiteten Ammenmärchen anzuhören, die du mir auftischen würdest?«

»Mein Großvater wird sterben, wenn ich Adam nicht finde.« Er wandte ihr noch immer den Rücken zu, es fiel ihm auch so schon schwer genug, mit einer Fremden über derart private Angelegenheiten zu sprechen. »Miles und Adam sind Geschäftspartner, sie sollten für mich etwas finden, das meinen Großvater retten kann. Jetzt ist Miles tot und Adam verschwunden.« Nun drehte er sich doch um und sah ihr in die Augen. »Ich muss ihn finden, Riley. Und wie es aussieht, bist du meine einzige Chance.«

»Sag mir eines«, verlangte sie. »Die Blumen, die Einladung ins *Victorian* – dir ist es nie darum gegangen, dich bei mir zu entschuldigen, oder? Du hast nur versucht, mich einzuwickeln.«

»Für gewöhnlich funktioniert das auch.«

»Tja, man kann mir vieles vorwerfen, aber *gewöhnlich* bin ich ganz sicher nicht.«

Nick hatte Mühe, gelassen zu bleiben. Er war auf ihre Hilfe angewiesen! Nur wusste er nicht, wie er ihr das begreiflich machen sollte. Er setzte gerade zu einer Erwiderung an, als es klingelte.

Sie nahm ein paar Geldscheine aus einer Keksdose. »Teller sind im Schrank neben dem Spülbecken«, sagte sie und drängte sich an ihm vorbei. Vom Gang aus rief sie: »Der Pizzaschneider ist in der Schublade drüber!«

»Heißt das …?«

»Das heißt, dass wir jetzt etwas essen, und dann werde ich sehen, wie mir die aktuelle Version deiner Geschichte gefällt.«

Es kam nicht oft vor, dass Nick nicht wusste, was er sagen oder tun sollte. Ganz sicher hatte er sich noch nie so unsicher gefühlt. Ein falsches Wort von ihm konnte seine Bemühungen sofort wieder zunichtemachen. Er entschied, dass es besser war zu warten, bis Riley das Thema von selbst wieder aufgriff, und ging zum Schrank, um die Teller und den Pizzaschneider zu holen.

»Was schulde ich dir für die Pizza?«, fragte er, als sie mit den beiden Kartons in die Küche kam und die Pizzen auf die Teller verteilte.

»Geht aufs Haus.«

An sich war er es gewohnt, die Rechnungen der Mädchen zu bezahlen, mit denen er ausging. Nicht, dass das hier ein Date war, aber bisher war noch keine überhaupt auf den Gedanken gekommen, danach zu fragen, wer die Rechnung übernahm. Sie setzten einfach voraus, dass er es tat.

Zusammenfassend ließ sich bisher also sagen, dass Riley nicht dumm, ziemlich stur und obendrein auch noch ausgesprochen stolz zu sein schien. Ganz sicher war sie nicht so verpeilt, wie er sie nach ihrer ersten Begegnung eingeschätzt hatte. Vielleicht hatte er ihr unrecht getan und war nach seinem Gespräch mit Adam doch ein wenig abgelenkt gewesen, als sie die Straße überqueren wollte.

Sie aßen schweigend. Riley stellte ihn auf die Probe, das war ihm klar. Und er war nicht sicher, ob er diese Prüfung bestehen würde, denn es fiel ihm immer schwerer, den Mund zu halten.

Nach der halben Pizza hielt er es nicht mehr aus. »Okay, auch auf die Gefahr hin, dass ich deinen kleinen Test, oder was auch immer du hier mit mir abziehst, nicht bestehe.« Er warf das Stück Pizza, das er in der Hand hielt, auf den Teller zurück. »Verflucht! Lass mich doch nicht so in der Luft hängen! Ich muss jetzt wissen, wie du dich entscheidest. Auch wenn du mich rauswirfst – alles ist besser als diese Hinhalterei!« Vermutlich hatte er mit seinem Ausbruch seine letzte Chance zerstört. Andererseits konnte er auch nicht mit ihr zusammenarbeiten, wenn er ständig jedes Wort, jeden Blick abwägen und sie wie ein rohes Ei behandeln musste, um nur ja nicht zu riskieren, dass sie absprang.

»Okay«, sagte sie nur.

»Okay?« Dieses Mädchen trieb ihn in den Wahnsinn! »Was soll das jetzt wieder heißen?«

»Das heißt, dass ich dir glaube und versuchen werde, dir zu helfen.«

»Und diese Entscheidung kommt woher? Von der leckeren Pizza?«

»Von deinem kleinen Ausbruch eben«, erwiderte sie ungerührt. »Der hat mich davon überzeugt, dass dir die Sache wohl wirklich ziemlich wichtig ist und die letzte Version deiner Geschichte tatsächlich die Wahrheit gewesen sein könnte.«

»Du genießt es, mich zu foltern, oder?«

Zum ersten Mal, seit er ihr begegnet war, grinste sie. »Worauf du wetten kannst!«

Nachdem sie gegessen hatten, räumte Riley die Reste der Pizza in den Kühlschrank und verfrachtete die Teller in den Geschirrspüler. Obwohl das kaum länger als ein oder zwei Minuten dauerte, ein Witz gegen die endlose Zeit, die sie ihn hatte schmoren lassen, kam es Nick wie eine Ewigkeit vor, bis sie sich endlich wieder setzte.

»Also gut«, sagte sie. »Fangen wir von vorne an. Warum ist Miles' Geist so wichtig für dich?«

»Er und Adam sollten ein Heilmittel für meinen Großvater besorgen.«

»Dann sind die beiden Ärzte?«

»Nein.«

»Apotheker?«

Sie wusste genau, dass sie das nicht waren, das war ihr anzusehen. Für sie war das nichts anderes als ein weiterer Versuch, ihn zu testen. Nick wusste, dass er eine Entscheidung treffen musste. Riley Summers gehörte nicht zu denen, die blind tun würden, was er verlangte. Sie ließ sich nicht kaufen und offensichtlich auch nicht so leicht mit lückenhaften Informationen abspeisen. Wenn er sie auf seine Seite ziehen wollte, führte kein Weg an der Wahrheit vorbei. Oder zumindest einer abgespeckten Version davon.

»Dass mein Großvater schwer krank ist, weißt du ja inzwischen. Die Ärzte haben ihn aufgegeben, und wenn nicht ein Wunder geschieht, wird er bald sterben.« Paul gegenüber hatte er nie viele Worte verlieren müssen, denn der kannte seinen Großvater und hatte mit eigenen Augen gesehen, wie es um ihn stand. Sonst kam sein Großvater nur zur Sprache, wenn es um Nicks Plan ging, ihn zu retten. Dass er es jetzt mit einer Fremden zu tun hatte, jemandem, der nichts über ihn wusste oder darüber, wie wichtig sein Großvater für ihn war, machte es schwieriger. Nick schluckte den Kloß herunter, der sich in seinem Hals gebildet hatte. »Ich kann das nicht akzeptieren. Deshalb habe ich nachgeforscht.«

»Wo?«

»In Großvaters Büchern.«

»Dann ist er Mediziner?«

Nick schüttelte den Kopf.

»Aber –«.

»Mir fällt es auch so schon schwer genug, das alles zu erzählen«, fiel er ihr ins Wort. »Also tu mir den Gefallen und unterbrich mich nicht auch noch ständig.«

Sie setzte dazu an, etwas zu sagen, entschied sich dann aber anders.

»Was weißt du über Magie?«

Riley schnappte nach Luft. Für einen Moment dachte er, sie würde ihm sagen, dass sie Bescheid wusste, sich auskannte und es ihm damit erspart bliebe, sie erst einzuweihen. Stattdessen schüttelte sie den Kopf.

»Du arbeitest in diesem Laden. Bist du je einem echten Zauberer begegnet? Wusstest du, dass sie existieren?«

»Ich habe da so einen Verdacht«, sagte sie leise.

»Mein Großvater ist einer von ihnen. Nicht besonders mächtig, aber er ist in den Künsten bewandert und –«.

»Kann er Lichtblitze schießen?«, fiel sie ihm schon wieder ins Wort.

»Nein. Er kann kaputte Dinge wieder ganz machen. Außerdem kann er kleine Verletzungen heilen und einen Schnupfen kurieren.« Er starrte düster auf seine Hände. »Nur sich selbst kann er nicht helfen. Dafür ist sein Zustand bereits zu schlecht.«

Nick sah überrascht auf, als sie ihre Hand auf seine legte und seine Finger kurz drückte. Dann zog sie sie wieder zurück. Er konnte sich nicht erinnern, dass ihm gegenüber jemals jemand ähnliches Mitgefühl gezeigt hätte. Für gewöhnlich sahen die

Leute in ihm nur den reichen Jungen, der alle Probleme mit Geld lösen konnte.

»Bist du sicher, dass die Schulmedizin nichts mehr tun kann?«

Er nickte. »Der Krebs begann in seiner Lunge. Inzwischen ist er überall in seinem Körper und wächst sehr aggressiv. Das heißt –«.

»Ich weiß, was es heißt«, sagte sie und ersparte ihm weitere schmerzhafte Erklärungen. »Mein Dad ist Arzt.«

Das überraschte ihn. Die Ärzte, die er kannte, lebten in großen Villen, in Hampstead oder anderen noblen Gegenden, waren Mitglied im Golfclub und gingen zu Charity-Events, um ihr Gesicht der Presse zu zeigen. Er hatte nie darüber nachgedacht, dass es auch anders sein könnte.

»Die Ärzte sind am Ende ihres Lateins«, sagte er noch einmal. »Aber ich habe einen Weg gefunden. Ich kann ihm helfen.«

»Wie? Mit Magie?« Ihr Tonfall schwankte irgendwo zwischen Unglauben und Neugier.

»Es gibt einen Zauber«, erklärte er. »Eigentlich ist es eher eine Art Rezept. Ich selbst kann nicht zaubern, aber das könnte ich tun, es geht nur darum, die richtigen Rituale durchzuführen und die passenden Formeln zu sprechen. Aber damit ich es kann, brauche ich einen bestimmten Gegenstand. Einen, der so viel Lebensenergie und Magie in sich trägt, dass er – unter den richtigen Bedingungen verarbeitet – meinen Großvater retten kann.«

»Und den sollten Miles und dieser Adam für dich besorgen.«

»Sie sind auf solche Dinge spezialisiert. Vor ein paar Wochen hätten sie ihn um ein Haar gehabt, aber sie haben es versaut und der Deal, den sie angeleiert hatten, ist geplatzt.« Die Erinnerung daran reichte immer noch aus, um seinen Puls hochzutreiben. »Anfang der Woche rief Adam mich an, um mir zu sagen, dass er wieder fündig geworden ist. Wir wollten uns am nächsten Tag treffen, zur Übergabe. Aber er kam nicht. Er meldete sich nicht, reagierte nicht auf meine Anrufe und scheint in der Nacht, die zwischen seinem letzten Anruf und unserem geplanten Treffen lag, nicht zu Hause gewesen zu sein. Ich war dort. Er nicht. Und auch kein Hinweis darauf, wo er stecken könnte. Stattdessen habe ich die Meldung von Miles' Tod im Internet gefunden. Ich weiß nicht, wo Adam steckt und was ihm zugestoßen ist. Ich weiß nur, dass meinem Großvater keine Zeit mehr bleibt. Ich kann nicht noch einmal jemanden anheuern und auf eine wochen- oder monatelange Suche schicken.«

Riley stand auf und ging zum Fenster. Eine ganze Weile sagte sie nichts, blickte nur nach draußen. Es erschien Nick wie eine Ewigkeit, bis sie sich endlich wieder zu ihm umdrehte. »Was ist das für ein Gegenstand?«

Wenn die falschen Leute erfuhren, wonach er suchte, konnte das alles zunichtemachen. Die Gefahr, dass ihm jemand zuvorkam und ihm das Artefakt aus reiner Profitgier vor der Nase wegschnappte, war groß. Umso sorgfältiger musste er abwägen, wem er davon erzählte.

Natürlich bemerkte sie sein Zögern. Dass sie versuchte, ihn mit ihrem Blick geradezu zu durchbohren, machte es nicht einfacher zu entscheiden, wie viel er erzählen sollte. Wie schaffte sie es überhaupt, dass diese haselnussfarbenen Augen im einen Moment so warm und mitfühlend dreinblicken und kurz darauf aussehen konnten, als würden sie jeden Moment Feuer sprühen?

»Erde an Nick!«, riss sie ihn aus seinen Gedanken. »Der Gegenstand. Was ist es?«

»Genau genommen ist es vielmehr ein Artefakt als ein Gegenstand. Es nennt sich Herzstein.«

»Ich vermute mal, wir sprechen hier nicht von einem Teil der Kronjuwelen.«

»Nein.« Er atmete tief durch, dann ließ er jenen Teil der Wahrheit heraus, von dem er befürchtete, dass er sie davon abbringen könnte, ihm zu helfen. »Es ist Teil eines Dämons.«

Wortlos ging sie zu ihrem Stuhl zurück und ließ sich drauffallen, als hätten ihr seine Worte die Luft rausgelassen. »Du solltest jetzt schnell weiterreden«, sagte sie. »Bevor ich anfange zu hyperventilieren. Am besten sagst du so was wie ›natürlich keine echten Dämonen, sondern nur eine seltene Affenart aus Neuguinea, die zufällig so heißt‹. Das wäre ganz gut.«

»Sorry, keine Affen.«

»Ein Insekt vielleicht?«

»Von meinem Großvater weiß ich, dass es eine Art Parallelwelt gibt, die das Jenseits genannt wird. Dort leben jede Menge uns fremder Wesen, darunter auch Dämonen. Dieser Herzstein … er bindet die Dämonen an ihre Welt, aber er ist gleichzeitig ein Quell des Lebens und starker Magie.«

»Vermutlich sollte ich mich jetzt über den Teil freuen, der besagt, dass der Stein sie an ihre Welt bindet.« Sie wirkte fast schon resigniert, als wäre das, was er ihr gegeben hatte, nur ein weiteres Glied in einer ganzen Kette. »Immerhin laufen sie nicht frei hier herum und killen Leute. Im Gegensatz zu Zauberern.«

Nick fuhr hoch. »Mein Großvater würde niemals jemandem etwas tun!«

»Dein Großvater vielleicht nicht. Der Kerl, der Miles mit einem Lichtstrahl erledigt hat, schon.«

21

Noch eine weitere Offenbarung und mir würde der Kopf explodieren! Was war das für eine verhexte Woche? Ein Ritual, nach dem ich Geister beschwören konnte, meine Chefin, die mir etwas verheimlichte, freilaufende Zauberer, die Typen umbrachten, die mit dämonischen Artefakten handelten …

Als wäre das nicht schon genug, war ich auch noch von meinem Date versetzt worden, und als Sahnehäubchen saß Nick Wolfe in meiner Küche, ein Kerl, mit dem ich vor ein paar Stunden freiwillig kein Wort gewechselt hätte.

Er hatte auf freundlich umgeschaltet, was mich nicht wunderte, immerhin wollte er etwas von mir. Die Frage war nur, wie lange er durchhalten und sein herrisches Ego zügeln konnte. Ich gab ihm nicht mehr als zwei Stunden. Einen Tag höchstens. Schon jetzt sah er aus, als würde er mir am liebsten klarmachen, wer hier das Sagen hatte.

Nachdem ich Nick von meinem Versuch, Miles' Geist zu rufen, und der Vision erzählt hatte, die ich stattdessen zu sehen bekommen hatte, war er aufgestanden. Eine Weile hatte er hinter dem Stuhl gestanden, die Arme auf die Lehne gestützt, und mich über den Tisch hinweg angesehen, als versuche er herauszufinden, ob ich ihn verscheißern wollte. Dabei hatte ich ihm nur den Teil erzählt, der Miles betraf. Meine anderen merkwürdigen Erlebnisse dieser Woche hatte ich für mich behalten. Die gingen ihn nun wirklich nichts an.

Meine Güte, dieser Kerl hatte wirklich einen Stock im Hintern! Selbst in einem Gespräch über Dämonen und Zauberei sah er aus, als würde er eine Vorstandssitzung leiten. Lediglich, wenn es um seinen Großvater ging, änderte sich das. Dann wirkte er fast menschlich. Vorhin hatte ich einmal kurz das Gefühl gehabt, hinter seine Maske schauen zu können. Wie er mich angesehen hatte, als ich – zugegebenermaßen ohne darüber nachzudenken – nach seiner Hand gegriffen hatte. Als hätte das noch nie jemand getan.

Irgendwann kam er entweder zu dem Schluss, dass ich die Wahrheit sagte, oder aber er hatte die Nase voll, mich länger anzustarren. Er ließ die Stuhllehne los und begann langsam auf und ab zu gehen. Weit kam er dabei in unserer kleinen Küche nicht. Spätestens nach drei Minuten voller schneller, abrupter Drehungen musste ihm schwindlig sein, trotzdem blieb er nicht stehen.

Ich wollte ihn fragen, worüber er nachdachte, aber in meinem eigenen Kopf wirbelten so viele Gedanken durcheinander, dass ich seine jetzt nicht auch noch gebrauchen konnte. Tatsächlich war ich für ein paar Minuten Schweigen mehr als dankbar.

Vor nicht einmal einer Stunde hatte ich zwanzigtausend Pfund in den Wind geschlagen! Einfach so. Und dann erklärte ich mich bereit, ihm trotzdem zu helfen. Für lau. Umsonst. Kostenlos. Vermutlich sollte ich anfangen, meinen Kopf gegen die Tischplatte zu schlagen, in der Hoffnung, dass ich die Dummheit aus mir rausklopfen konnte.

Aber so dumm es auf den ersten Blick erscheinen mochte, war es auch die einzig richtige Entscheidung gewesen. Hätte ich mich von ihm kaufen lassen, hätte ich damit jede Entscheidungsfreiheit aufgegeben. Er wäre derjenige gewesen, der sagt, wo es langgeht, und ich hätte nach seiner Pfeife tanzen müssen. Darauf wollte ich mich nicht einlassen. Es würde auch so anstrengend genug werden, mich nicht von ihm unterbuttern zu lassen. Wenn ich mich mit ihm zusammentat, dann nicht zu seinen Bedingungen, sondern zu welchen, die wir gemeinsam festlegten – auch wenn das bedeutete, dass ich weiter neben der Schule und in den Ferien jobben musste. Damit war ich bisher ja auch zurechtgekommen.

Jetzt durfte ich ihn nur nicht merken lassen, dass ich nicht vorhatte, ihn in dieser Geschichte hängen zu lassen. Nicht aus Mitleid, sondern in erster Linie, weil diese Angelegenheit zu interessant war, um sie nicht weiter zu verfolgen. Magie! Eine Parallelwelt! Dämonen! Es konnte nicht schaden, so viel wie möglich darüber in Erfahrung zu bringen. Am Ende beschwor ich sonst in meiner Unwissenheit beim nächsten Mal keinen Geist, sondern einen Gedärm fressenden Dämon.

Natürlich könnte ich auch ohne ihn weitermachen. Nur dass er im Gegensatz zu mir bereits Informationen über dieses Jenseits hatte, während ich nicht einmal wusste, wen ich fragen könnte, um überhaupt irgendetwas darüber in Erfahrung zu bringen.

»Du musst es noch einmal versuchen!«, durchbrach Nicks Stimme meine Gedanken. Sein Ton klang schon befehlender als noch vor ein paar Minuten. Ich hatte es ja geahnt!

»Was soll ich versuchen?«

»Miles zu rufen.«

»Das hat vorhin schon nicht geklappt.« Ich hatte ihm auch von meinen erfolglosen Versuchen erzählt, die trotz des T-Shirts als Verstärker fehlgeschlagen waren.

»Vielleicht hast du dich nicht genug konzentriert!« Als ich eine Augenbraue hochzog, schob er schnell hinterher: »Immerhin bist du in seine Wohnung eingebrochen. Vermutlich hattest du Angst, erwischt zu werden. Wie sollst du dich da konzentrieren?«

Gut gerettet, gerade noch.

»Lass uns noch mal hinfahren. Wir nehmen irgendwas mit und versuchen es hier, wo uns niemand erwischen kann.«

»Nicht nötig.« Ich stand auf, holte den Kalender aus dem Flur und warf ihn auf den Küchentisch. »Das gehört Miles.«

Es war ihm anzurechnen, dass er sich jeden Kommentar darüber sparte, dass ich den Kalender hatte mitgehen lassen. Ich hätte ihm ja nicht einmal erklären können, dass nicht ich ihn genommen hatte, sondern mein dienstbarer, durch Abwesenheit glänzender Geist, der leider zu schüchtern war, sich Fremden zu zeigen.

Wir setzten uns wieder und ich versuchte mein Glück erneut. Ich rief Miles' Namen laut, flüsterte ihn leise vor mich hin, flehte ihn im Stillen an zu kommen.

Nichts.

Ganz egal, ob ich den Kalender berührte, anstarrte, mich draufsetzte – Miles zeigte sich nicht, und ich bekam auch keine weiteren Bilder aus seinem Leben oder dessen Ende gesandt. Nach zwei Stunden gab ich auf. Mir schwirrte der Kopf, und ich hatte das Gefühl, gleich ins Koma zu fallen, wenn ich mich noch länger konzentrieren musste.

»Das wird nichts mehr und mir geht die Kraft aus. Vermutlich ist er inzwischen ins Licht gegangen, sonst hätte ich ihn längst erreicht.«

»Ins Licht?«

So ähnlich musste ich auch ausgesehen haben, als ich Hugh deswegen gelöchert hatte. Jetzt war es an mir, Nick darüber aufzuklären.

»Wie geht es jetzt weiter?«, fragte ich, nachdem ich mein Wissen über die Geisterwelt mit ihm geteilt und Nick den Kalender durchgesehen hatte, ohne etwas Hilfreiches zu finden.

»Wir fahren zu Adams Haus, und du wirst versuchen, ihn zu rufen.«

»Bitte.«

»Was?«

»Du wirst *bitte* versuchen, ihn zu rufen.«

Er wedelte ungeduldig mit der Hand. »Meinetwegen. Dann wirst du ihn eben bitte rufen. Wenn du ihn nicht erreichst –«.

»Ist er auch ins Licht gegangen.«

»Oder er lebt noch, was mir entschieden lieber wäre.«

»Aber heute wird das nichts mehr.«

Er warf einen Blick auf seine Armbanduhr. »Doch, auf jeden Fall!«

»Willst du, dass mir der Schädel platzt? Ich habe mich jetzt fast zwei Stunden wie blöde konzentriert, davor musste ich erfahren, dass Dämonen und Magie existieren. Mein Hirn fährt auf Volllast. Da geht heute gar nichts mehr!«

»Dann eben morgen. Ich hole dich um acht ab.«

»Du vergisst da was.«

»Denk dir das *Bitte* einfach dazu.«

»Das ist es nicht. Nicht dieses Mal. Es geht um die kleine Frage, ob ich Zeit habe. Und bevor du fragst: Nein, habe ich nicht. Ich arbeite bis Mittag.«

»Dann eben Mittag.« Er stand auf und ging in den Flur. Sobald er seine Schuhe angezogen hatte, öffnete er die Haustür. Auf der Schwelle blieb er noch einmal stehen. »Nachdem du so einen Wert auf das Wort Bitte legst, möchtest du das hier vielleicht auch hören: Danke.«

Damit ließ er mich stehen und war in seinen Wagen gestiegen, bevor mir etwas halbwegs Intelligentes eingefallen wäre, das ich darauf hätte sagen können. Das war fast freundlich gewesen.

Immer noch überrascht, schloss ich die Tür und fuhr zusammen, als unmittelbar neben mir Hugh aufleuchtete.

»Wo hast du die ganze Zeit gesteckt?«

Er zuckte die Schultern. »Hier und da.«

Ich verdrehte die Augen. »Diesen Besuch habe ich dir zu verdanken, oder? Du warst das mit dem Zettel.«

»Gut möglich, dass er mir zufällig runtergefallen ist.«

»Und dass du ganz zufällig vorher meine Adresse draufgeschrieben hast.«

»Was soll ich sagen? Schuldig im Sinne der Anklage.«

»Warum?«

»Weil ich mir ziemlich sicher bin, dass ihr beiden irgendwie … aufeinander angewiesen seid.«

Na, besten Dank auch!

22

Nick war schon seit einer Weile fort, und ich stand noch immer im Flur, kaute auf meiner Lippe herum und starrte abwechselnd den Boden oder die Wand an. Ich musste mit jemandem reden!

Mein Blick fiel auf Hugh, der geduldig neben mir schwebte, vor sich hin schimmerte und darauf wartete, was ich sagen oder tun würde. Er wäre vermutlich eine gute Adresse, um über das Jenseits zu sprechen. Im Moment allerdings brauchte ich einen Menschen. Jemand ganz normalen, der weder tot war noch irgendwelche zaubernden Leute in der Verwandtschaft hatte.

Mir fiel nur eine ein, der ich ein derartiges Gespräch zumuten konnte. Ich schnappte mir meinen Schlüssel und machte mich auf den Weg zu Pepper.

Fünf Minuten später stand ich vor ihrem Haus, einem mehrstöckigen Betonbau, und klingelte. Während ich darauf wartete, dass die Gegensprechanlage zum Leben erwachte, hoffte ich inständig, dass Pepper auch zu Hause war. Was, wenn sie noch im Laden steckte? Ich warf einen Blick auf die Uhr. Nick war ziemlich lang bei mir gewesen, der *Hexenkessel* hatte inzwischen geschlossen, und wenn Pepper nicht andere Pläne für den Abend hatte, müsste sie eigentlich da sein. Ein kurzes Knacken erklang, dann ertönte der Summer. Ich drückte die Tür auf und lief nach oben in den dritten Stock. Dieses Mal hatte ich immerhin am Klingelbrett nachgeschaut, wo ich hinmusste.

Schon vom Treppenabsatz aus sah ich Pepper in der Wohnungstür stehen. Ich war so froh, dass ich am liebsten zu ihr gelaufen wäre und sie umarmt hätte. Gleichzeitig war ich so aufgeregt und vollkommen ratlos, wo ich mit meiner Geschichte beginnen sollte, dass mir nicht mal ein »Hallo« über die Lippen kam.

Den Weg hierher hatte ich darüber nachgedacht, wie ich es anstellen sollte, damit sie mich nicht für völlig durchgeknallt hielt, doch die kurze Strecke hatte nicht ausgereicht, um eine Antwort zu finden. Vermutlich wäre ich aber auch nach einem ganzen Tagesmarsch nicht schlauer gewesen. Es war auch egal, was sie von mir dachte. Das alles musste einfach nur raus, bevor ich platzte.

»Riley, was machst du denn hier?«, empfing sie mich, als ich die Tür erreichte.

Ich blieb stehen. Vom Treppensteigen außer Puste, schnaufte ich: »Wusstest du, dass der Kobold nur der Anfang ist? Es gibt Dämonen, Pepper! Und eine andere Welt, die –«.

»Schschsch! Leise!« Sie zog mich in die Wohnung und sah sich noch einmal im Hausflur um, ehe sie die Tür schloss. Bevor ich noch mehr sagen konnte, schob sie mich durch einen kleinen Flur in ihr Zimmer. »Wie hast du es herausgefunden?«, fragte sie, kaum dass sie auch diese Tür hinter uns geschlossen hatte.

Verwirrt blinzelnd stand ich mitten im Zimmer und sah sie an. »Du *wusstest* es?«

Pepper erstarrte.

Ich hatte sie überrumpelt, begriff ich. So sehr, dass sie davon ausgegangen war, ich hätte etwas über *ihr* Wissen herausgefunden und war nun hier, um sie damit zu konfrontieren. Während ich noch versuchte, diese Erkenntnis zu verdauen, ließ sich Pepper aufs Bett fallen.

»Jetzt sitze ich wohl in der Scheiße, was?«

»Bis zum Hals.« Es war nicht zu fassen! Ich hatte alle Mühe, sie nicht anzuschreien. »Du glaubst mir nicht, dass ich einen Geist beschworen habe, weil du ihn nicht sehen kannst, aber du weißt, dass Dämonen existieren! Warum hast du mir das nicht gesagt?«

»Wann denn? Als du mir deinen eingebildeten Geist zeigen wolltest? Oh ja, das wäre gut gekommen.« Pepper verstellte ihre Stimme, bis sie ein paar Oktaven höher klang. »Nein, tut mir leid, Riley, ich sehe keinen Geist. Aber wusstest du übrigens, dass es Dämonen gibt?« Sie nickte und sagte dann in normaler Tonlage: »Ja, das wäre ein echter Bringer gewesen. Der Burner schlechthin.«

»Es gab andere Gelegenheiten.«

»Soll ich etwa rumlaufen und jedem erzählen, dass es sie gibt?« Ein wenig ruhiger fügte sie hinzu: »Außerdem habe ich versprochen, die Klappe zu halten.«

»Wem? Madame?«

»Serena.«

Das wurde ja immer besser. Ich zog mir ihren Schreibtischstuhl ran und ließ mich darauf fallen. »Ich bin ganz Ohr!«

Pepper war anzusehen, wie sie mit sich rang. Ihre Verschwiegenheit ehrte sie, aber dieses Wissen ging nun nicht mehr nur Serena und sie etwas an. Jetzt war ich auch im Boot. Und ich hatte zumindest ein Recht darauf zu erfahren, auf welches Riff wir zuruderten.

»Sie hat es vor ein paar Wochen herausgefunden, kurz bevor du ihr das Attest besorgt hast«, sagte Pepper schließlich. »Ihre Eltern leben seit zehn Jahren getrennt und ihr Vater ist nie aus den Highlands weggezogen. Er kam auch jahrelang nicht zu Besuch. Er konnte nicht weg, weil er ein Torwächter ist und –«.

»Halt, warte! Nicht so schnell! Was ist ein Torwächter?«

»Es gibt diese andere Welt, das Jenseits.« Sie runzelte die Stirn. »Wie viel weißt du überhaupt?«

Ich zuckte die Schultern. »Ziemlich genau das, was ich dir an der Tür gesagt habe.«

»Na toll, und ich rede mich hier um Kopf und Kragen.«

Tatsächlich hätte sie behaupten können, gar nichts zu wissen, und ich hätte niemals gemerkt, dass es gelogen war. Jetzt allerdings, wo sie sich verraten hatte, würde ich sie nicht so einfach davonkommen lassen. »Es ist egal, Pepper. Ich werde sowieso nicht gehen, bevor ich nicht zumindest ein paar Informationen mehr habe. Ich muss das wissen – sonst platzt mir der Schädel.«

»Wie wäre es mit Kakao und Keksen? Das hält jeden Schädel zusammen.«

»Wie wäre es, wenn du nicht versuchst abzulenken?«

»Ich wollte nur eine gute Gastgeberin sein, aber bitte.« Pepper seufzte. »Unsere Welt ist durch Tore vom Jenseits getrennt. Keine Ahnung, wie viele es gibt. Ich weiß nur, dass sie irgendwo in der Welt verstreut sind. Und eines ist eben in den Highlands. Darauf passt Serenas Dad auf.«

Bisher hatte ich angenommen, dass die Welten getrennt voneinander existierten, ohne jede Verbindung. Zu hören, dass es Tore gab, klang nicht sonderlich beruhigend. Andererseits hätte ich mich vielleicht schon früher fragen sollen, wie Adam oder sonst wer an einen dämonischen Herzstein kommen wollte, wenn es keinerlei Berührungspunkte zwischen dem Jenseits und unserer Welt gab. »Soll das heißen, dass die Dämonen einfach durch so ein Tor zu uns rübermarschieren können?«

»Ja. Nein. Also Jein.«

Ich runzelte die Stirn.

»Die Torwächter, alte Auserwählte, frag mich nicht nach der

genauen Geschichte, ich würde nur alles durcheinanderbringen, sind irgendwie mit Zauberkraft ausgestattet. Dadurch halten sie die Tore geschlossen. Manchmal gelingt es wohl einem dieser Jenseitswesen, sich trotz aller Magie irgendwie durchzumogeln. Für solche Fälle gibt es Jäger, die sie aufspüren und wieder zurückschicken. Drüben werden sie dann bestraft.«

Sie erzählte mir, dass es auf beiden Seiten, der menschlichen wie auch der jenseitigen, einen Rat gab. Diese beiden Räte arbeiteten zusammen und sorgten für friedliche Beziehungen. Dämonen, die in unserer Welt erwischt und zurückgeschickt wurden, bestrafte der Jenseitsrat hart. Zwangsarbeit. Gefängnis. Solche Dinge.

»Ich traue mich gar nicht zu fragen, aber was wollen die Dämonen auf unserer Seite?«

»Hauptsächlich Futter. Manche sind auch nur neugierig.«

Mir klappte der Kiefer runter. »Wie kannst du das so ruhig sagen? Die wollen hier fressen. *Uns* fressen! Und bei dir hört sich das an, als würden sie bloß einen Sonntagsspaziergang machen!«

»Die Gefahr, dass einer durchkommt, ist eher gering«, erwiderte Pepper ungerührt. »Und wenn es mal einer schafft und die Jäger ihn nicht sofort in die Finger kriegen, dann hält er hier nicht lange durch.«

»Warum? Weil er sich nicht entscheiden kann, welchen von den leckeren Menschlein er zuerst fressen soll, und deshalb elend verhungert?«

»Weil sich sein Herzstein entlädt und er schlicht und ergreifend draufgeht.«

Ich horchte auf. »Was hat es mit diesen Herzsteinen auf sich? Weißt du was darüber?«

»Nur, dass sie sehr wertvoll und irgendwie hochgradig magisch sind.« Pepper strich mit den Fingern über ihre Bettdecke. »Manche Leute sind wohl bereit, ein Vermögen zu zahlen, um so einen Stein in die Finger zu kriegen.«

»Aber die Dämonen geben sie nicht her.«

Pepper lachte. »Würdest du dein Herz hergeben?«

»Es ist ihr *Herz?* Ich dachte, es wäre … keine Ahnung, eine Art Talisman oder so, der nur eben so heißt. Irgendwas, das ein Dämon an einer Kette um den Hals trägt.« Offensichtlich hatte Nick vergessen, mir eine Kleinigkeit zu erzählen. *Teil eines Dämons, von wegen!*

»Wenn ich das richtig verstanden habe, dann haben Dämonen kein Herz, sondern einen Stein. Ein magisches Teil, das ihre Lebensenergie beinhaltet und das, wie ein Handy, regelmäßig aufgeladen werden muss«, erklärte Pepper. »Im Jenseits passiert das wohl irgendwie automatisch. In direkter Nähe der Tore auch. Sobald sie sich von den Toren entfernen, entlädt sich das Ding, und wenn sie nicht rechtzeitig zurückkommen, geht ihnen einfach der Saft aus.«

»Sie sterben?«

»Japp.«

Allmählich verstand ich, warum die Suche nach diesem Stein so langwierig war. »Und dann gibt es Leute, die tote Dämonen aufspüren und ihre Herzsteine verticken?«

»Ich bin da nicht wirklich ein Fachmann«, sagte Pepper. »Aber wenn ich das richtig verstanden habe, kommt es eher selten bis gar nicht vor, dass ein Dämon sich zu uns rüber verläuft *und* dann noch hier den Löffel abgibt. Die Jäger schnappen sie vorher und karren sie wieder auf die andere Seite.« Sie kaute auf ihrer Lippe herum und suchte nach den nächsten Worten. Ich konnte es ihr nicht verdenken. Es gab so vieles, was ich wissen wollte, da war es schwer für sie herauszufiltern, was sie mir zuerst erzählen sollte. Oder aber sie überlegte, was sie mir erzählen *konnte.* »Wenn jemand so einen Herzstein in die Finger bekommt, dann bestimmt nicht, weil er irgendwo über einen toten Dämon gestolpert ist.«

Das würde ja bedeuten, dass ... »Jemand tötet diese Kreaturen und verscheuert ihre Herzsteine?«

»Scheint ein gutes Geschäft zu sein. Ich habe keine Ahnung, wer das macht oder wie sie an die Dämonen kommen, darüber weiß ich zu wenig. Ich weiß nur, dass es Artefakthändler gibt, die diese Steine – und überhaupt alles, was irgendwie magisch ist – kaufen und wohl für ein Schweinegeld weiterverticken.«

Artefakthändler. Hatte nicht genau das über Miles im Internet gestanden? Dass er Händler war? Jetzt wusste ich auch, welcher Sorte er angehört hatte. Nahm Nick bewusst in Kauf, dass jemand für ihn einen Dämon umbrachte? Oder wusste er davon nichts?

Vermutlich gab es noch tausend Fragen, die ich Pepper stellen konnte, doch im Moment fiel mir beim besten Willen keine mehr ein. Ich hatte schon Mühe, bis hierhin alles zu verdauen. Erst einmal musste ich Ordnung in das Chaos in meinem Kopf bringen. Wenn ich meine Gedanken sortiert hatte, was vermutlich in zwei oder drei Jahrzehnten der Fall sein würde, konnte ich Pepper mit weiteren Fragen löchern. Eine hatte ich dann allerdings doch noch: »Warum werden diese Tore nicht einfach vernichtet?« Die Verbindung wäre gekappt, und niemand müsste mehr fürchten, auf dem Frühstücksbrot eines Dämons zu enden.

»Da ist wohl schon mal ein Versuch gescheitert. Gab ein großes Desaster auf beiden Seiten, seitdem lassen sie die Finger davon. Mehr weiß ich aber auch nicht. Es hat etwas mit der Magie zu tun, die dabei freigelassen würde.«

Ich nickte und stand auf. »Wie hat Serena das alles herausgefunden? Von ihrem Vater?« Oh Mann, schon wieder eine Frage. Das war jetzt aber wirklich die letzte.

»Ein Bär hat es ihr erzählt.«

Mein Gesichtsausdruck musste irgendwo zwischen verwirrt und völlig dämlich gelegen haben. Pepper begann zu lachen. »Ein Tierwandler, der sich am liebsten in einen Bären verwandelt. Er arbeitet für den Rat, und Serena ist ihm zufällig begegnet, als sie … ein wenig in der Klemme saß.«

Es wäre sicher interessant gewesen, um was für eine Art von Klemme es sich dabei gehandelt hatte, aber abgesehen davon, dass es mich nichts anging, war mein Hirn mit den schon erhaltenen Informationen bereits reichlich ausgelastet. Da brauchte ich nicht noch mehr. Zumindest nicht heute.

»Danke, Pepper. Du hast mir wirklich geholfen.« Zumindest nahm ich das an. Eigentlich war ich ja nur gekommen, damit ich mich bei jemandem auskotzen konnte. Stattdessen hatte ich noch viel mehr erfahren. Nicht das, was ich vorgehabt hatte, aber womöglich durchaus sinnvoll. Dass es mit Pepper und Serena Menschen gab, die über das Jenseits Bescheid wussten, hieß, dass ich mich nicht blind auf die Informationen zu verlassen brauchte, die Nick mir gab. Oder darauf, dass er mir auch alles sagte, was ich wissen musste.

Pepper war ebenfalls aufgestanden. »Das Beste weißt du ja noch gar nicht!«

Ich war mir auch nicht sicher, ob ich es hören wollte. Die Begeisterung, die plötzlich ihr Gesicht strahlen ließ, stimmte mich irgendwie misstrauisch.

»Serena nennt die Dämonen zwar Wesen der Nacht, weil es in der Welt da drüben wohl kein Tageslicht gibt, aber mal ehrlich, es gibt doch wohl nur ein wahres Wesen der Nacht.«

Ich ahnte, wohin das führte.

»Vampire«, bestätigte sie meine Vermutung. »Das sind die wahren Nachtwesen! Und jetzt kommt der Hammer: Es gibt sie wirklich!« Das Strahlen, das eben noch ihr Gesicht erfasst hatte, erlosch schlagartig. Auf einmal wirkte sie fast schon resigniert. »Allerdings sind sie gefährlich. Kein bisschen wie Sergej in den Büchern, sondern echte Monster.«

Wir hatten die ganze Zeit über Dämonen gesprochen. Die Erwähnung der Vampire brachte mich auf etwas anderes. »Drizzle kommt auch von dort, oder?«

Pepper nickte.

»Ist er wirklich ein Kobold?«

»Er benimmt sich zwar manchmal wie ein Teufel, aber er ist kein Dämon, falls du das meinst. Er ist schon zu lange von den Toren weg. Ein Herzstein hätte da längst den Geist aufgegeben. Und wenn man mal gesehen hat, wie er ausflippt, wenn man ihn Gnom nennt … Ja, ich bin mir sicher, er ist wirklich ein Kobold.«

»An dem Tag im Laden .. ich hab dir doch erzählt, dass Drizzle was von Hütern und Jägern gesagt hat. Weißt du wirklich nicht, was er damit meinte?«

Pepper schüttelte den Kopf. »Das zu erzählen, ist Serenas Sache. Für uns ist das nicht wirklich von Bedeutung.«

Ich glaubte ihr. Warum auch nicht? Sie hatte mir bereitwillig über alles andere Auskunft gegeben. Dass sie Serenas Privatangelegenheiten respektierte und nicht darüber tratschte, ehrte sie. Nachdem ich mich noch mindestens dreimal bei ihr bedankt hatte, machte ich mich auf den Heimweg. Ich musste dringend meinen Kopf unter die Dusche stecken, bevor er noch in Rauch aufging.

23

Ungeduldig marschierte Nick vor dem *Hexenkessel* auf und ab und wartete darauf, dass Riley endlich rauskam. Sie waren erst in zehn Minuten verabredet, also traf sie keine Schuld an seiner Unruhe. Schuld war der Anruf, den er heute Morgen bekommen hatte. Das Pflegeheim. Seinem Großvater ging es schlechter. Er war sofort hingefahren und hatte den Vormittag bei ihm verbracht. Sein Großvater hatte nicht ein einziges Mal die Augen geöffnet. Kein Wort. Kein Signal, dass er Nicks Anwesenheit überhaupt bemerkt hatte. Nichts. Nick spürte, wie ihm die Zeit zwischen den Fingern zerrann. Kein Wunder, dass ihn die kostbaren Minuten, die er wartend vor dem Laden verschwendete, fast in den Wahnsinn trieben. Am liebsten wäre er hineingegangen und hätte Riley nach draußen gezerrt. Da er sich ihre Reaktion darauf lebhaft ausmalen konnte, blieb ihm nichts anderes übrig, als knirschend die Zähne zusammenzubeißen, weiter an seiner Krawatte herumzuzerren und zu warten.

Als sie endlich kam, fiel ihm als Erstes auf, wie müde sie aussah. Ihre Augen waren glasig und klein und ihre ansonsten sonnengebräunte Haut unter dem rot gemusterten Sommerkleid blass. Selbst die Handtasche hing irgendwie schlapp von ihrer Schulter. »Du siehst schlecht aus.«

»Nette Begrüßung, selbst für deine Verhältnisse. Aber schön, dass es dir aufgefallen ist.«

Nick seufzte. »So war das nicht gemeint.«

Sie schüttelte den Kopf. »Ich weiß ja, dass du nicht zu der Sorte gehörst, die sich mit einer Begrüßung aufhält oder dazu neigt, in ihre Befehle *bitte* und *danke* einzubauen, aber dass du gleich eine derartige Charmeoffensive startest, überrascht sogar mich.«

»Also erst einmal habe ich gestern sehr wohl Bitte und Danke gesagt. Letzteres sogar freiwillig, ohne dass du mich mit der Nase draufgestoßen hast.« Er machte eine wegwerfende Handbewegung. »Lass es mich anders versuchen: Du siehst aus, als hättest du die Nacht durchgemacht.«

»Keine Party, falls du das meinst. Mir ging viel im Kopf herum.« Sie sah sich um. »Bist du mit dem Wagen da oder nehmen wir die U-Bahn?«

Er wedelte mit dem Autoschlüssel vor ihrer Nase. »Ich stehe um die Ecke.«

»Ich habe es wirklich nicht so gemeint«, sagte er, als sie schließlich im Wagen saßen und er den Motor startete.

Sie unterdrückte ein Grinsen. »Ich weiß, aber das hindert mich nicht daran, es dir unter die Nase zu reiben.«

Für einen Sonntag war der Verkehr geradezu höllisch. Auf der High Holborn hatte es einen Unfall gegeben, sodass sie nur schrittweise vorankamen. Riley sah aus dem Seitenfenster und beobachtete die Leute, die draußen an ihnen vorbeiliefen, während sich Nick auf den Verkehr konzentrierte. Am Holborn Circus war der Stau zu Ende und es ging zügiger voran. Nick schaltete den MP3-Player ein. Die dröhnenden Bässe hoben seine Stimmung ein wenig.

Riley sah zu ihm rüber. »Fall Out Boy?«

»Stört dich das? Willst du was anderes hören?«

»Nein, ich mag das. Ich dachte nur … ich hätte nicht gedacht, dass du so was hörst.«

»Was sollte ich denn deiner Meinung nach hören?«

Ihr Blick wanderte über sein Sakko und seine Krawatte. »Klassik? Mozart oder etwas in der Richtung?«

Die Art von Musik, die auf den Empfängen und in den Restaurants gespielt wurde, wo er für gewöhnlich zu Gast war. Er hatte nichts gegen Klassik, aber für ihn war sie so eine Art Pflichtmusik, die er nicht auch noch in seiner Freizeit hören musste. »Sieht so aus, als hättest du mich falsch eingeschätzt.«

»Dieses eine Mal schon.«

»Ach?« Er sah zu ihr rüber. »Und wie oft hast du schon richtig gelegen?«

Sie tat, als würde sie jede Gelegenheiten stumm an ihren Fingern abzählen. Bei zehn hörte sie auf. »Das eine oder andere Mal. Meine Trefferquote wird immer höher.«

Nick wollte nachhaken, als sein Handy klingelte, das in einer Halterung an der Mittelkonsole steckte. *Paul Jared,* verkündete das Display. Nick hatte sein Headset nicht angeschlossen, weshalb er das Gespräch über Lautsprecher annahm.

»Paul, was gibt es?«

»Du klingst ja mal wieder, als würde dir die Sonne aus dem Arsch scheinen.«

Neben ihm unterdrückte Riley ein Lachen und beeilte sich, wieder aus dem Fenster zu sehen. Wenn er so klang, dann nur, weil er gerade in einer Unterhaltung gestört worden war.

Nick verdrehte die Augen. »Du bist auf Lautsprecher und ich bin nicht allein im Wagen.«

»Was denn? Kaum bin ich ein paar Wochen fort und schon werde ich durch einen neuen besten Freund ersetzt?« Paul gab sich alle Mühe, beleidigt zu klingen. »Du brichst mir das Herz, Wolfe.«

»Und du strapazierst meine Nerven.«

»Das nennt sich kosmischer Ausgleich«, sagte Paul. Lauter

rief er: »He, neuer bester Freund, benimmt er sich bei dir auch so unausstehlich?«

Darüber musste Riley offensichtlich nicht lange nachdenken. Ihre Antwort kam wie aus der Pistole geschossen. »Meistens schlimmer.«

Paul stieß einen Pfiff aus, der so schrill aus dem Lautsprecher hallte, dass Nick die Ohren klingelten. »Eine Freund*in*. Wie viel bezahlst du ihr, damit sie dich erträgt?«

Er liebte es, Nick aufzuziehen, und Publikum ließ Paul regelmäßig zur Hochform auflaufen. Nick wollte dazwischenfunken, doch Riley kam ihm zuvor.

»So viel Geld hat nicht mal er.«

»Ich mag dich, unbekannte Freundin«, lachte Paul. »Wo hast du ihn aufgegabelt?«

Nick wurde es zu bunt. »Hast du nicht angerufen, um mit mir zu reden?«

»Ja, gleich«, wehrte Paul ab.

»Das reicht, Paul!« Allmählich wurde er sauer. »Was willst du?«

»Wissen, mit wem du dich herumtreibst, wenn ich nicht da bin.«

»Sie will mir helfen, Adam zu finden, okay?«

Schlagartig wurde Paul ernst. »Er ist nicht aufgetaucht?«

»Ich ruf dich heute Abend an, dann erzähle ich es dir in Ruhe.«

»Okay. Ich wollte eigentlich nur wissen, ob du inzwischen mit deinem Dad gesprochen hast?«

Nick runzelte die Stirn. »Worüber?«

»Über das Team natürlich!«

Er hatte einige Jahre zusammen mit Paul Hockey gespielt und war ein ziemlich guter Stürmer gewesen. Zumindest so lange, bis sein Vater ihn letztes Jahr genötigt hatte, mitten in der Saison das Team zu verlassen. Hätte Nick sich geweigert, hätte sein Vater ihn nur derart eingespannt, dass ihm ohnehin keine Zeit mehr für das Training und die Spiele geblieben wäre. Paul bekniete ihn schon seit Längerem, seinen Vater zu überzeugen, ihn wieder ins Team zurückzulassen.

»Nein, noch nicht.« Wenn Mitchell Wolfe beschlossen hatte, dass ihm etwas nicht gefiel, dann änderte er seine Meinung nicht plötzlich. »Er ist auf Geschäftsreise.«

»Vergiss es nicht. Du weißt, ich werde nicht aufhören, dich deswegen zu nerven.« Lauter fragte er: »Neue Freundin, kannst du mich hören?«

»Sie heißt Riley«, sagte Nick genervt.

»Okay, Riley also. Eines musst du wissen: Nick ist ein Snob. Lass ihm das nicht durchgehen.«

»Machs gut, Paul.«

Nick beendete die Verbindung, bevor Riley etwas erwidern konnte. Nur allzu deutlich war er sich ihres Blickes bewusst.

»Was?«, schnappte er.

»Dieser Paul kennt dich ziemlich gut, was?«

Nick zog eine Grimasse, und Riley ging wieder dazu über, aus dem Fenster zu sehen.

Eine Weile herrschte Schweigen. Mittlerweile hatten sie es ins East End geschafft. Nick hielt an einer roten Ampel auf der Whitechapel Road, als er erneut ihren Blick spürte.

»Weiß Paul, was du vorhast?«

»Ja.«

Die Ampel sprang um. Nick bog nach links ab. Schon bald wichen die sauberen Wohnblöcke mit den Grünstreifen vor dem Haus, den Hochhäusern, die Nick jedes Mal so fremd und abstoßend erschienen.

»Weißt du, was ich mich die ganze Zeit frage?«, brach Riley erneut das Schweigen.

»Wie ich Paul ertrage?«

Ein Lächeln huschte über ihre Züge, sie wurde jedoch sofort wieder ernst. »Ich frage mich, warum du so versessen darauf bist, dass ich dir helfe. Immerhin hast du keine Beweise, dass ich wirklich Geister rufen kann.«

Er zuckte die Schultern. »Du hast es mir gesagt.«

»Ich könnte gelogen haben.«

»Warum solltest du? Damit die Leute dich für verrückt halten, wenn sich hinterher rausstellt, dass du es doch nicht kannst?«

»Madame hat die Séance durchgeführt«, sagte sie. »Ich könnte verstehen, wenn du auf ihre Fähigkeiten vertraust. Aber bei mir? Ich bin nur die Aushilfe. Woher willst du also wissen, dass ich die Wahrheit sage? Es könnte mir egal sein, wenn du mich hinterher für verrückt hältst.« Sie schnitt eine Grimasse. »Ich könnte sogar verrückt *sein.*«

»Du hast vermutlich wirklich eine Schraube locker. Aber etwas sagt mir, dass es ziemlich dämlich wäre, wenn du mich belügst und dann nicht einmal versuchst, Kapital aus der ganzen Sache zu schlagen, indem du mein Geld annimmst. Ich weiß nicht, ob du wirklich Geister rufen kannst, das werde ich wohl erst endgültig wissen, wenn ich es mit eigenen Augen sehe. Aber ich glaube dir, dass du etwas gesehen hast. Miles' Erscheinen bei der Séance und diese Vision seines Todes.«

Sie nickte. »Ich werde tun, was ich kann. Aber ich kann dir nichts versprechen. Auf dem Gebiet des Übersinnlichen bin ich wohl noch so eine Art Praktikantin – mit jeder Menge Enthusiasmus und viel zu wenig Ahnung.«

24

Ich staunte nicht schlecht, als Nick auf den Hof einer alten Fabrik fuhr und schließlich vor dem Backsteinbau im hinteren Teil des Geländes anhielt. Irgendwie hatte ich damit gerechnet, dass Adam Saunders in einem ähnlichen Haus wie Miles wohnen würde, vielleicht auch in einer der Hochhaussiedlungen. Aber das hier? Was für ein cooler Ort zum Wohnen! Meine Tasche wollte ich trotzdem lieber nicht im Auto lassen.

Nicks Begeisterung schien sich in Grenzen zu halten. Als wir ausstiegen und er den Knopf für die Türverriegelung drückte, schaute er drein, als fürchtete er, seine Luxuskarosse nie wieder zu sehen, wenn er ihr jetzt den Rücken zuwandte. Vielleicht rechnete er auch damit, dass sein Schlitten nachher auf Ziegelsteinen aufgebockt und ohne Reifen dastehen würde.

Ein Gähnen unterdrückend, folgte ich Nick zur Tür. Vermutlich sollte ich mich geschmeichelt fühlen, dass er mir immerhin so viel Aufmerksamkeit schenkte, um zu bemerken, wie müde ich aussah. Ich hatte tatsächlich schlecht geschlafen, eigentlich so gut wie gar nicht. Als ich von Pepper zurückgekommen war, hatte Dad im Wohnzimmer vor der Glotze gesessen und sich eine seiner Serien angeschaut. Ich hatte nur kurz Hallo gesagt und mich dann nach oben verzogen. Schon während ich duschte, hörte ich ein paar Mal mein Handy klingeln, machte mir aber nicht die Mühe, das Bad zu verlassen. Dafür genoss ich die Dusche – und die Stille – zu sehr. Das Rauschen des Wassers übertönte für eine Weile meine rasenden Gedanken und half mir, ein wenig ruhiger zu werden. Wie sich später herausstellte, war es Pepper gewesen, die zweimal versucht hatte, mich zu erreichen, bis es ihr schließlich gelang.

»Kommst du zurecht?«, erkundigte sie sich, ohne sich mit einer Begrüßung aufzuhalten.

»Du meinst, ob ich es verkrafte? In meinem Kopf geht es gerade zu wie am Piccadilly Circus zur Hauptverkehrszeit, aber ich werde es wohl verdauen.«

»Als ich das erste Mal von diesem ganzen Jenseitszeug gehört habe, dachte ich, mir fliegen jeden Moment die Sicherungen raus.«

Das konnte ich nur zu gut verstehen.

Pepper nahm mir das Versprechen ab, mich zu melden, wenn ich reden wollte, dann verabschiedeten wir uns und ich ließ mich aufs Bett fallen. Einmal sah Hugh kurz bei mir vorbei, merkte allerdings ziemlich schnell, dass ich nicht sonderlich gesprächig war, und verdrückte sich wieder.

Heute Morgen hatte sich mein Kopf wieder beruhigt, das brachte mir den verlorenen Schlaf allerdings auch nicht zurück. Beim Frühstück war ich fast versucht gewesen, das Jenseits als Thema des Tages auf den Tisch zu bringen. Es wäre nur konsequent gewesen, wenn ich nach Magie und Geistern nach der Existenz einer Parallelwelt gefragt hätte. Da mir nicht der Sinn danach stand, schon wieder mit Dad zu streiten, hatte ich die Frage zusammen mit meinem Toast runtergeschluckt. Ich hatte ohnehin eine ziemlich genaue Vorstellung davon, wie Dads Antwort ausgesehen hätte. Die Worte *Job kündigen, Flausen im Kopf* und *mit was für Dingen beschäftigst du dich eigentlich?* wären ganz sicher darin vorgekommen.

Nick und ich hatten die Tür erreicht, und ich setzte dazu an zu fragen, wie wir reinkommen wollten, als er nach dem Türknauf griff und ihn drehte. Nicht abgesperrt. Und das in der Gegend. Wenn das Haus noch nicht ausgeräumt war, musste Nick sich vermutlich keine Sorgen um seinen Wagen machen.

Wir betraten den Flur, und ich ging sofort auf die offen stehende Tür zu meiner Linken zu, hinter der ich das Arbeitszimmer erkannte. Nick hielt mich am Arm zurück. »Wir gehen zuerst nach oben.«

»Wieso?«

»Weil dort sein Schlafzimmer ist«, sagte er. »Du brauchst doch einen persönlichen Gegenstand für diese Verstärkersache, oder?«

»Ich bin mir sicher, dass wir auch hier unten etwas finden.« Nur weil ich schon einmal in eine fremde Wohnung eingebrochen war, hieß das nicht, dass ich mich dabei wohlfühlte. Ich wollte so wenig wie möglich in die Privatsphäre eines Fremden eindringen – erst recht nicht in die von jemandem, der womöglich noch am Leben war und jeden Moment durch die Tür hereinspazieren und uns dabei erwischen konnte.

»Und ich«, gab Nick zurück und schob mich auf die Treppe zu, »bin mir sicher, dass etwas Persönliches besser ist als eine Schreibtischunterlage oder ein PC.«

»Okay, aber wir durchsuchen keine Schränke.«

Er warf mir einen Blick zu, als würde er sich über meine plötzlichen Skrupel wundern, sparte sich aber jeden Kommentar und nickte nur.

Oben angekommen, führte er mich so zielsicher in Adams Schlafzimmer, dass ich mich unwillkürlich fragte, wie genau er sich bei seinem letzten Besuch hier umgesehen hatte. Die Möbel waren staubig, vor dem Bett und in den Ecken tummelten sich Wollmäuse in kleinen Kolonien, und auf dem Nachttisch waren die Ringe von Gläsern und Tassen zu sehen, die hier einmal gestanden hatten. Überall lagen Klamotten herum, und der Deckel der Schmutzwäschekiste – ein hässliches weißes Plastikungetüm – stand offen.

»Hast du hier schon alles durchsucht?«, fragte ich.

Nick schüttelte den Kopf. »Das ist allein Adams Saustall. Ich war nur hier oben, um sicherzugehen, dass er nicht entweder einen gewaltigen Rausch ausschläft oder irgendwo tot herumliegt.«

Er verschwand im angrenzenden Badezimmer, während ich den Blick über das ungemachte Bett schweifen ließ. Nichts, was ich auf den ersten Blick sah, schien mir als Verstärker geeignet – und die Dinge, die infrage gekommen wären, wollte ich ehrlich gesagt nicht anfassen. Vermutlich blieb uns gar keine andere Wahl, als in den Schränken nachzusehen.

»Riley, komm her!«

Obwohl mir sein Kommandoton nicht gefiel, ging ich zum Bad. Im Türrahmen blieb ich stehen. »Was gibt es, oh großer Sklaventreiber?«

Falls er meine nicht gerade unterschwellige Kritik bemerkte, ignorierte er sie und hielt mir stattdessen eine Zahnbürste hin. »Verstärker.«

»Widerlich!«

»Was?«

»Sieh dir mal die Borsten an. Das Ding ist monatelang nicht ausgetauscht worden, dabei weiß doch jeder, dass man eine Zahnbürste alle –«.

»Ist dein Dad Zahnarzt?«, fiel er mir ins Wort.

»Allgemeinmediziner.«

Er machte eine Geste, als wären damit all seine Fragen beantwortet. »Na bitte. Nicht reden – Geist beschwören.«

»Das funktioniert nur mit einem freundlichen *Bitte*.«

»Wie bitte?«

»Bitte«, sagte ich. »Nicht wie bitte. Sei höflich, sonst gehe ich.«

Nick sah mich an, als verstünde er nicht, was ich von ihm wollte. Dann runzelte er die Stirn. »Bin ich wirklich so unfreundlich?«

»Unfreundlich trifft es nicht ganz.«

»Sondern?«

»Herrisch.«

Er schien über meine Worte nachzudenken. »Tut mir leid«, sagte er schließlich. »Ich bin das so gewohnt, dass es mir gar nicht auffällt.«

Keine Ahnung, ob es ihm wirklich leidtat oder ob er das nur sagte, um mich bei der Stange zu halten. Vermutlich konnte man jemanden wie ihn sowieso nicht ändern. Ich riss ihm die Zahnbürste aus der Hand, setzte mich auf den Badewannenrand und konzentrierte mich auf Adam. Namen sagen. Konzentrieren. Noch mehr konzentrieren. Nichts.

Was, wenn es nicht klappte, weil ich nicht einmal wusste, wie er aussah? Brauchte ich vielleicht ein Foto? Bei Miles hatte es funktioniert. Hugh hingegen war auch ganz ohne Bild aufgetaucht.

Ich versuchte es eine halbe Stunde, während der sich Nick alle Mühe gab, in der Mitte des Badezimmers zu stehen und nur ja nichts zu berühren, das seinen Designeranzug verschmutzen könnte. Bei all meinen Versuchen verspürte ich nicht einmal einen leisen Anflug von Übelkeit. Keinen kalten Hauch. Einfach gar nichts.

Schließlich schüttelte ich den Kopf. »Wenn er wirklich tot ist, ist er bereits im Licht.«

»Oder er lebt noch.«

Ich nickte und wünschte Nick wirklich, dass das der Fall war. Vielleicht war ich aber auch einfach nicht das geeignete Medium für ihn. Ich war unerfahren und hatte doch keine Ahnung, was ich da eigentlich tat. Abgesehen von ein paar Zufallsbeschwörungen hatte ich bisher noch nichts zustandegebracht. »Vielleicht solltest du noch einmal zu Madame gehen.«

»Damit sie ihn auch wegschickt und ich überhaupt keine Möglichkeit mehr habe, ihn zu finden?« Er schüttelte den Kopf. »Ich glaube, er lebt noch. Wir müssen nur herausfinden, wo er ist.«

»Und wie willst du das anstellen?«

»Wir telefonieren seine Kontakte durch.«

Zwei Minuten später saßen wir uns an Adams Schreibtisch gegenüber. Zwischen uns lag ein Terminkalender, den Nick aus einer der Schubladen gezogen hatte. Der Anrufbeantworter blinkte wie blöd und verkündete neue Nachrichten.

»Sollen wir die abhören?«

Statt zu antworten, drückte er auf Abspielen. Insgesamt hörten wir vier Anrufe mit – keiner davon brachte uns der Antwort näher, was mit Adam passiert war –, bevor Nick den Kasten wieder abschaltete. Er zog ein Gesicht, als hätte er in eine Zitrone gebissen.

»Du hast dir mehr erhofft, oder?«

Nick tippte mit dem Zeigefinger auf den Kalender. »Noch sind wir ja nicht am Ende. Aber – ja, ich hatte gehofft …« Er brach ab, schüttelte den Kopf. »Eigentlich weiß ich nicht, was ich gehofft habe. Wenn Adam tot ist, wäre der Herzstein außer Reichweite. Wenn er noch lebt – wir müssen ihn finden!«

»Du hast mir nicht gesagt, dass dieser Herzstein nicht nur so heißt, sondern tatsächlich ein Herz ist«, konfrontierte ich ihn mit meinem neuen Wissen.

Er zuckte die Schultern. »Ist das wichtig?«

»Natürlich ist es das! Es ist das Herz von jemandem. Wenn man es ihm nimmt, stirbt er!«

Nick beugte sich über den Tisch nach vorne, als würde ich dann besser kapieren, was er will. »Wir sprechen nicht von einem Menschen«, sagte er kalt. »Sondern von einem Dämon. Einer niederen, widerwärtigen Kreatur. Abstoßend!«

»Und gefährlich.«

»Genau. Wir tun der Welt also nur einen Gefallen.« Die Kälte wich aus seinem Blick, und für einen Moment sah er nicht mehr aus wie das weltgewandte Millionärssöhnchen, sondern nur noch wie das, was er war: ein ganz normaler Junge, der sich um seinen Großvater sorgte. »Das Heim hat heute angerufen. Es geht ihm schlechter. Wenn ich nicht bald …«

Mir wurde erst bewusst, dass ich schon wieder nach seiner Hand gegriffen hatte, als ich die Überraschung in seinen Zügen sah. »Wir finden Adam. Ihn und den Herzstein.«

»Wenn er nicht tot ist, sind deine Fähigkeiten nutzlos«, sagte er und zog langsam seine Hand unter meiner fort. »Du willst mir trotzdem helfen?«

Ich sollte Nein sagen, sollte ihm sagen, dass mir sein Benehmen auf den Wecker ging. Dass ich diese ständigen Wechsel zwischen seinem Befehlston und der aufgesetzten Freundlichkeit, die er immer dann vorzuschieben schien, wenn er etwas damit zu erreichen hoffte, nicht mochte. Aber einmal davon abgesehen, dass ich immer noch wissen wollte, wie Miles gestorben war und was es mit dem Lichtstrahl auf sich hatte, wollte ich ihm tatsächlich helfen. Nick tat mir leid. Es war nicht nur sein kranker Großvater, für den ich Mitleid empfand, es war … irgendwie alles. Er hatte eine Art an sich, die einen in den Wahnsinn treiben konnte, aber in Momenten wie eben, in denen er von ganz normaler menschlicher Zuneigung regelrecht überrumpelt schien, da wirkte er fast schon hilflos. Und grenzenlos einsam. Es waren diese kurzen Augenblicke, in denen ich das Gefühl hatte, den Menschen hinter dem arroganten Jungen zu sehen, und so seltsam es auch klingen mochte, aber ich verspürte den Wunsch, mir diesen Menschen genauer anzusehen. Auch auf die Gefahr hin, dass ich es womöglich bereuen würde.

»Wenn du meine Hilfe willst, bekommst du sie.«

Dieses Mal bekam er seine Überraschung schneller in den Griff. Er zögerte bestenfalls für den Bruchteil einer Sekunde, dann straffte er die Schultern. »In Ordnung. Aber ich habe das Sagen.«

»Ich würde vorschlagen, das entscheiden wir von Fall zu Fall.« In meinem süßesten Tonfall fügte ich hinzu: »Immerhin könnte ich ja auch mal eine gute Idee haben. Oder zwei.«

»Tja, die erste gute Idee kommt allerdings von mir.« Sein Gesichtsausdruck war aalglatt und voller Selbstzufriedenheit. »Wir sollten Handynummern austauschen, damit ich dich jederzeit erreichen kann.«

»Und ich bekomme deine Nummer, um termingerecht Bericht zu erstatten, oder wie?«

»So ungefähr.«

»Meinetwegen.« Da es sich nicht lohnte, darüber zu streiten – dafür würden sich garantiert noch genügend andere Gelegenheiten finden –, zog ich mein Handy aus der Tasche und öffnete das Adressbuch. Zumindest wollte ich es öffnen, aber der Bildschirm war schwarz. »Mist. Akku leer.«

»Weißt du deine Nummer auswendig?«

Ich nickte.

Nick tippte kurz an seinem Smartphone herum. Das Ding war einer dieser Alleskönner, vermutlich konnte es sogar Kaffee kochen. »Schieß los!«

Ich diktierte ihm meine Nummer. Wieder tippte und wischte er über sein Display. »Ich hab dir eine Nachricht mit meiner Nummer geschickt, die brauchst du dann nur noch abspeichern.«

Außerdem kritzelte er seine Nummer noch auf einen Zettel und drückte ihn mir in die Hand. Meine Haut prickelte dort, wo sich unsere Finger berührten. Schnell zog ich sie zurück und steckte den Zettel in meine Tasche. Wenn ich eines nicht brauchte, dann ein Kribbeln, ausgelöst von Mr Arroganz persönlich.

Als ich wieder aufsah, bemerkte ich, dass Nick mich beobachtete. Hatte er es etwa auch gespürt? Unwillkürlich schüttelte ich den Kopf, was ihm natürlich nicht entging.

»Stimmt was nicht?«

»Alles bestens. Also, was jetzt?«

»Wir sollten mit den Terminen am Tag vor seinem Verschwinden anfangen«, sagte er und erklärte mir, dass er die von dem Tag, an dem er von Adam versetzt worden war, bereits abtelefoniert hatte. »Wenn die nichts ergeben, arbeiten wir uns weiter in die Vergangenheit zurück.«

»Wie weit?«

»Bis wir einen Hinweis finden.«

Oder bis wir am Anfang des Jahres angekommen waren und es keine weiteren Einträge mehr gab. Wenn Adam ins Jenseits verschleppt oder von einem Dämon gefressen worden war, konnten wir uns bis in die Steinzeit seiner Einträge zurücktelefonieren und würden nicht auf Schmatz den Menschenfresser treffen, der ihn erledigt hatte.

Nick schlug den Terminkalender auf und schob ihn mir unter die Nase. »Hier.« Er tippte mit dem Finger auf die Einträge vom letzten Dienstag. »An dem Tag habe ich das letzte Mal von ihm gehört. Wir haben am Vormittag telefoniert, kurz bevor du mir vors Auto gesprungen bist.«

»Bevor du mich fast überfahren hättest, meinst du wohl.«

»Vielleicht war ich ein bisschen abgelenkt«, räumte er ein.

»Und zu schnell«, schob ich nach.

»Möglich. Fang mit den Terminen an, die zeitlich danach liegen.« Er warf einen Blick auf den Kalender, dann tippte er auf eine Zeile. »Der hier – elf Uhr. Am besten gibst du dich als seine Sekretärin aus.«

Aha, ich sollte also die Telefondame spielen. Hätte ich mir ja denken können. Ich zog den Kalender ran, warf einen Blick auf den ersten Eintrag und tippte die Nummer ins Telefon. Hoffentlich wurde in seiner Branche auch sonntags gearbeitet, sonst würden wir heute gar nichts erreichen.

Nach dem fünften Klingeln, ich wollte schon wieder auflegen, meldete sich am anderen Ende eine Frau. »Sie sollen doch hier nicht anrufen, Saunders! Wo zum Teufel haben Sie überhaupt gesteckt!«

Bingo! Gleich der erste Anruf ein verpasster Termin!

Ich räusperte mich. »Hier ist nicht Adam Saunders, sondern seine Schwester Mae.« Nick warf mir einen finsteren Blick zu, da ich seine Idee, mich als Adams Sekretärin auszugeben, in den Wind geschlagen hatte. Als ob jemand wie Adam eine Sekretärin hatte! »Es tut mir schrecklich leid, dass er sie versetzt hat, aber es gab einen Notfall in der Familie.«

»Warum können Sie dann anrufen und er nicht?«

»Die Familie seiner Frau«, schob ich schnell nach, und Nick verdrehte die Augen. »Hat er sich denn nicht inzwischen gemeldet?«

»Nein, er ist einfach unauffindbar!«, schnauzte sie.

»Dafür entschuldige ich mich. Er wird sich melden, sobald er zurück ist, und einen neuen Termin vereinbaren.« Ich verabschiedete mich rasch und beendete die Verbindung.

Die anderen Gespräche verliefen ganz ähnlich. Einen der Leute erreichte ich nicht, ging aber davon aus, dass Adam auch dort nicht aufgetaucht war. Ein anderer interessierte sich kein bisschen für den Familiennotfall und begann sofort, mich wüst zu beschimpfen.

Ich beendete das Gespräch ohne Abschied. »Was für eine elende Made!«

»Made?«, grinste Nick.

Ich zuckte die Schultern. Wie üblich hatte mein innerer Zensor zugeschlagen.

Nach zwanzig Minuten war ich mit dem Dienstag durch und nahm mir den einzigen Termin vor, der für Montag eingetragen war. Ein gewisser Ulysses Thorne meldete sich am anderen Ende der Leitung. Auf meine Entschuldigung reagierte er verwundert und meinte, dass Adam doch erschienen sei.

»Oh, er war da? Dann muss ich da wohl etwas verwechselt haben. Bitte entschuldigen Sie die Störung.«

Ich legte auf. »So wie es aussieht, ist er direkt nach eurem letzten Gespräch verschwunden.«

»Und dieser Thorne war der Letzte, der ihn gesehen hat.«

»Zumindest der letzte Kunde. Und das auch nur, wenn Adam wirklich alle Termine eingetragen hat.«

Nick klappte den Terminkalender zu und stand auf. »Fahren wir hin.«

»Zu Thorne? Was willst du tun? Ihn fragen, ob er zufällig in letzter Zeit einen Artefakthändler umgebracht hat?«

Er warf den Kalender wieder in die Schublade zurück und knallte sie zu. »Ich will mich dort umsehen und einen Blick auf diesen Thorne werfen. Aus der Ferne. Würdest du ihn erkennen, wenn er derjenige ist, der Miles umgebracht hat?«

»Es war dunkel, aber … ja, vermutlich schon.«

Ich beobachtete, wie Nick auf seinem Smartphone herumtippte und -wischte.

»Alles klar«, sagte er dann. »Ich habe seine Adresse. Er wohnt in Camden.«

Ich nahm meine Tasche und folgte Nick zur Tür. »Wenn er es ist? Was dann?«

»Das entscheiden wir, wenn es so weit ist.«

25

»Ulysses Thorne, was ist das überhaupt für ein Name?«, fragte ich, kaum dass wir wieder im Auto saßen – das noch alle Reifen dran hatte und auch sonst unversehrt zu sein schien. »Klingt nach einem Pornodarsteller.«

»Oder einem Mörder«, ergänzte Nick finster und gab unser Ziel in sein Navi ein.

Um uns wieder in die Realität zu holen, fügte ich hinzu: »Er könnte aber auch ein ganz normaler Geschäftspartner sein, der mit der ganzen Sache nichts zu tun hat.«

»Das könnte er.«

Bis nach Camden war es ein ganzes Stück, und unser Gesprächsstoff hatte gerade mal bis zur Ausfahrt des Fabrikgeländes gereicht, auf dem Adams Haus stand. Eine Weile sah ich schweigend aus dem Fenster und wippte mit dem Fuß im Takt zu Fall Out Boy. Irgendwann war mir das nicht mehr genug. Ich wollte mehr über den Kerl wissen, der neben mir saß. Immerhin waren wir dabei … Oh Mann, wir waren vielleicht gerade dabei, einen Mörder zu jagen!

Ja, ich wollte definitiv mehr über Nick erfahren – allein schon, um mich von dieser Mördersache abzulenken.

»Was war das eigentlich vorhin mit dem Hockey Team, von dem Paul gesprochen hat?«, brach ich das Schweigen. »Warum sollst du mit deinem Dad sprechen?«

Es dauerte eine Weile, bis Nick antwortete. Sein Blick war auf die Straße gerichtet. »Ich soll ihn fragen, ob ich wieder ins Team kann.« Er klang dabei so emotionslos, dass mir sofort klar wurde, dass ich hier einen wunden Punkt getroffen haben musste.

»Du musst ihn um Erlaubnis fragen? Du bist doch volljährig, oder?«

Ich dachte schon, er würde nicht antworten, und vielleicht hätte er es am liebsten auch nicht getan. Umso mehr erstaunte es mich, kurz darauf seine Stimme zu hören. »Mein Vater hält Sport für Zeitverschwendung und ist der Meinung, dass ich diese Zeit sinnvoller investieren kann, indem ich in der Firma bin oder lerne.«

War das die Erklärung, warum Nick war, wie er war? Hatte er sich sein Verhalten von seinem Vater abgeschaut? Oder war es einfach das Ergebnis seiner Versuche, sich gegen seinen alten Herrn abzuschotten? »Er scheint dich ziemlich in Beschlag zu nehmen.«

»Er ist ein Kontrollfreak.«

»Dann solltest du rechtzeitig eine Grenze ziehen.«

Er schnaubte nur.

Wir fuhren auf der City Road in Richtung Islington, als ich merkte, dass Nick bisher noch keinen einzigen Blick auf das Navi geworfen hatte. »Findest du auch so zu diesem Thorne?«

Er versicherte mir, die grobe Richtung gut genug zu kennen, sodass er das Navi erst später brauchte, dann kehrte erneut Schweigen ein.

»Ihr versteht euch nicht besonders gut – dein Vater und du, oder?«

»Das ist jetzt wirklich nichts, worüber ich mit dir sprechen möchte.«

Tja, ich aber schon. Es ging mir gar nicht um die Beziehung zwischen Nick und seinem Vater, auch wenn ich es traurig fand, dass sie offenbar nicht sonderlich gut zu sein schien, vielmehr wollte ich einfach etwas über Nick erfahren. Ich wollte immer noch herausfinden, was für ein Mensch er wirklich war. Also versuchte ich es anders. »Aber dein Großvater steht dir sehr nah.«

Dieses Mal bekam ich gar keine Antwort.

»Mein Großvater hat sich nach Moms Tod nicht mehr blicken lassen«, sagte ich, um die Stille zu füllen und ihn möglicherweise doch noch zum Reden zu bringen. Vielleicht war Grandpa Flashy ebenfalls gestorben, und Dad hatte es mir nicht sagen wollen, weil ich doch schon Mom verloren hatte. Vielleicht war er aber auch einfach nicht mit Moms Tod klargekommen und hatte uns deshalb verlassen. Ich hatte Dad nie gefragt, was aus ihm geworden war, und er hatte nie darüber gesprochen. Vielleicht war es an der Zeit, das nachzuholen.

»Meine Güte!«, platzte es aus mir heraus, als Nick immer noch beharrlich schwieg. »Ich versuche doch nur, mich mit dir zu unterhalten. Menschen tun so etwas!«

Er warf mir einen Seitenblick zu. »Da wo ich herkomme, betreibt man etwas, das sich Small Talk nennt. Man spricht über das Wetter, macht ein Kompliment für die neue Frisur oder erörtert das letzte Golfturnier. Ganz sicher aber redet man nicht über Privatangelegenheiten.«

Erörtert? Wie angestaubt klang das denn? Offenbar gab es noch andere Sprachprobleme auf diesem Planeten als meine Unfähigkeit im Umgang mit Schimpfwörtern. »Da, wo *du* herkommst, gibt es wohl nicht sehr viele Freundschaften. Was tust du, wenn du dich mit jemandem anfreunden willst? Die aktuelle Hitzewelle *erörtern?*« Ich klang vielleicht ein bisschen schnippisch, was aber nur daran lag, dass er mich mit seinem *Wo-ich-herkomme*-Gerede ernsthaft auf die Palme brachte. Paul hatte ihn einen Snob genannt und mir gesagt, ich solle ihm das nicht durchgehen lassen. Das hatte ich auch nicht vor. »Wo *ich* herkomme, lernt man einen Menschen kennen. Aber das kannst du ja nicht wissen, wenn du sonst niemanden um dich hast.«

»Ich habe durchaus Menschen um mich herum.«

»Hausangestellte zählen nicht.«

Er klappte den Mund zu.

Es hätte ein Witz sein sollen, dabei hatte ich wohl den Nagel auf den Kopf getroffen. Dieser Kerl hatte Hauspersonal – allen Ernstes!

Drei Ampeln später war er es, der zu meinem Erstaunen das Schweigen brach. »Wieso willst du dich überhaupt mit mir *anfreunden?*«

So wie er das sagte, klang es, als wäre Freundschaft eine ansteckende Krankheit.

»Es ist ja nicht so, als hätten wir viel gemeinsam.«

»Woher willst du das wissen? Du kennst mich doch gar nicht.« Ich setzte mich aufrecht hin und drehte mich zu ihm rüber, um ihn ansehen zu können. »Wir sind auf dem Weg zum Haus eines Mannes, der vielleicht ein Mörder ist, Nick. Irgendwie würde ich gern wissen, mit wem ich dorthin unterwegs bin. Wenn ich nichts über dich weiß, außer dass du gern mit Geldscheinen wedelst und einen teuren Schlitten fährst, ist das ein bisschen wenig.«

»Hm.«

Das war alles? Ich sagte ihm quasi ins Gesicht – vielleicht auch eher durch die Blume –, dass ich die Hosen voll hatte, und alles, was er darauf zu sagen hatte, war »Hm«? Ich seufzte. »Okay, weißt du was, ich mache es dir leichter und fange an. Mein Dad ist Arzt, das weißt du ja schon. Als ich drei Jahre alt war, ist meine Mom gestorben. Herzversagen.« Es war so lange her, und ich war längst darüber hinweg, trotzdem fiel es mir noch immer schwer, es auszusprechen.

»Das tut mir leid«, sagte Nick in die kleine Pause hinein, die meinen Worten folgte.

»Es ist okay. Ich kann mich ja kaum an sie erinnern. Für Dad ist es schlimmer.« Einmal tief durchatmen, dann hatte ich mich wieder gefangen. »Dad hat sich an der Börse verzockt, weshalb wir keine großen Sprünge machen können und ich ihn kaum noch zu sehen bekomme, weil er ständig Doppelschichten schiebt, um die Schulden abzubezahlen. Was noch? Ach ja: Ich arbeite im Laden, um Geld für das Studium zu verdienen, das ich nach meinem Abschluss anfangen will. Den meisten Leuten erzähle ich aber, dass ich für eine USA-Reise spare, weil ich Dad nicht in Verlegenheit bringen will.« Wenn das nicht persönlich war!

»Ihr habt Geldsorgen und trotzdem hast du mein Angebot abgelehnt?« Nick klang ungefähr so, als hätte ich den Stein der Weisen gefunden und einfach wieder ins Kiesbett zurückgeworfen. »Du hast zwanzigtausend in den Wind geschlagen – einfach so! Warum?«

»Was glaubst du wohl?«

»Dass du nicht käuflich bist?«

»Bingo.«

Den Rest der Fahrt schwiegen wir. Von der Camden High Street und über eine weitere Straße bogen wir schließlich in die Prince Albert Road ein, die zwischen dem Regent's Park und dem Primrose Hill hindurchführte. Thornes Haus, der Begriff Anwesen war wohl passender, lag in der Elsworthy Road am nördlichen Ende des Primrose Hill, in einer Gegend, in der sich eine Villa an die andere reihte. Die Straße war gesäumt von Bäumen, zu den einzelnen Häusern führten Auffahrten, und manche Grundstücke waren durch so hohe Hecken oder Mauern von der Außenwelt abgeschirmt, dass man sich den dahinter liegenden Luxus nur vorstellen konnte.

Nick deutete aus dem Fenster. »Das ist es.«

Das Anwesen erhob sich auf einem Eckgrundstück an einem Teil der Straße, in dem die Häuser weiter auseinanderstanden und von großzügigen Gärten umgeben waren. Ohne langsamer zu werden, fuhren wir daran vorbei. Nick parkte um die Ecke und stellte den Motor ab.

»Und jetzt?«

»Gehen wir hin und sehen uns um.«

»Ist das nicht ein wenig auffällig?«

»Aber nicht doch, wir sind nur ein reiches Pärchen auf seinem Sonntagsspaziergang.« Er warf einen Blick auf mein Kleid. »Aus der Ferne wird schon niemand merken, dass das von der Stange ist.«

Als wir ausstiegen, hielt Nick mir seine Hand entgegen. »Komm, Schatz, lass uns ein paar Schritte machen.«

»Danke, Liebling.«

Unsere Finger ineinander verschränkt wie ein frisch verliebtes Paar, schlenderten wir die Straße entlang, zurück zur Ecke und dem Anwesen. Ein großer Porsche fuhr an uns vorbei, und ich konnte mich nur mühsam beherrschen, mich nicht hinter einem Busch zu verstecken. Was, wenn das der Mörder war? Aber der Wagen fuhr weiter, und alles, was blieb, war ein aufmunternder Druck von Nicks Hand.

»Siehst du die Mauer?«, fragte Nick.

Ich war ja nicht blind und die Mauer war nun wirklich groß genug. »Du willst nicht etwa da rüber, oder?«

»Nicht jetzt, aber vielleicht später, wenn es dunkel ist und wir diesen Thorne bis dahin nicht zu Gesicht bekommen haben.«

Mein Blick fiel auf seinen Maßanzug. »So willst du über eine Mauer klettern?«

»Nicht besonders praktisch, aber es wird gehen.«

»Nick, das ist nicht dein Ernst, wir können doch nicht …«

Wieder drückte er meine Hand. »Mach dir keine Sorgen, erst gehen wir mal vorne vorbei. Vielleicht sehen wir ihn ja vor dem Haus, dann können wir uns die Kletteraktion sparen.«

»Und wenn nicht?«

»Warten wir im Wagen, bis es dunkel wird. Vielleicht kommt er ja vorher noch mal raus.«

Wir hatten die Ecke noch nicht erreicht, als Nicks Handy klingelte. Ich war noch so von dem Gedanken gefangen, dass ich schon wieder wo einbrechen sollte – dieses Mal an einem Ort, an dem uns garantiert die Polizei oder ein Rudel Wachhunde erwischen würde –, dass ich erschrocken zusammenzuckte. Nick gab meine Hand frei, zog sein Smartphone aus der Tasche und nahm das Gespräch an.

Während er leise mit dem Anrufer sprach, gab ich mir alle Mühe, mich nicht ständig nach allen Seiten umzusehen. Wie benahm sich ein verliebtes Mädchen normalerweise, wenn ihr Freund telefonierte? Ich hatte es vergessen. Abgesehen davon hatte ich keine Ahnung, wie sich ein reiches Mädchen in dem Fall verhielt. Ich schlenderte also zwei Meter weiter und betrachtete ein paar Blumen, die in einem Beet am Straßenrand wuchsen.

Als ich hörte, wie Nick das Gespräch beendete, kehrte ich an seine Seite zurück. »Wenn wir hier einbrechen wollen«, sagte ich leise, »solltest du dein Handy vorher besser abschalten.«

Er reagierte nicht. Keine Grimasse, kein Kommentar. Nichts.

»Stimmt etwas nicht?«

»Ich muss weg.«

»Was? Jetzt?«

»Adam ist vermutlich aufgetaucht.«

Dann konnten wir uns den Einbruch sparen und mein Jugendstrafregister blieb weiterhin sauber. Allerdings wirkte Nick nicht so erleichtert, wie er es angesichts dieser Nachricht sein sollte. »Wo? Himmel, jetzt lass dir nicht alles aus der Nase ziehen!«

»Im Leichenschauhaus.«

26

Morden fuhr eine komplette Runde und stellte seinen Cayenne dann im Schutz einiger Bäume in Sichtweite des Aston Martin ab. Die halbe Nacht und den halben Tag hatte er damit verbracht, Salina zu überwachen. Erst hatte er stundenlang im Dunkeln vor ihrem Haus gestanden und darauf gewartet, dass jemand auftauchte, dann war er ihr zum Laden gefolgt und hatte seinen üblichen Platz am Fenster des *High Tea* eingenommen, bis er endlich abgelöst wurde.

Er hatte nichts weiter gewollt, als nach Hause zu fahren, heiß zu duschen und ins Bett zu fallen. Zuerst jedoch musste er dem Obersten Bericht erstatten.

Seine Überraschung war groß gewesen, als er das Mädchen aus dem Laden hier sah. Den Jungen, der sie begleitete, kannte er nicht. Er sah aus wie einer aus der Gegend. Morden hätte es allerdings für ein bisschen zu viel Zufall gehalten, wenn ihr Freund ausgerechnet hier wohnen sollte. Selbst ein zufälliger Spaziergang schien ihm wenig wahrscheinlich.

Die beiden blieben an der Ecke stehen. Der Junge zog sein Handy aus der Tasche. Dasselbe tat Morden und drückte die Kurzwahl.

»Ja?«, meldete sich der Oberste.

»Das Mädchen aus dem Laden ist vor dem Haus. Wie lauten meine Befehle?«

»Die Kleine, die scheinbar keine Magie in sich trägt?«

»Ja, Sir.« Morden hegte schon länger den Verdacht – wie der Oberste vermutlich auch –, dass Salina die Magie ihres Schützlings abschirmte. Das zu wissen, änderte jedoch nichts daran, dass er noch immer nicht wusste, *wer* es war. Er wollte einen Besen fressen, wenn die Antwort darauf nicht fünfzig Meter von ihm entfernt stand.

Der Junge beendete sein Gespräch. Jetzt unterhielten sich die beiden.

»Sie scheinen wieder fahren zu wollen, Sir. Ich brauche meine Anweisungen sofort.«

»Folge ihnen«, sagte der Oberste. »Bei der ersten Gelegenheit schnappst du sie dir und bringst sie zu mir. Dann werden wir sehen, was Salina vor mir zu verbergen versucht.«

Morden unterbrach die Verbindung. Sobald die beiden in den Wagen gestiegen waren und losfuhren, hängte er sich dran.

27

Wir waren schon ein ganzes Stück gefahren, der Hyde Park und die Kensington Gardens lagen hinter uns, als es mir endlich gelang, Nick aus der Nase zu ziehen, wohin wir fuhren.

»Charing Cross Krankenhaus«, war die Antwort.

Ich hatte einige Fragen, schluckte aber so ziemlich jede davon runter. Schon unter normalen Umständen war Nick nicht gerade der gesprächige Typ. Jetzt, wo er seine Hände so fest um das Lenkrad klammerte, dass seine Knöchel weiß hervortraten, war er nahezu vollständig verstummt. Seine Anspannung hing beinahe greifbar in der Luft, und ich wünschte, ich könnte etwas tun, um sie ihm zu nehmen. Ich hatte meine Mom verloren, doch das war zu einer Zeit gewesen, als ich noch nicht um die Bedeutung von Tod und Verlust wusste. Seitdem hatte es in meinem Leben keine weiteren Berührungspunkte mit dem Tod gegeben, wofür ich zutiefst dankbar war. Ich konnte mir nicht einmal ansatzweise vorstellen, wie Nick sich fühlen mochte. Noch weniger wollte es mir gelingen, tröstende Worte zu finden, die nicht nach leeren Phrasen klangen.

Wenn der Tote im Leichenschauhaus wirklich Adam war und er diesen Herzstein nicht bei sich hatte oder wir nicht zumindest einen Hinweis auf dessen Verbleib fanden, gab es keine Hoffnung mehr für Nicks Großvater. In dieser Erkenntnis lag eine erschreckende Endgültigkeit.

Seit wir in Camden losgefahren waren, fuhr Nick schneller als erlaubt. Ich biss mir die ganze Zeit über auf die Zunge und verkniff mir jeden Kommentar dazu. Als er allerdings zum zweiten Mal beinahe eine rote Ampel überfuhr, war der Moment gekommen. »Du hilfst niemandem, wenn du jetzt noch einen Unfall baust.«

Er warf mir einen finsteren Blick zu und bog mit quietschenden Reifen von der Kensington High Street in die Warwick Road.

»Nick!«, protestierte ich, als es mich gegen die Tür drückte. »Ich weiß, dass du es eilig hast, aber wer auch immer in diesem Leichenschauhaus liegt, ist bereits tot. Ob wir nun zwei Minuten früher dort sind oder nicht, macht keinen Unterschied mehr. Wenn du allerdings einen Crash baust, werden wir deutlich länger brauchen, als wenn du einfach vernünftig fährst.«

Eine Weile geschah nichts. Keine Reaktion. Dann ging er plötzlich vom Gas und die Tachonadel fiel auf die erlaubten dreißig Meilen. Nicks Griff um das Lenkrad lockerte sich ein wenig.

Tatsächlich dauerte es nur noch ein paar Minuten, bis wir die Zufahrt zum Krankenhausparkplatz erreichten. Zu meiner Überraschung hielt sich Nick an die vorgeschriebene Schrittgeschwindigkeit, dafür interessierte er sich nicht für die Parkverbotsschilder, die überall um den Eingangsbereich herum aufgestellt waren und lediglich das Ein- und Aussteigen gestatteten.

»Dir ist klar, dass dein Auto abgeschleppt sein wird, bis wir wieder rauskommen«, sagte ich, als er Anstalten machte, einfach vor dem Haupteingang stehen zu bleiben.

Wortlos fuhr er weiter bis zu einem kleinen Parkplatz, wo er den Wagen in der einzigen freien Lücke abstellte. Zu meinem Erstaunen zog er sogar den nötigen Parkschein und platzierte ihn auf dem Armaturenbrett.

Ich wandte mich dem Haupteingang zu, als er nach meinem

Arm griff und mich zurückhielt. »Du musst das nicht tun.« Es waren seine ersten Worte, seit er mir gesagt hatte, wohin wir fuhren. »Du kannst im Wagen warten.«

»Ich weiß«, sagte ich und ging weiter.

Das Krankenhaus war, wenn ich mich nicht verzählt hatte, ein fünfzehnstöckiger, kreuzförmiger Bau aus Stahlbeton und Glas. Drinnen war es kein bisschen kühler als draußen. Die Luft war nur feuchter und abgestandener. Daran konnte auch der Geruch nach Desinfektionsmittel nichts ändern, der durch die steril aussehenden Hallen und Gänge trieb. Krankenhäuser waren doch alle gleich. Hell und freundlich sollten sie aussehen, auf mich aber wirkten die ewig gleichen Wandanstriche und Bodenbeläge nur deprimierend. Es war diese Art von Hellgrau, Weiß und viel zu blassem Gelb, die einem förmlich ins Gesicht zu schreien schien, dass man hier gefälligst optimistisch und voller Hoffnung zu sein hatte. Vermutlich funktionierte das unter normalen Umständen schon nur bedingt. Wenn man, wie wir, auf der Suche nach der Leichenhalle war, waren all die hoffnungsfrohen Farben für die Katz. Für mich machte es jedenfalls keinen Unterschied, ob die Böden und Wände nun weiß, schwarz oder blassblau kariert waren. Wir waren auf dem Weg zu einem Toten.

Auf der Suche nach der Pathologie warfen wir einen Blick auf die Tafeln, gaben aber recht schnell auf, dem Gewirr aus wegweisenden Farben und Abteilungskürzeln einen Sinn abtrotzen zu wollen, und ließen uns den Weg an der Information erklären.

Natürlich mussten wir in den Keller.

Wie in einem schlechten Film, schoss es mir durch den Kopf, als wir den Aufzug betraten und Nick den Knopf für das Untergeschoss drückte.

»Wieso haben sie dich überhaupt angerufen?« Ich hatte mich

wirklich bemüht, die Klappe zu halten, aber die Vorstellung, gleich diesen Ort zu betreten, den ich bisher nur aus dem Fernsehen kannte, machte mich nervös. Ich musste mich ablenken. Abgesehen davon wollte ich es wirklich wissen.

Einen Moment wirkte Nick verwirrt, bis er begriff, worauf ich hinauswollte. »Pauls älterer Bruder ist bei der Polizei«, sagte er. »Den habe ich gebeten, mir Bescheid zu geben, wenn jemand auftaucht, auf den Adams Beschreibung passt.«

»Du hast von Anfang an nach einem Toten suchen lassen?«

»Tot, verletzt, verhaftet. Die beiden letzten Optionen wären mir lieber gewesen.«

Ich nickte. »Und der Pathologe?«

»Der weiß nur, dass ich von einem Polizisten hergeschickt wurde, um einen unbekannten Toten zu identifizieren.«

Der Aufzug gab ein *Ping* von sich, als wir das Untergeschoss erreichten. Wir verließen die Kabine und traten auf den Gang. Hier war es kühler als oben. Ganz normal für ein Kellergeschoss, trotzdem bildete ich mir ein, dass die Temperatur mit den Kühlfächern zu tun haben musste, in denen die Toten gelagert wurden. Selbst die Lampen verströmten nicht länger warmes gelbes Licht, sondern sandten einen kühlen bläulichen Schimmer aus. Unsere Sohlen quietschten, als wir dem verlassenen Gang zu einer Art Vorzimmer folgten. Die Tür stand offen. Über Nicks Schulter erhaschte ich einen Blick in den Raum, dessen Wände mit offenen, bis zur Decke reichenden Regalen zugestellt waren, die bis auf den letzten Zentimeter mit Akten vollgestopft zu sein schienen. An einem Schreibtisch in der Mitte des Raums saß ein Mann und ließ den Blick immer wieder zwischen der Akte vor sich und dem Bildschirm dahinter hin und her wandern. Als sich Nick räusperte, sah er auf. Er war jung, vielleicht nicht einmal dreißig, jedenfalls deutlich jünger, als ich mir einen Kerl vorgestellt hatte, der seine Tage im Leichenkeller verbrachte.

»Sie müssen Mr Wolfe sein«, sagte er und stand auf. *Marc Jones* stand auf seinem Namensschild. Kein Titel. Nur der Name. »Der Doktor ist nicht mehr im Haus, deshalb werde ich Sie begleiten. Ich bin der gerichtsmedizinische Assistent.«

Ein beiläufiges Nicken war das einzige Anzeichen von Höflichkeit, das Nicks Anspannung zuzulassen schien, ehe er ohne Umschweife zur Sache kam. »Wo ist er?«

»Folgen Sie mir.« Jones führte uns den Gang entlang, vorbei an einem Kaffeeautomaten, mehreren Türen und um drei Ecken herum, ehe er schließlich an einer weiteren Tür stehen blieb. »Bisher konnten wir den jungen Mann nicht identifizieren«, erklärte er, die Hand schon auf dem Türgriff. »Er hatte keine Papiere bei sich und seine DNA und Fingerabdrücke sind in keiner Datenbank gespeichert. Mir wurde gesagt, dass Sie uns möglicherweise weiterhelfen können.«

Jones sagte noch mehr, erzählte etwas von Zahnabdrücken, die jetzt die einzige Möglichkeit wären, ihn vielleicht noch zu identifizieren, doch ich hörte nicht mehr richtig hin. Mich beschäftigte die Frage, was passieren würde, wenn es wirklich Adam war, der da drinnen auf uns wartete. Würde Nick ihn tatsächlich identifizieren? Oder würde er vorgeben, den Mann noch nie gesehen zu haben? Wenn Nick zugab, Adam zu kennen, würde das eine Menge unangenehmer Fragen nach sich ziehen. Fragen, die er womöglich nicht beantworten konnte oder wollte. Plötzlich wünschte ich mir, wir hätten uns vorher die Zeit genommen, darüber zu sprechen. Andererseits war ich nur seine Begleitung. Nick musste selbst wissen, was er tat.

»Soweit wir es beurteilen können, ist ein Fremdverschulden auszuschließen«, sagte Jones gerade. »Es war eine Gehirnblutung. Er hat eine Platzwunde an der Stirn, vermutlich ist er gestürzt, als das Gefäß platzte.« Er machte eine kurze Pause, dann sah er erst mich und schließlich Nick an. »Sind Sie bereit?«

Nein!, hätte ich am liebsten gerufen, doch es war zu spät. Jones öffnete die Tür und führte uns in den Raum. Drinnen war es so kalt, dass ich eine Gänsehaut bekam. Mir fiel auf, dass der Boden und die Wände komplett gefliest waren. Über das Warum wollte ich lieber nicht nachdenken. Die Bilder von Wasserschläuchen, mit denen der Raum nach getaner Arbeit mal eben abgespritzt wurde, verdrängte ich ganz schnell wieder.

Zu unserer Linken standen mehrere leere Bahren, deren Oberfläche kalt schimmerte. An der hinteren Wand reihten sich ein paar Stahlschränke aneinander, und rechts waren Metalltüren in die Wand eingelassen, hinter denen die Toten in ihren Kühlfächern lagen. Allein die Vorstellung war gruselig. Wie viele von ihnen waren bereits ins Licht gegangen? Und wie viele hingen hier fest und warteten darauf, eine letzte Nachricht loszuwerden, oder darauf, dass ihr Mörder gefasst wurde?

Sah es im Fernsehen auch immer so aus? Trotz unzähliger gesehener Krimis und Thriller konnte ich mich plötzlich nicht mehr erinnern. Ich sah nur noch die Wirklichkeit vor mir, und die bestand aus einer weiteren Bahre im Zentrum des Raumes, auf der sich, verborgen unter einem blauen Laken, die Umrisse eines menschlichen Körpers abzeichneten.

Ich stellte mich dicht neben Nick, so dicht, dass sich unsere Arme berührten. Er sollte wissen, dass ich für ihn da war. Aber ganz sicher würde ich nicht hinsehen, sobald Jones das Laken zurückzog. Es gab Grenzen, und das war eine, die ich nicht überschreiten wollte.

Als Jones das Laken hob, griff ich nach Nicks Hand und starrte auf meine Schuhe. Schöne Schuhe, wirklich. Ich sollte viel mehr Zeit damit verbringen, sie anzusehen. Besonders in Situationen wie dieser. Wenn nur nicht diese Stille gewesen wäre. Niemand sagte ein Wort, Nick schien sogar das Atmen eingestellt zu haben.

Mein Gott, jetzt sag doch was!, flehte ich ihn innerlich an.

Sekunden verstrichen, die Stille war kaum noch auszuhalten. Schließlich atmete Nick aus.

»Das ist er nicht«, sagte er.

Und dann tat ich es doch. Ich war so überrascht und erleichtert, dass ich meine Augen nicht länger unter Kontrolle hatte. Mein Blick glitt nach oben, über das Tuch, zum Gesicht des Toten. Dann blieb die Welt stehen. Zumindest fühlte es sich so an.

Ich musste einen Laut ausgestoßen haben, denn plötzlich packte mich Nick bei den Schultern und drehte mich zu sich herum. »Riley! Sieh mich an! Verflucht! Was ist los?«

Wie betäubt löste ich meinen Blick vom Gesicht des Toten. Nur langsam gelang es mir, Nicks Züge zu fokussieren. Sein kantiges Kinn, die grauen Augen, die Ernsthaftigkeit in seinem Blick, zu der sich jetzt Sorge gesellte. Sorge um mich, wie ich befremdet feststellte.

»Riley?«, wiederholte er noch einmal, fast schon sanft.

»Ich …« Mein Mund war so trocken, dass meine Zunge am Gaumen kleben blieb. »Ich kenne ihn.«

Er hatte keine Ähnlichkeit mehr mit dem Surfer-Typen, für den ich ihn bei unserer ersten Begegnung gehalten hatte. Sein halblanges Haar lockte sich nicht mehr über seinen Ohren, sondern hing schlaff und leblos herunter. Die Augen waren geschlossen, wofür ich dankbar war. Ich wusste auch so, dass der Schalk und alle Wärme für immer aus seinem Blick verschwunden waren. Craig Lucas hatte mich nicht versetzt. Er war tot.

»Er ist … er war«, korrigierte ich mich, »Praktikant bei einem

Tierarzt. Wir waren verabredet, aber er ist nicht gekommen.« *Und ich habe gedacht, er hätte mich versetzt!* Ich war so wütend gewesen. So verletzt und enttäuscht. »Kann ich vielleicht einen Moment mit ihm allein sein?« Meine Stimme schien gar nicht von mir zu kommen, so weit entfernt klang sie. »Ich würde gern … Kann ich eine Minute allein sein?«

»Sicher.« Jones nickte. »Ich warte im Büro auf Sie, dann können Sie mir seine und Ihre Daten geben.«

Nick betrachtete mich prüfend, als wolle er sichergehen, dass er mich allein lassen konnte. Schließlich ließ er mich los. »Ich hole dir einen Kaffee. Du siehst aus, als könntest du einen vertragen.«

Die beiden gingen und ich blieb allein zurück. Allein mit Craigs Leichnam. Auf einmal war ich mir nicht mehr so sicher, ob das wirklich so eine gute Idee war. Es fiel mir schwer, ihn anzusehen. Trotzdem zwang ich mich dazu. Ich hatte ihn gemocht. Doch es war nicht der Umstand, dass ich nie herausfinden würde, ob aus uns etwas hätte werden können, der mich so traurig machte, sondern die Tatsache, dass er so jung gestorben war. Er hatte so gesund ausgesehen, so mitten im Leben, wie konnte da einfach eine Ader in seinem Gehirn platzen?

»Es tut mir leid«, flüsterte ich und wusste nicht, ob ich seinen Tod meinte oder die Tatsache, dass ich so wütend auf ihn gewesen war. Während ich auf ihn gewartet und ihn insgeheim mit den schlimmsten Schimpfwörtern bedacht hatte, die meine Fantasie hergab, mein Mund aber niemals ausgesprochen hätte, hatte er vermutlich schon nicht mehr gelebt.

Hatte er Schmerzen gehabt? Wann war er gestorben und wo hatte man ihn gefunden? Ich wusste so wenig über Craig und noch weniger über die Umstände seines Todes. Wenigstens danach konnte ich Jones fragen.

Ich ertrug es nicht länger, das leblose Gesicht anzusehen. Zögernd griff ich nach dem Laken und deckte ihn wieder ab. Die Arme um mich selbst geschlungen, stand ich da. Ich hätte den Raum verlassen sollen, doch jetzt zu gehen, kam mir so endgültig vor. Als würde ich eine Tür hinter mir zuschlagen, die sich nie wieder öffnen ließe. Was in gewisser Weise auch stimmte. Craig war tot. Er kam nicht mehr zurück. Allerdings könnte ich …

»Nein!«, rief ich laut, als mir bewusst wurde, welche Richtung meine Gedanken einschlugen. Ich würde nicht versuchen, seinen Geist zu rufen. Wozu auch? Abgesehen davon, dass er vielleicht längst im Licht war, konnte er mir vermutlich auch nicht viel mehr erzählen als Jones oder der Gerichtsmediziner selbst. Ihn dafür noch einmal seinen eigenen Tod durchleben zu lassen, erschien mir zu grausam.

Ich stand noch immer still da, starrte auf die Umrisse unter dem Tuch und lauschte dem Brummen der Neonröhren über meinem Kopf.

Es war Zeit zu gehen.

Zeit, loszulassen.

Trotzdem fiel es mir schwer.

Während ich noch mit mir rang, ging die Tür auf. Dankbar, dass Nick zurückgekehrt war, drehte ich mich zu ihm um. Aber es war nicht Nick, der da in der Tür stand, sondern ein Fremder. Ich wartete darauf, dass er erklärte, sich im Raum geirrt zu haben, und wieder ging, doch dann sah ich seine Augen und wusste, dass nichts davon passieren würde. Es war der Dunkelhaarige, mit dem ich vor ein paar Tagen im Laden zusammengestoßen und der mir später auch immer wieder im *High Tea* aufgefallen war. Der mit den farblosen Augen.

Ich wusste weder, wer er war, noch, was er hier wollte. Aber ich spürte bis in die letzte Faser meines Körpers, dass seine Anwesenheit nichts Gutes bedeutete. *Gefahr!*, schrie alles in mir. *Lauf um dein Leben!*

Aber wie sollte ich das, solange er den Weg zur Tür blockierte? Einer Tür, die er obendrein hinter sich geschlossen hatte.

Langsam wich ich zurück, schob mich seitwärts an der Bahre entlang, bis das Metallungetüm mit Craigs Leichnam zwischen dem Eindringling und mir stand.

»Sieh mir in die Augen!« Seine Stimme hatte etwas derart Forderndes, dass ich versucht war, der Aufforderung zu folgen. Es war mein Misstrauen, das mich davon abhielt. Er wollte mich nur ablenken. Wollte mich einwickeln und dann … Keine Ahnung, was *dann*. Aber ganz sicher hatte er nicht vor, mich auf einen Kaffee einzuladen. Solange ich meine Angst noch halbwegs unter Kontrolle hatte und mir mein Körper noch gehorchte, würde ich mich nicht auf seine Spielchen einlassen. Allerdings war ich mir nicht sicher, wie lange ich noch Herr über meine Sinne sein würde, denn meine Angst steigerte sich langsam zu einer ausgewachsenen Panik.

Wo war Nick?

Wenn ich mir jemals gewünscht hatte, diesen arroganten Lackaffen zu sehen, dann jetzt!

»Komm schon, ich tu dir nichts«, sagte der Kerl. »Wenn du mir in die Augen siehst, wirst du erkennen, dass –«.

»Darauf falle ich nicht rein.« Ich hatte den Blick auf seine Brust geheftet, um zu sehen, wann er sich bewegte. Als er einen Schritt auf mich zumachte, wich ich noch weiter zurück. Wenn er noch näher kam, hätte er mich schneller in eine Ecke gedrängt, als ich *ausweglos* sagen konnte.

»Du hast genau zwei Möglichkeiten«, fuhr er so unaufgeregt fort, als wäre das hier ein Verkaufsgespräch. »Wir können es auf die angenehme Art lösen, was ich persönlich bevorzugen würde, oder aber du entscheidest dich für die unangenehme Variante. Letzteres würde ich wirklich bedauern, aber durchaus in Kauf nehmen.« Wieder machte er einen Schritt nach vorne. »Wie entscheidest du dich?«

»Möglichkeit Nummer drei«, sagte ich und begann um Hilfe zu schreien. Ich brüllte aus Leibeskräften, holte alles aus mir heraus, bis mein Hals brannte. Allerdings machte ich mir keine Illusionen, dass mich jemand hören würde, der sich nicht unmittelbar vor der Tür befand. Dafür war dieser Raum zu abgelegen.

Wie lange dauerte es, einen verfluchten Kaffee zu holen?

Nick müsste doch längst wieder da sein. Es sei denn … Oh nein! Er musste entschieden haben, mir noch ein bisschen Zeit zu geben. Vermutlich saß er irgendwo in einem der Besuchercafés und freute sich darüber, dass Adam nicht tot war.

Mit der bloßen Vorstellung, dass Nick nicht rechtzeitig kommen würde, fiel das letzte Stück der Mauer, die mich noch von einer blinden Panik trennte. Als hätte jemand einen Schalter in meinem Kopf umgelegt, verabschiedete sich jeder klare Gedanke. Ich sah nur noch den Mann vor mir und die Gefahr, die er darstellte. Alles andere war auf einen Schlag wie ausgelöscht.

Ich schrie noch immer. Zumindest glaubte ich das im ersten Moment. Dann allerdings begriff ich, dass es keine Schreie waren, sondern meine panischen Gedanken, die durch meinen Verstand polterten.

Der Kerl kam noch näher. Ich wich weiter zurück und stieß mit dem Rücken gegen einen der Stahlschränke, die hinter mir an der Wand standen. Sofort machte ich wieder einen Satz nach vorne, streckte die Hände nach der Bahre aus und stieß sie mit aller Kraft in Richtung des Fremden.

Die Bahre wackelte, doch sie rührte sich nicht. Die Bremsen! Natürlich! Ich bewegte mich seitwärts, fort von meinem Angreifer, auf die anderen Bahren zu, die leer vor der Wand standen. Bereit, sie zwischen uns in den Weg zu kippen, griff ich nach der ersten. Sie ließ sich schieben! Ich packte sie fester, nahm Schwung und stürmte meinem Verfolger damit entgegen. Wie ein Rammbock raste die Bahre auf ihn zu. Er brachte sich mit einem Satz in Sicherheit. Mein Geschoss rammte die Wand und kippte um.

Die Tür!

Als ich begriff, dass ich nun näher an der Tür war als er, fuhr ich herum und stürmte darauf zu. Bevor meine Finger den Griff berührten, wurde ich gepackt und zurückgerissen. Ich schrie um Hilfe; mit meiner Stimme, meinem Geist und jeder Zelle meines Körpers. Alles in mir kreischte und brüllte. Ich sah, wie sich die Lippen des Kerls bewegten, ohne seine Worte zu hören. Seine Finger schlossen sich in einem festen Klammergriff um mein Kinn, als er meinen Kopf hob und mich zwang, ihm in die Augen zu sehen.

Warum war er so versessen darauf, dass ich ihn ansah? War das so ein Serienkillerding? Ein Perverser, der sehen wollte, wie das Leben aus dem Blick seines Opfers – aus *meinem* Blick – wich? Ich mochte ihm nichts mehr entgegenzusetzen haben, aber diesen einen, letzten Triumph würde ich ihm nicht gönnen. Ich schloss die Augen.

Der Tumult in meinem Kopf war unglaublich. Lärm. Verschiedene Stimmen. Schreie. Alles drehte sich und mir wurde schwindlig. Übelkeit stieg in mir auf. Und plötzlich, als hätte jemand den Sender gewechselt, wurde es still.

»Salina hatte recht!« Es war die Stimme meines Angreifers, die die Stille durchbrach. »Du bist voller Magie! So unglaublich viel Magie …« Die Hand, mit der er zuvor mein Kinn umklammert hatte, verschwand.

Ich öffnete die Augen. Unsere Blicke kreuzten sich. Doch etwas an ihm hatte sich verändert. Er schien zu zögern. Als wäre etwas passiert, das sein ursprüngliches Vorhaben ins Wanken brachte. Dann legte er mir die Hand auf die Stirn.

»Du wirst …«.

Über uns flackerte eine der Neonröhren und zerbarst in tausend Scherben. Der Kerl riss mich herum. Er hielt mich noch immer umklammert, aber sein Blick hing nicht mehr an mir, sondern war jetzt auf den Raum gerichtet. Die verbliebenen Neonlampen flackerten und knackten, als würden sie ebenfalls jeden Moment explodieren. Doch es waren nicht die Lampen, die seine Aufmerksamkeit erregten, sondern der hintere Teil des Raumes. Jener Teil, wo sich das Laken über Craigs Leichnam hob, als dieser sich aufsetzte.

Zumindest sah es im ersten Moment so aus. Dann allerdings sah ich den blauen Schimmer, der durch den Stoff an die Oberfläche drängte und immer strahlender wurde, als sich Craigs Geist weiter manifestierte und sich schließlich erhob.

Mit langsamen Schritten kam er auf uns zu, den Blick auf meinen Angreifer gerichtet, der mich noch immer festhielt. Ich kämpfte gegen die Übelkeit und den Schwindel an, die jetzt in immer stärkeren Wellen kamen. Wenn mir diese Beschwörung etwas bringen sollte, durfte ich jetzt auf keinen Fall zusammenbrechen.

»Das ist deine Gabe?« Er drehte mich zu sich um, sodass ich vor ihm stand und er über meine Schulter hinweg Craigs Geist im Blick hatte. Eine Hand um meinen Arm geklammert, damit ich ihm nicht entkommen konnte, legte er die andere erneut auf meine Stirn.

Ich wand mich in seinem Griff und versuchte, mich zu befreien. Es hätte mir gelingen sollen, immerhin war es nur eine lächerliche Hand, die mich hielt. Fünf Finger. Wie schwer konnte das schon sein?

Aber ich hatte kaum noch die Kraft zu stehen.

Himmel, war mir schlecht!

So sehr ich mich auch konzentrierte, es wurde immer schlimmer. Dass sich der Raum schneller und schneller um mich zu drehen begann, machte es auch nicht gerade besser.

Ich hätte ihm gern ins Gesicht geschrien. »Ganz recht«, wollte ich rufen. »Das ist meine Gabe. Und damit werde ich dir den Arsch aufreißen!« Aber abgesehen davon, dass mir der letzte Teil sowieso nie über die Lippen gekommen wäre, fand ich nicht einmal für die ersten Worte die nötige Kraft.

Craig kam näher.

Der Kerl verstärkte den Druck seiner Hand. Deutlich spürte ich jeden Finger auf meiner Stirn. »Du wirst mir gehorchen«, sagte er, und plötzlich wusste ich mit unumstößlicher Sicherheit, dass er recht hatte. »Wir werden jetzt diesen Raum verlassen. Du wirst nicht schreien, dich nicht wehren und dich meinen Befehlen nicht widersetzen. Sei ein … Scheiße!« Er sog scharf die Luft ein und machte einen Schritt nach hinten, wobei er mich mit sich riss. Sein Blick war über meine Schulter gerichtet. Mit einem Ruck ließ er mich los, machte kehrt und stürmte aus dem Raum.

An die Wand gestützt, drehte ich mich zu Craig herum, um zu sehen, was den Kerl so erschreckt hatte. Aber es war nicht Craig gewesen, der ihn in die Flucht geschlagen hatte, sondern die blauen Schlieren, die an mehreren Stellen durch die Metalltüren der Kühlfächer sickerten. Überall dort, wo sich Tote befanden, deren Seelen noch nicht ins Licht gegangen waren. Und das waren nicht wenige.

Ich spürte, wie sie an mir zogen und zerrten, sich meiner Lebensenergie bedienten und immer mehr davon nahmen. Sie brauchten zu viel! Sie würden mich umbringen!

Ich sagte mir, dass das Blödsinn war. Hatte Hugh nicht erklärt, dass es bei einem menschlichen Geist nur Energie brauchte, ihn zu rufen, nicht aber, um ihn hier zu halten? Allerdings hatte er auch gesagt, dass sie die Energie, die sie zum Bleiben benötigten, aus ihrer Umgebung abziehen. Und im Augenblick war ich die einzige Energiequelle hier. Abgesehen davon hatte ich nicht die geringste Ahnung, wie viel Energie ein Dutzend Geister brauchte, um sich zu manifestieren. Womöglich reichte meine Kraft dafür nicht aus.

Taumelnd machte ich einen Schritt auf die Kühlfächer zu.

»Geht!« Ich wollte rufen, doch meine Stimme war kaum mehr als ein Flüstern. »Ich brauche euch nicht mehr! Ihr seid frei! Geht ins Licht!«

Nichts geschah. Sie zerrten weiter an mir und raubten mir meine Kraft. Die Übelkeit kam nun nicht mehr in Wellen, sondern war zum qualvollen Dauergast geworden. Aber es war nicht die Übelkeit, die mir im Augenblick die größten Sorgen bereitete, sondern die Schwäche, die sich immer weiter in mir ausbreitete. Nur noch mühsam gelang es mir, mich auf den Beinen zu halten. Wenn ich jetzt das Bewusstsein verlor, war es vorbei. Dann würden sie mir mein Leben nehmen.

Craig stand jetzt neben mir. Er griff nach meinem Arm und stützte mich. Ich spürte die Kälte seiner Berührung, spürte, wie auch er an meiner Energie zog, obwohl er mir helfen wollte.

»Verschwindet!«

Was hatte Hugh gesagt? Es hatte nichts mit Worten zu tun, sondern mit Willenskraft. Wenn ich eines wirklich wollte, dann, dass das Zerren aufhörte. Ich wollte, dass die Geister verschwanden!

Ich schloss die Augen und stellte mir vor, wie es aussehen würde, wenn das Leuchten verglomm. Kalter Stahl. Nicht der geringste blaue Schimmer. Und nichts, das an mir zog und zerrte und mir meine Lebenskraft raubte. Ein leerer Raum. Frei von Geistern. So wollte ich es haben. Ich wollte nicht sehen, wie sie aus ihren Fächern krochen. Wollte ihre Gesichter nicht sehen und ihre Gier nach Leben nicht länger spüren.

Jeden Moment würde mir der Schädel platzen! Ich fasste mir an die Schläfen. »Haut ab!«, brüllte ich. »Ich will euch hier nicht!«

»Sie gehen.« Es war Craigs Stimme, die durch die Panik in meinem Kopf drang.

Zögernd öffnete ich die Augen. Er stand noch immer neben mir und hielt mich fest. Ohne ihn wäre ich gefallen. Die Wände hinter ihm schimmerten in ihrem kühlen Glanz. Rostfreier Edelstahl, frei von jeder Spur von Blau. Craig hatte recht. Die Geister zogen sich zurück. Auch Craig. Das Leuchten, das ihn umgab, wurde schwächer.

Ich wollte ihm so vieles sagen, wollte so vieles fragen, doch als ich dazu ansetzte, schüttelte er den Kopf. Seine Hand lag noch immer auf meinem Arm, aber ich konnte die Berührung nicht mehr spüren. Sein Körper löste sich vor meinen Augen auf, verblasste immer mehr und wurde allmählich durchsichtig.

»Wie ist es passiert?«, brachte ich nun doch hervor.

Craig sagte nichts. Vielleicht war er bereits zu weit entfernt, um noch zu sprechen. Aber er sandte mir ein Bild. Ich sah die Welt mit seinen Augen. Er kniete auf dem Boden, vor ihm stand eine Gestalt, eine Hand auf seiner Stirn. Als Craig den Kopf hob, sah er in ein Paar beinahe farbloser Augen.

Keuchend holte ich Luft.

»Er war das? Hat er dich umgebracht?«

Ich bekam keine Antwort. Craig war fort und ich allein. Unwillkürlich streckte ich meinen Geist nach ihm aus, versuchte, ihn zurückzurufen, obwohl ich kaum noch die Kraft hatte zu stehen. Sosehr ich mich auch bemühte, ich bekam ihn nicht mehr zu fassen. Dort, wo ich vor wenigen Augenblicken noch seine Anwesenheit gespürt hatte, war nur noch Leere. Craig Lucas war ins Licht gegangen.

28

Zwei Kaffeebecher in einer Hand jonglierend, griff Nick mit der anderen nach der Türklinke. Einer der Becher kam ins Rutschen, und er konnte gerade noch verhindern, etwas zu verschütten. Der Kaffee hatte den Zusammenstoß mit diesem Idioten überstanden, der ihn vorhin auf dem Gang angerempelt hatte. Statt sich zu entschuldigen, hatte der Kerl auch noch die Frechheit besessen, ihn mit seinen merkwürdigen Augen anzustarren, als könne er Nick allein mit einem Blick dazu bringen, sich in Luft aufzulösen. Dabei waren finstere Blicke seine Spezialität. An jedem anderen Tag hätte er diesen Kerl nicht so leicht davonkommen lassen. Jetzt allerdings wollte er zu Riley zurück. Sie hatte lange genug Zeit gehabt, um sich zu verabschieden. Länger wollte er sie nicht allein lassen.

So erleichtert Nick gewesen war, dass es sich bei dem Toten nicht um Adam gehandelt hatte, so sehr hatte es ihn überrascht, dass ausgerechnet Riley den Jungen kannte. *Wir waren verabredet, aber er ist nicht gekommen.*

Ohne weitere Gefahr für den Kaffee öffnete er die Tür und trat in den Raum. Hier war es dunkler als auf dem Gang. Dunkler als vorhin. Eine der Neonröhren flackerte. Dann sah er die Scherben auf dem Boden. Bevor er sich fragen konnte, wie das passiert war, fiel sein Blick auf Riley.

Sie kauerte vor der Wand auf dem Boden und starrte ihn an, als hätte sie nicht ihn, sondern den Teufel persönlich erwartet.

Ihm lag schon ein bissiger Kommentar auf der Zunge, doch abgesehen davon, dass sie gerade einen Freund – *ihren* Freund? – verloren hatte, war sie so bleich, dass ihm die Worte im Hals stecken blieben. Er stellte die Kaffeebecher auf eine der leeren Bahren und ging neben ihr in die Hocke. Schon heute Mittag hatte sie nicht gerade frisch ausgesehen. Verglichen mit jetzt war sie da allerdings das blühende Leben gewesen. Sie reagierte so langsam auf ihn, dass er versucht war, nach ihrem Puls zu tasten, um sicherzugehen, dass sie überhaupt noch lebte. »Fühlst du dich nicht gut? Brauchst du einen Arzt?«

»Wir müssen hier weg.«

Erst jetzt sah er, dass sie zitterte. »Was ist los?«

»Da war dieser Kerl. Er hat mich angegriffen.« Sie schüttelte den Kopf. »Nein, nicht wirklich. Eigentlich wollte er nur, dass ich ihn ansehe. Aber er hat … er hat irgendwie mit Craigs Tod zu tun. Ich habe es gesehen und –«.

»Halt! Warte! Wovon redest du überhaupt?«

»Der Mann mit den farblosen Augen!«

Nick hielt inne. Sie mochte zusammenhangloses Zeug faseln, doch diesen Kerl hatte er gesehen. Seinetwegen hatte er um ein Haar den Kaffee verschüttet. Die Richtung, aus der er gekommen war … er hätte ebenso gut aus diesem Raum kommen können.

»Jetzt noch einmal ganz langsam.« Es kostete ihn Mühe, ruhig zu bleiben. »Wer war das und was wollte er?«

»Ich weiß es nicht. Aber er war im Laden und im Café gegenüber. Immer wieder, seit Tagen. Und er hat etwas mit Craigs Tod zu tun.«

»Woher weißt du das?«

»Ich habe es gesehen.«

»Nicht die Sache mit dem Laden und dem Café. Die mit Craig.«

»Ich habe es gesehen«, sagte sie noch einmal.

Sein Geist. Er musste es ihr gezeigt haben, ganz ähnlich wie sie Zeugin von Miles' Tod geworden war, als sie versucht hatte, ihn zu beschwören.

»Ich rufe die Polizei!«

Nick griff nach seinem Smartphone, doch Riley hielt ihn zurück. »Keine Polizei.« Zum ersten Mal, seit er hereingekommen war, hatte er das Gefühl, dass sie ihn wirklich wahrnahm. »Ich kann nicht erklären, was hier passiert ist, ohne ... die würden mich für verrückt halten.«

»Dann erklär es mir und ich lasse mir etwas einfallen.«

»Nicht hier.«

»Riley!«

»Ich kann kaum klar denken und mir ist wirklich, wirklich schlecht. Bitte, Nick. Bring mich einfach nur weg von hier.«

Nick hatte keine Ahnung, was sie über Craigs Tod erfahren hatte. Aber wenn es stimmte und dieser Kerl wirklich beim Laden gewesen war, dann verfolgte er sie.

Mit einem raschen Blick vergewisserte er sich, dass Riley nicht verletzt war. Unter ihren Augen sah er dunkle Ringe, die vorhin noch nicht dagewesen waren, doch abgesehen davon, dass sie so erschöpft aussah, als hätte sie seit einer Woche nicht geschlafen, und ihr schlecht zu sein schien, konnte er nichts erkennen.

Die Polizei konnte er auch später noch einschalten, wenn er Rileys Geschichte kannte und sich ein Bild davon gemacht hatte, wie verrückt sich die Sache anhörte. Allerdings hatte er das Gefühl, dass die Polizei ohnehin nichts für sie tun konnte. Er stand auf, griff nach ihrer Hand und zog sie auf die Beine. »Kannst du gehen?«

Sie nickte und machte einen wankenden Schritt auf die

Tür zu. Seufzend trat Nick neben sie und legte ihr einen Arm um die Taille, um sie zu stützen. Für einen Außenstehenden würden sie wie ein Pärchen aussehen, nicht wie zwei auf der Flucht.

Auf dem Weg nach draußen kamen sie an Jones' Zimmer vorbei. Nick hatte entschieden, dass es besser war, nicht einfach kommentarlos zu verschwinden. Er erklärte Rileys Zustand damit, dass sie der Tod ihres Freundes mitgenommen hatte. Riley gab dem Gerichtsmediziner alle Daten, die sie von Craig hatte, was nicht viele waren, und hinterließ ihren Namen und ihre Adresse.

Ein paar Minuten später saßen sie in seinem Wagen und ließen das Krankenhausgelände hinter sich. Nicks Blick wanderte ständig zwischen dem Rückspiegel, wo er nach einem Verfolger Ausschau hielt, und Riley hin und her. Sie hatte die Stirn gegen die Seitenscheibe gelehnt und starrte nach draußen. Immer wieder ballte sie die Hände in ihrem Schoß zu Fäusten, löste sie und ballte sie erneut. Er wusste, dass sie kein Mitleid von ihm wollen würde, also entschied er sich, ihr stattdessen etwas anderes zu geben. Etwas, das sie auf andere Gedanken brachte.

»Wusstest du, dass mein Leben schon vor meiner Geburt verplant war?« Es war eine rhetorische Frage. Natürlich konnte Riley das nicht wissen. Er hatte nur, so gut er sonst auch mit Worten sein mochte, keine Ahnung, wie man ein derart persönliches Gespräch beginnen sollte, ohne das Gefühl zu haben, sich dem anderen aufzudrängen. Nicht, dass Riley es so empfunden hätte, sie hatte ja selbst lange genug gebohrt, um etwas über ihn zu erfahren, aber ihm selbst kam es so vor. Wahrscheinlich war das eine Nebenwirkung davon, dass er aus einer Welt der Oberflächlichkeit und des Small Talks stammte. »Vermutlich hat Vater schon beim ersten Ultraschallbild beschlossen, dass ich eines Tages in seine Fußstapfen treten werde. Seitdem ist er nicht müde geworden, diese Pläne zu verfolgen.«

Neben ihm rührte sich Riley. Sie nahm den Kopf von der Scheibe, lehnte sich im Sitz zurück und schloss die Augen. Zum ersten Mal, seit sie losgefahren waren, lagen ihre Hände ruhig in ihrem Schoß.

Den Blick auf den Verkehr gerichtet, immer noch nach einem Verfolger Ausschau haltend, erzählte Nick davon, wie er seine Zeit zwischen der Schule und der Firma aufteilte. Er ließ sich über die Veranstaltungen aus, bei denen sein Vater ihn zur Anwesenheit verdonnerte. Er kannte seinen Tagesablauf in- und auswendig, hatte sich oft genug darüber beschwert, dieses oder jenes tun zu müssen, und trotzdem wurde ihm erst jetzt, als er Riley davon erzählte, wirklich bewusst, wie wenig Freiräume er hatte.

»Meine Großeltern sind ganz anders«, sagte er. »Früher durfte ich die Ferien bei ihnen auf dem Land verbringen. Ich bin mit den Nachbarskindern durch die Wälder und über die Felder gezogen, wir haben Dämme gebaut und Baumhäuser. Abends hat Großvater mir oft Geschichten erzählt. Über Zauberer und ... damals wusste ich noch nicht, dass es nicht einfach nur Geschichten waren. Dann ist Großmutter gestorben. Im selben Jahr hat Vater beschlossen, dass ich zu alt bin, um meine Ferien mit, wie er es nennt, sinnlosem Zeug zu verschwenden, und meine Zeit lieber nutzen soll. Seitdem arbeite ich in den Ferien in der Firma und bereite mich auf mein Studium vor. Und darauf, irgendwann einmal die Firma zu übernehmen.«

Er erzählte noch mehr. Hauptsächlich belanglose Dinge aus seinem Leben. Zumindest Dinge, die er selbst für belanglos hielt. Eine Weile sprach er über das Hockey Team und darüber, wie sie an Turnieren teilgenommen und einmal in einer Saison einen Sieg nach dem anderen eingefahren hatten. Bei der Erinnerung wurde ihm bewusst, wie sehr er das Team vermisste.

Riley hörte ihm zu, ohne etwas zu sagen. Selbst als sie in Hampstead angekommen waren und er in die Auffahrt seines Hauses bog, schwieg sie noch immer. Vor der Villa hielt Nick an und stellte den Motor ab. Er stieg aus, ging zur Beifahrertür und half Riley auszusteigen. Sie behauptete zwar, allein gehen zu können, wehrte sich aber nicht, als er ihr den Arm um die Taille legte.

Auf halbem Weg zu der breiten Freitreppe, die zur Haustür – vermutlich passte der Begriff Eingangsportal besser zu dem doppelflügligen Ungetüm aus Edelhölzern – führte, blieb Riley stehen und betrachtete die Sandsteinfassade der zweistöckigen Villa.

»Hier wohnst du?«

Er nickte. Eine Erklärung war überflüssig angesichts des Hausschlüssels in seiner Hand.

»Ich schätze, du hast noch mehr Kohle, als ich dachte.«

»Und du hast sie in den Wind geschlagen.«

Sie zuckte die Schultern. »Die einen haben das Geld, die anderen ihre Prinzipien.«

Dass ihre spitze Zunge nicht gelitten hatte, wertete er als gutes Zeichen. Sie mochte immer noch erschöpft sein, aber spätestens morgen hätte sie sich erholt und würde ihm wieder genauso auf die Nerven gehen wie zuvor.

Er half ihr zur Tür, sperrte auf und schob sie in die Eingangshalle. Riley starrte die breite Marmortreppe an, die in der Mitte der Halle nach oben führte.

»Ich habe schon Museen mit kleineren Treppen gesehen«, sagte sie.

Einige dieser Museen hatten vermutlich auch weit weniger

Budget zur Verfügung als sein Vater. Er bugsierte sie auf die Treppe zu, als sie plötzlich stehen blieb.

»Warte mal«, sagte sie. »Warum sind wir hier?«

»Weil ich es merkwürdig fände, mit dir in ein Hotel zu gehen.«

»Nick!«

Er warf einen Blick in den Gang zur Küche und vergewisserte sich, dass die Tür geschlossen war, sodass Mrs Heavengast, die Haushälterin, ihn nicht hören konnte. »Wenn dich dieser Kerl wirklich beobachtet und verfolgt hat, dann weiß er vielleicht auch, wo du wohnst.«

»Daran hatte ich nicht gedacht.« Ihr war anzusehen, wie sehr sie die Vorstellung erschreckte. Dann schob sie das Kinn vor und schlagartig war der gewohnte Kampfgeist zurück. »Aber ich kann mich doch auch nicht ewig verstecken.«

»Das sollst du auch gar nicht. Sobald du mir die ganze Geschichte erzählt hast, überlegen wir, was wir tun können. Vielleicht weiß der Kerl ja wirklich nicht, wo du wohnst. Dann bist du dort sicher. Den Laden solltest du aber künftig meiden.«

»Was? Ich arbeite da!«

»Lass uns später in Ruhe darüber nachdenken, okay?«

»Okay.«

Er half Riley nach oben in den zweiten Stock und bugsierte sie in sein Zimmer. Sie stieß einen leisen Pfiff aus. »Es ist wirklich erstaunlich, dass du in unserer Küche keine Platzangst bekommen hast.«

Nick versuchte sein Zimmer mit ihren Augen zu sehen, doch alles, was er sah, war ein Raum, den er schon sein ganzes Leben lang kannte. Aufgeräumt. Luftig. Hell. Der dicke Teppich, der jeden Schritt dämpfte, ein großes Bett mit Tagesdecke, eine Sitzecke, ein Schreibtisch. Und dazwischen jede Menge freier Platz.

Nick führte Riley zur Couch und half ihr, sich zu setzen. »Ich zieh mich nur schnell um.« Er verließ das Zimmer durch die andere Tür, die in sein Ankleidezimmer und das dahinter liegende Bad führte. Rasch entledigte er sich seiner Sachen, hängte Sakko, Hemd und Hose zur Seite, damit Mrs Heavengast die Sachen in die Reinigung bringen konnte, und schlüpfte in eine Jeans und ein schwarzes Polohemd.

Als er in sein Zimmer zurückkam, war Riley eingeschlafen. Statt sie zu wecken, holte er eine Decke und breitete sie über ihr aus, bevor er sich mit seinem Tablet PC in einen der Sessel setzte. Solange sie schlief, konnte er ebenso gut ein paar E-Mails beantworten. Er fing mit der ersten Mail an, ertappte sich aber dabei, dass sein Blick ständig vom Bildschirm zu Riley wanderte. Nach Lilian war kein Mädchen mehr in seinem Zimmer gewesen, und wenn ihm vor ein paar Tagen jemand gesagt hätte, dass er ausgerechnet Riley einmal hierherbringen würde, hätte er gelacht.

Jetzt war sie hier.

Und es fühlte sich richtig an. Dabei hatte das nicht einmal etwas damit zu tun, dass sie in Gefahr gewesen war.

Es.

War.

Einfach.

Richtig.

So sehr ihn dieses Mädchen oft ärgerte, so sehr erstaunte sie ihn auch. Zum wohl ersten Mal in seinem Leben war er auf einen Menschen gestoßen, der nicht käuflich zu sein schien. Nick hatte mit so ziemlich allem gerechnet, aber nicht damit, dass er sie vielleicht mögen könnte. Da war etwas an ihr, das ihm das Gefühl gab, ihr vertrauen zu können. Und das war ein Gefühl, das er schon sehr lange nicht mehr gehabt hatte.

29

Morden hatte sich in einem der belebten Krankenhauscafés unter die Leute gemischt, die Umgebung beobachtet und auf das Auftauchen der Polizei gewartet. Einen wässrigen Kaffee und ein fettiges Gebäckteil später war er davon überzeugt, dass ihm niemand auf den Fersen war.

Allerdings war auch das Mädchen garantiert längst über alle Berge.

Zumindest wusste er jetzt mit Sicherheit, dass sie diejenige war, nach der sie die ganze Zeit gesucht hatten. Die Magie war ihr aus allen Poren gekrochen, so stark war die Kraft in ihr gewesen, sobald sie darauf zugegriffen hatte. Dass es Salina gelungen war, derartige Macht vor ihm und dem Obersten zu verbergen, grenzte fast schon an ein Wunder. Dieses Mädchen pulsierte so sehr vor Energie, als hätte jemand über ihr eine Leuchtschrift mit den Worten »Magie hier!« angeknipst.

In all den Jahren, in denen er nun schon für die Bewahrer arbeitete, war es nicht oft vorgekommen, dass er sich von Magie hatte in die Flucht schlagen lassen. Die Geister jedoch hatten ihn kalt erwischt. Ohne ein Amulett, das ihn vor ihren Angriffen schützte, wollte er sich ihnen nicht in den Weg stellen. Mit einem hätte er es vielleicht noch aufnehmen können, aber nicht mit einem ganzen Kühlhaus voll davon.

Wenn sie auch nur die geringste Ahnung hatte, wie sie ihre Magie einsetzen musste, wäre seine Gabe an ihr nutzlos gewesen. Sie hätte einfach einen Schutzschild in ihrem Geist aufgebaut und ihn daran abprallen lassen. Vielleicht war sie ungeübt, doch es war ihm zu riskant, es darauf ankommen zu lassen. Die Vorstellung, dass es ihm nicht gelänge, sie unter seinen Einfluss zu zwingen, und sie das ganze Krankenhaus zusammenbrüllte … Ein zweites unnötiges Risiko.

Das dritte war ihr Freund gewesen, der jederzeit zurückkehren konnte. Eine Zauberin, mit der er schon kaum fertig wurde, eine Horde Geister, die seine Energie wollten, und dann zusätzlich noch ein Mensch – dafür hätte es mindestens drei Gedankenwächter gebraucht, nicht nur einen.

Er zog sein Handy aus der Tasche und erstattete dem Obersten Bewahrer Bericht.

»Du hast gut daran getan, erst einmal den Kopf unten zu halten«, sagte der Oberste, sobald Morden geendet hatte. »Zu viel Aufmerksamkeit können wir uns nicht erlauben. Hast du einen Plan?«

»Ich werde sehen, dass wir sie vor dem Laden abfangen können.« Der Laden war der einzige Ort, von dem Morden sicher war, dass sie früher oder später wieder dort auftauchen würde. Da er weder ihren Wohnort noch ihren Namen kannte, gab es nicht viele andere Punkte, an denen er ansetzen konnte. »Nachdem sie jetzt weiß, wie ich aussehe, wird jemand anderes meine Schicht übernehmen.«

»Ich erwarte einen regelmäßigen Bericht.«

»Natürlich.« Morden legte auf, schob seinen Teller von sich und stand auf. Nicht mehr lange. Das Mädchen würde ihnen bald ins Netz gehen.

30

Blinzelnd öffnete ich die Augen und war erleichtert, Nick nicht zu sehen. Der war wohl noch mit Umziehen beschäftigt. Das war gut. So bekam er wenigstens nicht mit, dass ich eingenickt war. Es war schon peinlich genug, dass er mich so schwach gesehen und mir sogar beim Laufen hatte helfen müssen. Zum Glück hatten die paar Minuten Ruhe geholfen. Mir war nicht mehr schlecht und ich fühlte mich wieder einigermaßen fit.

Als ich mich aufsetzte, bemerkte ich die Decke. Mist! Er hatte wohl doch bemerkt, dass ich eingeschlafen war. Und mich sogar zugedeckt. So viel Fürsorge hatte ich von ihm gar nicht erwartet. Bei der Erinnerung daran, wie er mir im Wagen von sich und seinem Leben erzählt hatte, breitete sich ein merkwürdiges warmes Prickeln in mir aus. Schnell streifte ich die Decke ab, doch an der Wärme in meinem Innersten änderte das nichts. Um mich von meiner Angst abzulenken, hatte Nick all diese Dinge von sich preisgegeben, über die er ein paar Stunden zuvor nicht hatte sprechen wollen. Dass er über seinen Schatten gesprungen war, hatte mich überrascht. Wirklich erstaunlich allerdings fand ich, dass er mir in der Zeit, die wir zusammen verbracht hatten, offenbar genug Aufmerksamkeit geschenkt hatte, um zu erkennen, dass ich in diesem Moment mit Mitleid oder Fürsorge nicht klargekommen wäre.

Undeutlich erinnerte ich mich daran, wie wir hierhergekommen waren. Wenn ich nicht völlig falsch lag, befanden wir uns irgendwo in Hampstead, einer der Ecken, in der die reichsten Leute der Stadt wohnten. Die feudale Bude, in die Nick mich geführt hatte, glich eher einem Palast als einem Haus. Allein die Treppe! Und dann der Marmor überall.

Zum ersten Mal nahm ich mehr von seinem Zimmer wahr als die Sitzecke. Auf einem Regal neben dem Bett standen massenhaft Pokale. An den Wänden daneben hingen ein paar gerahmte Urkunden und in einem Bücherschrank neben dem Schreibtisch reihten sich unzählige Sach- und Fachbücher. In einer Ecke stand ein mannshoher Spiegel. Gegen Nicks Zimmer war meines ein Schuhkarton. Einer für Babyschuhe. Alles hier war geradezu unverschämt aufgeräumt. Das Bett war mit einer Tagesdecke abgedeckt, die bis in die letzte Ecke so gerade war, dass ich mich fragte, ob es für so etwas Seminare gab. Nirgendwo lag etwas herum. Keine Klamotten, keine Zeitschriften. Gegenüber vom Bett hing ein großer Flachbildfernseher an der Wand. An den Wänden gab es keine Poster, nirgendwo lagen Hanteln herum, und auch eine Spielkonsole konnte ich nicht entdecken. Hatte Nick wirklich so wenig Freizeit, dass er all diesen Kram nicht brauchte?

Wenn er je mein Zimmer zu sehen bekäme, würde ihn vermutlich der Schlag treffen. Die einzige Ähnlichkeit bestand vermutlich darin, dass auch mein Zimmer vier Wände und einen Teppich hatte. Letzterer war allerdings die meiste Zeit kaum zu sehen, weil ich dazu neigte, meinen Krempel über den Boden auszubreiten.

Ich stand auf, um einen Blick aus dem Fenster zu werfen, als die Tür aufging und Nick hereinkam. Das Erste, was mir auffiel, waren seine Klamotten. Der Anzug war verschwunden. Stattdessen trug er Jeans und ein Polohemd. Ich weiß nicht, was mich mehr überraschte – dass er so etwas überhaupt besaß oder wie gut er darin aussah. So normal.

»Alles okay?«

Ich nickte und schob schnell ein »Danke« hinterher, wobei ich nicht wusste, ob ich damit seine Frage meinte oder den Umstand, dass er sich um mich gekümmert hatte. Vermutlich beides. »Wie spät ist es?«

»Gleich acht.«

Kein Wunder, dass ich mich besser fühlte, ich hatte fast zwei Stunden geschlafen.

»Hast du Hunger?«

»Und wie!« Tatsächlich schien es, als hätte mir die Beschwörung nicht nur alle Kraft entzogen, sondern auch sämtliche Mahlzeiten der letzten Woche. Nick hatte kaum gefragt, da knurrte mein Magen auch schon vernehmlich. Peinlich berührt verzog ich das Gesicht.

»Lass uns sehen, dass wir etwas Essbares finden. Mrs Heavengast ist zwar schon gegangen, aber ein paar Sandwiches bekommen wir auch so hin.«

Ich folgte Nick nach unten, in eine Küche, die so groß wie unser ganzes Haus war. Auch hier gab es jede Menge Marmor, dazu Edelstahl und eine der schicksten Einrichtungen, die ich je gesehen hatte.

Wir plünderten den Kühlschrank, räumten alles raus, was uns für ein Sandwich verlockend erschien, und trugen es zu einem Tisch in der Ecke. Ein Tisch, an dem die Haushälterin für gewöhnlich ihre Mahlzeiten einnahm, wie Nick mich informierte. Sein Vater und er aßen – nur selten gemeinsam – im Esszimmer. Dass Nick dabei ein Esszimmer und einen Frühstücksraum erwähnte, überhörte ich einfach mal, um meine Vorstellung von der Größe dieses Hauses nicht schon wieder nach oben korrigieren zu müssen.

Die Sicherheit, mit der sich Nick in der Küche bewegte, in

Schubladen und Schränke griff und jedes Mal sofort fand, wonach er suchte, weckte in mir den Verdacht, dass er häufiger hier in der Küche aß, nachdem diese Mrs Heavengast Feierabend hatte. Wenn ich die Wahl zwischen einem leeren Esszimmer und einer gemütlichen Küche hätte, würde ich wohl auch die Küche vorziehen.

Nick kochte eine Kanne Tee, dazu belegten wir uns ein paar Sandwiches. Während wir aßen, schafften wir es, uns wie zivilisierte Menschen zu benehmen. Nick kehrte nicht den Lackaffen heraus und ich sparte mir jede spitze Bemerkung. Der neue Friede, der zwischen uns herrschte, seit wir das Krankenhaus verlassen hatten, war angenehm. Ungewohnt, aber angenehm.

Von Zeit zu Zeit, wenn er dachte, ich würde es nicht bemerken, sah er mich an, als versuchte er abzuschätzen, ob es mir wirklich gut ging. Einmal, ich hatte mir gerade den letzten Bissen meines Sandwiches in den Mund geschoben, trafen sich unsere Blicke, und zum wohl ersten Mal nahm ich seine Augen wirklich wahr. Schöne Augen, von der Farbe eines Gewitterhimmels. Augen, bei denen ich mir plötzlich sicher war, dass sich dahinter so viel mehr versteckte, als der arrogante Blick zunächst vermuten ließ.

»Was ist los?«

Ertappt schüttelte ich den Kopf. Ganz bestimmt würde ich ihm nicht sagen, worüber ich gerade nachgedacht hatte. Er würde nur glauben, dass ich mich doch noch bei ihm einschmeicheln wollte. Ich schluckte den Rest meines Sandwiches herunter. »Ich habe mich nur gefragt, ob du es jedem so schwer machst.«

Eine Weile sagte er nichts, und als ich schon dachte, er würde meine Frage ignorieren, seufzte er plötzlich. »Wir hatten keinen allzu guten Start, oder?«

»Mal überlegen. Bei unserer ersten Begegnung hättest du mich beinahe überfahren und später wolltest du die Polizei rufen.«

»Du bist in Miles' Wohnung eingebrochen!«

»Du doch auch.«

Er hob abwehrend die Hände. »Schon gut, schon gut.« Nach einer kurzen Pause, in der er das Sandwich auf seinem Teller eingehend betrachtete, sah er mich wieder an. »Dafür, dass ich dich beinahe über den Haufen gefahren hätte, sollte ich mich wohl entschuldigen.«

»Tu lieber nichts, das meinen Eindruck von dir verderben könnte.«

»Den Eindruck, dass ich ein Kotzbrocken bin? Ein arroganter *Pimpf?*« Er griff nach der Teekanne, um mir nachzuschenken.

»Heute warst du gar nicht so pimpfig«, befand ich. »Eigentlich warst du sogar ziemlich nett.«

Prompt schüttete er den Tee daneben.

Ich unterdrückte ein Lachen und beobachtete, wie er hastig nach einem Lappen griff und die Sauerei aufwischte. Wer hätte gedacht, dass ich ihn – den großen Nick Wolfe – aus der Fassung bringen konnte?

Nachdem er den Lappen zum Trocknen aufgehängt hatte, kehrte er an den Tisch zurück. »Da wir jetzt unseren Status festgestellt haben –«.

»Ach ja? Und welcher Status soll das sein?« Es klang, als würde ich ihn aufziehen wollen, in Wahrheit allerdings wollte ich die Antwort wirklich hören. Wollte wissen, wie er über uns dachte. Im Sinne eines Teams natürlich.

»Mindestens Waffenstillstand.« Er betrachtete mich einen Moment lang, dann meinte er: »Vielleicht sind wir auch schon einen Schritt weiter.«

»Freundliches gegenseitiges Ignorieren?«

»Anbahnung einer vorsichtigen Vertrauensbasis mit der Möglichkeit auf –«.

Ich sollte nicht erfahren, welche Möglichkeiten er für uns sah, denn statt seinen Satz zu beenden, schüttelte er den Kopf. »Wir werden sehen«, meinte er dann. »Wir werden sehen.«

Mehr sagte er nicht. Da ich nicht nachfragen wollte, hielt das Schweigen an. Je länger es andauerte, desto mehr veränderte sich die Stimmung. Dort, wo ich eben noch eine gewisse Leichtigkeit zwischen uns verspürt hatte, lag mit einem Mal etwas Drückendes, Schweres in der Luft. Ich wusste, was das bedeutete, wusste, dass ich es nicht mehr lange aufschieben konnte, über heute Nachmittag zu sprechen. Im Augenblick allerdings wollte ich das Unvermeidliche noch so lange wie möglich hinauszögern.

»Was du im Wagen erzählt hast ...«

»Riley.«

»Nein, wirklich, das interessiert mich.« Das tat es tatsächlich.

»Wir müssen darüber reden, das weißt du.«

»Dass ich es weiß, heißt nicht, dass es mir deshalb leichter fällt.« Ich wusste ja nicht einmal, wo ich anfangen sollte. Bisher war ich ziemlich zurückhaltend mit dem gewesen, was ich ihm erzählt hatte. Genau genommen wusste er nur, dass die Séance seltsam verlaufen war und das, was ich in der Vision von Miles' Tod gesehen hatte. Um ihm verständlich zu machen, was heute Nachmittag passiert war und woher ich mein Wissen über Geister hatte, musste ich wohl ganz am Anfang beginnen.

31

Den Blick auf Nicks Gesicht gerichtet, in der Hoffnung, zu erkennen, was er von meiner Geschichte hielt, erzählte ich ihm von Madames Ritual, der überfahrenen Katze, davon, wie ich Craig beim Tierarzt kennengelernt hatte und am darauf folgenden Morgen neben dem Geist einer toten Katze aufgewacht war.

Bisher verriet sein Blick nicht viel. Er wirkte ernst und konzentriert, hatte mich aber kein einziges Mal unterbrochen. Bei dem Teil mit der Katze auf meinem Kopfkissen war seine Augenbraue nach oben gewandert, nur ein kleines Stück, aber doch ein erster Anflug von Skepsis.

»Die Sache mit der Katze erkläre ich noch«, sagte ich. »Das ist allerdings eher verständlich, wenn du den nächsten Teil ebenfalls kennst.«

Dieser nächste Teil war meine vermeintlich versaute Séance, die in Wahrheit viel zu gut geklappt und den gewünschten Geist tatsächlich ins Hier und Jetzt befördert hatte. Wieder sagte Nick nichts dazu, sein Mundwinkel allerdings zuckte, als ich ihm von Hughs erstem Auftritt und dessen entrüsteter Verwandtschaft erzählte. Es war das erste Mal, dass ich den Anflug eines Lächelns bei ihm sah.

»Das tote Tier auf meinem Kopfkissen war kein Traum«, kam ich wieder auf die Katze zurück. »Es waren mein Mitleid und meine ungeübten Fähigkeiten, durch die ich die Tür geöffnet und ihren Geist gerufen habe.«

Stück für Stück berichtete ich, was ich von Hugh über Geister erfahren hatte, wie sich die Geister von Tieren und Menschen unterschieden und wie mir jede Beschwörung Energie abzog. »Der Preis für meine tolle Gabe sind Erschöpfung und Übelkeit.«

»So wie heute Nachmittag.«

Ich nickte, ging aber noch nicht weiter darauf ein. Erst gab es noch ein paar andere Dinge, die er wissen musste. Zunächst beschrieb ich meine Zusammentreffen mit dem Kerl aus dem Leichenschauhaus – wie ich im Laden mit ihm zusammengestoßen war und ihn in den folgenden Tagen immer wieder im *High Tea* gesehen hatte. Schließlich kam ich wieder zu Madame zurück: Ich erzählte Nick, dass ich nach meiner irrtümlichen Geisterbeschwörung mit ihr hatte reden wollen und wie ich Zeugin dieses seltsamen Telefongesprächs geworden war. »Sie sagte, dass sie mich im Laden im Auge hätte und dass sie *Ihm* natürlich nichts gesagt hätte. Keine Ahnung, wer dieser Ihm war.«

Nick runzelte die Stirn. »Bist du sicher, dass sie dich gemeint hat?«

»Am Anfang war ich mir tatsächlich nicht so sicher, aber nach der Séance, in der sie Miles' Geist einfach fortgeschickt hat, wusste ich zumindest, dass sie irgendetwas zu verbergen hat.«

»Sie hat was?«

»Sie hat ihn weggeschickt.«

Nick saß auf der Kante seines Stuhls, kurz davor aufzuspringen. »Aber du hast doch gesagt, es gab eine Art Kommunikationsproblem und er hätte sich nicht verständlich machen können. Du hättest mir die Wahrheit sagen müssen!«

»Ach ja? Einem Typen, der nicht sonderlich freundlich war und mich obendrein gerade beim Einbruch in eine fremde Wohnung erwischt hat? Du hättest da an meiner Stelle ganz bestimmt die Wahrheit gesagt.«

Er lehnte sich wieder ein Stück zurück, doch die Anspannung wich nicht gänzlich von ihm. »Nicht in diesem Moment, aber du hättest es später tun müssen!«

»Und wann hättest du mir gesagt, dass dieser Herzstein nicht einfach ein lebloser Gegenstand ist, sondern tatsächlich das Herz eines Lebewesens?«

»Eines Dämons«, korrigierte er. »Stell diese abartigen Kreaturen nicht hin, als wären sie harmlos.«

»Harmlos oder nicht – hättest du es mir je gesagt, wenn ich es nicht selbst herausgefunden hätte?«

»Vermutlich nicht.«

Immerhin war er ehrlich.

»Ich habe dir alles gesagt, was für deine Suche nach Adam wichtig sein könnte«, fuhr ich fort. »Dass ich mich dir angeschlossen habe, in der Hoffnung, mehr über Madames seltsames Verhalten und diesen Lichtblitz herauszufinden, war für deine Sache nicht von Belang.«

»Dann wolltest du mir also nur helfen, weil du selbst nach Antworten suchst?«

»Und weil ich möchte, dass du deinen Großvater rettest.«

Nick schwieg einen Moment, schließlich nickte er. »Vermutlich habe ich dir mit meinem Verhalten nicht allzu viel Anlass gegeben, mir all diese Dinge zu erzählen.« Nach einer weiteren Pause fragte er: »Warum tust du es jetzt?«

»Ich glaube, dass alles zusammenhängt. Ich weiß noch nicht, wie, aber irgendwie scheint alles mit Magie zu tun zu haben und, wenn überhaupt, werden wir wohl nur herausfinden, was los ist, wenn wir beide alle Einzelheiten kennen.« Ich seufzte. »Außerdem hast du mir heute gezeigt, dass ich mich auf dich verlassen kann.«

»Wie das?«

»Statt mich mit Fragen zu löchern oder gleich zur Polizei zu schleppen, hast du mich einfach nur von dort weggebracht.« Das hörte sich nicht nach viel an, doch für Nick Wolfe war es eine Menge. Er hatte auf mich aufgepasst, als ich es selbst nicht konnte. Das war mehr, als ich je von ihm erwartet hätte.

»Das hätte jeder getan.«

Nein, ganz bestimmt nicht jeder.

Seit er mich in der Leichenhalle gefunden hatte, hatte sich etwas zwischen uns verändert. Es war, als hätte er erst da angefangen, einen eigenständigen Menschen in mir zu sehen, nicht nur ein Werkzeug.

Eine Weile herrschte Stille. Unsicherheit lag in der Luft, als wüsste keiner von uns, wie er mit der neuen Situation umgehen sollte. Einer Situation, in der wir uns, ohne es zunächst bemerkt zu haben, aufeinander zubewegt hatten. Im übertragenen Sinn. In Wahrheit saßen wir noch immer auf unseren Stühlen und sahen uns über den Tisch hinweg an. Aber die Distanz zwischen uns war kleiner geworden.

»Den Zettel mit meiner Adresse hast du übrigens Hugh zu verdanken«, sagte ich. »Er war offenbar der Ansicht, dass wir zusammen mehr erreichen können als allein.«

»Dann sollte ich mich wohl bei Gelegenheit bei ihm bedanken.« Nick schüttelte ungläubig den Kopf. »Dieser Hugh sitzt wirklich bei dir zu Hause herum und kocht und bügelt?«

»Ziemlich gut sogar.«

Ich nahm den Faden wieder auf, erzählte von meinem Misstrauen Madame gegenüber und davon, was ich bei der Séance wirklich beobachtet hatte. Ich konnte mir immer noch nicht erklären, warum sie einen Geist, der so offensichtlich versucht hatte, etwas zu sagen, einfach fortgeschickt und mich dann auch noch belogen hatte.

»Was dabei rauskam, als ich es noch einmal mit Miles' Geist versucht habe, weißt du ja schon«, sagte ich zum Schluss. »Tja, das war so in etwa meine Woche.«

Mein Mund war ganz trocken vom Reden. Ich griff nach der Teekanne, musste aber feststellen, dass sie leer war. Nick nahm sie mir ab, stellte sie ins Spülbecken und reichte mir ein Glas Wasser. Ich hatte es ausgetrunken, noch bevor er wieder saß. Glücklicherweise hatte er gleich die ganze Flasche mitgebracht und schenkte mir noch einmal nach.

»Und heute Nachmittag?«, fragte er dann.

Vieles, was im Laufe der Woche passiert war, war erschreckend oder verwirrend gewesen. Hätte es allerdings eine Top 10 der schlimmsten Ereignisse dieser Woche gegeben, hätte es der heutige Nachmittag definitiv an die Spitze geschafft.

»Vor ein paar Tagen ist Craig im Laden aufgetaucht und hat mich gefragt, ob ich mit ihm ausgehen will«, erzählte ich. »Wir waren für Freitagabend verabredet, aber er ist nicht gekommen. Ich war so dermaßen sauer und enttäuscht! Ich dachte wirklich, er hätte mich versetzt. Und ich … ich habe ihm die Pest an den Hals gewünscht. Dabei war er längst tot!«

Über den Tisch hinweg griff Nick nach meiner Hand und schloss seine Finger um meine. In dieser kleinen, stummen Geste lag so viel Wärme und Menschlichkeit, dass es mir für einen Moment die Sprache verschlug.

Als ich meine Stimme wiederfand, erzählte ich ihm, wie der Kerl hereingekommen war und von mir verlangt hatte, dass ich ihn ansehen sollte.

»Er hat versucht, mich zu fassen zu bekommen, aber ich bin ihm immer wieder entwischt. Ich habe um Hilfe geschrien … und als niemand kam, bin ich endgültig in Panik geraten.«

Gegenüber jemandem wie Nick, der immer so beherrscht

war, zuzugeben, dass ich die Kontrolle verloren hatte, fiel mir nicht leicht. So nüchtern wie möglich erzählte ich davon, wie meine Panik das Tor für die Geister geöffnet hatte.

»Um einen Geist zu rufen, braucht es eine gewisse Menge an Energie – Lebenskraft«, erklärte ich. »Einem Dutzend Geister die Tür zu öffnen … so viel Energie habe ich nicht.«

Sein Griff um meine Hand wurde fester, als müsse er sich vergewissern, dass ich noch am Leben war. Als ich den Druck seiner Finger erwiderte, zog er die Hand zurück.

»Wie bist du sie losgeworden?«

»Willenskraft.« Ich hatte leben wollen. »Craig war der Letzte, der ging.« Ich erinnerte mich, wie er versucht hatte, mir zu helfen, wie er mich gestützt hatte. »Und als er sich auflöste, schickte er mir ein Bild. Er kniete auf dem Boden. Vor ihm stand der Kerl mit den farblosen Augen und hatte ihm die Hand auf die Stirn gelegt.«

»Denkst du, er hat ihn umgebracht?«

»Ich weiß nicht, was ich glauben soll.« Jones hatte von einer natürlichen Todesursache gesprochen. Einer Gehirnblutung. Was aber, wenn diese Berührung die Blutung ausgelöst hatte? »Ob er mit Craigs Tod zu tun hat oder nicht – er hat dasselbe bei mir versucht! Er hat auch mir die Hand auf die Stirn gelegt.«

Nur hatte ich nicht die geringste Ahnung, warum. Um meinen Schädel platzen zu lassen?

Eine Weile hingen wir schweigend unseren Gedanken nach, wobei sich meine immer mehr im Kreis zu drehen begannen. Warum Craig? Warum ich? Was wollte der Kerl? Ganz sicher wollte er nicht nur meine Stirn betatschen, so wie man einem Buddha über den Bauch streicht, weil es Glück bringen soll. Wie ich es auch drehte und wendete, es lief immer auf dieselbe Frage hinaus: Warum?

»Okay, was wissen wir?«, überlegte Nick schließlich laut. »Der Typ hat den Laden beobachtet. Offensichtlich hat er Craig vor seinem Tod gesehen, wir wissen aber nicht, wie lange vor seinem Tod, oder? Theoretisch könnten es genauso gut Wochen oder Monate gewesen sein.«

Noch einmal rief ich mir das Bild ins Gedächtnis, das ich von Craig empfangen hatte. Konzentriert ging ich jedes Detail durch, bis mir etwas auffiel. »Seine Klamotten – es waren dieselben, die er anhatte, als er bei mir im Laden war.« Natürlich war das keine Garantie, vermutlich hatte er die Sachen davor schon hundertmal angehabt. Der Farblose konnte genauso gut der Guru einer Sekte sein, der Craig angehört und von dem er regelmäßig eine Art Segen empfangen hatte. *Genau, und weil er ein Guru ist, hat er den Laden beobachtet.*

»Was?«

Irritiert sah ich Nick an, bis mir bewusst wurde, dass ich meinen letzten Gedanken wohl laut ausgesprochen hatte. Ich schüttelte den Kopf. »Bloß ein Gedankenspiel«, sagte ich.

»Okay, Craig wurde am Freitag gefunden. Nehmen wir also an, dass er am Donnerstag oder Freitag mit dem Kerl zusammengetroffen ist.« Er runzelte die Stirn. »Wann hast du ihn das erste Mal gesehen?«

»Wen? Craig oder den Farblosen?«

»Farblos?«

»Wegen der Augen – nachdem wir keinen Namen kennen, habe ich ihn so getauft.«

»Gut, dann also den Farblosen. Wann war das erste Mal?«

»Dienstag oder Mittwoch.« Ich dachte kurz nach. »Mittwoch, kurz bevor ich Hughs Geist gerufen habe.«

»Dann war der Laden von Anfang an sein Ziel und Craig muss ihm irgendwie in die Quere gekommen sein.«

War wirklich der Laden das Ziel, oder war ich es?

Wir spekulierten noch eine ganze Weile weiter, ohne zu einem Ergebnis zu kommen. Am Ende wussten wir nur, dass der Farblose irgendwie mit Craigs Tod zu tun haben musste. Und dass er jetzt hinter mir her war.

Das Warum blieb weiter ungeklärt.

Irgendwann waren wir mit unseren Spekulationen am Ende. »Und wie geht es jetzt weiter?«

»Zumindest wissen wir jetzt, dass es keine gute Idee wäre, zur Polizei zu gehen.«

Ich war froh, dass er es so sah. Insgeheim hatte ich befürchtet, er würde trotzdem noch darauf bestehen, die Polizei einzuschalten. Dabei wäre es unmöglich, ihnen zu erklären, woher ich mein Wissen über Craigs Tod hatte. Und was hätte ich ihnen sonst sagen können? Dass ein Fremder, den ich in einer – von einem Toten geschickten – Vision gesehen hatte, mich hatte zwingen wollen, ihn anzusehen? Das würde nicht einmal für eine versuchte Nötigung reichen. Ganz bestimmt würde mir dafür niemand Personenschutz geben. Natürlich hätte ich melden können, dass mich der Farblose offensichtlich schon die ganze Woche über beobachtet hatte. Abgesehen davon, dass ich das nicht beweisen konnte und auch keine Zeugen dafür hatte, müsste ich bei der ganzen Geschichte so viel unter den Tisch fallen lassen, dass irgendwann die Gefahr bestand, mich in meinen lückenhaften Aussagen zu verheddern.

Also keine Polizei. Die Frage war nur: Wie konnten wir sonst herausfinden, was hier abging?

»Wir sollten eine Nacht drüber schlafen«, befand Nick. »Vielleicht sehen wir morgen klarer. Am besten bleibst du hier – du kannst in einem der Gästezimmer schlafen.«

»Dad dreht mir den Hals um, wenn ich nicht nach Hause

komme.« Dumm nur, dass ich keine Ahnung hatte, ob der Farblose nicht vor meiner Tür auf mich wartete. »Wir brauchen einen Spion! Jemand Unauffälligen, der mir sagen kann, ob die Luft rein ist.«

»Okay, ich sondiere die Gegend, und wenn die Luft rein ist, darfst du nach Hause.«

»Nimm es mir nicht übel, aber du bist alles andere als unauffällig.«

»Ich schätze, das ist das Netteste, das ich je von dir gehört habe.« Bevor ich etwas erwidern konnte, fuhr er fort: »Aber du hast recht. Es könnte wirklich sein, dass er mich erkennt. Das ist zu riskant.«

»Ich habe eine andere Idee.«

Schnell holte ich mein Handy von oben und wählte Peppers Nummer. *Bitte lass sie nicht irgendwo unterwegs sein!*

»Riley, was gibt's?«

»Hey, Pepper. Ich brauche deine Hilfe! Wo bist du?«

»Zu Hause.«

Das war perfekt!

Ich erzählte ihr die Geschichte von einem Kerl, der mich verfolgte, seit er mich vor ein paar Tagen in einem Café angesprochen hatte. »Mein Dad ist noch nicht daheim, und ich habe Angst, dass mir der Typ vor meiner Tür auflauert.«

»Und ich soll ihn ablenken, damit du reinkannst?«

Das würde mir nicht weiterhelfen – nicht, wenn er später einfach ins Haus einbrechen konnte. »Nein, du sollst einfach nachsehen, ob er irgendwo in der Nähe herumlungert. Würdest du das tun?«

»Agent Pepper meldet sich zum Dienst, Mam!« Ich konnte hören, wie sie die Hacken zusammenschlug, und dem Klirren ihrer Ohrringe nach salutierte sie vermutlich auch noch.

Ich gab ihr eine Beschreibung des Farblosen und konnte nur hoffen, dass sie ihn erkennen würde. Draußen war es inzwischen dunkel geworden, sodass die Wahrscheinlichkeit gering war, dass sie nah genug herankäme, um einen Blick auf seine Augen zu erhaschen. Verflucht, ich wollte auf keinen Fall, dass sie *so* nah an ihn herankam!

Pepper versprach mir, einfach auf jeden zu achten, der sich in der Gegend herumtrieb, und sich zu melden, sobald sie – wie sie es nannte – die Lage sondiert hatte.

»Jetzt können wir nur warten«, sagte ich zu Nick, sobald sich Pepper verabschiedet hatte.

Eine Weile saßen wir uns schweigend gegenüber. Ich hatte keine Ahnung, wie lange es dauern würde, bis Pepper wieder anrief, mit Sicherheit aber wusste ich, dass ich nicht so lange still ausharren konnte. Im Moment war es sinnlos, weiter über den Farblosen und seine Pläne zu spekulieren, deshalb richtete ich meine Aufmerksamkeit auf den eigentlichen Grund, der uns überhaupt erst ins Leichenschauhaus geführt hatte. »Was willst du jetzt wegen Adam unternehmen?«

»Ich denke, ich werde morgen noch einmal alle Krankenhäuser selbst abklappern. Erst telefonisch – und wenn sie einen Unbekannten haben, auf den Adams Beschreibung passt, persönlich.«

»Gute Idee. Wann fahren wir los?«

Er schüttelte den Kopf. »Du gar nicht.«

»Aber …«

»Versuch es gar nicht erst! Ich will, dass du zu Hause bleibst und dich ausruhst, okay? Sobald ich fertig bin, komme ich bei dir vorbei. Dann überlegen wir uns, wie es weitergeht.«

Er hatte ja recht. Als ich vorhin aufgewacht war, hatte ich mich einigermaßen frisch gefühlt. Je länger ich allerdings auf den Beinen war, desto mehr ließ dieser Zustand nach. Vermutlich würde ich mich morgen fühlen, als hätte mich jemand durch den Wolf gedreht. »Okay.«

Es dauerte über eine Stunde, bis Pepper endlich anrief.

»Die Luft ist rein!«, verkündete sie.

»Bist du sicher?«

»Ich bin viermal um dein Haus spaziert – einmal aus jeder Richtung, habe eine halbe Stunde hinter einem Gebüsch gehockt und die Straße beobachtet und jedes parkende Auto unter die Lupe genommen«, berichtete sie. »Bis auf ein paar Jugendliche, die am Sportplatz Basketball gespielt haben, und ein knutschendes Pärchen war niemand zu sehen. Die Luft ist so was von rein, reiner geht es nicht!«

»Danke, Pepper! Du bist die Beste!«

»Ich weiß«, sagte sie vollkommen unbescheiden. »Wenn du wieder einen Auftrag hast, Spezialagentin Pepper Benson stets zu Diensten!«

»Da wäre wirklich noch etwas«, begann ich ein wenig zögernd. Ich hatte noch nicht darüber nachgedacht, deshalb musste ich mir meine Worte zurechtlegen, während ich redete. »Ich kann morgen nicht in den Laden kommen.«

»Wegen diesem Stalkerheini?«

»Nein, wegen …« Wenn ich ihr jetzt sagte, dass Craig tot war, würde mich Pepper die nächste Stunde mit Fragen löchern. Dafür war ich zu müde. Deshalb sagte ich: »Das erkläre ich dir, wenn wir uns sehen. Kannst du mich nur bitte bei Madame krank melden?«

»Klar.«

»Und, Pepper?«

»Hm?«

»Vielleicht könntest du morgen trotzdem nach meinem Stalker Ausschau halten?«, bat ich sie. »Er treibt sich meistens im *High Tea* rum.«

»Ich werde die Zielperson finden und ausschalten.«

»Halt dich von ihm fern, Pepper! Ich weiß nicht, ob er gefährlich ist.«

»Riley, das war ein Scherz. Der Kerl scheint dir ja wirklich ganz schön unter die Haut zu gehen.«

Du hast keine Ahnung, wie sehr.

»Ich halte die Augen offen, okay?«

»Danke, Pepper.«

32

Nachdem Pepper Entwarnung gegeben hatte, fuhr Nick mich nach Hause. Obwohl es wirklich aussah, als wäre die Luft rein, fuhr er mehrmals an meinem Haus vorbei und besah sich die Umgebung genau. Ich konnte ebenfalls nicht umhin, mich umzusehen. Hinter jedem Busch, jedem Mülleimer vermutete ich den Kerl mit den farblosen Augen. Doch es waren nur Schatten, die ich sah – manchmal waren sie real, manchmal nur meiner Angst entsprungen.

Endlich hielt er vor meinem Haus. »Sobald ich mit den Krankenhäusern durch bin, komme ich zu dir«, sagte er, als ich ausstieg. »Wenn etwas sein sollte, ruf an!«

Da war er wieder, der Befehlston, den ich den ganzen Nachmittag über fast schon vermisst hatte. Doch wenn ich sein Gesicht dazu betrachtete, klang es gleich viel weniger herrisch. Sogar eher besorgt.

»Versprochen. Gute Nacht.«

»Hast du nicht etwas vergessen?«, fragte er, als ich die Wagentür zuwerfen wollte.

»Ich küsse grundsätzlich nicht beim ersten Date.«

Nick zog eine Augenbraue in die Höhe. »So sehen deine Dates aus? Dann sollte ich mich fürs nächste Mal wohl lieber bewaffnen.« Er langte auf den Rücksitz, zog meine Handtasche vor und hielt sie mir hin. »Die Farbe passt nicht zu meinen Sachen und du wirst vielleicht das eine oder andere daraus brauchen.«

»Danke.« Dad war im Krankenhaus, und ich hätte schön blöd aus der Wäsche geschaut, wenn ich ohne meine Tasche, und damit ohne Hausschlüssel, vor der Tür gestanden hätte.

Nick wartete, bis ich im Haus war, und selbst dann – ich spähte zweimal kurz nach draußen – blieb er noch ein paar Minuten stehen, ehe er schließlich fuhr. So misstrauisch, wie er sich die ganze Zeit umgesehen hatte, drehte er zur Sicherheit vermutlich noch ein oder zwei Runden ums Haus, bevor er endgültig abzog.

Ich ging in die Küche, um mir etwas zu trinken zu holen, als mein Blick auf Nicks Blumenstrauß fiel, der immer noch auf der Fensterbank stand. Als ich die Vase nahm und sie nach oben in mein Zimmer trug, konnte ich mir ein Lächeln nicht verkneifen. Dass ich etwas trinken wollte, hatte ich vollkommen vergessen.

Am nächsten Morgen riss Dad mich aus dem Schlaf.

»Riley.« Er saß neben mir auf der Bettkante und zupfte an meinem Ärmel. »Wach auf!«

»Lass das, es ist doch noch mitten in der Nacht«, beschwerte ich mich.

»Riley Susannah Summers, du wirst jetzt augenblicklich aufstehen.«

Ups. Das war ein Tonfall, den ich schon lange nicht mehr gehört hatte. Unwillkürlich öffnete ich die Augen. »Stimmt was nicht?«

»Das musst du mir sagen.«

Verwirrt blinzelnd setzte ich mich auf. Am Fußende des Betts stand Hugh. »Ich glaube, er ist sauer. Oder besorgt. Irgendwas in der Richtung.«

Danke, sehr hilfreich.

»Die Polizei hat angerufen.«

Schlagartig war ich hellwach. Sämtliche Katastrophenszenarios spielten sich vor meinen Augen ab. Pepper, dahingemetzelt vom Farblosen. Nick, der einen Unfall mit seinem Superflitzer gehabt hatte und jetzt im Krankenhaus lag. Oder tot war. Ich schluckte. »Dad?«

»Sie sagten etwas von einem unbekannten Toten, den du angeblich identifizieren kannst und …« Er legte mir die Hand auf den Arm. »Ist alles in Ordnung? Steckst du in Schwierigkeiten? Hat das mit diesem verdammten Hexenladen zu tun?«

»Dreimal Nein.«

»Was ist passiert, Riley?«

Oh Mann, es war so schon schwierig, Craigs Tod zu verdauen. Dass Dad davon Wind bekommen würde, hatte ich nicht gedacht. Natürlich musste ich es ihm erzählen, aber es wäre mir lieber gewesen, wenn ich nicht noch mal darüber hätte sprechen müssen.

»Kann ich erst duschen?«

»Nein. Ich will sofort wissen, was los ist.«

Ich seufzte. Dann straffte ich die Schultern. »Erinnerst du dich an Craig?«

»Den Praktikanten, der dich versetzt hat?«

»Er hat mich nicht versetzt. Er ist tot.« So knapp wie möglich erzählte ich ihm davon, wie ich gestern einen Freund begleitet hatte, der einen Bekannten hätte identifizieren sollen. Und wie sich dieser vermeintliche Bekannte als Craig entpuppt hatte. »Der Arzt sagt, er hatte eine Gehirnblutung.«

»Riley, das ist ja furchtbar. Das tut mir so leid.« Dad streckte die Arme nach mir aus und zog mich an sich.

Ich konnte ihm nicht erzählen, was sonst noch passiert war und was mich weit mehr belastete als Craigs Tod, aber es tat gut, mich in seine Umarmung zu flüchten und seinen Trost zu spüren. Das hatte geholfen, als ich sieben war, und mit siebzehn hatte es noch immer nichts von seiner Wirkung verloren.

»Der Polizist wollte, dass du aufs Revier kommst und eine Aussage machst«, sagte er schließlich. »Am besten fahren wir gleich, dann schaffen wir es noch, bevor meine Schicht beginnt.«

»Aber deine Schicht fängt doch erst um vier an.«

»Es ist schon Mittag, Riley.«

Tatsächlich war es bereits nach zwölf. So lange hatte ich nicht mehr geschlafen, seit ... eigentlich noch nie.

Dad bestand darauf, dass ich präsentabel bei der Polizei erschien, weshalb ich ein Kostüm, bestehend aus einem gerade geschnittenen, dunkelblauen Rock und einem Blazer in derselben Farbe anzog. Für gewöhnlich war das die Klamotte, die ich zu Hochzeiten oder offiziellen Feiern trug. In diesem Aufzug zur Polizei zu gehen, kam mir übertrieben vor. Aber wenn es Dad glücklich machte ...

Sobald ich fertig war und etwas gegessen hatte, machten wir uns auf den Weg zum Revier. Wir mussten ewig warten, und als wir schließlich aufgerufen wurden, wollte der Beamte nicht mehr wissen als das, was ich Marc Jones gestern schon gesagt hatte. Dieses Mal allerdings bestätigte ich es mit meiner Unterschrift. Zusätzlich zu Craigs Daten fragte er mich noch, woher ich ihn kannte und wann ich ihn zuletzt gesehen hatte. Ich erzählte ihm alles, einschließlich unserer geplatzten Verabredung. Mehr als einmal musste ich mir auf die Zunge beißen, um nicht mit dem herauszuplatzen, was Craig mich hatte sehen lassen. Der Mann mit den farblosen Augen hatte in diesem Gespräch nichts verloren! Für die Polizei war die Akte »unbekannter Toter« mit meiner Aussage geschlossen. Für mich noch lange nicht.

Dad und ich trennten uns noch vor dem Revier. Es hatte lange gedauert, und jetzt musste er sich beeilen, um rechtzeitig zum Dienst zu kommen. »Ich habe heute nur eine kurze Schicht. Wenn du etwas brauchst, ruf an. Bis später.«

Auf dem Heimweg ertappte ich mich dabei, wie ich immer wieder nervöse Blicke über die Schulter warf. Ich scannte jedes Gesicht im Bus und der U-Bahn, sah jedem, an dem ich vorbeikam, in die Augen, ohne das Augenpaar zu entdecken, vor dem ich mich am meisten fürchtete.

Als ich meine Straße erreichte, beruhigte ich mich ein wenig. Hier war alles wie immer. Ich kannte jeden Baum und jeden Strauch, jede Mauer und jede Ecke, in der sich jemand hätte verstecken können. Der Farblose war definitiv nicht hier.

Dafür wartete Nick vor dem Haus auf mich. Er stand im Schatten des Vordaches und wischte und tippte wie wild auf seinem Smartphone herum. Als er mich sah, stieß er ein Schnauben aus und ließ das Telefon in der Tasche seiner Jeans verschwinden. Schon wieder Jeans, dazu ein dunkelblaues Shirt. Wenn er so weitermachte, bekam er vielleicht irgendwann noch das Gefühl, ein normaler Junge zu sein.

»Wo hast du gesteckt!«

Nein, normal würde er wohl nie werden.

»Hast du eine Vorstellung davon, wie ich mir die Finger wund getippt habe, um dich zu erreichen?«

Ich wollte ihn schon fragen, ob seine wunden Finger vielleicht die falsche Nummer getippt haben könnten, denn mein Handy hatte den ganzen Nachmittag über geschwiegen, als mir klar wurde, dass ich für das Schweigen verantwortlich war. Ich hatte es im Revier ausgeschaltet und danach vergessen, es wieder anzuschalten.

»Tut mir leid«, sagte ich schnell und gab ihm eine kurze Zusammenfassung, wo ich gewesen war.

»Wenigstens warst du klug genug, deinen Vater mitzunehmen.« Er sah mich finster an. »Dass du jetzt hier allein rumläufst, halte ich allerdings für keine gute Idee.«

»Dann sollten wir vielleicht reingehen, statt weiter wie die Zielscheiben herumzustehen.«

Ich sperrte auf und ließ uns ins Haus. »Machs dir bequem«, sagte ich. »Ich zieh mir nur schnell was anderes an.«

Das Kostüm war definitiv zu unbequem für zu Hause.

Nick war schon an mir vorbei, als er sich noch einmal umdrehte. »Das steht dir gut«, sagte er. »Was auch immer du mal studierst, es sollte etwas sein, bei dem du später im Job genau so etwas tragen musst.«

»Gouvernante bei verzogenen reichen Rotzlöffeln?« Ohne seine Antwort abzuwarten, flitzte ich die Treppe hoch in mein Zimmer. Kaum hatte ich die Tür hinter mir geschlossen und den Kleiderschrank aufgerissen, tauchte Hugh neben mir auf.

»Wie ist es gelaufen?«, wollte er wissen. »Bist du jetzt vorbestraft?«

»Weil ich einen Toten kenne? Wenn das strafbar ist, solltest du ganz schnell verschwinden – sonst sperren sie mich noch weg!«

Der blaue Schimmer pulsierte unter Hughs Gelächter. Für seine Verhältnisse wurde er allerdings recht schnell wieder ernst. »Weil ich wette, dass die wahre Geschichte ein ganzes Stück länger ist als die Magerquark-Version, die du deinem Dad aufgetischt hast. Raus mit der Sprache!«

Ich schnappte mir eine Jeans und ein lilafarbenes Top und verschwand damit im Bad. Als ich das blaue Leuchten bemerkte, das mir folgte, hob ich warnend die Hand. »Wag es nicht, Hui Buh!«

»Ich warte draußen, du lehnst die Tür nur an und erzählst

mir durch den Spalt, durch den ich natürlich nicht schauen werde, was passiert ist.«

So machten wir es. Anfangs hatte ich Sorge, dass Nick uns hören könnte, doch abgesehen davon, dass ich nicht allzu laut sprach, was hätte das schon gemacht? Ich hatte ihm gestern von Hugh erzählt. Wenn er mitbekam, wie ich mit meinem persönlichen Hausgeist sprach, war das weit weniger peinlich, als wenn er mich bei einem Selbstgespräch ertappt hätte.

Bis ich umgezogen war, kannte Hugh die ganze Geschichte. Er erwartete mich auf dem Gang und sah mich nachdenklich an.

»Sieht so aus, als könntest du einen Aufpasser brauchen.«

Ich schlüpfte in meine Flip-Flops und schob mein Handy in die Hosentasche. »Nick hat seine Sache bisher ziemlich gut gemacht.« Definitiv nahm er meine Sicherheit ernst.

»Nimm's mir nicht übel, Süße, aber ich dachte dabei nicht an Mr Designerklamotte, sondern eher an einen etwas heldenhafteren Kerl.«

»Ich fürchte, die sind alle im Urlaub.«

»Nicht alle.« Er salutierte zackig, wobei das blaue Leuchten in Wellen über die Wände zuckte. »Held Hugh Stetson meldet sich zum Dienst. Falls du mich suchst – ich patrouilliere draußen und observiere.«

Mit diesen Worten löste er sich vor meinen Augen auf und verschwand.

33

Ich hatte damit gerechnet, dass Nick in die Küche oder ins Wohnzimmer gegangen war. Stattdessen fand ich ihn im Garten, wo er mit seinen zweifelsohne sauteuren Designerjeans am Ufer unseres Miniteichs im Gras saß. Nick Wolfe saß im Gras! Aber es kam noch besser: Er hatte Schuhe und Socken ausgezogen, die Beine seiner Jeans bis zu den Knien hochgekrempelt und ließ seine Füße ins Wasser hängen.

Ich setzte mich neben ihn, streifte meine Flip-Flops ab und tauchte meine Beine ebenfalls ins Wasser. Die Abkühlung war genau das Richtige.

»Als du die Tür nicht geöffnet hast, habe ich mir Sorgen gemacht.«

»Ich hab mich doch schon entschuldigt.« Meine Worte mochten brummig klingen, in Wahrheit allerdings war ich zerknirscht, dass er vollkommen umsonst Angst um mich gehabt hatte. Trotzdem … »Ich kann mich nicht ewig verstecken.«

»Ewig?«, schnappte er. »Dieser Angriff ist gerade mal 24 Stunden her!«

»Was soll ich denn machen, Nick? Was ich der Polizei über diesen Kerl erzählen kann, also der Teil, der mich nicht gleich in die Klapsmühle bringt, reicht wohl kaum für ein Zeugenschutzprogramm. Dafür spendieren sie mir nicht mal Personenschutz. Er wollte, dass ich ihn ansehe! Buhu, das klingt ja wirklich lebensgefährlich, wenn man das jemandem erzählt.« Ganz besonders, ohne dabei das Bild erwähnen zu können, das Craig ebenfalls mit dem Farblosen in Verbindung brachte. »Ich kann mich nicht die nächsten Wochen und Monate hier verkriechen und mein Leben auf Eis legen.«

»Du kannst aber auch nicht herumlaufen und darauf warten, dass er dich wirklich angreift, damit du der Polizei etwas vorweisen kannst.« Er seufzte. »Ich weiß auch nicht, was wir machen können. Aber irgendetwas müssen wir uns einfallen lassen.«

Vorgestern mochten wir beschlossen haben zusammenzuarbeiten, aber erst die gestrigen Ereignisse hatten uns zu einem Team gemacht. Aus zwei Ichs war ein Wir geworden. Das war so erstaunlich, dass alles andere daneben verblasste. Na ja, fast – wenn es nicht so beängstigend gewesen wäre.

Einen kleinen Lichtblick gab es immerhin. »Vielleicht bin ich nicht in so großer Gefahr, wie du denkst.« Nick setzte zu einem Widerspruch an, doch ich hob die Hand. Das ließ ihn tatsächlich innehalten. »Im Augenblick ist Hugh draußen unterwegs und hält die Augen nach verdächtigen Leuten offen. Wenn er das weiterhin macht, könnte ich mich frei bewegen. Er könnte jeden Ort abchecken, bevor ich hingehe, und Wache schieben, solange ich dort bin.«

Nick dachte einen Moment nach. »Es wäre zumindest ein gewisser Schutz«, sagte er dann. »Unser Problem löst es allerdings nicht.«

Da musste ich ihm recht geben.

Eine Weile starrten wir uns an. Es war, als suchten wir beide in den Augen des anderen nach einer Lösung. Wir fanden keine.

Schließlich wurde mir sein Blick zu intensiv. »Was ist mit Adam?«, wechselte ich das Thema. »Hast du etwas herausgefunden?«

Er schüttelte den Kopf. »Ich habe alle Krankenhäuser abtelefoniert und bin überall hingefahren, wo ein Unbekannter eingeliefert wurde, um ihn mir anzusehen. Nichts. Keine Spur von ihm.«

»Und jetzt?«

»Ich weiß es nicht.«

Es tat beinahe körperlich weh, ausgerechnet Nick, der immer alles unter Kontrolle zu haben schien, so hilflos zu sehen. »Gibt es denn keinen Anhaltspunkt mehr? Gar nichts?«

»Nur noch einen. Morgen ist Miles' Beerdigung. Vielleicht …«

Er musste es nicht aussprechen, ich wusste auch so, dass er hoffte, dass Adam zur Beisetzung seines Partners kommen würde. Ich wollte schon fragen, wann er mich abholen käme, als mir bewusst wurde, dass das wohl keine gute Idee war.

»Ich würde dich gern begleiten, aber um ehrlich zu sein … ein Friedhof … da sind eine Menge tote Menschen.« Wie viele von ihnen waren noch nicht ins Licht gegangen? Ein Dutzend? Hundert? Der bloße Gedanke, dort aus irgendeinem Grund die Kontrolle zu verlieren und ihnen die Tür zu öffnen, ließ mich schaudern. Solange ich meine Fähigkeit, Geister zu rufen, nicht im Griff hatte, war ein Besuch auf dem Friedhof glatter Selbstmord.

»Du kommst auf keinen Fall –«.

Das Klingeln meines Handys unterbrach ihn, aber ich wusste auch so, was er sagen wollte. »Keine Sorge«, sagte ich, während ich das Telefon aus meiner Hosentasche fischte. »So lebensmüde bin ich nicht, dass ich momentan freiwillig auf einen Friedhof gehen würde.« Ich hatte das Handy und warf einen Blick aufs Display. »Das ist Madame.«

»Geh nicht ran.«

»Wozu soll das gut sein? Vermutlich will sie nur wissen, wie lange ich noch krank bin.« Ich nahm das Gespräch an. »Hallo, Madame.«

»Riley, Gott sei Dank! Bist du in Ordnung? Geht es dir gut?«

Klang so jemand, der seinen kranken Mitarbeiter anrief? »Äh, ja ... also ich meine, den Umständen entsprechend. Da ist diese Migräne ...«

»Ach, Blödsinn.« Madames Ohrringe klirrten und schlugen gegen den Hörer. »Ich weiß, dass du nicht krank bist. Und ich weiß auch ... Hör zu, wir müssen dringend reden. Du bist in großer Gefahr!«

Jetzt begann es interessant zu werden. »Was wissen Sie?«

»Mehr, als du ahnst. Und viel zu viel, um es am Telefon zu besprechen.« Madame machte eine kurze Pause, dann sagte sie: »Heute kann ich nicht. Er wird misstrauisch, wenn ich heute Abend nicht auftauche. Aber morgen – das geht. Hör zu: Bleib auf Tauchstation, komm morgen nicht zur Arbeit. Triff mich am Abend im Laden. Sagen wir um zehn. Ja, das müsste passen. Bis dahin habe ich sichergestellt, dass uns niemand beobachten wird.«

»Madame, was –«.

»Morgen Abend um zehn«, sagte sie noch einmal und beendete das Gespräch.

Ungläubig starrte ich auf das Telefon in meiner Hand.

»Was wollte sie?«

Ich sah auf. »Mir sagen, dass ich in Gefahr bin.« Schnell gab ich wieder, was sie sonst noch gesagt hatte.

»Du wirst da auf keinen Fall hingehen!«

Das war auch mein erster Gedanke gewesen. Mich mit Madame zu treffen, wäre vermutlich ähnlich clever, wie auf einen Friedhof zu gehen. Andererseits wusste sie, wo ich wohnte. Wenn sie mit dem Farblosen unter einer Decke stecken würde, wäre der längst bei mir aufgetaucht. »Sie weiß etwas, Nick. Und ich muss wissen, was das ist. Diese ganze Magiesache und Miles' Geist. Vielleicht kann sie uns sogar bei der Suche nach Adam helfen!«

»Das gefällt mir nicht.«

»Ich arbeite schon seit einer ganzen Weile im Laden. Wenn sie mir wirklich etwas tun wollte, hätte sie schon unzählige Male Gelegenheit dazu gehabt.« Ich schüttelte den Kopf. »Sie wird mir nichts tun.«

»Also gut«, sagte er nach einer langen Pause. »Aber du gehst nicht allein. Sobald die Beerdigung vorbei ist, komme ich zu dir. Bis dahin bleibst du zu Hause. Einverstanden?«

»Einverstanden.«

»Nachdem unser Untergang jetzt besiegelt ist – hast du Lust auf eine Henkersmahlzeit? Ich lade dich ein.«

»In einen deiner Nobelschuppen? Nein, danke.« Als ich die Enttäuschung in seinem Blick sah, hielt ich inne. Ihm lag wirklich etwas an diesem Essen! Er sollte es haben, aber zu meinen Bedingungen. »Wie wäre es, wenn wir stattdessen den Grill anwerfen?«

»Hört sich gut an.«

Wir holten den Grill aus dem Gartenschuppen, und während Nick ihn anheizte, durchforstete ich den Kühlschrank nach brauchbaren Sachen. Wir hatten zwar keine Steaks, dafür aber mehr als genug Würstchen. Dazu machte ich Knoblauchbrote und Salat.

»Kaum zu glauben«, sagte Nick, als wir uns mit den ersten Würstchen und zwei Gläsern Cola unter den Apfelbaum setzten. »Das habe ich nicht mehr gemacht, seit ich elf oder zwölf war.«

»Und dann vermutlich nur bei deinen Großeltern, oder?«

»Mein Vater hält Grillen für Zeitverschwendung, sofern es nicht im Rahmen einer Gartenparty bei wichtigen Leuten stattfindet und sich ein Caterer um das Essen kümmert.«

Nachdem wir gegessen und alles aufgeräumt hatten, kehrten wir an den Teich zurück. Wir saßen so dicht nebeneinander, dass sich unsere Arme fast berührten. Nick roch nach Sonnenschein und Gras und ein wenig auch nach dem Rauch des Grills.

»Das war besser als alles, was es im *Victorian* gegeben hätte«, zog er sein Resümee.

»Besser als jeder Kaviar?«

Er nickte.

»Hummer?«

Wieder ein Nicken.

»Was ist mit geräuchertem Lachs?«

»Kann nicht gegen deinen Salat anstinken.«

Seine Wortwahl entlockte mir ein Grinsen. »Wenn der Lachs nur alt genug ist, könnte er das vielleicht.«

Eine Weile saßen wir still da und beobachteten, wie die einzelne Seerose auf dem Teich vor sich hindümpelte. Es war eine angenehme Stille, die fast schon etwas Vertrautes an sich hatte. Auf jeden Fall war es friedlich. *Wir* waren friedlich.

»Was du gestern im Auto erzählt hast«, nahm ich den Faden wieder auf, den er gestern so abrupt durchtrennt hatte. »Du hast die ganze Zeit von den Plänen deines Vaters geredet, aber du hast nicht gesagt, was du eigentlich willst.«

»Mein Leben ist so fest verplant, dass ich nie wirklich darüber nachgedacht habe.«

»Das solltest du aber.«

»Du klingst schon wie Paul.«

Ich schenkte ihm mein schönstes *Siehst du!*-Lächeln. »Wenn ich nicht die Einzige bin, die das sagt, wird wohl was dran sein.«

»Vermutlich hast du recht«, räumte er ein. »Die Wahrheit ist, dass ich ziemlich genau weiß, was ich will.«

Er erzählte davon, dass er durchaus einmal die Firma übernehmen wollte, dass ihm die Arbeit dort Spaß machte, er das Geschäft aber nicht bei seinem Vater, sondern anderswo lernen wolle. »Irgendwo, wo ich mich hocharbeiten kann und beweisen muss, dass ich mehr vorzuweisen habe als eine Blutsverwandtschaft zum Firmeninhaber.«

»Das klingt doch gut.«

»Allerdings dürfte es schwierig werden, das meinem Vater beizubringen. Er wird sauer sein. Verdammt sauer. Aber ich glaube, er wird es schlucken. Immerhin habe ich ja vor, in seine Fußstapfen zu treten – nur eben auf einem etwas anderen Weg, als er sich das vorstellt.« Plötzlich grinste er. »Aber eines wird ihn auf die Palme treiben.«

»Und das wäre?«

»Ich werde wieder Hockey spielen. Das wird ihm nicht gefallen.« Plötzlich hellte sich seine Miene auf. »Aber hey, was kann er schon dagegen tun? Ich bin volljährig. Und wenn ich nicht mehr in seiner Firma arbeite, sondern meine Praktika anderswo mache, kann er mich auch da nicht mehr einspannen.«

»Warum habe ich das Gefühl, dass es in eurem Marmorpalast demnächst ziemlich laut zugehen wird?«

Nick verzog das Gesicht. »Das wird es wohl. Aber ich schätze, meine Zukunft sollte mir das wert sein.«

Auf jeden Fall! »Aber du machst das jetzt hoffentlich nicht, weil ich dich irgendwie dazu angestiftet habe.«

»Nein, keine Angst. Ich bin schon eine ganze Weile unzufrieden. Es wird höchste Zeit, dass sich etwas ändert.«

Solange er meinetwegen nicht enterbt wurde, konnte ich damit leben. Außerdem hatte ich ihn ja nur mit der Nase auf etwas gestoßen, über das er offensichtlich schon viel länger nachdachte. »Aber ich bin nicht schuld, wenn ihr euch gegenseitig die Augen auskratzt.«

»Wir sind keine Mädchen, Riley. Wir kratzen nicht.«

Ich stieß ihn in die Seite. »Du weißt, was ich meine.«

»Ja, ich weiß.« Er seufzte. »Ich konnte noch nie sonderlich gut mit meinem Vater. Er kann ziemlich hart sein. Und kalt. Für ihn zählt nur die Firma, alles andere ist ihm egal.«

»Das glaube ich nicht. Vermutlich hat er sich immer Gedanken darüber gemacht, wie er dir und deiner Mom ein gutes Leben bieten konnte.«

»Er? An Mom gedacht? Wohl kaum.«

Ich spürte sofort, dass ich einen heiklen Punkt erwischt hatte. Krampfhaft suchte ich nach einem anderen Thema, irgendetwas Unverfänglichem wie dem Wetter – vielleicht nicht ganz so banal.

»Mein Vater hatte ständig irgendwelche Affären«, sagte Nick, während ich noch fieberhaft überlegte. »Deshalb hat Mom uns verlassen.«

Erst jetzt wurde mir bewusst, dass er immer nur von seinem Vater gesprochen, seine Mutter aber bisher mit keiner Silbe erwähnt hatte. Da hatte ich ja wirklich mitten in ein Wespennest gestochen.

»Sie lebt jetzt irgendwo in Italien«, fuhr er ohne Unterbrechung fort. »Anfangs hat sie mir noch regelmäßig Briefe geschrieben, später dann nur noch Postkarten zum Geburtstag und Grüße zu Weihnachten. Irgendwann war auch damit Schluss.«

Es kostete mich alle Mühe, ihn nicht anzustarren, so überrascht war ich. Dafür, dass er gestern Mittag nicht einmal bereit gewesen war, über gewöhnlichen Small Talk hinauszugehen, war er plötzlich ziemlich gesprächig. Was er bisher von seinem

Vater und über sein Leben erzählt hatte, war durchaus etwas Persönliches gewesen. *Das* hier allerdings war dermaßen persönlich, dass mir der unerwartete Vertrauensbeweis regelrecht die Sprache verschlug.

Zum Glück erwartete er keine Antwort von mir.

»Ich war so unglaublich wütend auf Vater gewesen, weil er Mom aus dem Haus getrieben hatte, dass ich erst viel später begriffen habe, wie wütend ich auch auf sie bin.« Er schnaubte. »Was für Eltern. Während mein Vater mein Leben kontrolliert, ist meine Mom einfach daraus verschwunden.«

Plötzlich verstand ich, warum Nick war, wie er eben war. Seine Mutter hatte ihn einfach zurückgelassen, ohne dass er etwas dagegen tun konnte. Kein Wunder, dass er Schwierigkeiten hatte, die Kontrolle abzugeben.

»Manchmal würde ich am liebsten beiden den Hals umdrehen!« Als wäre ihm sein Ausbruch erst jetzt bewusst geworden, hielt er inne. »Entschuldige. Das ist nun wirklich nichts, womit ich dich belasten wollte.«

»Schon okay. Ich finde es sogar gut. Also nicht, dass das passiert ist, aber dass du es mir erzählt hast.«

»Mitleid mit dem reichen Lackaffen?«

»Nein, nur mit einem gar nicht so unnormalen Kerl.«

»Gar nicht so unnormal?« Zum vermutlich ersten Mal, seit ich ihm begegnet war, grinste er. »Vor ein paar Tagen war ich noch ein blöder Pimpf.«

»Arroganter Pimpf, bitte«, korrigierte ich. »Ich wollte dir eigentlich ein paar ganz andere Namen geben, leider habe ich mit Schimpfwörtern so meine Schwierigkeiten.«

»Das ist mir auch schon aufgefallen. Was war das noch gestern bei Adam, nach diesem einen Telefonat? Da hast du jemanden elende Made genannt.«

Ich verzog stöhnend das Gesicht, was Nick nur noch breiter grinsen ließ. »Kannst du Blödmann sagen?«

»Sogar Dummkopf!«

»Das A-Wort?«

»Keine Chance.«

Nick fragte mich eine ganze Liste an Schimpfwörtern ab, um herauszufinden, wo meine Grenze lag. Als ihm schließlich nichts mehr einfiel, war er nicht schlauer als vorher. »Da gibt es kein Muster. Irgendwie hast du wohl so eine Art Klassifizierungssystem in dir, das dir sagt, welche Worte noch okay sind und welche schon zu schlimm.«

»Das hätte ich dir auch so sagen können.« Ich holte eine frische Cola aus dem Kühlschrank und schenkte uns beiden ein. Die Sonne war inzwischen untergegangen und das Tageslicht zu einem warmen Zwielicht geworden.

»Dieser Craig ...«, begann er, als ich die Flasche zuschraubte und ins Gras stellte. »Warst du ... mochtest du ihn?«

»Er war nett. Keine Ahnung, ob etwas aus uns geworden wäre, dafür kannte ich ihn noch zu wenig. Aber immerhin war er mein erstes Date seit Monaten.«

Ich hatte keine Ahnung, warum ich den letzten Satz gesagt hatte. Wahrscheinlich hatte mich Nicks Offenheit über seine Familie dazu verleitet, auch etwas über mich preiszugeben.

»Jetzt hast du immerhin dein zweites Date.«

»Hier? Mit dir?«

Nick zuckte die Schultern. »Was ist daran auszusetzen?«

»Vielleicht bist du ja gar nicht mein Typ«, zog ich ihn auf.

»Mein Konto ist Jedermanns Typ.«

»Wenn ich dich nicht inzwischen besser kennen würde, könnte ich glatt auf den Gedanken kommen, dass du gerade auf eine ziemlich verdrehte Art mit mir flirtest.«

»Vielleicht kennst du mich ja nicht so gut, wie du glaubst.«

Sollte das heißen, dass er tatsächlich mit mir flirtete? Ich suchte nach einer passenden Antwort, etwas Frechem. Aber mir fiel nichts ein.

»Ich glaube nicht, dass ich dich schon einmal sprachlos erlebt habe.«

»Kommt auch nicht so oft vor.«

Nick wurde ziemlich schnell wieder ernst. »Mein Konto ist übrigens wirklich Jedermanns Typ. Nur ich bin es nicht.«

Ich runzelte die Stirn. Seine plötzliche Offenheit überraschte mich mit jedem Moment mehr. »Vielleicht würde es besser klappen, wenn du –«.

»Wenn ich was? Netter bin? Weniger herrisch und arrogant? Das würde nichts ändern.« Er rupfte ein Büschel Gras aus und ließ es langsam Halm für Halm in den Teich rieseln. »Bei meiner letzten Freundin dachte ich, alles würde gut laufen. Alles hat gepasst. Es war einfach perfekt. Dummerweise hat sich dann herausgestellt, dass es ein wenig *zu* perfekt war.«

»Wie das?«

Wieder rupfte er am Rasen herum. Wenn er so weitermachte, würde er noch unseren Teich mit den abgerupften Halmen trockenlegen. »Bis letzten Sommer hatte ich eine Freundin. Lilian. Wir waren seit fast einem Jahr zusammen und ich dachte eigentlich … tja, ich dachte, es würde passen. Ich war total in sie verschossen. Dann habe ich ein Gespräch zwischen ihr und ihren Freundinnen mit angehört. Weißt du, was Lilian gesagt hat? ›Glaubst du, ich wäre mit ihm zusammen, wenn er nicht all das Geld hätte und mir diese Möglichkeiten bieten könnte? Der ist doch gar nicht meine Liga. Außerdem ist er ein Langweiler.‹« Nick hob vielsagend die Augenbrauen. »Meine Geschenke, die Wochenendtrips, die Partys und Restaurants waren offensichtlich ihre Liga. Nur ich habe wohl gestört. Wenn man meine Kohle abzieht, bin ich wohl nichts weiter als ein durchschnittlicher Typ.«

»Man kann dir ja vieles vorwerfen, Nick Wolfe, aber durchschnittlich bist du ganz sicher nicht.« Und was sollte das überhaupt heißen – nicht ihre Liga? Klar, ich wusste, was es bedeutete: Sie hielt ihn nicht für heiß genug, um mit ihr mithalten zu können. Verstehen konnte ich es deshalb noch lange nicht. Nick war alles andere als hässlich. Er hatte diese Augen, die ... Oh Mann! Hatte ich gerade gesagt, dass er alles andere als durchschnittlich war? Ich spürte, wie mein Gesicht heiß wurde, und wusste, dass meine Wangen so rot waren wie das Etikett der Colaflasche.

Nicks Augen, über die ich eben noch nachgedacht hatte, waren auf mich gerichtet. Ich wartete darauf, dass er über meinen roten Kopf spottete oder einen anderen Kommentar losließ, aber er sah mich nur an. Er hatte sogar aufgehört, Grashalme auszureißen.

Bevor mir etwas einfiel, um diesen peinlichen Moment zu überbrücken, der sich gar nicht so peinlich anfühlte, sondern eher sehr intensiv, erklang ein Geräusch aus dem Haus.

Nick war sofort auf den Beinen. Sein Blick schoss durch den Garten. »Kannst du über die Mauer klettern?«

Die Geräusche im Haus wurden deutlicher. Nick schob sich vor mich, doch ich legte ihm eine Hand auf den Arm. »Das ist nur mein Dad.«

»Bist du sicher?« Sein Blick war auf die Terrassentür gerichtet, als rechnete er jeden Moment damit, den Farblosen im Türrahmen zu sehen.

»Ganz sicher.« Dad hatte ja gesagt, dass er nur eine kurze Schicht hatte. Das bedeutete, nach sechs Stunden war Schluss.

Ich warf einen Blick auf die Uhr. Halb elf. Das passte genau. »Er wirft gern die Tür zu. Was du danach gehört hast, war sein Schlüssel. Er zielt damit auf die Kommode und meistens prallt er dann von der Wand ab und landet erst mal auf dem Boden. Als Nächstes geht das Licht in der Küche an, dann knallt die Kühlschranktür.« Genau das geschah. »Siehst du. Es ist alles in Ordnung.«

»Dann sollte ich jetzt wohl besser gehen.« Er zog seine Socken und Schuhe an und folgte mir nach drinnen. Im Flur trafen wir auf Dad.

»Ich wusste ja gar nicht, dass du Besuch hast.«

»Hey Dad. Das ist Nick Wolfe. Nick – mein Dad.«

Dad runzelte die Stirn. »Ich kenne Sie.«

»Falls du wirklich weißt, wer er ist, sag es ihm nicht. Er wird sonst nur noch eingebildeter.«

»Besten Dank auch«, gab Nick trocken zurück und ergriff Dads ausgestreckte Hand. »Freut mich, Sie kennenzulernen, Mr Summers.«

»Ganz meinerseits.« Dad hielt seine Hand fest und sah ihm in die Augen. »Wenn Sie meiner Tochter das Herz brechen, ist es mir übrigens völlig egal, wer Sie sind, dann werde ich Ihnen in den Hintern treten.«

»Dad!« Ich wäre am liebsten im Boden versunken. Er hatte schon immer eine Vorliebe dafür gehabt, die Jungs, die ich mit nach Hause brachte – wenn es überhaupt mal so weit kam – in Verlegenheit zu bringen. Er hielt das für eine seiner väterlichen Pflichten. Außerdem fand er, dass es viel über einen Menschen aussagte, wie er mit einer peinlichen Situation umging. Wenn ich früher daran gedacht hätte, hätte ich Nick über die Gartenmauer rausgeschmuggelt.

Nick grinste nur. »Es ist wahrscheinlicher, dass Ihre Tochter *mir* das Herz bricht, Sir.«

Das wurde ja immer besser! Was war das hier? Der neue Wer-bringt-Riley-am-meisten-in-Verlegenheit-Wettkampf?

Nick wünschte Dad einen schönen Abend und ging zur Tür. Ich folgte ihm nach draußen zu seinem Wagen.

»Ich werde dir das Herz brechen?«

»Gut möglich.« Nick ging um den Wagen herum und öffnete die Fahrertür.

»Müsstest du dafür nicht erst mal eins haben?« Ich gab mir alle Mühe, locker und witzig zu klingen, aber mein eigenes, definitiv vorhandenes Herz schlug mir mit einem Mal bis zum Hals.

»Ich wäre ein medizinisches Wunder, wenn ich keines hätte. Wir sehen uns morgen.« Ohne mir Gelegenheit zu einer Antwort zu geben – nicht dass ich gewusst hätte, was ich sagen sollte –, stieg er in den Wagen und fuhr davon.

34

»Interessanter Bursche«, empfing mich Dad, als ich wieder ins Haus kam.

»Dad, kein Mensch sagt heute noch Bursche.«

»Was erwartest du?«, grinste er. »Ich bin ein alter Mann. Aber dieser Nick … wenn du ihn mal zu uns zum Essen einladen willst, nur zu.«

»Ich weiß noch nicht mal, ob ich ihn überhaupt mag«, behauptete ich. In Wahrheit war diese Frage längst entschieden, auch wenn ich es nicht zugeben wollte.

Dad grinste nur vielsagend und wackelte auf eine Art mit den Augenbrauen, wie wohl nur Väter es können, wenn sie ihre Töchter aufzogen.

Ich wünschte ihm eine gute Nacht und ging nach oben. Kaum hatte ich geduscht, tauchte Hugh auf, um mir zu berichten, dass es von draußen nichts zu berichten gab, und verschwand sofort wieder auf seinen Wachposten.

Beruhigt kroch ich ins Bett. Dass sich der Farblose bisher nicht hatte blicken lassen, bedeutete dann wohl wirklich, dass er zwar wusste, wo ich arbeitete, aber keine Ahnung hatte, wo ich wohnte.

Am nächsten Morgen stolperte ich in der Küche über Hugh. Wieder einmal stand er am Herd und wirbelte seine Pfannkuchen durch die Luft.

»Guten Morgen«, begrüßte ich ihn. »Ist Dad nicht da?«

»Zahnarzttermin«, sagte Hugh, ohne den Blick von der Pfanne zu nehmen. »Danach wollte er einkaufen fahren.«

Hugh wusste mindestens so gut über Dads Tagesablauf Bescheid wie ich. Offensichtlich sogar besser, denn den Zahnarzttermin hatte ich nicht mehr auf dem Schirm gehabt. Grinsend setzte ich mich an den Tisch. Hui Buh wurde allmählich zu einem festen Bestandteil in diesem Haushalt. Zu dumm nur, dass Dad ihn nicht sehen konnte – die beiden wären sicher gut miteinander klargekommen.

»Einmal Hugh-Spezial!« Hugh stellte mir einen Teller mit drei Pfannkuchen vor die Nase und schob das Johannisbeergelee über den Tisch zu mir.

»Danke.« Ich strich eine dicke Schicht Gelee auf den ersten Pfannkuchen und rollte ihn zusammen. »Wie sieht es draußen aus?«

»Alles noch da.«

»Hugh!«

Er wedelte belustigt mit dem Pfannenwender herum. »Keine Panik, Herzchen. Draußen ist alles ruhig. Keine ominösen Subjekte gesichtet. Und, was hast du gestern so angestellt?«

Was sollte ich schon angestellt haben? »Nichts Besonderes.«

»Ach, komm!« Er stieß mich in die Seite. »Dein Geldsack wird doch nicht ohne Grund fürchten, dass du ihm das Herz brechen könntest.«

Ich verdrehte die Augen. Hugh schaffte es doch immer wieder, genau dann aufzukreuzen, wenn ich ihn gerade am wenigsten brauchen konnte. Mein Hausgespenst grinste nur, was hinter dem blauen Leuchten fast schon Furcht einflößend aussah.

»Du angelst dir also wirklich den reichen Bubi, was?«

»Hier angelt keiner irgendwas. Oder irgendwen.« Zugegeben, ich mochte Nick deutlich lieber als noch vor ein paar Tagen.

Wir verstanden uns auch besser. Aber das hieß doch noch lange nicht, dass es eine Anziehung zwischen uns gab. Vermutlich hatte er gestern nur mit mir geflirtet, weil ihn der Gedanke reizte, dass wir aus vollkommen verschiedenen Welten stammten. Bestimmt war er noch nie mit einer ausgegangen, die keine Privatschule besuchte und keinen Superflitzer in der Garage ihrer Villa stehen hatte. Der Reiz des Unbekannten eben.

Nach dem Frühstück verzog sich Hugh wieder auf seinen Wachposten. Ich erledigte ein paar Arbeiten im Haus und setzte mich dann mit einem Buch in den Garten. Je später es wurde, desto schwerer fiel es mir, mich auf mein Buch zu konzentrieren. Normalerweise hatte ich kein Problem damit, einen Tag im Haus zu verbringen, doch jetzt, wo ich es musste – immerhin hatte ich es Nick und Madame versprochen –, fühlte ich mich plötzlich eingesperrt.

Am Nachmittag tauchte Hugh wieder auf. Er materialisierte sich mitten über dem Teich, die Fußsohlen knapp über der Wasseroberfläche schwebend. Einen Moment lang betrachtete er seine Füße, tauchte kurz den Zeh ins Wasser und sah dann grinsend auf. »Kein Wunder, dass der Knabe damals so gern übers Wasser gelaufen ist. Fühlt sich cool an. Heute Abend versuche ich dann mal die Sache mit dem Wasser in Wein verwandeln.«

»Du isst und trinkst doch gar nichts mehr.«

»Ja, das ist wirklich eine Schande.« Er platschte noch mal kurz im Wasser, dann kam er ans Ufer und ließ sich neben mir ins Gras fallen. »Draußen ist alles ruhig. Die Frau von gegenüber war wieder mit ihrem Hund draußen. Ich schwöre, dass das Vieh aussieht wie dieser Teenie-Vampir, auf den ihr Mädels so abfahrt. Zumindest die Frisur ist dieselbe.«

Nachdem Hugh wieder fort war, versuchte ich es erneut mit

meinem Buch. Meine Gedanken stahlen sich aber ständig zu Nick. Miles' Beerdigung hatte inzwischen begonnen, und ich hoffte inständig, dass Adam auftauchen würde. Ich wünschte es Nick so sehr!

Zum Abendessen war Dad wieder zu Hause. Wir kochten gemeinsam, und Dad versuchte alles, um eine Unterhaltung in Gang zu bringen, doch irgendwie hörte ich immer nur mit halbem Ohr zu. Wenn überhaupt.

»Erde an Riley«, lachte Dad. »Meine Herren, dieser Nick hat es dir ja ganz schön angetan, was?«

»Quatsch! Ich bin nur …« Ich zuckte die Schultern. »Abgelenkt.« Was nicht gelogen war.

Nach dem Essen verzog ich mich auf mein Zimmer, um auf Nick zu warten. Es wurde sieben, dann acht und schließlich neun. Dad war längst zum Dienst gefahren, draußen begann es bereits zu dämmern, doch Nick tauchte nicht auf. Schließlich rief ich ihn an.

»Wo steckst du?« Mir fiel nur ein Grund ein, warum er nicht, wie vereinbart, hier war. »Hast du ihn gefunden? War Adam da?«

»Nein, er nicht«, sagte er leise.

»Warum flüsterst du?«

»Weil ich gerade den Farblosen verfolge und nicht will, dass er mich bemerkt.«

Mir wurde schlagartig eiskalt. »Nick, das ist viel zu gefährlich!«

»Er war auf der Beerdigung, Riley. Auf Miles' Beerdigung. Weißt du, was das bedeutet?«

Es bedeutete, dass die Ereignisse der letzten Tage noch enger miteinander verknüpft waren, als wir bisher angenommen hatten. Nur dass ich immer noch keine Ahnung hatte, wie alles zusammenhing.

»Der Kerl kann mich vielleicht zu Adam führen.« Einen Moment schwieg er. Ich konnte hören, dass er sich bewegte. Dann erklang seine Stimme erneut: »Ich bleibe an ihm dran. Sobald ich weiß, wo er hinwill, breche ich ab und komme zu dir. Geh auf keinen Fall zu Madame. Nicht allein! Wir machen das morgen gemeinsam, okay?«

»Okay. Sei vorsichtig.«

Nick legte auf, und plötzlich hatte ich Angst, ihn nicht mehr wiederzusehen. Wenn der Farblose ihn erwischte …

Als ich aufsah, stand Hugh an die Tür gelehnt da und beobachtete mich. »Schlechte Nachrichten?«

»Zumindest gefährliche.« Ich erzählte ihm alles, dann kam mir ein anderer Gedanke. Wenn Nick hinter dem Farblosen her war, konnte der zumindest nicht am Laden sein. Die Luft wäre also rein. Ich hatte ihm versprochen, nicht allein zu Madame zu gehen. Aber das musste ich auch nicht. »Hast du Lust auf einen Ausflug, Hugh?«

35

Zum zweiten Mal, seit ich Hugh beschworen hatte, fuhren wir gemeinsam U-Bahn. Trotz meiner Anspannung musste ich mir immer wieder auf die Lippen beißen, um mein Grinsen zu unterdrücken, angesichts der Leute, die nichts von dem blau schimmernden Geist ahnten, der unablässig von einem Ende des Wagons zum anderen schwebte und nach möglichen Gefahren Ausschau hielt.

Sobald wir die Ecke Oxford/Museum Street erreichten, baute sich Hugh vor mir auf und hob warnend die Hand. »Du wartest hier«, sagte er. »Ich nehme mir die Gegend erst einmal vor und schaue, ob der Kerl auch wirklich nicht hier ist.«

»Nick folgt ihm«, sagte ich.

»Hat er auch gesagt, *wohin* er ihm folgt?«

Ich schluckte jeden weiteren Widerspruch herunter. Hugh hatte recht. Sie konnten genauso gut in der Nähe sein. »Okay, ich warte.«

Hugh machte sich aus dem Staub und ich stand wie eine Zielscheibe an der Straßenecke. Inzwischen war es dunkel geworden und auf der Oxford Street herrschte noch immer reges Treiben, trotzdem fühlte ich mich, als hätte jemand über meinem Kopf einen leuchtenden Pfeil mit den Worten *Opfer hier!* angeknipst. Unbehaglich zog ich mich ein Stück von der Hauptstraße zurück und setzte mich auf den Mauervorsprung vor dem Schaufenster eines Buchladens.

Eine Ewigkeit verging, bis Hugh endlich wieder auftauchte. Und als er plötzlich neben mir aufploppte, fuhr ich erschrocken zusammen.

»Alles klar, die Luft ist rein!«

»Wo hast du so lange gesteckt?«

»Hey, ich mache meine Arbeit gründlich!«, beschwerte er sich. »Ich habe alle Straßen rund um den Laden inspiziert – mehrmals übrigens – und das *High Tea* und sämtliche anderen Cafés in Sichtweite abgegrast. Der Kerl ist definitiv nicht hier.«

Wir gingen die Museum Street entlang, wobei ich trotz Hughs Entwarnung nicht aufhören konnte, mich ständig nach allen Seiten umzusehen. Er konnte mir noch so oft versichern, dass der Farblose nicht hier war, das ungute Gefühl, das sich in mir eingenistet hatte, seit ich wusste, dass er den Laden seit Tagen beobachtete, wollte einfach nicht verschwinden.

An der Straßenecke vor dem Laden blieb ich stehen und kramte den Schlüssel aus meiner Jeanstasche. Ich atmete einmal tief durch und straffte die Schultern. »Also gut, bringen wir es hinter uns.«

»Ich passe weiter auf«, sagte Hugh. »Sollte ich auch nur den leisesten Verdacht haben, dass sich hier draußen was tut, schlage ich Alarm.«

Bevor ich noch etwas sagen oder es mir anders überlegen konnte, war er schon wieder fort. Und mit dem blauen Leuchten verblasste auch mein Mut.

Du brauchst Antworten, sagte ich mir. Und Madame konnte sie mir geben. Sie hatte sich verdächtig benommen und wusste definitiv etwas. Aber sie würde mir nichts tun. So schlecht konnte meine Menschenkenntnis unmöglich sein, dass ich mich so sehr in dieser liebenswürdigen, verschrobenen Frau getäuscht hatte.

Damit sich Nick keine Sorgen machte, falls er mich zu erreichen versuchte, schrieb ich ihm eine SMS.

Bin bei Madame. Keine Angst, Hugh ist bei mir.

Ich hatte bereits auf Senden gedrückt, als mir bewusst wurde, wie meine Nachricht für ihn klingen mochte. Einen Geist als meinen Beschützer zu nennen, den er noch nie gesehen und für dessen Existenz er keine anderen Beweise als mein Wort hatte, war vermutlich nicht sonderlich beruhigend. Ich dachte daran, noch eine SMS hinterherzuschicken, wusste aber nicht, was ich schreiben sollte. Solange ich nicht schrieb, dass ich das Treffen mit Madame abgeblasen hatte und sicher zu Hause saß, gab es nichts, das die Sache besser gemacht hätte. Ich musste der Realität ins Auge sehen: Nick würde mir den Kopf abreißen. Hoffentlich waren die Dinge, die Madame zu sagen hatte, das wert. Seufzend stellte ich mein Handy auf lautlos und steckte es wieder ein.

Mit dem Schlüssel in der Hand ging ich zur Tür. Dass Hugh so gründlich gewesen war, hatte Zeit gekostet. Mittlerweile war es zwanzig nach zehn. Was, wenn Madame inzwischen gegangen war? Im Vorbeigehen warf ich einen Blick zum Fenster. Die Vorhänge in ihrem Reich waren zugezogen, sodass ich nicht sehen konnte, ob sie noch da war, durch einen schmalen Spalt glaubte ich allerdings Licht zu erkennen.

Ich sperrte auf, schob die Tür so vorsichtig auf, dass die Glöckchen darüber keinen Mucks von sich gaben, schlüpfte durch den Spalt in den Laden und drückte die Tür hinter mir sofort wieder zu.

Drinnen war es dunkel, die einzige Lichtquelle war der schwache Schein einer Straßenlaterne, der durch das Schaufenster hereinfiel. Ich wartete, bis sich meine Augen daran gewöhnt hatten, bevor ich den ersten Schritt machte. Keine Ahnung, warum ich so vorsichtig war. Ein Teil von mir hatte sich offenbar noch nicht entschieden, ob ich wirklich allein mit Madame sprechen wollte. Vielleicht fiel mir die Entscheidung leichter, wenn ich zuerst einen unbemerkten Blick auf sie werfen konnte.

Der Perlenvorhang war zur Seite gezogen, sodass ich geräuschlos daran vorbeikam.

Ich war bereits auf halbem Weg durch den Wartebereich, als ich Madames Stimme durch die angelehnte Tür hörte. Vorsichtig schlich ich näher, um zu hören, mit wem sie telefonierte.

»Das ist wirklich unglaublich«, raunzte Madame. »Wie kann er mein Vertrauen so missbrauchen! Einfach hier einzubrechen! Das ist das Letzte!«

»Wer hier wessen Vertrauen missbraucht, ist die Frage«, kam die Antwort eines Mannes.

Scheiße! Sie telefonierte nicht. Der Kerl war hier!

Wie angewurzelt stand ich da und starrte auf den Türspalt. Dahinter bewegte sich etwas. Die Umrisse einer Gestalt wurden sichtbar. Ein Mann. Er stand mit dem Rücken zu mir, sodass ich sein Gesicht – und seine Augen – nicht sehen konnte. Unwillkürlich hielt ich den Atem an. Dann sah ich sein Haar. Blond. Er war blond. Wer auch immer der Kerl sein mochte, es war nicht der mit den farblosen Augen, der hatte dunkles Haar.

Wieder hatte Madame von einem Er gesprochen. Ob es sich dabei um denselben handelte, wie in dem Telefonat, das ich mit angehört hatte?

Leise schob ich mich näher an die Tür heran. Jetzt erhaschte ich auch einen Blick auf Madame. Sie stand so dicht vor dem

Blonden, dass er sie bedrohlich überragte. Ihre Haltung wirkte angespannt, doch auf ihrem Gesicht zeichnete sich unverkennbare Wut ab. Und noch etwas – etwas, das sie zu verbergen versuchte, weshalb ich es erst auf den zweiten Blick erkannte. Wer auch immer der Kerl war – er machte ihr Angst.

Es mochte kein Überfall sein, aber es war offensichtlich, dass der Mann Madame bedrohte. Er war groß und breit und ganz sicher zu stark, als dass wir allein mit ihm fertig werden konnten.

Meine Hand glitt in die Hosentasche und legte sich um mein Handy. Langsam, um nur ja kein Geräusch zu verursachen, bewegte ich mich rückwärts, ohne den Blick vom Türspalt zu nehmen. Sobald ich außer Hörweite war, wollte ich die Polizei rufen.

Ich war drei Schritte weit gekommen, als Madames Blick mich erfasste. Sofort richtete sie ihre Aufmerksamkeit wieder auf den Mann vor sich, doch ihm schien das kurze Aufflackern von Erschrecken in ihren Augen ebenso wenig entgangen zu sein wie mir.

Er fuhr herum. Zwei Schritte, dann war er bei der Tür und riss sie auf. Zum ersten Mal sah ich sein Gesicht.

Es war nicht der mit den farblosen Augen. Der hier war schlimmer. Es war Miles' Mörder. Der Mann, aus dessen Ring ein Lichtstrahl geschossen war.

Mit einem Satz sprang er auf mich zu. Ich wirbelte herum und rannte los. Er erwischte mich, noch bevor ich den Perlenvorhang erreichte, und verpasste mir einen Stoß, der mich gegen die Wand warf. Der Aufprall war hart. Ich verlor das Gleichgewicht und fiel hin. Sofort zog er mich wieder auf die Beine und drängte mich zurück, bis ich in der Ecke neben dem Durchgang gefangen war.

Hinter ihm kam Madame angelaufen. »Nicht! Lass sie in Ruhe!«

Doch Blondie ließ sich nicht aufhalten. Er legte mir die flache Hand auf die Stirn. Seine Berührung traf mich ins Mark. Es waren nicht seine Finger auf meiner Stirn, die mich so schockierten, sondern die Erkenntnis, die mit dieser Geste kam. Derselben Geste, die auch der Farblose angewandt hatte.

»Sieh mich an«, verlangte er jetzt.

Es war wie ein Déjà-vu.

»Tu es nicht!« Von hinten kam Madame näher.

Keine Ahnung, ob sie mich meinte oder den Blonden – ich für meinen Teil hatte auf jeden Fall vor, auf Madame zu hören. Was auch immer der Kerl von mir wollte, ich würde ihm nicht den Gefallen tun, ihn anzusehen. Das musste ich auch nicht, denn als ich mich weigerte, griff er nach meinem Kinn und hob meinen Kopf so weit an, dass ich ihm in die Augen sehen musste.

Zumindest, wenn ich sie nicht vorher geschlossen hätte.

»Hugh!«, brüllte ich und kniff die Augen so fest zusammen, wie ich konnte. »Hilfe!«

Ich hatte keine Ahnung, ob er mich hören würde oder zu weit entfernt war. Aber ich musste es einfach versuchen. Während ich die Augen weiter geschlossen hielt und im Griff des Blonden festsaß, brüllte ich immer wieder wie verrückt nach Hugh.

Du wirst jetzt still sein.

Die Stimme traf mich ins Mark. Schlagartig verstummten meine Hilferufe. Ich wusste nicht, ob der Blonde laut gesprochen hatte oder ob ich ihn nur in meinem Kopf hörte. Seine Worte zupften und zerrten an meinem Verstand und ließen mich vergessen, was ich eigentlich hatte tun wollen.

Du wolltest um Hilfe rufen, hörte ich mich aus einem Winkel meines Verstandes sagen. Doch das kam mir seltsam vor. Warum sollte ich das wollen? Ich war doch gar nicht in Gefahr.

Öffne die Augen.

Ich folgte der Aufforderung. Etwas in mir wollte es nicht tun. Es war gefährlich, auf den Blonden zu hören. Doch so schnell der Gedanke gekommen war, so schnell war er auch wieder fort, und eine Sekunde später wusste ich nicht einmal mehr, warum ich das überhaupt gedacht hatte.

»So ist es gut.« Die Stimme war jetzt nicht mehr nur in meinem Kopf. Ich sah das Gesicht des Blonden, sah, wie sich seine Lippen bewegten. Dann richtete ich den Blick auf seine Augen.

In mir kribbelte es. Kein angenehmes Kribbeln, wie ich es bei Nick verspürte, sondern ein schmerzhaftes. Ein kleiner Teil von mir ahnte, dass es ein Fehler war, ihn anzusehen, trotzdem konnte ich nicht anders.

»Du wirst mit mir kommen.« Das Prickeln wurde mit jedem Wort stärker, es fühlte sich an, als würde jemand Strom durch meinen Körper leiten und dabei den Saft immer weiter aufdrehen. »Keine Gegenwehr. Keine Fragen. Du folgst meinem Befehl.«

Es tat weh! Unglaublich weh!

Der Schmerz war so schlimm, dass ich mich nicht länger auf seine Worte konzentrieren konnte. Ich wollte ihm zuhören, mein Verstand wusste, dass ich es tun *musste.* Aber mein Körper verweigerte sich mir. Das Blut rauschte in meinen Ohren, mein Herz donnerte so heftig in meiner Brust, dass ich nichts anderes mehr hörte. Die Adern hinter meinen Schläfen pochten und eine Welle des Schmerzes raste durch meinen Kopf.

Und plötzlich wusste ich es: Genau das war auch Craig passiert. Er mochte an einer Gehirnblutung gestorben sein, aber das hier war der Auslöser gewesen.

Was auch immer dieser Mann mit mir machte, in ein paar Sekunden würde eine Ader in meinem Kopf platzen, und dann würde auch ich in einem Kühlfach in der Leichenhalle landen.

Die Lippen des Blonden bewegten sich noch immer, doch seine Stimme drang nicht mehr zu mir durch.

Ein scharfer Schmerz in meinem Kopf riss mich endgültig aus meiner Trance. Ich starrte dem Mann noch immer in die Augen, doch der Bann war gebrochen.

Mit einem Ruck riss ich mein Knie nach oben. Er reagierte blitzschnell, drehte sich weg, bevor ihn mein Tritt zwischen den Beinen treffen konnte. Ich hatte mein Ziel verfehlt, doch für einen Moment lockerte sich sein Griff. Mit aller Kraft stieß ich ihn von mir und sprang zur Seite, auf den Durchgang zum Laden zu.

»Lauf!«, schrie Madame hinter mir.

Auf dem Weg zur Tür sah ich mich noch einmal um. Madame war dem Kerl in den Rücken gesprungen und hatte ihm die Arme um den Hals geschlungen. Das Letzte, das ich sah, bevor der Durchgang aus meinem Sichtfeld verschwand, war, wie der Blonde ein paar schnelle Schritte rückwärts machte, auf die Wand zu.

Ich hörte Madames dumpfes Stöhnen. Dann hatte ich die Tür erreicht und riss sie auf. Die Glöckchen darüber bimmelten schrill.

»Bleib stehen!«

Der Blonde hatte Madame abgeschüttelt und war jetzt wieder hinter mir her. Ich stürmte nach draußen. Wenn ich es bis zur Hauptstraße schaffte, war ich in Sicherheit. Er würde es nicht wagen, mich vor all den Leuten, die dort unterwegs waren, anzugreifen! Allerdings musste ich erst einmal so weit kommen. Auch wenn ich mich nicht umsah, wusste ich, dass er noch immer hinter mir her war. Ich hörte seine Schritte, unter die sich wütende Flüche mischten.

Fluch nur weiter, dachte ich. *Vielleicht geht dir ja die Puste aus.*

Dummerweise schien er gut in Form zu sein, denn statt zurückzufallen, wurden die Schritte hinter mir lauter.

36

Nick trat das Gaspedal durch, bis der Motor aufheulte. Riley würde ihm die Hölle heiß machen, wenn sie mitbekäme, mit welchem Tempo er die Straßen entlangraste. Andererseits war sie der Grund für sein Rasen.

Er hatte gewusst, dass sie nicht auf ihn hören würde!

Verflucht, er hätte wie verabredet gleich nach der Beerdigung zu ihr fahren sollen. Dann aber hatte er den Farblosen entdeckt, der im Schatten eines Baumes stand und das Begräbnis aus sicherer Entfernung beobachtete. Nick, der sich ebenso abseits gehalten und das Geschehen im Schutz einer Mauer verfolgt hatte, war unbemerkt geblieben.

Adam war nicht aufgetaucht, und spätestens, als Nick den Farblosen sah, war er sicher gewesen, dass er auch nicht mehr kommen würde. Ab da hatte seine Aufmerksamkeit dem Mann gehört, dessen Blick die anwesenden Trauergäste ebenso scannte, wie Nick es zuvor getan hatte. Als sich die Versammlung am Grab auflöste, zog sich der Farblose zurück.

Nick heftete sich an seine Fersen. Zum Glück parkte er nicht weit von ihm entfernt, sodass er nicht Gefahr lief, ihn aus den Augen zu verlieren. Er zwang sich, Abstand zu halten, und rief sich immer wieder ins Gedächtnis, dass der Kerl ihn keinesfalls zu Gesicht bekommen durfte. Nach ihrem Zusammenstoß im Krankenhaus, würde er Nick vermutlich wiedererkennen und verschwinden. Oder angreifen.

Auf den Straßen war es leichter, ihm zu folgen. Der Cayenne war auffällig genug, sodass Nick auch mit ausreichend Sicherheitsabstand nicht Gefahr lief, abgehängt zu werden.

Der Farblose führte ihn geradewegs nach Camden, wo er seinen Wagen schließlich vor einem Eckgrundstück in der Elsworthy Road abstellte. Demselben Grundstück, das Nick zusammen mit Riley unter die Lupe genommen hatte, ehe sie ins Leichenschauhaus gerufen worden waren. Das Haus von Ulysses Thorne.

Nick parkte den Aston Martin an einer Ecke und behielt das Haus im Auge. Eine Weile wartete er, ob der Farblose wieder herauskäme oder ob es ihm vielleicht sogar gelänge, einen Blick auf diesen ominösen Thorne zu erhaschen. Die letzte Person aus Adams Terminkalender, die ihn offensichtlich gesehen hatte.

Wenn er etwas mit Adams Verschwinden zu tun hatte, warum hatte er dann am Telefon zugegeben, ihn gesehen zu haben? Wäre es nicht besser gewesen zu behaupten, er wäre gar nicht erst aufgetaucht? Dieser Thorne musste sich verdammt sicher sein, dass ihn niemand mit Adams Verschwinden in Verbindung bringen würde.

Er beobachtete das Anwesen seit einer Stunde, als Riley anrief. Er war so von seiner Entdeckung gefangen gewesen, dass er das Treffen mit Madame vollkommen vergessen hatte. Das hier war ohnehin wichtiger. Mit dem Medium konnten sie sich auch morgen noch treffen. Nach dem kurzen Telefonat beobachtete er das Haus noch eine Weile. Als sich nach einer weiteren Stunde immer noch nichts tat, entschloss er sich, einen genaueren Blick zu riskieren.

Im Schutz der Dunkelheit verließ er seinen Wagen und näherte sich der Mauer, als ein Piepton den Eingang einer SMS verkündete. Verflucht! Um ein Haar hätte er sich mit eingeschaltetem Smartphone dem Haus genähert. Dabei hatte Riley ihn schon beim letzten Mal darauf hingewiesen, dass er es bei einem Einbruchsversuch besser ausschalten sollte.

Er zog es aus der Tasche, um es auszuschalten, als er sah, dass die Nachricht von Riley war. Rasch überflog er die Zeilen.

Nicht einmal eine Minute später saß er in seinem Wagen und raste los. Er schaffte es in Rekordzeit zur Oxford Street, die um diese Uhrzeit glücklicherweise für den Verkehr freigegeben war. Mit quietschenden Reifen schoss er um die Kurve und bog in die Museum Street.

Da sah er sie.

Riley rannte in seine Richtung, einen blonden Mann dicht auf den Fersen. Nick hupte und trat noch einmal das Gaspedal durch, nur um auf ihrer Höhe eine Vollbremsung einzulegen. Sofort beugte er sich zur Seite und stieß die Beifahrertür auf.

»Schnell! Steig ein!«

Riley sprang in den Wagen. Sie hatte die Tür noch nicht ganz geschlossen, da gab Nick erneut Gas. Im Rückspiegel sah er noch, wie der Blonde stehen blieb und ihnen hinterherstarrte. Dann waren sie um die Kurve und der Mann außer Sicht.

»Bist du verletzt?«

»Nein, ich bin okay.« Riley keuchte vor Anstrengung, und statt noch mehr zu sagen, zog sie ihr Handy aus der Tasche und wählte eine Nummer.

»Hallo, Polizei?«, hörte Nick sie sagen. »Sie müssen sofort zum *Hexenkessel* in die Museum Street kommen. Die Ladeninhaberin wird von einem Einbrecher angegriffen! Beeilen Sie sich!« Sie legte auf, ließ den Kopf gegen die Nackenstütze sinken und schloss die Augen.

Nick kämpfte den Impuls nieder, sie mit Fragen zu überschütten. Dieser Kerl, der sie verfolgt hatte. Der Anruf bei der Polizei. Ein Einbrecher, der Madame angriff? Er wollte sie tausend Dinge fragen, aber das war nicht der richtige Zeitpunkt. Alles, was ihn für den Moment interessierte, war, dass Riley in Ordnung war.

Er war wütend. Stinksauer. Auf sich selbst, dass er nicht sofort auf die Idee gekommen war, dass Riley natürlich zu dem Treffen gehen würde. Und auf Riley, weil sie nicht auf ihn gehört hatte. Wie konnte sie so unvorsichtig sein! Er würde ihr was erzählen! Wenn er mit ihr fertig war, würde sie keinen Schritt mehr wagen, ohne ihn vorher um Erlaubnis zu fragen!

Fünfzehn Minuten später stellte er den Wagen vor ihrem Haus ab und folgte ihr mit zornigen Schritten nach drinnen. Im Flur blieb sie stehen und drehte sich zu ihm um.

»Ich schätze, du bist ziemlich sauer.« Sie wirkte ehrlich zerknirscht. »Okay, leg los. Zerreiß mich in der Luft.«

Er machte einen Schritt auf sie zu. »Du bist der sturste, lebensmüdeste und unvernünftigste Mensch, der mir je untergekommen ist!«, fuhr er sie an. »Wenn dieser Kerl es nicht geschafft hat, dir den Hals umzudrehen, sollte ich es vielleicht tun! Dann muss ich mir wenigstens keine Gedanken mehr machen, *wann* dir etwas zustoßen könnte!«

Riley wartete schweigend. Als er nichts mehr sagte, runzelte sie die Stirn. »War das schon alles?«

»Noch lange nicht.«

Mit einer Geste forderte sie ihn auf, fortzufahren.

»Du bist …« Plötzlich konnte er nicht mehr schreien. Er konnte nicht länger wütend sein, weil er einfach nur unglaublich erleichtert war. »Du bist die Pest!«

Nick machte noch einen Schritt auf sie zu, zog sie an sich und küsste sie. Sein Kuss war hart und stürmisch. Voller Wut.

Riley gab einen erstickten Laut von sich, der ebenso gut Überraschung wie auch Protest sein konnte. Nick schlang die Arme um sie und drängte sie zurück, bis sie mit dem Rücken gegen die Kommode stieß. Etwas fiel herunter. Er achtete nicht darauf. Alles, was in diesem Moment für ihn zählte, war Riley. Sie in seinen Armen zu halten, ihre Lippen auf seinen zu spüren, zu spüren, dass sie lebte und unversehrt war. Die Leidenschaft, mit der sie seinen Kuss erwiderte, überraschte ihn. Nur widerwillig beendete er den Kuss, ehe er sie zu etwas drängen konnte, für das sie womöglich beide noch nicht bereit waren. Er küsste sie auf die Stirn und drückte sie an sich.

»Ich bin froh, dass dir nichts passiert ist«, flüsterte er.

Riley hob den Kopf. Sie lächelte. »Ich wurde gerade angeschrien und geküsst. Als Nichts würde ich das nicht gerade bezeichnen.«

Noch konnte er einen Rückzieher machen. Konnte behaupten, dass er sie nur geküsst hatte, weil er erleichtert gewesen war. Oder wütend. Aber das wollte er nicht. Er wollte keinen Rückzieher machen. »Welcher Teil war der schlimmere? Das Schreien oder das Küssen?«

»Bevor ich mir darüber ein Urteil bilden kann, brauche ich wohl noch ein wenig mehr Vergleichsmöglichkeit.«

Die konnte sie haben. Er wollte sie erneut an sich ziehen, als das Handy in ihrer Hosentasche piepte. Riley zog es hervor und warf einen Blick darauf.

»Eine Nachricht von Madame! Ich muss wissen, ob sie in Ordnung ist.«

Nick gab sie frei. »Was ist überhaupt passiert?« Er sah den Gang entlang in Richtung Wohnzimmer. »Ist dein Dad da? Kann er uns hören?«

»Nachtschicht. Lass uns nach oben gehen.« In ihrem Zimmer angekommen, widmete sie sich wieder ihrem Handy. »Madame hat auf die Mailbox gesprochen.« Sie runzelte die Stirn. »Vier Mal.«

Während sie sich das Telefon ans Ohr hielt, um die Nachrichten abzuhören, sah Nick sich in ihrem Zimmer um. Klein, aber sauber und gemütlich. Nur über Ordnung würden sie sich wohl einmal unterhalten müssen. Überall lagen Zeitschriften und Klamotten herum. In einer Ecke türmten sich CDs vor einer Stereoanlage auf dem Boden und neben dem Fernseher lag ein unordentlicher Haufen DVDs. Mit einem Lächeln nahm er seinen Blumenstrauß zur Kenntnis, der neben ihrem Bett auf dem Nachttisch stand.

»Elender Dreck!«

Rileys Ausruf ließ ihn herumfahren. »Was ist los?«

Sie schaltete den Lautsprecher an und spielte ihre Mailbox noch einmal ab. Bei den ersten drei Versuchen fragte Madame nur immer wieder, ob Riley in Ordnung war. Ob es ihr gut ging und sie in Sicherheit war. Der vierte war eine Warnung.

»Halt dich vom Laden fern, Riley. Komm nicht zurück, solange ich dir nicht sage, dass es sicher ist! Er war da, um deine Adresse herauszufinden, aber ich habe ihn vorher erwischt. Er weiß nicht, wo du wohnst, und er wird es auch so schnell nicht herausfinden – ich habe alle Unterlagen mitgenommen. Wir müssen dringend reden. Ich melde mich morgen wieder. Bis dahin sei vorsichtig.«

Riley sah Nick an. »Ich weiß, dass es dir nicht gefällt, aber wir müssen mit ihr reden.«

»Was ist denn jetzt überhaupt passiert?«

Mit einem Seufzer ließ sie sich auf das kleine Sofa neben dem Schreibtisch fallen. Nick setzte sich neben sie. In den nächsten Minuten erfuhr er, wie Riley mit Hugh zum Laden aufgebrochen war, was sie belauscht hatte und wie sie angegriffen worden und schließlich entkommen war.

»Gerade als ich dachte, ich würde es nicht zur Hauptstraße schaffen, kamst du«, schloss sie ihren Bericht. Dann seufzte sie. »Ich habe keinen Schimmer, wer der Kerl war, aber eines steht fest; er und der Farblose gehören irgendwie zusammen. Und er hat Miles auf dem Gewissen.«

Nick kämpfte gegen den Drang an, ihr noch einmal vor Augen zu halten, wie leichtsinnig sie gewesen war, als er ein Leuchten im Augenwinkel sah. Auf dem Bett hatte sich ein blau schimmernder Glatzkopf materialisiert, der wie eine neonblaue Ausgabe von Meister Proper aussah.

Er rutschte auf die Sitzkante, bereit, sich wenn nötig auf die Erscheinung zu stürzen. »Ist das …?«

»Hugh Stetson, Geist«, beantwortete die blau schimmernde Gestalt seine Frage und verneigte sich spöttisch. »Stets zu Diensten.«

Riley wirkte überrascht. »Seit wann zeigst du dich freiwillig?«

»Seit ich entschieden habe, dass dein Geldsack vertrauenswürdig ist.«

Nick überging den Geldsack. »Und wann war das?«

»Vermutlich seit eurer Knutscherei eben.«

Riley öffnete den Mund, klappte ihn dann wieder zu und wurde rot. Falls Nick rot wurde, war es nicht vor Scham, sondern vor aufkommender Wut. »Ich bin mir nur nicht sicher, ob wir dir ebenfalls vertrauen können.«

Hugh flackerte erbost. »Was?«

Nick stand auf und ging bedrohlich langsam auf den Geist zu. Es war ihm vollkommen egal, ob er leuchtete oder Funken schlug. Der Unachtsamkeit dieses Kerls war es zu verdanken, dass Riley um ein Haar Miles' Mörder in die Hände gefallen wäre! »Wo warst du, als sie angegriffen wurde? Sie hat nach dir gerufen!« Mit zusammengekniffenen Augen fixierte er den Geist. »Wie kommt es, dass du diesen Kerl nicht entdeckt hast? Er war doch längst im Laden, als du die Umgebung abgesucht hast!«

Das Flackern hörte auf, das Leuchten verlor von seiner Intensität. Hugh ließ den Kopf hängen. »Das ist genau das Problem«, sagte er. »Ich habe die Umgebung abgesucht. Darauf, dass jemand *im* Laden sein könnte, bin ich nicht gekommen.«

»Wie konntest du –«.

»Krieg dich wieder ein!« Hugh sprang auf. Jetzt standen sich die beiden gegenüber und funkelten einander an. »Ich bin vielleicht ein Geist, aber ich bin noch lange kein Superheld oder Geheimagent, der Ahnung von solchen Aktionen hat. Vor ein paar Wochen war ich noch ein langweiliger Buchhalter!« Mit jedem Wort wurde er lauter. »Glaubst du etwa, ich mache mir keine Vorwürfe für das, was dem Mädel um ein Haar passiert wäre? Das Dumme ist nur, dass ich nun einmal keine geistige Verbindung zu ihr habe. Wenn ich zu weit weg bin, um sie zu hören, bin ich zu weit weg. Da ist kein Sender, der ihre Stimme in meinen Kopf überträgt. Sonst wäre ich sofort dagewesen. Ich will nämlich auch nicht, dass der Kleinen was passiert! Kapiert?«

Eine Weile starrte Nick ihn schweigend an. Schließlich nickte er. »Kapiert.«

»Wenn ihr dann fertig seid, über mich zu sprechen, als wäre ich nicht da, könnt ihr euch wieder setzen.«

Nick drehte sich gleichzeitig mit dem Geist zu Riley um. Sie saß noch immer auf dem Sofa und blickte drein, als hätte sie es mit zwei unartigen Kindern zu tun.

Mit einem Seitenblick zu Nick sagte Hugh: »Ich verzieh mich

nach draußen, um wenigstens *da* vernünftig die Augen offen zu halten.«

Bevor jemand etwas erwidern konnte, war er verschwunden.

»Er hat ein schlechtes Gewissen«, sagte Riley.

Nick setzte sich wieder zu ihr. »Das sollte er auch.«

»Ich bin überrascht. Du hast gerade deinen ersten Geist gesehen und hattest nicht die geringste Angst vor ihm.«

»Das habe ich nie behauptet.«

Riley grinste. »Gibt es tatsächlich etwas, das den großen Nick Wolfe einschüchtern kann?«

»Zum Beispiel der Gedanke an das Treffen mit deiner Madame Veritas.«

»Wir müssen mit ihr reden.«

»Ich weiß. Aber dieses Mal tun wir es zu unseren Bedingungen.«

Sie hob eine Augenbraue. »Wie meinst du das?«

»Ein kontrolliertes Umfeld, das wir bestimmen. Ein Besprechungsraum im Firmengebäude von Wolfe Enterprises.« Es war der perfekte Ort. Am Eingang musste sich jeder eintragen, der das Gebäude betrat, und der Sicherheitsdienst sorgte dafür, dass keine unberechtigten Personen Zugang zu den Büroetagen erlangten.

»Wir sollten die Polizei einschalten.«

Daran hatte er auch schon gedacht. Die Sache hatte nur einen Haken. »Was wollen wir denen erzählen? Dass wir wissen, wer Miles' auf dem Gewissen hat, sie aber aufpassen müssen, weil der sie mit Lichtblitzen angreifen könnte? Dass wir vermuten, dass ein reicher Kerl aus Camden hinter all dem steckt? Wenn der Blonde im Laden wirklich versucht hat, dich mit Magie, oder was auch immer das gewesen sein mag, zu beeinflussen, kann er das vermutlich bei jedem. Was, wenn er es bei der Polizei macht und sie davon überzeugt, dass er nichts getan hat?«

Riley schaute so hilflos drein, dass er nach ihrer Hand griff. »Lass uns morgen hören, was Madame zu sagen hat. Danach sehen wir weiter.« Er legte den Arm um sie und zog sie zu sich heran. »Wir finden einen Weg aus dem Schlamassel.« Einen, bei dem er Adam und den Herzstein finden und sie trotzdem mit heiler Haut davonkommen konnten.

Riley seufzte und legte den Kopf an seine Schulter. »Ja, den werden wir finden.« Nach einer kurzen Pause fügte sie hinzu: »Auf jeden Fall ziehe ich morgen meine Laufschuhe an. Sicher ist sicher.«

Nick konnte nicht anders, trotz der Sorgen, die er sich um sie machte, musste er lachen. »Du bist wirklich unglaublich.« Aus irgendeinem Grund schaffte sie es regelmäßig, ihn aufzuheitern, auch wenn ihm eigentlich gar nicht danach zumute war.

Riley hob den Kopf. »Ach? Und was macht mich so unglaublich? Außer, dass jeder hinter mir her zu sein scheint?«

Die Antwort war leicht. »Zum Beispiel interessierst du dich nicht für mein Geld.«

»Woher willst du das wissen?«

»Du hast bisher nichts von mir angenommen.« Sein Blick fiel auf die Vase auf dem Nachttisch. »Von den Blumen einmal abgesehen.«

»Könnte Taktik sein.«

»Das könnte es«, räumte er ein. »Aber so ein Mensch bist du nicht. Du lässt dich ja nicht einmal von mir zum Essen einladen. Bei unserem Date erwarte ich allerdings, dass du mich bezahlen lässt.«

»Unser Date?«, echote sie.

»Sobald diese Sache hinter uns liegt, will ich, dass du mit mir ausgehst.«

»Ich weiß nicht, ob ich der Typ für deine Art von Dates bin.«

Nick unterdrückte ein Grinsen. Vermutlich gingen ihr gerade Bilder einer Gala durch den Kopf, auf der sich viel zu aufgetakelte Leute an einem vollkommen überteuerten Buffet über die Vorzüge ihres Reichtums unterhielten, ehe sie in einer Stretchlimo nach Hause gefahren wurden. Nicht zum ersten Mal wurde ihm bewusst, wie sehr sich seine Welt von Rileys unterschied.

»Was hältst du von Kino und danach Pizza?«, schlug er vor. »Für ein erstes Date sollte das okay sein. Dann musst du auch nicht so viel mit mir reden. Wenn du dich erst einmal an mich gewöhnt hast –«.

Sie begann zu lachen. »Nick, was redest du da eigentlich? Mich an dich gewöhnen? Nicht so viel reden müssen? Wenn ich es nicht besser wüsste, käme ich glatt auf die Idee, du könntest nervös sein.«

Er war nervös. Aber er würde den Teufel tun und das zugeben. Also zuckte er nur die Schultern.

»Du willst wirklich mit mir ausgehen?«, fragte sie nach einer Weile.

»Das muss ich.«

»Ach ja? Warum?«

»Weil ich glaube, dass du in mich verschossen bist.«

Riley setzte sich auf. »Du bist wirklich ein arroganter, selbstverliebter …«

»Pimpf?«, half er aus. »Komm schon, du magst mich.«

»Wenn überhaupt, bin ich bestenfalls auf eine abartige Weise von dir fasziniert.«

»Das klingt doch nach einem soliden Fundament für eine dauerhafte Beziehung.«

Plötzlich schwand der Schalk aus ihrem Blick. »Du meinst das wirklich ernst, oder? Die Sache mit dem Date und … du und ich. Was ist passiert, dass du mich plötzlich leiden kannst?«

Er wusste selbst nicht, wann er angefangen hatte, sie mit anderen Augen zu sehen. Wann er überhaupt angefangen hatte, *sie* zu sehen. Das Mädchen, nicht nur das Mittel zum Zweck, das ihm helfen würde, sein Ziel zu erreichen. Erst dachte er, es wäre der Angriff in der Leichenhalle gewesen, der alles verändert hatte. Als sie so verstört und entkräftet und er in Sorge gewesen war. Aber das stimmte nicht. Es hatte schon vorher angefangen. Die Dinge, die sie über sich erzählt hatte, die Fragen, mit denen sie versucht hatte, etwas über ihn zu erfahren, obwohl es ihr vollkommen egal sein konnte, wer er war und wie er lebte. Ihr unbefangener Umgang mit Paul. Die Falte, die sich auf ihrer Stirn bildete, wenn er etwas sagte oder tat, das ihr nicht gefiel. »Ich würde sagen, *du* bist passiert.«

»Zu schade, dass wir dieses Date noch nicht hatten«, seufzte sie.

»Ach, auf einmal? Warum?«

»Ich … also ich würde dich jetzt eigentlich gern küssen, aber das macht man nun mal nicht vor dem ersten Date, sondern danach.«

»Nachdem ich diese Regel heute selbst schon gebrochen habe, finde ich, dass es dir durchaus zusteht, dasselbe zu tun.«

Und das tat sie. Der Kuss begann sanft, fast schon vorsichtig. Erst als Nick sie an sich zog und ihren Lippen mit seiner Zunge begegnete, verlor sie ihre Zurückhaltung. Er wusste nicht, wann er sie auf seinen Schoß gezogen hatte oder wann seine Hände den Weg unter ihr Shirt fanden. Es geschah einfach und es fühlte sich vollkommen natürlich an.

37

Das Firmengebäude von Wolfe Enterprises war ein moderner fünfstöckiger Bau mit einer Fassade aus Glas und Stahl. Dass Nicks Vater reich war, wusste ich spätestens, seit ich seine Villa gesehen hatte. Trotzdem hatte ich damit gerechnet, dass seine Firma ein oder zwei Etagen in einem Bürogebäude angemietet hatte. Dass ihm ein ganzes Haus, noch dazu in bester Lage, in der Nähe des Piccadilly Circus gehörte, überraschte mich dann doch.

Während der letzten beiden Tage hatte sich Nick immer öfter nicht mehr wie der erwachsene Firmenerbe, sondern wie ein ganz normaler Typ seines Alters benommen. Er hatte Scherze gemacht, war manchmal sogar regelrecht albern und ausgelassen gewesen. Die Gefühllosigkeit, hinter der er sich bei unseren ersten Begegnungen versteckt hatte, war komplett verschwunden. Stattdessen hatte ich einen Nick Wolfe kennengelernt, der sich um mich sorgte und mir das Gefühl gab, alles für meine Sicherheit zu tun. Ein Gefühl, das ich im Augenblick dringend nötig hatte.

Seit seinem Kuss war es endgültig um mich geschehen. Er war wütend gewesen, und ich war mir nicht sicher, ob ihm dieser Kuss etwas bedeutete oder ob es lediglich seine Art war, Dampf abzulassen. Mir hatte es etwas bedeutet. Die ganze Zeit danach, während ich meine Mailbox abgehört, Nick sich mit Hugh angelegt und wir Pläne für unser weiteres Vorgehen geschmiedet hatten, musste ich immer wieder an seine Lippen auf meinen denken. Und daran, wie sehr es mir gefallen hatte.

Wann immer ich ihn ansah, war da etwas in seinem Blick, dem ich mich nicht entziehen konnte. Diese Mischung aus Ernsthaftigkeit, Sorge und einem Humor, der immer häufiger aufblitzte, war einfach unwiderstehlich.

Wir hatten die Nacht auf dem Sofa verbracht, uns stundenlang geküsst und die Wärme und Nähe des anderen genossen, bis wir eng umschlungen eingeschlafen waren.

Am Morgen hatten wir Madame angerufen und ihr Ort und Zeit für unser Treffen durchgegeben. Wie vorhergesagt, hatte ich tatsächlich meine Laufschuhe angezogen. Mit dem Ergebnis, dass ich mir unglaublich fehl am Platz vorkam, als wir den marmornen Eingangsbereich von Wolfe Enterprises betraten. Was hatte dieser Mann nur mit dem ganzen Marmor?

Nick, der immer noch die Jeans und das Shirt von gestern anhatte, hätte ebenso gut einen seiner Designeranzüge tragen können. Die Selbstverständlichkeit, mit der er das Firmengebäude betrat, war beeindruckend. Er bewegte sich, als würde ihm der Laden bereits gehören. Und die Leute, die uns begegneten, behandelten ihn auch so.

Keine fünf Minuten nachdem wir den Wagen in der Tiefgarage zurückgelassen hatten, befanden wir uns in einem Besprechungsraum in der obersten Etage. In der Mitte des Tischs standen Kannen mit Kaffee und Tee sowie eine Auswahl an Säften und Häppchen. Obwohl ich seit gestern Abend nichts mehr gegessen hatte und mein Magen mir eindeutig signalisierte, dass er gefüllt werden wollte, rührte ich nichts an. Ich saß einfach nur da, starrte auf die Milchglastür und wartete darauf, dahinter Madames Umrisse auszumachen.

Nick, der neben mir saß, griff nach meiner Hand. »Mach dir keine Sorgen«, sagte er. »Falls einer dieser Kerle Madame folgt, wird er nicht weit kommen. Der Sicherheitsdienst hat die Anweisung, jeden ungebetenen Besucher umgehend in Gewahrsam zu nehmen, solange wir uns im Gebäude befinden.«

»Und wenn sich dein Sicherheitsdienst nicht mehr an diese Anweisung erinnert, weil ihm jemand in die Augen schaut und ihm sagt, dass es diesen Befehl nie gab?«

»Die Wachleute arbeiten in Gruppen von mindestens zwei Leuten. Wie viele gleichzeitig wird dieser Kerl manipulieren können?«

Ich wusste es nicht. Allerdings sparte ich es mir auch einzuwenden, dass es dieses Mal mehr als einer sein könnte, der sich an Madames Fersen heftete. Wie viele von diesen Gedankenbeeinflussern gab es? Nur die beiden, denen wir bisher begegnet waren, oder noch mehr? Wie viele würden kommen?

»Wenn wir Madame Veritas wirklich vertrauen können, wird sie alles dransetzen, dass ihr niemand hierher folgt«, sagte Nick. »Und falls nicht, sieh zu, dass du verschwindest. Ich werde sie aufhalten, solange ich kann.« Er sah in Richtung der Tür. »Lauf nicht nach links zu den Aufzügen, sondern nach rechts. Es sind nur ein paar Meter bis zum Treppenhaus.« Er drückte meine Hand. »Es wird alles gut gehen.«

Ich stand auf und trat ans Fenster. Der Anblick der alten, viktorianischen Fassaden, die sich die Straße entlangzogen, hin und wieder von einem neueren Bau durchbrochen, wirkte so normal. So unglaublich alltäglich, dass es mir schwerfiel, mir vorzustellen, dass hier etwas Schlimmes passieren sollte.

Ohne dass ich es bemerkt hatte, war Nick mir zum Fenster gefolgt. Er blieb hinter mir stehen, schlang seine Arme um meine Taille und legte das Kinn auf meine Schulter. Sein Atem strich warm über meinen Hals. »Ich glaube, ich könnte mich wirklich an dich gewöhnen.«

»Das klingt, als wäre ich ein Hund oder ein Möbelstück.«

»Ich fürchte, so pflegeleicht bist du nicht.«

Empört fuhr ich herum, um ihm die Meinung zu geigen. Da sah ich sein Grinsen. Er hatte sich wirklich verändert. Noch vor ein paar Tagen hätte er es genau so gemeint, wie er es gesagt hatte. Jetzt genoss er es einfach, mich aufzuziehen. Ich rang mit mir, ob ich ihn küssen oder zurechtweisen sollte, als es an der Tür klopfte.

Eine der Vorzimmerdamen, an denen wir vorbeigekommen waren, streckte den Kopf herein. »Ihr Termin ist da.« Sie ließ eine Frau herein, die ich erst auf den dritten Blick als Madame erkannte, und verabschiedete sich.

»Riley!«, entfuhr es Madame, kaum dass die Sekretärin gegangen war. »Ist alles in Ordnung? Geht es dir gut?«

Sie machte ein paar Schritte auf mich zu, als ich jedoch zurückwich, blieb sie auf der anderen Seite des Besprechungstischs stehen. »Ich bin allein. Mir ist niemand gefolgt.«

Kein Wunder, dass ihr niemand gefolgt war. Vermutlich hatte sie keiner erkannt. Im Gegensatz zu mir sah Madame Veritas aus, als gehörte sie in dieses Gebäude. Kein schreiend bunter Stoff, keine übertriebenen Locken, kein klirrender Schmuck. Ihr Gesicht war dezent, fast schon farblos geschminkt, die Haare hatte sie glatt frisiert und elegant hochgesteckt, und statt der bunten Jahrmarktsklamotten trug sie ein hellgraues Kostüm, bestehend aus Rock und Blazer.

Als ich sie immer noch anstarrte, grinste sie, und plötzlich erkannte ich zumindest in ihrem Gesicht die Frau wieder, für die ich arbeitete. »Eine gute Tarnung, was?«

Nick trat neben mich. »Setzen Sie sich.«

»Es wäre besser, wenn ich allein mit Riley sprechen könnte.«

Er setzte zu einer Antwort an, aber ich kam ihm zuvor. »Nick weiß Bescheid. Er wird nirgendwo hingehen.«

»Meinetwegen.« Madame Veritas zog einen Stuhl vom Tisch

zurück und setzte sich. »Es tut mir leid, was passiert ist«, sagte sie, sobald auch wir Platz genommen hatten. Ihr Blick wanderte von mir zu Nick und dann wieder zurück zu mir. »Ich muss sagen, ich bin überrascht, euch hier zusammen zu sehen. Ich wusste nicht, dass ihr euch kennt.«

Neben mir zuckte Nick die Schultern. Da er offensichtlich nicht weiter auf unsere Bekanntschaft eingehen wollte, tat ich es ebenfalls nicht. »Was ist hier los?«, fragte ich stattdessen. »Wer sind diese Männer? Was wollen sie von mir? Und was haben Sie mit der ganzen Sache zu tun?«

»Falls Sie vorhaben, ein krummes Ding abzuziehen«, fügte Nick warnend hinzu. »Der Sicherheitsdienst ist informiert und bereit, jederzeit einzugreifen.«

Es stimmte, dass es einen Sicherheitsdienst gab und dass dieser vermutlich, sobald Nick ihn alarmierte, ziemlich schnell hier aufkreuzen würde. Informiert war allerdings niemand. Falls doch, hatte ich es nicht mitbekommen.

Madame legte ihre Hände auf den Tisch, als wollte sie zeigen, dass sie unbewaffnet war. Immerhin trug sie keinen Ring, wahrscheinlich konnte sie also keine Lichtblitze auf uns abschießen. Wahr-schein-lich. Spekulationen waren alles, was ich im Moment hatte. Und das war eindeutig zu wenig.

»Ich will dir nichts tun, Riley. Das wollte ich nie. Du bist etwas ganz Besonderes und …« Sie sah mich lange an, dann schüttelte sie den Kopf. »Wo fängt man bei einer Sache an, die schon so lange geht?«

»Wie wäre es mit dem Ritual von letzter Woche?«, schlug ich vor. »Das war kein harmloses Zeug, wie Sie behauptet haben. Sie haben etwas mit mir gemacht. Etwas … erklären Sie es mir!«

Madame nickte und lehnte sich über den Tisch, als hoffte sie, ich würde besser begreifen, was sie mir zu sagen hatte, wenn sie mir dabei näher war. »Es geht um Magie, Riley.«

Als ob ich das nicht längst selbst herausgefunden hätte.

»Es gab schon immer Menschen mit Magie im Blut,« fuhr Madame fort. »Die Magie ist eine Art von Energie, von Kraft, die so gut wie jeder in sich trägt, aber von der nur die wenigsten etwas ahnen. Oder sie gar nutzen können. Dabei ist es vollkommen unerheblich, wie viel Magie einem Menschen im Blut liegt. Die Menge sagt nichts über die Stärke seiner Fähigkeiten oder die Möglichkeit, darüber zu verfügen. Viele Menschen haben eine nicht unerhebliche Menge Magie in sich und können trotzdem keine Zauberei ausüben, während jemand mit einer wesentlich geringeren Ausprägung es vielleicht kann.«

Viel Magie, wenig Magie, zaubern können oder auch nicht. Wo stand ich in dem ganzen Zirkus? Was hatte das überhaupt mit mir zu tun? Ich konnte nicht zaubern, ich konnte nur Geister rufen. Der einzige Kerl, den ich beim Zaubern beobachtet hatte, war der Blonde gewesen. Und sein Lichtstrahl war aus einem Ring gekommen – nicht aus seiner Hand.

»Können wir diesen ›Viel Kraft – wenig Kraft‹-Teil vielleicht überspringen und gleich zum Wesentlichen kommen?«

»Es gehört alles zusammen, und es ist wichtig, dass du die Hintergründe kennst«, sagte Madame. »Ich versuche trotzdem, mich kurz zu fassen.«

Ich warf einen Hilfe suchenden Blick zu Nick, doch der schien derselben Ansicht zu sein wie Madame.

»Wer offen für die Magie ist, kann seine Gabe nutzen, auch wenn sie noch so gering ist«, nahm Madame den Faden wieder auf. »Bei vielen Menschen läuft das unbewusst ab, ohne dass sie überhaupt ahnen, dass es sich dabei um Magie handelt. Manchmal sind es Vorahnungen, das Wissen, dass das Telefon in der nächsten Sekunde klingelt oder dass etwas passieren wird. Ein anderer kann gut mit Menschen oder Tieren umgehen, kann sie beschwichtigen oder überzeugen. Der Nächste ist in der Lage, Einfluss auf die Elemente zu nehmen. Wasser kocht schneller, Eis schmilzt. Wer von der Existenz von Magie überzeugt ist und sie in ausreichender Menge in sich trägt, der hat auch Zugang dazu. Dadurch allerdings, dass die wenigsten Menschen heute noch daran glauben, gibt es nur ausgesprochen wenige, die sie auch bewusst nutzen können.«

»Mir ist noch niemand begegnet, der von sich behauptet hätte, zaubern zu können«, wandte ich ein.

»Die meisten wissen nicht, worum es sich dabei handelt. Sie halten es für eine Gabe. Eine besondere Fähigkeit. Einer wird sagen, er ist ausgesprochen empathisch, ein anderer denkt, er hat einen grünen Daumen. Keiner von ihnen käme auf die Idee, dass es mehr sein könnte als das bloße Talent, Gefühle zu erahnen oder gut mit Pflanzen umgehen zu können.«

»Dieser Kleinkram ... das soll Magie sein?« Das erschien mir doch ein wenig weit hergeholt. Zauberei war etwas Großes, Mächtiges. Zeug wie aus dem Herrn der Ringe, mit dem man den Balrog bekämpfen oder mächtige Dinge erschaffen konnte. Aber Blumen wachsen lassen? Das war doch Kinderkram.

»Kleinkram ist es nur, weil sich diese Menschen nicht bewusst sind, worum es sich handelt, und weil die Kraft in ihnen nicht stark genug ist, um mehr daraus zu machen. Doch diese geringe Ausprägung betrifft die Mehrheit der Menschen. Nur sehr wenige verfügen über ein Talent, wie Merlin es einst hatte.«

Merlin. Klar.

»Als du dich bei mir um den Job im Laden beworben hast, habe ich deine Magie sofort gespürt, Riley.«

Ich zog eine Augenbraue in die Höhe. »Meine Blumen verdursten regelmäßig«, sagte ich. Und mit Menschen war ich auch nicht sonderlich gut. Zumindest konnte ich häufig nur schwer einschätzen, was in ihnen vorging.

Madame lächelte nachsichtig. »Dann ist es wohl besser, du siehst von einer Karriere als Gärtnerin ab.« Sie schüttelte den Kopf. »Jede Gabe ist anders. Eine Spezialisierung, wenn du es so willst. Ich weiß nicht, welches dein Gebiet ist, aber ich weiß, dass du darin über ausgesprochen mächtige Fähigkeiten verfügen wirst.«

Wenn mein Gebiet das war, von dem ich es befürchtete, wollte ich gern auf jede Macht verzichten. »Dieses Ritual für das dritte Auge – das war eine Lüge, nicht wahr?«

»Danach ist etwas passiert, oder? Etwas hat sich verändert.« Ich nickte und Madame fuhr fort: »Was ich dir über das Ritual gesagt habe, war die Wahrheit. Es ging um die Stärkung bereits vorhandener Talente. Besser gesagt darum, dass deine Magie erwacht und du sie erkennst. Durch deine Arbeit im Laden warst du offen genug dafür, weshalb ich davon ausging, dass du in der Lage sein würdest, deine Gabe zu nutzen.«

Nick runzelte die Stirn. »Warum haben Sie ihr das nicht einfach gesagt, statt ihr diesen Quatsch über das Ritual zu erzählen?«

»Ich wollte, dass sie die Magie selbst entdeckt und ihr unbefangen begegnen kann.«

Meine ersten Begegnungen mit meiner Magie – oder den Geistern, die ich damit offensichtlich rufen konnte – waren alles andere als *unbefangen* gewesen.

»Weißt du noch, was ich gesagt habe? Dass in dir Magie ist und du von innen heraus strahlst? Das meinte ich auch so. Die Kraft in dir ist so stark wie ein Leuchtfeuer. Ich habe seit Jahrzehnten niemanden getroffen, der über derart viel Energie verfügt.«

Ich war also der Ferrari unter den Geisterbeschwörern. Wenn ich schon zaubern konnte, warum dann nicht wenigstens etwas Nützliches? Gegenstände durch die Luft bewegen, Gedanken lesen, meinetwegen Wasser in Wein verwandeln. Aber Geister?

»Was haben Sie davon? Sie sagten, dass sie selbst in der Lage wären, Geister zu rufen, es aber nicht tun, weil die Kunden die Show lieben und gar nicht wirklich mit den Toten sprechen wollen. Wozu dann meine Gabe wecken?« Eine Gabe, die mir eine Höllenangst eingejagt hatte – und es immer noch tat.

»Geister? Ist das dein Talent?«

Nick schlug auf den Tisch. »Jetzt tun Sie doch nicht so, als wüssten Sie das nicht!«

Madame beachtete ihn gar nicht. Ihr Blick war auf mich gerichtet. Langsam schüttelte sie den Kopf. »Ich hatte keine Ahnung, welche Form dein Talent hat. Ich wollte es nur wecken, und wenn du Zugang dazu gefunden hast, wollte ich dich ausbilden.«

»Wollten Sie mich nach Hogwarts schicken, oder was?«

»So etwas gibt es nicht«, wandte sie ein. »Etwas Ähnliches vielleicht, aber das ist dann eher eine Art Hogwarts für schwer erziehbare und fehlgeleitete Zauberer. Eine Besserungsanstalt.« Sie wischte die Erklärung mit einer Handbewegung beiseite. »Aber das tut nichts zur Sache. *Ich* wollte dich unterweisen und dich den anderen erst präsentieren, wenn du so weit bist. Dann hätte selbst er nichts mehr tun können. Dummerweise habe ich …«

Da war er wieder, dieser geheimnisvolle *Er.* »Wer ist Er und was haben Sie dummerweise getan?«

»Ich habe ihm erzählt, dass ich ein großes Talent gefunden habe. Ich dachte, er wäre erfreut darüber und würde dir eine Chance geben, oder dich zumindest in unsere Reihen aufnehmen. Aber er ist so sehr in seinen eigenen Plänen gefangen, dass er –«.

»Stopp! Chance? Pläne? Reihen?« Ich holte Luft. »Am Tag nach dem Ritual habe ich ein Telefonat mit angehört. Sie haben über einen *ihn* gesprochen, der etwas nicht erfahren durfte. Es ging um mich, oder? Und warum haben Sie mir nicht einfach die Wahrheit über dieses Ritual gesagt?«

»Ich wollte, dass du dich zuerst selbst mit deiner Gabe auseinandersetzt. Du solltest sie annehmen. Akzeptieren, bevor ich dir alles erkläre und dich unter meine Fittiche nehme.«

Auseinandersetzen? Das war der Witz des Jahrhunderts! Wie sollte man etwas akzeptieren, wenn man gar nicht wusste, worum es sich handelte? Wenn man dachte, man würde einfach den Verstand verlieren und langsam abdrehen? Ich schnappte nach Luft. Unter dem Tisch legte Nick seine Hand auf mein Bein. Eine Berührung, die mich erdete und mir half, ein wenig runterzukommen. Daran, dass mir alles zu langsam ging und ich immer noch unzählige Fragen hatte, änderte sie allerdings nichts.

»Was war das für eine Chance, die dieser *Er* mir geben sollte?«

»Wie jeder normale Mensch mit zu viel Einfluss oder einer Waffe können auch Zauberer gefährlich werden«, sagte Madame. »Um zu verhindern, dass sie mit ihren Fähigkeiten in der Öffentlichkeit in Erscheinung treten, Gesetze brechen oder gar versuchen eine Regierung zu stürzen und selbst an die Macht zu gelangen, gibt es uns. Wir sind die Bewahrer des Gleichgewichts. Ein Dutzend Zauberer mit besonders starken Kräften, die sich zusammengeschlossen haben, um die Ordnung aufrechtzuerhalten. Wir sprechen Recht über die Unsrigen, abseits der üblichen Gerichtsbarkeit der Normalen. Wir sorgen dafür, dass die Normalen nichts von der Existenz der Magie erfahren und dass ein Magier seine Kräfte nicht zu seinem Vorteil missbraucht.«

»Aber wenn jeder Magie in seinem Blut hat, warum sollen die *Normalen* es dann nicht erfahren?«

»Wenn jeder eine Waffe benutzen kann, sollte man deshalb jedem eine in die Hand geben?«

Da war was dran. Ein Teil der Menschen würde Offenbarungen über Magie für Unsinn halten, ein anderer würde versuchen, herauszufinden, was dahintersteckte. Wie viele würden versuchen, die Magie zu missbrauchen? Es könnte zu Unruhen kommen, zu Panik, vielleicht sogar zu Aufständen und Kriegen. Die Vorstellung, dass Zauberei die neue Massenvernichtungswaffe unseres Jahrtausends werden könnte, mochte übertrieben sein. Andererseits hatte es schon immer Menschen gegeben, die bereit waren, jedes Mittel zu nutzen, um ihre Ziele zu erreichen. Ein irrer Diktator, der eine Horde Zauberer unter seine Knute zwang, konnte vermutlich eine Menge Schaden anrichten.

»Okay, Sie und Ihre Bewahrer des Gleichgewichts sind also so eine Art Geheimpolizei.«

»Wir sehen uns als Beschützer und Aufpasser. Aber ja, wir Bewahrer halten ein Auge auf die Unseren.«

Fragte sich nur, wer diese Bewahrer im Auge behielt.

»Jeder von uns hat eine ungewöhnlich große Menge Magie in sich, was uns erst zu unserer Tätigkeit im Zirkel befähigt«, erklärte Madame. »Das macht uns aber nicht übermächtig. Die magischen Fähigkeiten eines jeden von uns sind trotzdem eher durchschnittlicher Natur und ausgesprochen unterschiedlicher Art. Wenn der Zirkel jedoch seine Kräfte vereint, was durch eine geistige Verbindung geschieht, verfügen wir über die Macht, die zum Beispiel nötig wäre, einem Amok laufenden Magier Einhalt zu gebieten. Je mehr Kraft wir aufbieten müssen, desto mehr von uns müssen diese geistige Vereinigung eingehen.«

»Wenn Sie alles in einen Topf werfen, wird Ihre Truppe also zu einer Superwaffe?«

»Das klingt beängstigender, als es in Wahrheit ist. Auch uns sind Grenzen gesetzt.«

»Sie reden eine Menge«, warf Nick ein. »Trotzdem haben Sie noch keine einzige von Rileys Fragen beantwortet. Also noch mal: Wer ist dieser *Er?* Was hat Riley mit alldem zu tun? Was wollen Sie von ihr?«

Ich war Nick dankbar für seine Einmischung. Die Informationen, die Madame wie Feuerbälle abschoss, nahmen mich derart gefangen, dass es mir immer schwerer fiel, den Überblick zu behalten. Und nicht zu vergessen, was ich eigentlich wissen wollte. Verflucht, ich hätte mir vorher meine Fragen aufschreiben sollen!

»Glauben Sie mir, Nick, das gehört alles zusammen.« Sie warf einen sehnsüchtigen Blick auf eine der Thermoskannen. »Darf ich?«

Nick schob die Kanne zusammen mit einer Tasse zu ihr herüber. Eine Ewigkeit schien zu verstreichen, bis sie sich eingeschenkt, Milch und Zucker in ihre Tasse gegeben und umgerührt hatte. Zeit, die ich zu nutzen versuchte, um meine Gedanken zu sortieren. Ein ziemlich hoffnungsloses Unterfangen, denn mein Gehirn schien sich eher zu verknoten.

38

Madame nippte an ihrem Kaffee und stellte die Tasse auf den Tisch zurück. »Der Zirkel stirbt«, sagte sie schließlich, als würde das alles erklären.

Es erklärte nichts.

Nicht das Geringste.

»Wie meinen Sie das? Diese Bewahrer finden keine Nachfolger? Sie werden alt? Sie sind krank?« *Blonde Männer, die Lichtblitze schleudern können, metzeln einen nach dem anderen nieder?*

»Vor ein paar Jahren starb ein Mitglied unseres Zirkels an den Folgen eines Verkehrsunfalls. Anfangs bemerkten wir nichts, erledigten unsere Aufgaben, wie wir es immer getan hatten. Erst langsam, mit den Monaten, wurden die Veränderungen erkennbar. Krankheiten, die uns bisher nie etwas anhaben konnten, trafen uns. Wir bekamen Schnupfen, Rheuma und andere Leiden, teils schlicht vom Alter bedingt, teils gewöhnliche Ansteckungskrankheiten, wie sie jeder wohl von Zeit zu Zeit bekommt. Jeder – außer uns. Unser Zusammenschluss schützte uns davor. Wir sind nicht unsterblich«, kam sie meiner nächsten Frage zuvor. »Aber wir altern langsamer als andere Menschen und werden nicht krank. Mit Severius' Tod hatte das ein Ende.«

»Was soll das heißen, Sie altern langsamer?«

»Sieh mich an«, forderte sie mich auf. »Ich sehe aus wie fünfzig.«

Eine ziemlich gut erhaltene Fünfzigerin, wie ich fand.

»In Wahrheit habe ich letztes Jahr die fünfundsiebzig hinter mir gelassen. Der verlangsamte Alterungsprozess ist dem Zusammenschluss unserer Kräfte zu verdanken. Auf diese Weise können wir unsere Aufgabe länger erfüllen, als es mit der normalen Lebensspanne eines Menschen möglich wäre.«

»Aber wenn Sie nicht unsterblich sind, dann muss das bedeuten …«

»Dass es andere vor uns gab.« Madame nickte. »Der Zirkel der Bewahrer existiert seit langer Zeit. Früher jedoch war es leichter, seine Reihen zu erneuern. Vor Entdeckung der Tore …« Sie winkte ab. »Das führt zu weit. Damals war die Magie weit weniger stark. Deshalb war es auch einfacher, Menschen zu finden, die genug Energie in ihrem Blut hatten, um in den Zirkel aufgenommen zu werden.«

Die Tore. »Warten Sie! Diese Tore – sprechen Sie von den Toren zu dieser anderen Welt?«

Madame hob eine Augenbraue. »Du weißt davon?«

»Wenn Sie das Dämonenpack meinen, das von dort drüben aus unsere Welt bedroht«, sagte Nick. »Dann: Ja, wir wissen Bescheid.«

Madame murmelte etwas, das wie *erstaunlich* klang. »Dort gibt es nicht nur Dämonen, sondern auch andere Wesen und jede Menge Magie. Und Artefakte.«

»Vor dem Ritual haben Sie behauptet, dass es keine Dämonen gibt«, erinnerte ich mich.

»Ich hätte auch nicht gedacht, dass du je davon erfahren würdest. Dass jemand zaubern kann, bedeutet schließlich nicht, dass er je mit der Welt jenseits der Pforten in Berührung kommt. Hätte ich deine Frage wahrheitsgemäß beantwortet, hätte dir das doch nur Angst gemacht.«

So hatte ich es selbst herausgefunden und meine Panikattacke einfach mit ein wenig Verspätung bekommen.

»Wenn ihr vom Jenseits wisst, wisst ihr sicher auch, dass die Tore geschlossen und die beiden Welten getrennt voneinander gehalten werden. Das war allerdings nicht immer so. Die Tore entstanden vermutlich durch die starke Magie auf der anderen Seite. Vielleicht als eine Art Ventil, Genaueres wissen wir selbst nicht. Dämonen und andere Wesen strömten in unsere Welt. Es kam zu erbitterten Kämpfen und um ein Haar hätten die Dämonen gesiegt. Dass es uns dennoch gelang, sie in ihre Welt zurückzudrängen und die Tore zu versiegeln, ist nicht nur der Magie auf unserer Seite geschuldet, sondern ausgerechnet jenen Menschen, die sich mit den Jenseitswesen verbündet hatten, um von ihren magischen Fähigkeiten zu profitieren. Viele bis dahin eher unterdurchschnittlich begabte Zauberer schlossen Bündnisse mit Dämonen und anderen Kreaturen. Diese Wesen gaben ihnen Magie. Im Gegenzug verlangten sie für gewöhnlich Nahrung.«

»Das heißt, Ihre Zaubererfreunde haben die Dämonen mit Menschen gefüttert«, brachte Nick ihre Worte auf den Punkt.

»Das haben sie. Im Laufe der folgenden Jahrzehnte und Jahrhunderte, während der Einfall der Dämonen in der normalen Bevölkerung immer weiter in Vergessenheit geriet und schließlich zu einer Geschichte wurde, die man sich als Schauermärchen am Lagerfeuer erzählte, waren einige wenige Zauberer so mächtig geworden, dass es kaum noch möglich war, ihnen Einhalt zu gebieten. Wie ich schon sagte, gab es den Zirkel auch schon vorher. Damals allerdings bestand er lediglich aus einer Handvoll Zauberer, die kaum etwas anderes taten, als jene, die gegen unseren Moralcodex verstießen, vorzuladen, über sie Gericht zu halten und die Strafe zu verhängen. Jene Zauberer, die ihre Kräfte aus dem Jenseits gewonnen hatten, ließen sich nicht einfach vorführen. Sie widersetzten sich mit allen Mitteln. Schließlich suchte der damalige Zirkel Hilfe beim Rat. Es gibt zwei Räte –«.

»Einen auf unserer Seite und einen auf Seiten des Jenseits«, fiel Nick ihr ins Wort. »Sie halten den Frieden aufrecht und sorgen dafür, dass ein Einfall wie damals nicht mehr vorkommen kann.«

Madame nickte. »Der Rat machte den Zirkel zu dem, was er heute ist. Wo ein einzelner Bewahrer nichts gegen die mit dem Jenseits im Bunde stehenden Zauberer ausrichten konnte, waren sie von da an mit vereinten Kräften in der Lage, dem Feind entgegenzutreten. Dadurch, dass Severius starb, ehe er einen Nachfolger benennen und seine Aufgaben in einem Ritual an ihn übertragen konnte, ist der Zirkel gebrochen. Aber es sind nicht nur die Krankheiten und der Alterungsprozess, die uns zu schaffen machen. Auch unsere Magie schwindet. Es wird immer schwieriger – und gefährlicher –, unseren Aufgaben nachzugehen. Deshalb müssen wir den Zirkel wieder schließen.«

»Wenn der Rat diese Verbindung geschaffen hat, die dem Zirkel die Macht verleiht, warum ist er dann nicht in der Lage, einen geeigneten Ersatz zu finden?« Mit ein wenig Hilfe von der anderen Seite konnten sie doch garantiert einen 08/15-Zauberer so weit pimpen, dass er in den Zirkel passte.

»Weil die Zauberer auf unserer Seite immer weniger und auch schwächer werden, je mehr die Menschheit ihren Glauben – oder Aberglauben – an die Magie verliert. Und der Rat weigert sich strikt, mit Energie aus dem Jenseits nachzuhelfen und einen Zauberer damit stark genug zu machen, dass er die Lücke im Zirkel schließen kann. Sie fürchten sich vor dem, was dann passieren könnte.«

»Sie meinen, der Rat hat Angst, aus ihren Bewahrern doch noch eine Art Superwaffe zu machen, die dann niemand mehr unter Kontrolle hat?«

»Ich schätze, das bringt es auf den Punkt.«

»Die Kerle wollen ihnen nicht helfen«, sagte Nick, »erwarten aber trotzdem, dass Sie durchgedrehte Zauberer aufhalten können. Was wird der Rat tun, wenn ihr Zirkel machtlos geworden ist?«

»Sie halten die Magie auf unserer Seite nicht mehr für ein Problem«, erklärte Madame. »Sie wird schwächer, je weiter der technische Fortschritt voranschreitet, so viel ist klar. Der Rat geht schlicht davon aus, dass der Zirkel mit den wenigen Ausreißern, die es gibt, fertig wird. So wie er es auch vor Entstehung der Tore geschafft hat. Dabei verschließen sie die Augen davor, dass es nicht nur um die Magie der Menschen geht, sondern, dass es auch einen blühenden Artefakthandel mit dem Jenseits gibt, durch den magische Gegenstände hierhergelangen. Mächtige Gegenstände, von denen einzelne zu einem echten Problem werden könnten. Sie halten die Gefahr, die von diesen Artefakten ausgeht, aber für geringer als die, die wir darstellen könnten, wenn sie unsere Kräfte stärken.«

Zirkel. Zauberer. Dämonen. Mittendrin ich. Während ich noch versuchte, alles zusammenzusetzen, hatte Nick längst einen Schluss gezogen.

»Deshalb brauchen Sie Riley«, sagte er. »Sie soll die Lücke in ihrem Zirkel schließen.«

»Das war meine Hoffnung«, räumte Madame ein und sah mich an. »Seit wir herausgefunden haben, was mit uns passiert, haben wir immer wieder versucht, den Zirkel zu schließen, doch keiner unserer Auserwählten war stark genug. Und dann traf ich dich. Deine Kräfte übertreffen sie alle. Wenn jemand die Lücke schließen kann, dann du!« Leiser, fast schon zu sich selbst fügte sie hinzu: »Unglücklicherweise sieht er das anders. Er, das ist der Oberste Bewahrer, das Oberhaupt unserer Gruppe. Unsere vergeblichen Bemühungen, jemanden zu finden, der die Lücke schließen kann, haben ihn nach anderen Möglichkeiten forschen lassen. Möglichkeiten, die …« Sie schüttelte den Kopf. »Er hat einen anderen Weg gefunden. Einen, für den wir niemand Neues in unseren Reihen aufnehmen müssen und bei dem wir auch nicht auf die Unterstützung des Rats angewiesen sind.«

Die Art, wie Madames Blick kalt und ihre Lippen schmal wurden, zeigte deutlich, was sie davon hielt.

»Dieser Weg ist gefährlich«, fuhr sie fort, ohne dass ich nachhaken musste. »Als ich dir begegnete, hoffte ich, den Obersten damit von seinen Plänen abbringen und davon überzeugen zu können, noch einmal zu versuchen, den Zirkel zu schließen. Mit dir. Er weigerte sich, einen weiteren Versuch zu unternehmen. Sein Vorhaben, so sagte er, sei schon zu weit fortgeschritten, um weiter seine Zeit oder ein magisches Talent wie dich zu verschwenden. Er hält an seinem Plan fest. Und dich will er dafür benutzen.«

»Okay, von was für einem Plan sprechen wir hier? Und was heißt das für mich?«

»Der Oberste fand einen Weg, wie wir Severius in unsere Mitte zurückholen können«, erklärte Madame. »Er hat unsere Leute ausgesandt, um magische Artefakte zusammenzutragen und zu ihm zu bringen. Diesen Artefakten entzieht er die Magie. Wenn er genug von dieser Essenz gesammelt hat, will er sie nutzen, um Severius ins Leben zurückzuholen.«

Dieser Severius musste doch längst zu Staub zerfallen sein. Wollten die ihren Zirkel etwa mit einem Skelett schließen? Oder mit etwas, das wie ein Zombie in ihrer Mitte stand?

Madame musste erraten haben, welche Richtung meine Gedanken einschlugen. »Severius' Leichnam ist einbalsamiert und befindet sich im Keller unseres Anwesens in einem Sarkophag.«

Ich strich Skelette und Zombies aus meiner Vorstellung und ersetzte sie durch eine einbalsamierte und eingewickelte Mumie. »Dieser Kerl … Ihr Oberster will einen Toten erwecken?«

Sie nickte.

»Das erklärt noch nicht, was Riley damit zu tun haben soll.« Zum Glück ließ sich Nick nicht so leicht ablenken. Während ich in Gedanken bei wandelnden Toten war, hatte er den roten Faden im Auge behalten.

»Es ist schwierig, so viele Artefakte aufzuspüren. Eines Tages ging er dazu über, auch Menschen für seine Zwecke zu benutzen. Er ließ seine Leute nach jenen Ausschau halten, die besonders viel Magie in sich tragen, und ließ sie zu sich bringen, um sie zu extrahieren.«

Der Kerl stahl ahnungslosen Leuten ihre Gabe, um sein Ziel zu erreichen. Das war nun echt nicht die feine englische Art! Dann kapierte ich, was das für mich bedeutete. »Er will mich …« Wie hatte sie das genannt? »… aussaugen?«

»Extrahieren. Ja.«

Vielleicht war das gar nicht so übel. Ich wäre die Magie los und müsste mir nicht mehr ständig Gedanken machen, was ich als Nächstes versehentlich aus dem Totenreich heraufbeschwören würde. »Okay«, sagte ich. »Ich mache es.«

»Nein!«, riefen Nick und Madame gleichzeitig.

»Auf keinen Fall!«, schob Madame hinterher. »Diese Extraktion ist gefährlich. Ulysses dürfte das überhaupt nicht tun.«

Ihre Worte trafen mich wie ein Faustschlag. Neben mir fuhr

Nick auf. »Ulysses? Wie in *Ulysses Thorne?* Er ist der Oberste Bewahrer?«

»Sie kennen ihn?«

»Wir kennen den Mörder, der für ihn arbeitet«, knurrte Nick.

Madame blinzelte. »Wie bitte?«

Nick bohrender Blick war auf Madame gerichtet. »Was wissen Sie über den Farblosen? Und über die Morde?«

»Was ist ein Farbloser?«

»Er hat farblose Augen«, erklärte ich an Nicks Stelle, weil ich erkannte, dass er zu aufgebracht war, um eine Erklärung zu liefern. Mit wenigen Worten beschrieb ich ihr den Mann.

»Morden«, sagte Madame. »Sein Name ist Morden.«

»Wie passend. Er hat sich die ganze letzte Woche in der Nähe des Ladens herumgetrieben und schließlich versucht ...« *Du wirst mir gehorchen,* hatte er gesagt. *Wir werden jetzt diesen Raum verlassen.* »Er hat versucht, mich irgendwie zu beeinflussen – so wie der Blonde gestern Abend –, damit er mich entführen konnte. Er hat Craig umgebracht!«

»Wer ist Craig? Bist du sicher, dass ...?«

Unschlüssig, wie viel ich sagen sollte, starrte ich auf meine Hände. Madame gehörte zu Thorne. Zu dem Mann, dessen Handlanger mein Date auf dem Gewissen hatte. Dem Mann, der irgendwie auch mit Adams Verschwinden und Miles' Tod in Verbindung stand.

Andererseits hatte sie mir geholfen, als der Blonde versucht hatte, mich in seine Gewalt zu bringen. Ganz zu schweigen davon, dass sie mich anscheinend auch vor Thorne beschützte. Aber es war Thorne, der den Farblosen – Morden – auf mich angesetzt hatte. Natürlich! Er wollte mich in die Finger bekommen, um meine Magie zu extrahieren. »Sie haben Thorne von mir erzählt. Deshalb hat er diesen Morden auf mich angesetzt, um mich zu kriegen.«

»Ich habe versucht, dich vor ihm zu schützen!«

»Ach ja? In dem Sie mich vor ihm gewarnt haben? Halt, nein. Das haben Sie ja gar nicht.«

Madame stieß lautstark den Atem aus. »Ich wusste nicht, was vor sich geht. Ich dachte, du wärst sicher. Als ich dich entdeckt und deine Magie gespürt habe, erzählte ich Ulysses davon. Sobald ich merkte, dass er vorhatte, dich zu extrahieren, sagte ich nichts mehr. Er kannte weder deinen Namen, noch wusste er, wo er dich finden würde. Verflucht, Riley, ich habe sogar einen Zauber über dich gelegt, der deine Magie vor ihnen verbergen sollte. Sie konnten deine Gabe nicht spüren.«

»Und trotzdem sind sie hinter mir her.«

»Thornes Gedankenwächter müssen den Laden beobachtet haben«, überlegte Madame laut. »Vermutlich sind sie davon ausgegangen, dass die Person, von der ich gesprochen habe, früher oder später dort auftauchen wird.«

»Wenn ich durch Ihren Zauber geschützt war, warum haben die mich dann trotzdem gefunden?«

»Ich weiß es nicht! Vielleicht haben sie sich an dich drangehängt und dann etwas gesehen, das ihren Verdacht bestätigt.«

»Und was ist mit Craig? Warum musste er sterben?«

»Wer ist das?«

Da es keinen Unterschied machte, erzählte ich ihr von Craig. Davon, wie er in den Laden gekommen und schließlich verschwunden und später im Leichenschauhaus wieder aufgetaucht war. Zum Schluss beschrieb ich ihr, welches Bild Craigs Geist mir übermittelt hatte.

Als ich fertig war, hatte sich Madames Gesichtsfarbe dem Grau ihres Kostüms angepasst. »Er ist zu weit gegangen«, sagte sie, wieder mehr zu sich selbst. »Dieses Mal hat er die Grenze überschritten.« Dann sah sie auf. »Ich war schon immer dagegen gewesen, dass er Menschen extrahiert. Es beraubt sie nicht nur ihrer Magie, es ist auch ein gefährlicher Vorgang, der den Verstand dauerhaft schädigen kann.«

»Soll das heißen, Craig war ein Zauberer?«

»Vermutlich wusste er es nicht. Wie die Mitglieder des Zirkels sind auch die Gedankenwächter in der Lage, Magie zu spüren. Morden muss ihn gefunden haben, als er den Laden beobachtete.«

Craig starb für etwas, von dessen Existenz er nicht die geringste Ahnung gehabt hatte. Etwas wie ein grüner Daumen. Was mochte sein Talent gewesen sein? Die Tiere! Natürlich. Als er mich in die Praxis gebracht hatte, war es ihm mit ein paar Worten gelungen, die aufgebrachten Tiere zur Ruhe zu bringen. Das war seine Gabe. Etwas so Schönes, Harmloses. Dafür war er gestorben.

»Was ist ein Gedankenwächter?«, mischte sich Nick ein.

»Sie sind unser verlängerter Arm. Unser Sicherheitsdienst, wenn du es so willst«, erklärte Madame. »Sie sind Zauberer, deren Gabe das Aufspüren und die Manipulation von Gedanken und Erinnerungen ist. Eine ihrer Aufgaben ist es, dafür zu sorgen, dass Menschen, die Zeugen von Magie geworden sind, sich später an nichts mehr erinnern können. Einige arbeiten für uns, einige für den Rat.«

Sie erzählte davon, dass Thorne seinen Opfern die Magie entzog und es anschließend seinen Gedankenwächtern überließ, die Erinnerung daran aus ihrem Geist zu tilgen. Diese Manipulation schien hin und wieder schiefzugehen. Statt jemanden zu haben, der sich nicht an Thorne und die Ereignisse in seinem Anwesen erinnern konnte, blieb ein sabberndes Wrack mit verwirrtem Verstand zurück. Deshalb hatte sie mich vor Thorne schützen wollen. Aus Angst, dass auch ich die Extraktion nicht unbeschadet überstehen würde.

»Wir haben uns immer darüber gestritten«, sagte sie. »Mir gefiel es noch nie, wie leichtfertig er den Verstand eines Menschen manipulierte und missbrauchte. Es war schon immer gefährlich. Aber das ... Dass er selbst den Tod in Kauf nimmt, um an sein Ziel zu gelangen. Das ist zu viel!«

»Warum ist Craig gestorben?« Nur zu deutlich erinnerte ich mich an das Gefühl, als der Blonde in meinen Geist eingedrungen war. Als ich dachte, er würde mich umbringen. »Das kann kein Unfall gewesen sein, denn ich habe gestern etwas ganz Ähnliches gespürt, als der Kerl im Laden versuchte ...«

Madame schob ihren Stuhl zurück und stand auf. Sofort richtete sich Nick zu voller Größe auf, bereit sie an der Flucht zu hindern. Statt jedoch in die Nähe der Tür zu gehen, lief sie hinter dem Tisch auf und ab. Immer wieder hielt sie sich dabei die Schläfen, als könnte sie nur so ihre Gedanken zusammenhalten.

»Die Magie deines Freundes muss stark gewesen sein«, sagte sie, als sie schließlich stehen blieb und sich wieder zu mir umwandte. »Je stärker die Energie in jemandem ist, desto mehr wehrt sie sich gegen ein Eindringen in den Verstand. Selbst wenn dem Körper die Magie entzogen wurde, ist diese Abwehr noch für einige Zeit intakt. Der Gedankenwächter muss dann mehr Kraft aufwenden, um diese Barriere zu überwinden. Da es aber nur noch die Barriere gibt, aber keine Magie mehr, die sie hält, kann das Durchdringen verheerende Schäden anrichten. So wie bei deinem Freund.« Sie kniff die Lippen zusammen. »Deine Gabe ist so stark, Riley. Du würdest es nicht überleben.«

Mir hätte es gestern schon fast den Schädel zerrissen. Ganz

ohne Extraktion. »Der Mann im Laden war ebenfalls einer dieser Gedankenwächter, oder?«

»Sein Name ist Lockley. Ich habe ihn dabei erwischt, wie er in mein Büro einbrechen wollte.«

»Auf der Suche nach meiner Adresse.«

Sie nickte. »Er hat sie nicht, keine Sorge.«

»Warum haben Sie ihn nicht mit einem Lichtblitz oder einem Feuerball zum Teufel geschickt?«

»So funktioniert das nicht«, sagte sie. »Meine Gabe ist der Kontakt zu Geistern. Ich kann nicht einfach Blitze schleudern oder andere Dinge tun, die nichts mit meiner mir eigenen Gabe zu tun haben.«

All die Informationen über Zauberer, Gedankenwächter und Extraktionen wurden mir langsam zu viel. Die Menge dessen, was mein Gehirn aufnehmen konnte, war schon lange erreicht. Am liebsten wäre ich gegangen. Ein paar Stunden über alles nachdenken, eine Nacht drüber schlafen und dann zu Madame zurückkehren, um ihr all die Fragen zu stellen, die noch offen waren, erschien mir verlockend. Mein Blick wanderte zu Nick. Er wirkte unruhig, als könnte er sich nur mühsam zurückhalten.

Natürlich! Er mochte mit mir hier sein, seine Gründe jedoch, warum er überhaupt in diese ganze Sache gestolpert war, waren andere. Ich nickte ihm auffordernd zu.

Er richtete den Blick wieder auf Madame. »Warum haben Sie behauptet, dass es Ihnen nicht gelungen ist, den Geist von Miles Baker zu rufen? Er war da. Riley hat ihn gesehen. Und Sie haben ihn fortgeschickt.«

Madame schüttelte den Kopf. »Ja, ich habe ihn auch gesehen. Aber er konnte sich nicht verständlich machen. Deshalb habe ich ihn fortgeschickt.«

Eine Lüge. Vielleicht hätte ich ihr geglaubt, hätte ich nicht inzwischen gewusst, dass sein Mörder einer von Thornes Leuten war. Und damit auch einer von ihren.

Ich sagte nichts. Nick kannte die Hintergründe ebenso gut wie ich. Es war an ihm zu entscheiden, wie er Madame mit seinem – unserem – Wissen konfrontieren wollte. Was auch immer er tat, ich würde ihn dabei unterstützen. Zu meiner Überraschung hakte er nicht nach. Auf meine hochgezogene Augenbraue reagierte er mit einem kaum merklichen Kopfschütteln.

»Was machen wir jetzt?« Ich fühlte mich hoffnungslos überfordert. Der Mann, der mich in seine Finger bekommen wollte, wusste jetzt, wer ich war. Noch wusste er nicht, wo ich wohnte, aber es war wohl nur eine Frage der Zeit, bis er es herausfand. »Wie bringen wir Thorne dazu, mich in Ruhe zu lassen?«

»Es ist sinnlos, mit ihm zu reden, das weiß ich inzwischen«, sagte Madame. »Bisher habe ich seine Unternehmungen zähneknirschend hingenommen, ebenso wie die anderen Mitglieder des Zirkels, sofern sie überhaupt davon wussten. Damit allerdings, dass er den Tod der Extrahierten hinnimmt, hat er eine Grenze überschritten. Ich werde die anderen zusammenrufen und ihnen erklären, was passiert ist. Wir sind keine Mörder und wir nehmen den Tod eines Menschen auch nicht als Kollateralschaden in Kauf.«

Ich verkniff es mir, ihr zu sagen, dass mindestens einer aus ihrer Truppe genau das tat.

»Wenn die anderen erfahren, was vor sich geht, werden sie die nötigen Schritte einleiten, um Ulysses' Treiben ein Ende zu setzen. Dann bist du in Sicherheit. Gebt mir zwei Tage, dann melde ich mich. Für den Augenblick bist du zu Hause sicher.«

Sie ging zur Tür und war schon halb auf dem Gang, als mir noch etwas einfiel. »Diese Magie, ist sie erblich?«

Meine Worte ließen sie kurz innehalten. »Für gewöhnlich wird die Gabe innerhalb einer Familie weitergegeben – mal mehr, mal weniger ausgeprägt.«

War das der Grund, warum Dad so allergisch auf meinen Job im *Hexenkessel* und alles Magische oder Übernatürliche reagierte? Wusste er von dem, was da durch meine Adern floss?

39

Kaum dass Madame fort war, ließ ich mich in meinem Stuhl zurücksinken. Ich fühlte mich wie eine Marionette, der man die Fäden durchgeschnitten hatte. Ohne fremde Hilfe würde ich mich nie wieder bewegen können. Und erst recht nicht denken. Ich würde einfach die nächsten Jahre in diesem Stuhl sitzen bleiben, bis irgendjemand meine Fäden reparierte. Oder mein überbeanspruchtes Gehirn.

Ich schloss die Augen. Sobald ich den Besprechungsraum nicht mehr vor mir sah, wurden meine sich überschlagenden Gedanken so laut, dass ich das Gefühl hatte, jeden Moment einen Hörsturz zu bekommen. Also öffnete ich die Augen wieder.

Nick musterte mich. »Brauchst du Eiswürfel, um dein Gehirn am Durchbrennen zu hindern, Hermine?«

»Nenn mich noch mal so, und ich kann meinen überhitzten Verstand nicht länger davon abhalten, dir meinen Zauberstab dahin zu stecken, wo keine Sonne scheint.«

»Es klingt ziemlich erotisch, wenn du von Zauberstäben sprichst.«

So war es keineswegs gemeint. Dieses Wissen änderte allerdings nichts daran, dass mein Gesicht heiß wurde. Und vermutlich dunkelrot anlief.

Nick lachte und gab mir einen flüchtigen Kuss auf die Stirn. »Bist du okay?«

Ich nickte. »Allerdings bin ich mir nicht sicher, ob das für dich auch gilt. Warum hast du nicht weiter gebohrt? Du hast ihre Erklärung zu Miles einfach so hingenommen, obwohl wir wissen, dass es einer ihrer Leute war, der ihn umgebracht hat.«

Deshalb hatte sie Miles' Geist fortgeschickt. Um zu verhindern, dass er uns auf die Spur des Zirkels – *ihres* Zirkels – führen konnte.

»Ich brauche Zeit, um darüber nachzudenken, was ich aus all dem machen und wo ich Madame einsortieren soll«, sagte er. »Wenn ich sie jetzt damit konfrontiert hätte, wäre sie gewarnt, dass wir Bescheid wissen.«

Ich nickte. Wenn wir uns als indirekte Zeugen eines Mordes zu erkennen gaben, eines Mordes, den Madame – im Gegensatz zu dem, was Craig passiert war – irgendwie zu decken schien, brachten wir uns nur in die Schusslinie.

»Und was sollen wir jetzt tun?«

»Ich weiß es noch nicht. Gib mir ein paar Stunden.«

»Okay. Ich muss sowieso mit meinem Dad sprechen.« Er musste Bescheid wissen, so wie er auf alles reagierte, das nur den Anschein hatte, übersinnlich oder gar magisch zu sein. Die Frage war, woher diese Ablehnung kam. Ganz zu schweigen davon, dass mich natürlich brennend interessierte, ob ich die Magie von ihm oder von Mom geerbt hatte. »Am besten mache ich mich gleich auf den Weg.«

Nick bestand darauf, mich nach Hause zu fahren. Auf dem Weg fragte ich ihn, ob auch er zaubern konnte. Ob er die Gabe von seinem Großvater geerbt hatte.

Nick schüttelte den Kopf. »Wir haben es versucht, aber an mir ist die Magie genauso spurlos vorübergegangen wie an meinem Vater.«

Bei mir angekommen, ließ Nick mich nur allein, weil Dad zu Hause war und er ihn vom Wagen aus durch das Fenster sehen konnte. »Wenn du fertig bist, ruf mich an«, sagte er. »Vielleicht habe ich bis dahin schon eine Idee. Ansonsten müssen wir gemeinsam brainstormen.«

Ich bezweifelte, dass mein Gehirn heute noch einen Sturm zustandebringen würde. Mehr als ein laues Lüftchen war vermutlich nicht drin. Aber ich würde es zumindest versuchen.

Wie immer wartete Nick, bis ich im Haus verschwunden war, ehe er losfuhr. Dad war inzwischen wach und hatte es sich mit einem Buch auf der Couch bequem gemacht. Als ich hereinkam, sah er auf.

»Du bist aber schon früh unterwegs gewesen«, begrüßte er mich.

»Wir hatten etwas zu erledigen.« *Sag es ihm!,* drängte ich mich selbst. *Stell Fragen.*

Aber wo sollte ich anfangen? Dreiviertel von dem, was während der letzten Woche passiert war, konnte ich ihm nicht erzählen, wenn ich nicht wollte, dass er mich bis zur Rente in meinem Zimmer in Sicherungsverwahrung nehmen würde. Ich ließ mich neben ihm in die Polster fallen und sah ihn an, in der Hoffnung, er würde selbst merken, was los ist. Was er natürlich nicht tat.

Nach den ersten zehn Sekunden schweigenden Starrens hob er fragend eine Augenbraue. Weitere zehn Sekunden später runzelte er die Stirn. Okay, er würde nicht reden, so viel war klar. Ich musste den Anfang machen.

»Ich weiß Bescheid«, sagte ich. »Die Geister, die Magie. Alles. Du kannst mir jetzt also deinen Teil der Geschichte erzählen.«

Das Buch entglitt seinen Fingern und landete mit einem dumpfen Schlag auf dem Teppich. Er machte sich nicht die Mühe, es aufzuheben. Sein Blick war auf mich gerichtet. Er sah aus, als hätte ich ihn geschlagen. Ganz langsam atmete er ein und wieder aus. Dann streckte er die Arme nach mir aus und zog mich an sich, drückte mich so fest, wie er es manchmal direkt nach Moms Tod getan hatte, in den Momenten, in denen ich mir nie sicher gewesen war, ob er nun mich trösten wollte oder selbst Trost suchte.

»Es tut mir so leid, Liebes«, flüsterte er mir ins Haar. »Ich wollte nie, dass du es so herausfindest.«

Dad schien wirklich eine extreme Abneigung gegen Magie zu haben. Er hätte zerknirscht klingen sollen. Reuevoll. Stattdessen hörte er sich an, als hätte ich gerade erfahren, dass mein Lieblingsonkel ein weltweit gesuchter Verbrecher war, der obendrein Katzen folterte und kleine Kinder killte. Ein bisschen übertrieben, wie ich fand.

Ich löste mich so weit aus seiner Umarmung, dass ich ihn ansehen konnte. »Denkst du nicht, es wäre besser gewesen, es mir zu erzählen, statt zu warten, bis ich es selbst herausfinde?« *Bis es bei mir ausbricht.*

»Wie erzählt man seinem Kind, dass seine Mutter ein Dämon war?«

»Du hättest –«. Moment! Was war das gerade? Hörfehler! Ich hatte mich definitiv verhört. »Was meinst du mit Dämon?«

Dads Augen verengten sich. »Was hast du herausgefunden, Riley?«

»Antworte mir nicht mit einer Gegenfrage. Das ist nicht fair! Was. Meinst. Du. Mit. Dämon?«

Dads Hände glitten von meinen Oberarmen zu meinen Händen und umfassten sie. Seine Handflächen fühlten sich kalt und feucht an. Schuldig. Nervös. Er drückte meine Hände und ich spürte, dass er zitterte. »Es hat keinen Sinn mehr, nach Ausreden zu suchen, oder?«

»Etwas wie: Nicht wichtig, vergiss einfach, was ich gesagt habe?« Ich schüttelte den Kopf. »Du hast zu viel gesagt. Und du solltest mir jetzt schleunigst den Rest verraten, bevor du mich mit deinen Andeutungen auf immer und ewig verstörst.«

Er stand auf, ging zum Schrank, holte ein Glas heraus und füllte es zwei Finger breit mit Whisky. Dann warf er einen Blick auf mich, nahm ein weiteres Glas und goss etwa halb so viel von dem Gebräu hinein, bevor er es mir in die Hand drückte.

Ich starrte ihn an. »So schlimm?«

»Schlimmer.« Er leerte sein Glas in einem Zug und schenkte sich noch einmal nach, bevor er sich wieder setzte.

»Dad, du beginnst mir Angst zu machen.«

»Es gibt keinen Grund für Angst«, sagte er. »Das, was ich mit schlimm meine, betrifft nur mich. Weil ich diese Informationen so lange vor dir zurückgehalten habe und jetzt, nach so langer Zeit, nicht weiß, wie ich es dir erklären ... wie du es aufnehmen wirst. Du hättest das alles früher oder später von deiner Mutter erfahren sollen, aber dann ist sie gestorben. Irgendwie dachte ich, wenn ich dich einfach von allem fernhalte, das nur ansatzweise mit dem Jenseits zu tun hat, könnten wir einfach unser Leben leben.«

»Ohne dass ich jemals die Wahrheit erfahre?« Ich hatte noch immer keine Ahnung, wovon er eigentlich sprach. Vielleicht wollte ich sie auch gar nicht haben. Die Vorstellung allerdings, er könne mir wichtige Informationen über Mom vorenthalten, gefiel mir nicht. Er war mein Dad, aber das gab ihm noch lange nicht das Recht zu entscheiden, was ich erfahren durfte und was nicht.

Er nickte. »Wie hast du es herausgefunden?«

»Ich habe einen Geist beschworen.«

Ich hatte Dad schon häufiger fluchen hören. Was jetzt allerdings über seine Lippen kam, war … an meinem inneren Zensor wären diese Worte im Leben nicht vorbeigekommen.

»Deine Mutter starb nicht an Herzversagen«, sagte er schließlich. »Die Magie, die ihr Herz hätte schützen sollen, war es, die versagt hat.«

»Könnten wir zu dieser Dämonensache kommen, statt die ganze Geschichte von hinten aufzurollen?«, drängte ich, noch immer davon überzeugt, dass ich mich verhört hatte. Oder dass Dads Worte anders gemeint gewesen waren.

»Zuerst musst du wissen, dass es neben unserer Welt –«.

»… noch eine andere gibt. Die Welt jenseits der Pforten. Torwächter. Zauberei. Ewige Finsternis. Wesen der Nacht. Ja, ich weiß.«

Dads Augen weiteten sich, als er begriff, dass ich Dinge wusste, die er mir wohl lieber selbst erklärt – oder für alle Zeiten verschwiegen – hätte. »Mia, deine Mutter, kommt von dort. Sie ist – war – ein Dämon.«

»Klar!« Ich lachte. Was für ein Blödsinn. »Vergiss nicht, dass ich mich an Mom erinnere. Ganz zu schweigen davon, dass immer noch Fotos existieren.« Mom war nicht nur wunderschön gewesen, sondern auch vollkommen menschlich. »Wenn so ein Dämon aussieht, wird es ziemlich schwierig, die von uns zu unterscheiden, findest du nicht?«

Dad sagte nichts.

»Komm schon!«

»Nicht alle Dämonen sehen aus wie schuppige Monster.« Dieses Mal nippte er nur an seinem Glas, ohne es gleich zu leeren. »Viele von ihnen haben eine menschliche Gestalt, manche können ihre Erscheinung sogar verändern. Deine Mom hatte das Glück, vollkommen menschlich auszusehen.

Sie hat mir nie erzählt, wie sie es durch das Tor geschafft hat.

Irgendwie ist es ihr gelungen, durchzuschlüpfen und sich vor den Jägern verborgen zu halten. Sie war noch nicht lange hier, als wir uns begegneten. Als ich sie sah, war es, als hätte mich ein Blitz getroffen. Es war wirklich Liebe auf den ersten Blick. Anfangs erzählte sie mir, dass jemand sie verfolgte, und ich dachte, es ginge um einen Stalker, und nahm sie erst einmal mit zu mir, in meine Studentenbude nach Glasgow. Wir verbrachten immer mehr Zeit zusammen, und weder Mia noch ich dachten daran, dass sie irgendwann wieder gehen und in ihr eigenes Leben zurückkehren musste. Ich beendete mein Studium und nahm eine Stelle in einem Krankenhaus an. Ich verdiente gut und bald konnten wir uns ein kleines Häuschen leisten und heiraten. In regelmäßigen Abständen verschwand deine Mutter für ein oder zwei Tage. Tage, in denen sie mir nicht sagte, wohin sie dann ging. Ich war jung und eifersüchtig. Unsere Liebe war noch so frisch, dass ich mir ihrer noch nicht sicher sein konnte. Also folgte ich ihr eines Tages, als sie sich wieder einmal im Morgengrauen davonstahl. Mia fuhr in die Nähe des Ortes, an dem ich sie gefunden hatte. Sie suchte sich einen geschützten Platz zwischen ein paar Felsen und setzte sich. Nicht mehr. Sie saß einfach nur da. Einen ganzen Tag und die ganze Nacht, bevor sie am nächsten Morgen zu mir zurückkehrte.«

Ich wollte aufspringen. Wollte Dad an den Kopf werfen, dass er verrückt sein musste. Oder zumindest aufhören sollte, mich für dumm zu verkaufen. Ganz sicher wollte ich das alles nicht hören. Gleichzeitig *musste* ich es hören. Mir war klar, dass diese Geschichte Einfluss auf mein bisheriges und künftiges Leben haben würde. Und wenn es nur bedeutete, dass ich dafür sorgen musste, dass Dad die passenden Tabletten für sein Problem bekam.

»Ich sprach Mia nie darauf an, was ich beobachtet hatte«, fuhr Dad fort. »Aber als sie das nächste Mal aufbrach, folgte ich ihr erneut. Dieses Mal traf sie sich mit jemandem, einer Gestalt, die ich bestenfalls als zwielichtig bezeichnen könnte. Der Kerl sah aus wie ein Hehler, ein Drogendealer vielleicht. Ich hörte, wie Mia etwas von ihm wollte und er Geld verlangte. Einen irrwitzigen Betrag. Als sie ihm sagte, dass sie das Geld nicht aufbringen konnte, zog er ab, und sie blieb zurück, am Boden zerstört. Dieses Mal ging ich zu ihr.«

Dad berichtete, wie er Mom mit seinen Beobachtungen konfrontiert und vor die Wahl gestellt hatte: Sie konnte ihm sagen, was los war, oder ihre Sachen packen und gehen. Er wollte keine Geheimnisse akzeptieren.

»Deine Mutter erzählte mir, dass sie nicht von hier käme, sondern aus einer Welt, die durch Tore von der unsrigen getrennt ist. Darüber weißt du ja offensichtlich bereits Bescheid. Sie sei ein Dämon, sagte sie mir. Und sie müsse immer wieder in die Nähe eines Tors zurückkehren, damit sich ihr Herzstein aufladen konnte. Andernfalls würde seine Energie schwinden und sie schließlich sterben. Der Mann, mit dem sie gesprochen hatte, handelte mit Artefakten. Sie hatte ihn beauftragt, einen Gegenstand zu finden, der ihren Herzstein auch abseits der Tore und des Jenseits aufladen konnte. Er hatte ihn gefunden; ein kleines, unscheinbares Amulett.«

»Und ihr habt es nicht genommen und Mom stattdessen abseits der Tore sterben lassen?«

Dad schüttelte den Kopf. »Ich habe sie davon überzeugt, mich das Amulett für sie kaufen zu lassen. Das Risiko, dass ein Jäger sie eines Tages in der Nähe des Tors erwischte und zurück ins Jenseits brachte, war einfach zu hoch. Um uns das Amulett leisten zu können, musste ich das Haus in Glasgow verkaufen und hohe Schulden aufnehmen. Ich habe mich nicht an der Börse verspekuliert, Riley. Ich habe in meinem ganzen Leben keine einzige Aktie besessen. Es war das Amulett, für das ich mich so hoch verschulden musste.«

»Wie hoch?«

»Eine Million.«

Ich stieß einen Pfiff aus.

»Hätte mein Vater mir nicht zu diesem Zeitpunkt sein Haus, das Haus, in dem wir jetzt leben, überschrieben, deine Mutter und ich hätten auf der Straße gestanden.«

Dad hatte bereits als Arzt gearbeitet und vermutlich nicht so schlecht verdient. Aber welche Bank hätte ihm einen derart hohen Kredit gegeben? Ohne jede Sicherheit, abgesehen von seinem Gehalt und dem Haus, das nicht einmal annähernd diese Summe wert gewesen sein dürfte.

»Mia und ich haben uns das Geld auf … anderen Wegen geliehen, abseits der Banken. Die Zinsen waren horrend, und sobald ich mich beruflich etabliert hatte und ausreichend verdiente, ging ich zu meiner Bank. Es war eng, aber sie gaben mir den Kredit, sodass ich unsere Schulden bei dieser anderen Quelle zurückzahlen konnte.«

»Vergiss den Bankenkram. Was war mit Mom?« Mit meiner Dämonenmutter. Dafür musste noch eine Erklärung kommen. Eine, in der hoffentlich die Worte *April, April* vorkamen.

»Du wurdest geboren und eine Zeit lang lief alles gut. Wir drei waren glücklich. Niemand ahnte, dass deine Mutter nicht … von hier war. Dann starb sie. Das verdammte Artefakt hat einfach seinen Dienst aufgegeben. Seine Magie brannte aus, wie mir ein Zauberer einmal erklärte. So wie ein Motor manchmal einfach stehen bleibt. Deine Mutter hat es nicht bemerkt. Bis sie begriff, dass sich ihr Herzstein entlud, war es zu spät. Sie schaffte es nicht mehr rechtzeitig zum Tor.«

Dad fuhr sich mit der Hand über die Augen, wischte die Erinnerungen weg, die sich darin widerspiegelten. »Ich weiß, dass es schlimm ist, ohne Mutter aufzuwachsen, und ich kann mir nicht einmal ansatzweise vorstellen, wie es für dich sein muss zu hören, dass …«

Dass ich ein halber Dämon bin. »War Mom der Grund, warum du mir verbieten wolltest, im *Hexenkessel* zu arbeiten? Bist du deshalb jedes Mal ausgetickt, wenn ich dich nach Magie und Übersinnlichem gefragt habe?«

»Ich wusste, dass ich nicht mehr um eine Erklärung herumkommen würde, wenn du erst herausfinden würdest, dass es da draußen Dinge gibt … die es nicht geben dürfte.«

Sein merkwürdiges Verhalten, die Wutausbrüche, seine Versuche, mir den Job im Laden zu verbieten – alles nur, damit er sein schmutziges kleines Geheimnis für sich behalten konnte.

»Habe ich auch einen Herzstein?« Schlug in meiner Brust eines dieser Artefakte, für die Menschen bereit waren, nicht nur ein Vermögen hinzulegen, sondern auch zu töten?

Dad schüttelte den Kopf. »Deine Anatomie ist vollkommen menschlich. Nur deine Gabe, die hast du offenbar von deiner Mutter geerbt.«

Madame sagte, dass die Magie in mir ungewöhnlich stark war. Wie ein Leuchtfeuer. Lag es daran, dass sie keinen menschlichen Ursprung hatte, sondern aus dem Jenseits stammte? Gehörte meine Kraft zu denen, die der Rat so dringend vom Zirkel fernhalten wollte, um ihnen nicht zu viel Macht in die Hand zu geben? Ich hatte nie gesehen, wie Mom ihre angebliche Magie benutzt hatte. Vielleicht war sie ein Dämon, aber eben nicht mehr. Kein Dämon, der obendrein auch noch zaubern konnte. Andererseits war ich vielleicht einfach zu klein gewesen, um zu kapieren, was wirklich um mich herum passierte. Plötzlich kam mir ein Verdacht.

»Grandpa Flashy … was ist mit ihm passiert?«

Dad lächelte. »So hast du meinen Vater immer genannt. Weil er so leuchtet, hast du gesagt. Er ist ein paar Monate vor deiner Geburt gestorben. Mia hat … sie hat ihn zu uns zurückgeholt, damit du deinen Großvater kennenlernen kannst.«

Grandpa war immer sehr bleich gewesen und hatte schlohweißes Haar gehabt. Aber offenbar war es mehr als das gewesen.

Flashy. Flash. Leuchten. Wie … Hugh.

Oh mein Gott.

Dad kippte nun auch den Rest seines Whiskys in sich hinein, während ich meinen noch nicht einmal angeschaut hatte. »Er verschwand, nachdem sie tot war. Ohne Mia, die ihn bei uns hielt, konnte er nicht bleiben.«

Mein toter Großvater hatte die ersten Jahre meines Lebens bei uns gewohnt. Mit zitternden Fingern stellte ich das Glas zur Seite. Ich wollte keinen Alkohol trinken. Mein Kopf musste klar bleiben, wenn ich nicht völlig den Verstand verlieren wollte.

»Deine Mutter war ein Schleierdämon. Ihre Gabe war es, den Schleier zum Reich der Toten zur Seite zu schieben und Kontakt zu den Geistern aufzunehmen.«

Bisher hatte ich alles geschluckt, was mir passiert war und was ich gehört hatte. Ich hatte einen Geist beschworen. Geschenkt. In meinem Blut floss Magie. Abgehakt. Es gab noch eine andere Welt, mit anderen Wesen. Meinetwegen. Ein durchgeknallter Oberzauberer war hinter mir her und wollte meine Gabe für seinen Topf voller Magie, mit der er schließlich seinen toten Kumpel ins Leben zurückholen wollte. Bitte schön. Meine Mom war ein Dämon. Hier wurde es schwierig, denn das machte mich zur Halbdämonin. Ich konnte mir vieles vorstellen, aber dass ich kein Mensch sein sollte, sondern etwas …

anderes – das war einfach zu viel. Es brachte alles ins Wanken, was ich bisher über mich und mein Leben zu wissen geglaubt hatte. Alles. Ich war ein Monster. Und Dad hatte mich mein ganzes Leben lang belogen.

Wortlos stand ich auf, streifte Dads Hand ab, als er mich aufhalten wollte, und verließ das Haus.

40

Ich lief und lief und lief.

Ziellos ließ ich mich die Straßen entlangtreiben, während ich gegen das Durcheinander in meinem Kopf ankämpfte, das mit jedem Schritt schlimmer zu werden schien. Meine Gedanken hämmerten in einer Lautstärke und Geschwindigkeit auf mich ein, dass es kaum auszuhalten war.

Die Sonne war inzwischen untergegangen und ich konnte immer noch nicht stehen bleiben. Wenn ich es täte, würde mich der ganze Schlamassel einholen. Legte ich hingegen einen Zahn zu, konnte ich ihm vielleicht einfach davonlaufen. Einem Teil von mir war durchaus bewusst, wie dämlich und vor allem sinnlos diese Idee war. Der andere, größere Teil von mir, der einfach nur die Zeit um eine Woche zurückdrehen und alles ungeschehen machen wollte, fand die Vorstellung, vor der Wahrheit davonlaufen zu können, viel zu verlockend, um es nicht zumindest zu versuchen.

Irgendwann einmal, im Nebel meiner Gedanken, war Hugh neben mir aufgetaucht. Er hatte auf mich eingeredet, doch ich hatte ihm nicht zugehört. Vielleicht war es ihm auch einfach nicht gelungen, durch den Lärm in meinem Kopf zu dringen. Schließlich hatte er aufgegeben und war wieder verschwunden.

Und ich lief weiter.

Ich wollte zu Nick, wollte ihm sagen, was geschehen war, mich in seine Arme flüchten und von ihm trösten lassen. Aber das war keine Option. Nick hasste Dämonen. Abstoßend und widerwärtig hatte er sie genannt. Und abstoßend und widerwärtig würde er auch mich finden, sollte er je die Wahrheit über mich erfahren.

Als jemand mich beim Arm griff und herumdrehte, fuhr ich erschrocken zusammen. Meine Fäuste waren geballt, ich war bereit, mich zu wehren. Dann sah ich Pepper, die – vollkommen außer Puste – vor mir stand.

»Mensch, bist du schwerhörig!«, schnaufte sie. »Ich rufe ungefähr seit hundert Metern deinen Namen. Meine Güte, wie ich es hasse zu rennen.«

»Warum tust du es dann?«

»Weil du mir immer noch die Stalkergeschichte schuldig bist.«

Ich starrte sie an, vollkommen ahnungslos, was sie von mir wollte.

»Erde an Riley!« Sie schnippte mit den Fingern vor meinem Gesicht. »Erinnerst du dich? Agent Pepper hat für dich deine Straße ausgekundschaftet!«

So schwer es mir auch fiel, meine Gedanken wenigstens so lange zur Ruhe zu bringen, dass ich Peppers Worte verstehen konnte, daran erinnerte ich mich natürlich. Und es war nichts, worüber ich im Augenblick reden wollte. Oder konnte. Ich müsste Pepper eine Lüge auftischen und in meiner augenblicklichen Verfassung würde ich mich bloß in Widersprüche verwickeln.

Ich schüttelte den Kopf. »Ein andermal.«

Pepper musterte mich von oben bis unten. Bei jedem anderen hätte ich das als unhöflich empfunden, vor allem die Genauigkeit, mit der sie mich abcheckte. »Ist alles in Ordnung mit dir?«

»Was soll denn nicht in Ordnung sein?«, fragte ich ein wenig zu barsch. Abgesehen davon, dass mein Leben, das bis vor ein paar Stunden noch ganz annehmbar gewesen war, plötzlich in Trümmern lag? »Mir geht es prächtig!«

»Hast du geweint?«

Hatte ich? Meine Augen fühlten sich tatsächlich verquollen an, die Haut über meinen Wangen spannte, als wäre sie nass gewesen, und meine Nase war auch dicht. In meinem Kopf herrschte ein solches Chaos, dass es mir nicht einmal aufgefallen war. »Ich …«

Pepper hakte sich bei mir unter. »Du kommst jetzt erst einmal mit zu mir. Ich habe jede Menge Taschentücher und eine riesige Packung Eiscreme da. Egal, was der Schuft dir angetan hat, das wird helfen!«

Der Schuft, der für meinen aktuellen Zustand verantwortlich war, war mein Vater. Aber das konnte ich Pepper schlecht sagen. Oder etwa doch?

Ein paar Minuten später saß ich in Peppers Zimmer, auf ihrem Bett. Neben mir eine Schachtel Kleenex und eine Schüssel mit Eis auf dem Schoß. Außerdem hatte sie Tee gekocht.

»Falls du zu den zwei Prozent der weiblichen Bevölkerung gehörst, die sich nicht mit Süßkram beruhigen oder trösten lassen«, hatte sie gesagt und die Tasse neben mir auf dem Nachttisch abgestellt.

Schweigend rührte ich in meinem Eis herum, beobachtete, wie es von fest zu pampig und schließlich flüssig wurde. Pepper leckte die Reste ihrer eigenen Portion vom Löffel, nahm mir meine Schüssel ab und stellte sie zur Seite. »Trink den Tee.«

Ich griff tatsächlich nach der Tasse, doch statt zu trinken, klammerte ich mich daran fest, froh, dass meine Hände eine Beschäftigung hatten. Mit dem heißen Dampf stieg der Geruch von Pfefferminze in meine Nase und schien irgendeine Blockade in meinem Hirn zu lösen. Anders konnte ich mir nicht erklären, warum ich plötzlich mit den Worten »Meine Mom war ein Dämon« herausplatzte.

Ich biss mir auf die Lippe und wartete darauf, dass Pepper in Gelächter ausbrach oder mich gleich wieder auf die Straße setzte. Falls sie nicht vorher schreiend davonlief. Sicher, es war Pepper gewesen, die mir vom Jenseits erzählt hatte, aber es war dann doch ein Unterschied, ob man lediglich über etwas redete oder ob es plötzlich real wurde. Mit einem kranken Nachbarn konnte man schließlich auch besser leben, als wenn es ein Familienmitglied traf.

Ein leises Rasseln durchbrach die Stille, die nach meinen Worten entstanden war. Ich sah mich nach der Quelle um und fand sie auf der Fensterbank, wo Drizzle in der Erde unter einem Bonsai schlief und dabei mit seinem Schnarchen ganze Wälder abholzte. Drizzle ... das Jenseits war für Pepper längst zur Realität geworden.

»Seit wann ist er wieder da?«, fragte ich, in der Hoffnung, von meinem Wahrheitsausbruch abzulenken.

»Er ist gestern Abend wieder aufgetaucht.« Pepper grinste. »Als ich nach Hause kam, steckte er im Briefschlitz in der Tür fest. Er hat wohl versucht, durch den Schlitz in die Wohnung zu kommen, und dabei seinen Bauch ein wenig arg unterschätzt. Jedenfalls ist er der Ansicht, erst einmal genug von der Stadt gesehen zu haben. Die Nacht hat er damit verbracht, Moms Alkoholvorräte niederzumachen und die Speisekammer zu plündern. Jetzt schläft er seinen Rausch aus.«

»Wird er dieses Mal bleiben?«

»Wirst du mit deinen Ablenkungsversuchen aufhören?«

»Nicht, wenn ich nicht muss.«

Das regelmäßige Schnarchen ging in abgehackte, schnell aufeinander folgende Grunzlaute über. Dann ein Husten. »Mann,

Mann, Mann«, brummte der Kobold, setzte sich auf und stieß dabei mit dem Kopf gegen die unteren Äste des Bonsais. »Beim haarigen Ar… Backenbart meiner Großmutter! Bäume sind auch nicht mehr das, was sie mal waren!« Er zog seine Hose und den Pulli zurecht, dann entdeckte er mich. »Hey-ho, Puppe! Bist du gekommen, um auf meine Rückkehr anzustoßen?«

»Sie ist hier, um mit mir zu reden«, sagte Pepper. Vielsagend fügte sie hinzu: »Mädchensachen.«

Drizzle verdrehte die Augen. »Jungs, Farbe im Gesicht und dämliche Klamotten, die niemandem gefallen. Ich geh mal schauen, was bei deiner Mutter in der Glotze läuft.« Mit einem Satz schwang er sich von der Fensterbank und marschierte durch die angelehnte Tür hinaus.

»Okay, jetzt noch einmal von vorne. Was ist mit deiner Mutter?«

»Ich glaube, ich kann das nicht wiederholen.« Die Worte wären mir glatt im Hals stecken geblieben.

»Gut, dann übernehme ich das. Du denkst also, dass sie ein Dämon war? Bist du sicher?«

»Natürlich ist sie sicher«, rief Drizzle vom Gang. Er war hinter der Tür stehen geblieben und steckte den Kopf jetzt wieder zu uns herein. »Du denkst immer noch, dass ich mich ihr freiwillig gezeigt habe, oder?«

Pepper und ich starrten den Kobold an. *Drizzle kann nur gesehen werden, wenn er es auch will. Oder von seinen eigenen Leuten.* Das hatte sie an dem Abend zu mir gesagt, als sie mit Drizzle im Laden aufgetaucht war.

»Deshalb konnte ich dich sehen, oder? Nicht, weil du es wolltest, sondern wegen …«

»Wegen deines Dämonenbluts.« Drizzle nickte. »Du bist eine Jenseitsbraut, Puppe.«

»Ich bin ein Dämon«, flüsterte ich.

»Ein halber«, korrigierte Pepper.

»Aber eine ganze Dramaqueen«, fügte Drizzle hinzu. »Ganz ehrlich? Mädchengeheule ist nicht gut für meinen Blutdruck. Wenn ihr drüber weg seid oder den Schreck mit einem ordentlichen Gläschen runterspülen wollt, könnt ihr mich ja rufen.«

Dann ging er und Pepper drückte die Tür hinter ihm zu. Vielleicht hätten wir ihn aufhalten sollen, immerhin kam er aus derselben Welt wie meine Mutter. Er konnte mir mehr darüber erzählen – auch über die Dämonen.

Pepper schüttelte den Kopf. »Bevor du den Wicht löcherst, musst du das erst einmal verdauen.«

»Hast du denn keine Angst vor mir?«

»Du hast bisher nicht versucht, mich zu fressen, ich denke, du wirst auch jetzt nicht plötzlich deinen Appetit auf Menschenfleisch entdecken. Falls doch, sag Bescheid, dann hol ich dir Salz und Pfeffer.«

Menschenfleisch. Das war es, wovon sich Dämonen ernährten. Hatte Mom …? Würde ich, wenn ich es einmal probiert hatte …? Nicht dass ich vorhatte, es zu probieren, aber vielleicht war es mit der Lust auf Menschenfleisch ähnlich wie mit dem Blutdurst von Vampiren – eine gewisse Zeit kann man widerstehen, aber irgendwann wird der Drang zu stark und schon hat man seine Zähne in den Nachbarn geschlagen. Kopfschüttelnd vergrub ich das Gesicht in den Händen, um die Bilder loszuwerden, die in mir aufstiegen. Abgesehen davon, dass mir schon wieder die Tränen kamen, änderte sich nichts.

»Hey.« Das Bett gab leicht nach, als sich Pepper neben mich setzte und einen Arm um meine Schultern legte. »An dir ist nun wirklich nichts Dämonisches, Riley.«

»Nur weil man etwas nicht sieht, heißt das nicht, dass es

nicht da ist«, schniefte ich. »Drizzle kann schließlich auch unsichtbar sein, so wie meine dämonische Fratze und mein Hunger auf –«.

»Okay, vielleicht bin ich nicht die Richtige dafür.« Pepper sprang auf, schnappte sich ihr Handy vom Schreibtisch und verzog sich in die hinterste Ecke des Zimmers. »Nicht weglaufen!«, sagte sie zu mir und hielt den Zeigefinger in die Höhe, als wäre ich ein Hund, dem sie ein Kommando gab. Sie drückte ein paar Tasten und sprach dann in ihr Handy. Keine Ahnung, was sie sagte oder zu wem – meine sich im Kreis drehenden Gedanken übertönten alle anderen Geräusche im Raum.

Erst als Pepper mich anstieß, schreckte ich auf. Keine Ahnung, ob sie mich angesprochen hatte und wenn ja, wie oft. Sie hielt mir das Handy entgegen. »Serena will mit dir reden.«

Überrascht nahm ich das Telefon und hielt es mir ans Ohr. »Hallo?«

»Hi, Riley. Pepper hat mir von deinem Problem erzählt.«

Besten Dank auch, gebt doch gleich ein Inserat in der Times auf. Ich warf Pepper einen finsteren Blick zu. Sie würde ich als Erste fressen, wenn es mich überkam.

»Sorry«, formten ihre Lippen lautlos.

»Eigentlich ist es ja auch gar kein Problem«, fuhr Serena fort, nachdem ich immer noch nichts gesagt hatte. »Für dich ist es bestimmt ein Hammer, das zu erfahren – als würde einem plötzlich jemand erzählen, dass man adoptiert ist –, aber du wirst drüber wegkommen.«

Das Geräusch, das aus meiner Kehle drang, war entweder ein Knurren oder ein ziemlich humorloses Lachen. Serena hatte leicht reden – in ihr steckte auch kein Monster.

»Pepper hat es dir nicht erzählt, aber Cale, mein Freund, ist auch ein Dämon. Kein halber, wie du, sondern zu einhundert

Prozent.« Sie sagte das mit einer Selbstverständlichkeit, als würde sie mir erklären, ihr Freund käme aus Irland. »Er ist weder blutrünstig, noch grausam oder gefährlich, sondern einfach nur der beste Freund, den ich mir wünschen kann.«

»Danke, Süße«, hörte ich eine tiefe Stimme aus dem Hintergrund, gefolgt von etwas, das wie ein Kuss klang.

»Manchmal macht er verrückte Dinge, aber das tun wohl alle Kerle.«

Was sollte ich darauf sagen? Ich hatte gerade gehört, wie ein Mensch einen Dämon in Schutz nahm und sich von ihm küssen ließ. Freiwillig und offenbar nicht ohne Vergnügen. Konnte es wirklich möglich sein, dass nicht alle Dämonen böse waren? Dad hätte sich doch niemals in ein Monster verliebt, oder? Er hatte auch nichts davon erzählt, dass Mom eine Blutspur hinter sich hergezogen hatte. Abgesehen davon wusste ich aus Dads früheren Erzählungen, dass Mom Vegetarierin gewesen war. Aber eben immer noch ein Dämon.

Ein Knacken vom anderen Ende der Leitung riss mich aus meinen Gedanken. Rascheln, dann die Stimme des Jungen – des Dämons: »Hi, Riley, ich bin Cale, besagter Traummann. Zu welcher Gattung gehörst du?«

Erst wusste ich nicht, was er meinte, dann begriff ich, dass er von der Rasse sprach. »Dad nannte es einen Schleierdämon.«

»Na bitte!«, rief er. »Vollkommen harmlos, kein bisschen blutrünstig oder gefährlich.«

Er erzählte mir, dass Schleierdämonen im Jenseits eine wichtige Rolle spielten. Früher einmal waren sie imstande gewesen, die Toten zu erheben, und hatten mit den Armeen dieser Toten ihre Reiche verteidigt. In der heutigen Zeit allerdings verfügten sie nicht mehr über diese Stärke. Aber sie waren noch immer in der Lage, durch den Schleier zu dringen und Kontakt zu Geistern aufzunehmen. Auf diese Weise sammelten sie zum Beispiel Informationen, die sonst verloren gegangen wären, oder nahmen Zeugenaussagen für Prozesse auf, wenn das Opfer nicht mehr am Leben war. Das klang wirklich nicht allzu schrecklich.

»Ein Dämon zu sein«, sagte Cale schließlich, »oder Dämonenblut in sich zu haben, ist nichts Schlimmes. Nur weil du jetzt weißt, was schon dein Leben lang in dir steckt, ändert das doch nichts daran, wer du all die Jahre gewesen bist. Letztlich kommt es nur darauf an, was du jetzt mit diesem Wissen anstellst.«

»Du bist wirklich ein Dämon?«, fragte ich skeptisch. »Du klingst gar nicht so.«

Cale lachte. »Wie müsste ich denn klingen?« Plötzlich verstellte er die Stimme: »Muss jetzt auflegen«, krächzte er. »Zeit für Abendmassaker von Örks, dem Schlächter.«

Jetzt musste selbst ich lachen.

»Gib das Handy her, Örks, der Doofkopf.« Serena.

»Jetzt muss ich mich wirklich verabschieden«, sagte Cale wieder in normaler Tonlage. »Mein menschlicher Sklaventreiber streicht mir sonst den Nachtisch. In ein paar Wochen komme ich mit Serena nach London. Dann kannst du mich weiter ausquetschen.«

Wieder knackte es, dann war Serena wieder dran.

»Riley? Bist du noch dran oder hat er dich in die Flucht geschlagen?«

»Nein, er war nett.«

»Hör mal, wir müssen jetzt los. Heute ist Familienabend und Mom hat schon zweimal nach uns gerufen«, sagte sie. »Lass das alles noch mal in Ruhe sacken. Wenn du noch Fragen hast, oder mit mir oder Örks, dem Angeber, reden willst – Pepper soll dir meine Nummer geben.«

»Danke.«

»Jederzeit. Bis bald.«

Nachdem Serena die Verbindung beendet hatte, gab ich Pepper das Handy zurück. »Ihre Nummer?«, fragte sie, und als ich nickte, schickte sie sie mir per SMS.

»Es gibt gar keinen Stalker, oder?«

Ich schüttelte den Kopf. »Nein. Aber es gibt jemanden, der mich verfolgt. Wegen dem, was ich bin. Allerdings habe ich das alles auch erst herausgefunden.«

Zu meinem Erstaunen bohrte Pepper nicht weiter nach. Wahrscheinlich sah ich so erbärmlich aus, dass sie sich nicht traute, mich weiter auszuquetschen. Wenn die Sache vorbei war, würde ich ihr alles erzählen. Im Moment allerdings war ich einfach nur froh, dass sie da war. Und dass sie es geschafft hatte, dass ich mich nicht länger wie ein Monster fühlte. Aber auch wenn ich mich besser fühlte, nach Hause wollte ich im Moment nicht. Dafür quälte es mich noch zu sehr, dass Dad das all die Jahre vor mir geheim gehalten hatte. Ich brauchte Zeit, bevor ich ihm wieder gegenübertreten konnte. Deshalb rief ich Nick an und bat ihn, mich bei Pepper abzuholen. Ich sagte ihm, dass ich mich mit Dad gestritten hatte, und fragte, ob ich zu ihm kommen könne. Er stimmte sofort zu.

»Dieser Nick«, begann Pepper, sobald ich aufgelegt hatte. »Das ist aber nicht der Lackaffe, oder?«

Ich unterdrückte ein Lächeln. »Doch, genau der.«

»Wahnsinn! Seid ihr zusammen, oder was?«

Wohl eher *oder was*. Wenn Nick erfuhr, was ich heute erfahren hatte, würde er nichts mehr von mir wissen wollen. Obwohl ich ihn erst seit wenigen Tagen kannte, tat der Gedanke, ihn zu verlieren, erstaunlich weh. »Du darfst ihm nichts von dieser Dämonensache sagen, versprich mir das, Pepper!«

Sie machte eine Geste, als würde sie ihren Mund verschließen. Dann deutete sie auf ihre Lippen. »Versiegelt.«

Ich konnte ihr im Moment nicht von den Bewahrern und von Madame erzählen, allein schon, um sie nicht als Mitwisserin unabsichtlich in Gefahr zu bringen, aber es gab keinen Grund, nicht über Hugh zu sprechen. Also erzählte ich ihr von meiner ersten Beschwörung und dem Ergebnis. Als ich das vor ein paar Tagen im Laden versucht hatte, hatte sie noch gedacht, ich würde sie veralbern. Dieses Mal glaubte sie mir. Und sie konnte gar nicht genug von meinen Geschichten über Hugh bekommen, den sie als »fast so gut wie Sergej Darkov« bezeichnete.

Als Nick mir eine SMS schickte, dass er vor dem Haus wartete, umarmte ich Pepper zum Abschied. Dass sie dabei nicht zögerte und keine Angst zu haben schien, mir nah zu kommen, ließ mich hoffen, dass ich vielleicht doch lernen könnte, damit zu leben.

»Du hast ein normales Herz, keinen Herzstein«, sagte Pepper. »Sonst könntest du so weit weg von den Toren gar nicht überleben. Der menschliche Anteil in dir überwiegt. Schau mal in den Spiegel. Das einzig Dämonische an dir sind ein wenig Blut und ein paar schräge Fähigkeiten.« Sie kam einen Schritt näher und senkte die Stimme. »Verrat es niemandem, aber ich kann mit den Ohren wackeln. Ich habe mich nur noch nicht getraut, Cale zu fragen, zu welcher Rasse ich damit gehöre.«

Um ihre Worte zu unterstreichen, wackelte sie tatsächlich mit den Ohren.

»Da musst du ihn gar nicht fragen, die Rasse kenne sogar ich. Definitiv ein Dämonicus Verrücktus – und eine gute Freundin.«

41

Nick schloss die Tür zu seinem Zimmer hinter uns. Während der Fahrt hatte er die meiste Zeit geschwiegen, mich nur einmal gefragt, ob alles in Ordnung war, was ich nur mit einem Nicken beantworten konnte, so groß war der Kloß in meinem Hals gewesen.

»Okay«, sagte er jetzt. »Raus mit der Sprache. Was ist passiert?«

»Was meinst du?« *Wo soll ich anfangen?* Wie sollte ich ihm auch nur ansatzweise erklären, was geschehen war.

»Du siehst aus, als hättest du nicht nur einen Geist gesehen. Was hat dein Dad dir erzählt, dass du so grün um die Nase bist?«

In diesem Moment wurde mir klar, dass ich nicht schweigen konnte. Ich konnte das einfach nicht für mich behalten. Es wäre falsch. Ganz davon abgesehen würde ich mich irgendwann wahrscheinlich sowieso verplappern. Das alles war einfach zu viel, als dass die Synapsen in meinem Gehirn da noch die richtigen Weichen stellen und entscheiden konnten, welche Infos raus durften und welche unter Verschluss zu bleiben hatten. Außerdem: Wenn sowieso die Gefahr bestand, dass Nick eines Tages die Wahrheit erfuhr, wollte ich es lieber gleich hinter mich bringen, statt mich die nächsten Wochen oder Monate – vielleicht sogar Jahre – zu fragen, wann es passierte. Wann ich etwas sagte, das alles zerstören würde. Je länger ich es hinauszögerte, desto mehr würde es wehtun, ihn zu verlieren.

Ich kaute auf meiner Lippe herum, suchte nach den passenden Worten, als sich Hugh leuchtend mitten im Zimmer manifestierte.

»Was machst du denn hier?« Ich wusste nicht, ob ich erleichtert sein sollte, dass mir sein Auftauchen einen Aufschub gewährte, oder wütend, weil es mit jeder Minute nur noch schwerer werden würde.

»Ich folge dir schon den ganzen Tag und passe auf, dass nicht wieder irgendwo ein Schurke drinsitzt, wo ich ihn nicht vermute.« Er sah sich im Zimmer um, dann richtete er den Blick auf Nick. »Dein Palast ist sauber. Die Nachbarschaft auch, soweit ich es gesehen habe.«

Unwillkürlich musste ich lächeln. Hugh hatte noch immer ein schlechtes Gewissen, wegen dem, was gestern im Laden passiert war. Er war der beste Geist, den man sich wünschen konnte. Und der freundlichste. Auch wenn er mir manchmal gehörig auf die Nerven ging. »Danke, Hugh. Hör mal, ich muss etwas mit Nick besprechen und …«

»… und ich soll mich am besten ins Licht verpfeifen.«

»Nicht ganz so weit.«

Er zog eine Augenbraue in die Höhe. »Was denn, du willst mich nicht mehr mit Fackeln und Mistgabel bewaffnet aus dem Dorf jagen? Dann geh ich mal sehen, was ich euch Turteltäubchen zu Essen zaubern kann.«

Turteltäubchen? Wenn ich mit Nick fertig war, wären wir alles andere als das. Unglaublich, wie ein Geist so sehr vom Essen besessen sein konnte, wenn er selbst gar keine Nahrung brauchte.

Sobald Hugh fort war, zog Nick mich mit sich aufs Sofa. »Es ist ernst, oder?«, fragte er, kaum dass wir saßen. Als ich nickte, wollte er mich an sich ziehen, aber ich hielt ihn auf Abstand. »*So* ernst?«

»Es ändert alles.«

»Du hast gelernt, Schimpfwörter zu benutzen, und willst jetzt alles nachholen, was du mir schon immer mal an den Kopf werfen wolltest?«

Mir war nicht nach Witzen zumute. Bevor er mich noch zum Weinen brachte und ich gar nicht mehr wusste, wo ich anfangen sollte, fiel ich mit der Tür ins Haus. »Meine Mom war ein Dämon und ich bin zur Hälfte auch einer«, platzte ich heraus.

Nicks Augenbraue hob sich.

Ohne eine Pause zu machen, aus Angst vor seiner Antwort, erzählte ich ihm alles, was ich von Dad erfahren hatte. Als schließlich alles gesagt war, nachdem jedes Wort aus mir heraus war, das mir so sehr aufs Herz gedrückt hatte, atmete ich tief durch und stand auf.

»Wo willst du hin?«

»Gehen, bevor du mich rauswirfst.«

»Setzen!«

Ich ließ mich zurück aufs Sofa fallen, als hätte mir dieses eine Wort mit dem dicken Ausrufezeichen dahinter die Beine abgesägt.

»Wie kommst du darauf, dass ich dich rauswerfen würde?«

»Du hasst Dämonen«, quetschte ich mit dünner Stimme raus. »Du hältst sie für abartig und widerwärtig, das hast du selbst gesagt. Und ich *bin* ein Dämon.«

Jetzt stand er auf, zog mich mit sich auf die Beine und schob mich vor sich her, zum Spiegel. Seine Hände lagen um meine Taille, sein Kinn ruhte auf meiner Schulter, als er mit mir zusammen in das Glas blickte.

»Zwei Ohren, zwei Augen.« Seine Finger wanderten über mein Gesicht, folgten seinen Worten. »Eine Nase, ein Paar wunderschöner Lippen.« Hier verweilten seine Finger eine Weile.

»Perfekt menschlich. Alles, was du in dir hast, ist ein bisschen Dämonenblut. Mehr nicht.«

»Und jede Menge Magie«, fügte ich hinzu.

»Mich hast du jedenfalls verzaubert.« Er drehte mich zu sich herum und nahm mich in die Arme. »Ich gebe zu, dass mich deine Neuigkeit überrascht hat. Vor ein paar Tagen noch, als ich dich noch nicht so gut kannte, hätte ich vielleicht auch anders reagiert. Aber heute? Ganz ehrlich, Riley, du bist nicht dämonischer als ein Fußbad.«

Obwohl mir schon wieder die Tränen kamen und ich einen dicken Kloß im Hals hatte, musste ich lachen. »Es macht dir nichts aus? Wirklich nicht?«

Als er mich küsste, bekam ich meine Antwort. Da war keine Spur von Abscheu, nur Wärme und Zärtlichkeit.

»Muss ich noch mehr sagen?«, fragte er schließlich.

Ich legte meinen Kopf auf seine Schulter. Lächelnd. »Nein, ich glaube, wir haben unsere Art der Kommunikation gefunden.« Ich seufzte. »Bei Dad wird es wohl ein paar Worte mehr brauchen. Ich weiß wirklich nicht, was ich ihm sagen soll.«

»Erst einmal gar nichts. Du kannst hier bleiben, so lange du willst. Ruf ihn später an, sag ihm, dass du ein wenig Abstand brauchst. Und dass ich solange auf dich aufpasse. Wenn du so weit bist, fahren wir zu ihm, und du redest noch einmal mit ihm.« Er legte mir die Hand unters Kinn und hob meinen Kopf an, bis er mir in die Augen sehen konnte. »Er hat es gut gemeint, Riley. Er wollte dich beschützen und dir Panikattacken wie gerade eben ersparen.«

»Du hast ja recht. Trotzdem bin ich …« Ja, was? Wütend? Nicht mehr. Eher enttäuscht. Ich hatte gedacht, Dad und ich, wir würden uns alles erzählen. Herauszufinden, dass dem nicht so war, tat überraschend weh.

»Warum gehst du nicht erst einmal duschen?«, schlug er vor. »Mir hilft das immer, den Kopf frei zu bekommen und zu entspannen. Danach sehen wir, was Hugh uns gezaubert hat, und überlegen uns, wie es weitergeht.«

Weitergeht. Oh Mist! »Ist dir etwas eingefallen? Wegen Madame und Miles?«

Er schüttelte den Kopf. »Ich war den ganzen Nachmittag bei Großvater im Heim. Ich habe ihm alles erzählt, dabei weiß ich gar nicht, ob er mich überhaupt noch hören kann. Aber irgendwie hatte ich gehofft, dass mir die rettende Idee kommen würde, wenn ich darüber rede. Fehlanzeige. Ich werde wohl dein Gehirn mit bemühen müssen.«

Nick führte mich durch ein Ankleidezimmer, für das so ziemlich jedes Mädchen töten würde, zum Bad. Aus einem Schrank zog er ein T-Shirt und eine Trainingshose und legte beides ins Bad, zusammen mit einem großen Handtuch. »Ich sehe inzwischen mal nach, in was für ein Schlachtfeld Hugh die Küche verwandelt hat. Und wenn wir gegessen haben, versuchen wir es mit einem Brainstorming.«

Er zog mich noch einmal an sich und küsste mich, bevor er das Bad verließ.

»Nick?«, rief ich, ehe er die Tür hinter sich schließen konnte. »Du könntest dich bei Hugh entschuldigen. Er gibt sich wirklich alle Mühe, auf mich aufzupassen. Dass es gestern schiefgegangen ist – das war nicht seine Schuld.«

Er nickte, dann ging er.

Ich sperrte die Tür ab, ging zum Waschbecken und spritzte mir kaltes Wasser ins Gesicht, in der Hoffnung, den Kopf ein wenig klarer zu bekommen. Als ich aufsah, fiel mein Blick in den Spiegel. Ich öffnete den Mund und betrachtete meine Eckzähne. Völlig normal. Als Nächstes nahm ich mein Gesicht unter die Lupe. Ich zog die Stirn mit den Händen nach oben, die Backen nach hinten, schob das Kinn hoch, schnitt Grimassen und suchte nach etwas in meinem Gesicht, das auf eine dämonische Fratze hindeutete. Doch egal, was ich tat, ich sah dabei vielleicht bescheuert aus, war aber immer noch ich selbst. So, wie ich schon mein ganzes Leben lang gewesen war.

Als ich ein paar Minuten später aus der Dusche kam, fühlte ich mich auch wieder wie ein Mensch. Ich freute mich auf das Essen mit Nick und Hugh und war mir zum ersten Mal seit Tagen sicher, dass wir eine Lösung für all unsere Probleme finden würden. Vielleicht hatte Hugh ja eine Idee. Ganz sicher würde er uns helfen, was auch immer wir uns einfallen ließen.

Ich schlüpfte in Nicks Sachen, die Beine der Hose musste ich einige Male umschlagen, und hängte das Handtuch zum Trocknen auf, wobei ich mir ein Grinsen nicht verkneifen konnte. Jetzt waren wir tatsächlich schon so weit, dass ich in seinen Klamotten herumlief. Nick verabscheute mich nicht! Er wollte immer noch mit mir zusammen sein, und offensichtlich konnte er es kaum erwarten, mich wiederzusehen, denn als ich das Bad verließ und durch das Ankleidezimmer ging, konnte ich ihn in seinem Zimmer hören. Noch immer lächelnd, öffnete ich die Tür.

»Wolltest du Hugh nicht mit dem Essen helfen?«

»Ich kauf dir unterwegs ein Sandwich.« Der Farblose sprang vor. Er hob die Hand. Ich sah einen Schatten darin, etwas, das wie ein Knüppel aussah. »Tut mir leid, aber bei dir geht es nicht anders.«

Der Schlag traf mich am Kopf und löschte mein Bewusstsein aus.

42

Nick blinzelte verwirrt.

Brandgeruch stieg ihm in die Nase. Dann sah er das Steak vor sich in der Pfanne und den blauen Rauch, der daraus aufstieg. Ein Wunder, dass der Rauchmelder noch nicht losgegangen war. Fluchend packte er die Pfanne, riss sie vom Herd und verfrachtete sie ins Spülbecken. Es zischte, als die Wassertropfen im Becken verdampften.

Wie konnte das verfluchte Ding anbrennen?

Er hatte es doch eben erst in die Pfanne gelegt.

Und wo war Hugh?

Vor zwei Sekunden noch hatte der Geist neben ihm gestanden, Salat geschnitten und Geschichten über sein Dasein als Geist zum Besten gegeben.

Ein Luftzug strich über seinen Nacken.

»Was stehst du hier rum!«, schnauzte Hugh hinter ihm.

Nick blinzelte erneut. Gerade erst hatten sie Frieden geschlossen und schon pflaumte der Blaumann ihn wieder an? So nicht, Kumpel! Er fuhr zu dem Geist herum, die passenden Worte bereits auf den Lippen. Und hielt inne. Wo den Geist für gewöhnlich ein kräftiges, blaues Leuchten umgab, hüllte ihn jetzt nur ein schwacher Schimmer ein, der wie eine Flamme im Wind flackerte. »Was ist mit dir passiert?«

»Geisterbann.« Allmählich legte sich das Flackern und das Leuchten gewann wieder an Stärke.

»Was ist hier los?«

»Der Typ, den ihr den Farblosen nennt, kam zur Tür hereinspaziert. Ihr habt euch ein paar Sekunden in die Augen geschaut, wie ein Liebespaar beim Hochzeitsschwur. Er flüsterte dir ein, dich nicht zu rühren. Dann war er bei mir. Der Dreckskerl hatte ein Amulett! Hast du eine Ahnung, wie es sich anfühlt, wenn es dir alle Energie auf einmal aus dem Leib reißt? Das Ding hat mich aus dem Haus katapultiert wie ein Schleudersitz den Piloten aus einem Kampfflieger.«

Hughs Worte ließen Nick das Blut in den Adern gefrieren. Morden war hier gewesen!

»Riley!«

Er stürmte los, die Treppe nach oben, in sein Zimmer und weiter ins Bad.

Sie war fort.

Nick sah sich nach Hugh um, der ihm gefolgt war. »Ich weiß, wo sie ist. Komm mit!«

43

Ich weiß nicht, ob es die feuchte Kälte war, die mich weckte, oder der Geschmack, der sich in meinem Mund eingenistet hatte. Als wäre ein Tier auf meiner Zunge verendet. Widerlich. In Wahrheit aber war es Blut, das ich schmeckte. Ich musste mich in die Backe gebissen haben, als … oh verflucht! Jetzt erinnerte ich mich wieder.

Ich wagte nicht, die Augen zu öffnen, denn abgesehen davon, dass ich mich dann dem hätte stellen müssen, was mich erwartete, war es besser, erst einmal herauszufinden, was *genau* vor sich ging, bevor ich zu erkennen gab, dass ich wieder unter den Lebenden weilte.

Das Erste, was ich feststellte, war, dass ich auf einem Stuhl saß, die Hände hinter der Lehne gefesselt. Keine vielversprechende Ausgangslage für eine Flucht.

Wenn es mir gelang, Zeit zu schinden, konnte ich vielleicht einen Plan fassen, wie ich hier wegkam. Dass ich nicht mehr in Nicks Palast war, stand fest. Zum einen war es dort weder kalt noch feucht oder zugig gewesen, zum anderen war es nur logisch. Der Farblose – Morden – hatte mich zu seinem Boss gebracht: Thornes Anwesen in Camden. Dasselbe Anwesen, um das Nick und ich vor ein paar Tagen herumgeschlichen waren. Der Temperatur nach befand ich mich vermutlich irgendwo in einem Keller.

Den Ort zu kennen, an den sie mich verschleppt hatten, minderte meine Angst allerdings kein bisschen. Wusste Nick, wo ich war? Wie war Morden überhaupt ins Haus gekommen? Hatte er Nick …? Ich wagte nicht, den Gedanken zu Ende zu bringen. Das musste ich auch nicht, denn in diesem Augenblick vernahm ich knirschende Schritte.

»Sie wird bald zu sich kommen«, hörte ich Morden sagen. Erstaunlich, ich hatte ihn kaum sprechen gehört, trotzdem hätte ich seine Stimme überall wiedererkannt. »Ich habe nicht allzu fest zugeschlagen.«

»Was sind schon ein paar Minuten mehr oder weniger gegen all die Zeit, die ich nun schon warte.«

Die Stimme war samtig, fast schon freundlich. Das musste Thorne sein.

»Möglicherweise haben wir nicht mehr ganz so viel Zeit«, gab Morden zu bedenken. »Salina hat die anderen oben versammelt. Es ist zu befürchten, dass sie Unruhe stiften wird.«

Salina? War das Madames Name? Tatsächlich hatte ich keinen Schimmer, wie die Frau, für die ich arbeitete, im bürgerlichen Leben hieß. Ich kannte sie nur als Madame Veritas.

»Das spielt keine Rolle«, sagte Thorne, der noch immer wie die Ruhe selbst klang. »Was auch immer sie vorhaben, sie kommen zu spät. Sie können es nicht mehr verhindern.«

Großartig!

Eine Weile sagte niemand mehr was. Die Schritte bewegten sich mal hierhin, mal dorthin. Manchmal erklang ein Klappern oder Schaben, doch so sehr ich versuchte, die Geräusche einzuordnen, es wollte mir nicht gelingen. Ich hatte nicht die leiseste Ahnung, was Thorne gerade tat. Aber eines wusste ich mit Sicherheit: Es waren Vorbereitungen, um mir meine Magie zu nehmen.

Plötzlich erklang ein Piepen. Ein schriller Laut, der mich an einen lästigen Weckton erinnerte.

Die Schritte und das Klappern verstummten.

»Jemand ist über die Mauer gestiegen«, sagte Morden.

Nick! Das musste Nick sein! Es ging ihm gut und jetzt suchte er nach mir.

»Kümmere dich darum. Wenn es der reiche Bengel ist – lösch ihn aus.«

»Wie viel von ihm?«

»So viel wie nötig, und um sicherzugehen, noch ein bisschen mehr.« Thorne nahm seine Tätigkeit wieder auf, es klang, als würde er ein Blech über den Steinboden ziehen. »Es ist mir egal, ob er hinterher ein sabbernder Idiot ist. Er darf das hier nicht gefährden.«

44

Nick ließ sich auf der anderen Seite der Mauer herunter und ging im Schatten eines Rhododendrons in die Hocke. Vor ihm erhoben sich die verschachtelten Umrisse des Thorne-Anwesens wie ein dunkler Schatten in die Nacht, lediglich durch ein paar Meter Rasen von ihm getrennt.

An mehreren Ecken des Hauses und der Mauer entdeckte er Überwachungskameras, in der Dunkelheit mehr oder weniger nur durch die roten Blinklichter auszumachen, die anzeigten, dass die Sicherheitssysteme in Betrieb waren. Vermutlich hatte er bereits Alarm ausgelöst, als er über die Mauer geklettert war.

Hugh duckte sich neben ihm hinter den Busch, als müsse er fürchten, ebenfalls entdeckt zu werden. Der Schimmer des Geistes hatte sich ein wenig erholt, war aber immer noch beunruhigend schwach. Hoffentlich hatte dieser Geisterbann keinen dauerhaften Schaden hinterlassen.

»Kannst du dich umsehen?«, fragte Nick. »Herausfinden, wo sie ist?«

»Lauf nicht weg, Schätzchen.« Kaum hatte Hugh die Worte ausgesprochen, war er auch schon fort. Lediglich das Echo seines Leuchtens hing noch für ein paar Millisekunden in der Luft.

Wo mochte Riley sein? Hinter ein paar Fenstern brannte Licht, in einem der beleuchteten Räume glaubte er die Umrisse mehrerer Gestalten zu erkennen. Keiner davon passte zu Riley.

Wenn dieser Thorne ihr etwas angetan hatte … Nick wusste nicht, was er dann tun würde. Ganz sicher würde er alles dransetzen, dem Obersten Bewahrer das Handwerk zu legen. Im Augenblick aber war seine Hoffnung, dass Riley noch nichts passiert war. Nach allem, was er sich aus Hughs Bericht zusammengereimt hatte, konnten Morden und sie nicht mehr als zehn Minuten Vorsprung gehabt haben. Nick hatte ein wenig Zeit verloren, da er den Wagen außer Sichtweite parken und den Rest des Weges zu Fuß zurücklegen musste. Zum Glück hatte Hugh in der Zwischenzeit das Grundstück ausgekundschaftet und eine Stelle gefunden, an der Nick über die Mauer steigen und dahinter sofort Deckung finden konnte.

Hugh war …

… wieder da.

Der Geist leuchtete so unvermittelt neben ihm auf, dass Nick um ein Haar das Gleichgewicht verloren hätte. Das ging schnell. Zu schnell. »Was ist passiert?« Nick musste sich zwingen zu flüstern, obwohl er am liebsten gebrüllt hätte, um seine Anspannung rauszulassen. »Ist sie hier? Lebt sie?«

»Ich komme nicht weiter.« Hughs Erscheinung flackerte, ob aus Frustration oder als Nachwirkung des Geisterbanns, vermochte Nick nicht zu sagen. »Der Kerl mit dem Amulett ist da drin.«

»Heißt das, du kannst das Haus nicht betreten?«

»Zumindest kann ich nicht da hin, wo er ist.«

»Dann gehe ich rein.«

»Wenn du den Farblosen siehst – das Amulett muss weg! Sonst kann ich dir nicht helfen.«

Ja, klar. Er würde sich den Farblosen schnappen und den Geisterbann zerstören. Zum ersten Mal bereute er es, sich – außer beim Hockey – noch nie geprügelt zu haben. Ein wenig

Nahkampferfahrung wäre jetzt durchaus praktisch gewesen, wo es um das Leben seiner Freundin ging.

Er hoffte zwar darauf, einer Begegnung mit Morden aus dem Weg gehen zu können, machte sich aber keine große Hoffnung, dass ihm das tatsächlich gelingen würde. Denn wo Morden war, war vermutlich auch Riley.

»Geh so nah an den Bann ran, wie du kannst«, wies Nick den Geist an. »Sobald du spürst, dass er weg ist, brauche ich dich.« Und zwar verdammt dringend, denn das bedeutete, dass er Morden gegenüberstand.

»Er kommt näher«, wisperte Hugh. »Ich kann ihn spüren.«

Im nächsten Moment ging eine Tür auf. Licht fiel nach draußen und zeichnete ein lang gezogenes Rechteck auf den Rasen. Einen Herzschlag später traten fünf Männer durch die Tür. Einer davon war Morden, ein anderer der Blonde aus dem Laden, dieser Lockley.

Morden gab mit einer Geste zu verstehen, dass sie sich aufteilen sollten. Gleich darauf fächerte sich die Gruppe auf ihrem Weg in den Garten auf. Nicks Blick folgte Morden. Der Gedankenwächter hielt sich rechts von ihm, an der Außenseite des Grundstücks, wo vereinzelte Büsche Sichtschutz boten. Soweit Nick es erkennen konnte, trugen weder er noch einer seiner Kumpane eine Waffe. Eine bessere Gelegenheit würde er vielleicht nicht bekommen.

Geduckt huschte Nick an der Mauer entlang, auf Morden zu. Je näher er kam, desto langsamer wurde er, um nur ja kein Geräusch zu verursachen. Im Schutz eines dichten Busches hielt er inne. Jetzt brauchte er nur noch zu warten, denn Morden bewegte sich direkt auf ihn zu. Sobald er in Reichweite war, würde er angreifen – und hoffentlich das Amulett erwischen.

Laub raschelte, ein paar Zweige knackten, als sich der Gedankenwächter näherte. Dann konnte Nick seinen dunklen Haarschopf hinter dem Gebüsch erkennen. Noch zwei Schritte. Nick machte sich bereit zum Sprung.

Als er sich gerade auf Morden stürzen wollte, hörte er die Schritte hinter sich. Er warf sich nach vorne, Morden entgegen. Kräftige Hände packten ihn von hinten und rissen ihn zurück. Fluchend und um sich schlagend versuchte Nick sich zu befreien, doch sie waren zu zweit. Einer drehte ihm den Arm auf den Rücken, bis es ihm fast die Schulter aus dem Gelenk riss.

»Bringt ihn in den Salon«, befahl Morden und machte kehrt, bevor Nick auch nur einen Blick auf das Amulett werfen konnte.

Warum zum Teufel hatte Hugh ihn nicht vor diesem Hinterhalt gewarnt? In Gedanken trat er den Geist in den leuchtenden Hintern, wusste aber, dass seine Wut unbegründet war. Wie hätte Hugh an ihn herankommen sollen, solange er sich so nah bei Morden und dem Geisterbann befand?

Die Männer, die Nick gepackt hielten, schoben ihn vor sich her zum Haus. Dabei hatte er die ganze Zeit Morden im Blick, der nur wenige Schritte vor ihnen ging. Zu weit entfernt für Nick, als dass er das Amulett hätte erreichen können, und zu nah für Hugh, um Nick zu helfen.

Sie betraten das Haus durch eine große, überraschend modern ausgestattete Küche und führten Nick einen Flur entlang in ein Empfangszimmer. Bis auf einen riesigen Flachbildfernseher, der über dem Kamin an der Wand hing, gab es nichts in diesem Raum, das neu war. Jedes Möbelstück, angefangen bei dem barocken Sofa und den Sesseln mit ihren Gobelanüberzügen bis hin zu dem kleinen Beistelltisch und der Lampe, war eine Antiquität. Sogar die Tapeten mit ihren Goldfäden schienen noch aus der Zeit zu stammen, in der dieses Haus erbaut worden war.

Nicks Blick blieb an dem Kaminbesteck hängen, das neben Morden in einem Gestell stand. Wenn es ihm gelänge, den Schürhaken in die Finger zu bekommen …

Im Augenblick allerdings hatte er nicht einmal Finger, die er benutzen könnte. Erst recht keine, die er noch spürte, denn der Griff der beiden Kerle ließ seine schmerzenden Arme mehr und mehr taub werden.

»Knie dich hin!«

Als Nick nicht sofort gehorchte, drehten sie ihm den Arm noch weiter nach oben, bis ihn der Griff in die Knie zwang.

Morden trat vor und legte ihm eine Hand auf die Stirn. »Sieh mich an.«

Nick wusste, was als Nächstes kam. Er hatte es von Riley gehört und er würde den Teufel tun und Morden bei seinem Vorhaben unterstützen. Er hielt den Kopf gesenkt.

Jemand, Lockley, wie er einen Herzschlag später erkannte, packte ihn beim Schopf und riss seinen Kopf zurück, bis sein Blick auf Morden gerichtet war.

Nick schloss die Augen.

»Glaubst du, das würde dir helfen?« Morden sprach mit ihm wie mit einem aufgebrachten Kind, das er zu besänftigen versuchte. »Es gibt Mittel und Wege, um zu verhindern, dass jemand die Augen schließen kann. Keine angenehmen, so viel steht fest, aber ich werde nicht davor zurückschrecken.«

Nick weigerte sich noch immer, ihn anzusehen.

»Ich werde dir deine Erinnerung so oder so nehmen. Ob du zusätzlich auch deine Augenlider verlieren willst, liegt bei dir.«

Er musste aufhören, gegen ihn anzukämpfen. Wenn es ihm gelang, Morden und die anderen in Sicherheit zu wiegen, gab es vielleicht einen Weg hier raus.

»Sie sind verrückt«, sagte Nick und öffnete die Augen.

Morden stand lächelnd über ihm. »Nur pflichtbewusst«, gab er zurück. »Sieh mich einfach an. Es wird nicht wehtun.« Sein Blick fing Nicks ein und hielt ihn gefangen. Nick wollte ihn nicht ansehen. Er hatte vorgehabt, an Mordens Augen vorbei auf dessen Nasenwurzel zu starren. Auf diese Weise ließen sich die Menschen täuschen, glaubten, man sah ihnen in die Augen, obwohl man es nicht tat. Die Worte des Gedankenwächters machten sein Vorhaben jedoch zunichte. Ihm blieb gar keine andere Wahl, als ihn direkt anzusehen.

»Gut so.«

Zeit schinden! »Wie habt ihr uns gefunden?«

»Der Alarm ging los«, sagte Lockley.

»Nicht hier. Bei mir zu Hause.«

Mordens Lächeln wurde breiter. »Kurz vor unserer Begegnung im Leichenschauhaus habe ich euch hier in der Straße gesehen. Und deinen Wagen. Autokennzeichen sind eine feine Sache. Sie werden registriert und können einen direkt zu ihren Besitzern führen.«

Der Ausdruck, der sich jetzt über die Züge des Gedankenwächters legte, war ernst. Bei aller Spielerei und Leichtigkeit, die in seinem Ton lag, erkannte Nick plötzlich, dass es Morden keineswegs gefiel, was unweigerlich als Nächstes kommen musste.

»Bringen wir es hinter uns. Du wirst mir gehorchen«, befahl Morden. »Spürst du, wie meine Macht in dich fließt?«

Nick wollte den Kopf schütteln, wollte sich wehren, stattdessen nickte er. Da war eine Wärme, die direkt von Mordens Fingerspitzen in seinen Körper zu strömen schien. Eine Wärme, die so angenehm war, dass sie seinen eigenen Willen mehr und mehr fortspülte.

»Du willst nicht davonlaufen und du willst auch niemanden angreifen«, fuhr Morden fort.

»Nein, das will ich nicht.« Nick spürte, wie sich seine Muskeln entspannten. Die Spannung wich aus seinem Körper und er sank regelrecht im Griff der beiden Männer zusammen.

Morden gab Lockley und zwei der anderen ein Zeichen. »Geht zu Thorne. Er wird euch vielleicht brauchen.«

Der Griff um Nicks Arme lockerte sich, als ihn nur noch einer der Männer hielt. Zehn Sekunden später war er mit Morden und dem Kerl neben sich allein im Raum. Das war die Gelegenheit, um … Um was? Er wusste, dass er mit einem bestimmten Ziel zu Morden gekommen war, aber erinnerte sich nicht mehr daran. *Morden ist der Feind,* flüsterte ihm eine Stimme aus den Tiefen seines Verstandes zu. Aber das war Unsinn! Morden würde ihm nichts tun. Er sorgte mit seiner Berührung sogar dafür, dass er sich gut fühlte. Entspannt. Ohne Sorgen. Frei.

Nein, dieser Mann war kein Feind.

»Ich werde dir helfen, Nick«, richtete Morden das Wort jetzt wieder an ihn. »Wenn wir fertig sind, wird dein Leben eine vollkommen andere Wendung nehmen. Ist es nicht das, was du dir schon immer gewünscht hast? Das, was sich jeder wünscht?«

Oh ja, das klang gut. Wenn Morden ihn gehen ließ, würde er sich nicht länger von seinem Vater herumkommandieren lassen, sondern sein eigenes Leben leben. So wie er es schon immer gewollt hatte.

Er spürte etwas in seinem Geist, an der Stelle, an der seine Erinnerungen saßen, und wusste, dass Morden dort war. Sich in seinem Leben umsah, als wäre es ein Zimmer, das er durchstöbern konnte. Das durfte er nicht! Nick wollte sich wehren. Aber er konnte es nicht. Ihm fiel nicht einmal ein Grund ein, warum er Morden von seinen Erinnerungen fernhalten sollte.

Der Mann war sein Freund.

Er wollte nur helfen.

Eine Kette um Mordens Hals weckte Nicks Aufmerksamkeit und lenkte seine Gedanken ab. Silber. Hübsch. Vermutlich hing ein Kreuz dran, oder ein anderer Anhänger. Was es war, konnte er nicht erkennen, denn die Kette verschwand unter Mordens Shirt. Nicks Vater trug grundsätzlich nur Goldschmuck. Nick hatte das noch nie gemocht. Aber diese Kette … etwas daran war besonders. Das wusste er mit unumstößlicher Sicherheit. Nur dass er sich nicht daran erinnern konnte, was das sein sollte.

Morden würde all seine Probleme lösen. Es würde ihm nie wieder schlecht gehen. Wenn er erst seine Erinnerungen kannte, würde er dafür sorgen, dass alles gut wurde.

Vor Nicks geistigem Auge blitzte ein Bild seines Großvaters auf, aus der Zeit vor der Krankheit. Nick wusste, dass er diese Erinnerung gerade mit Morden teilte. Der Gedankenwächter sah, wie Nick – eine jüngere, kleinere Ausgabe von ihm – bei seinem Großvater auf dem Schoß saß und seinen Geschichten lauschte.

»So weit wie nötig und dann noch ein bisschen mehr«, hörte Nick ihn sagen. Dann fluchte der Mann leise. »Tut mir leid, Kumpel. Ich fürchte, ich muss dir jede Erinnerung nehmen, die uns mit dir in Verbindung bringen könnte.«

Nick hatte keine Ahnung, wovon er sprach. Es war auch nicht weiter wichtig. Er sollte nur endlich anfangen.

»Lass uns mit dem Mädchen beginnen.«

Mädchen? Meinte er Riley?

Sie gehörte ganz sicher nicht zu den Erinnerungen, die er aus seinem Gedächtnis tilgen wollte.

Er blinzelte.

Warum sollte er überhaupt eine Erinnerung aus seinem Gedächtnis löschen wollen?

Verflucht, was machte er hier?

Ein Ruck durchfuhr ihn, als er begriff, was vor sich ging. Er wusste nicht, wie es Morden gelungen war, ihn so weit einzuwickeln. Er wusste nur, dass er es dem Gedanken an Riley zu verdanken hatte, dass er sich aus Mordens Bann lösen konnte. Dieser Kerl wollte, dass er Riley vergaß?

Das konnte *er* vergessen!

Jetzt wusste Nick auch wieder, was Mordens Kette so besonders machte.

Der Griff um seinen Arm hatte sich gelockert. Offenbar war der Kerl hinter ihm der Ansicht, Morden hätte ihn unter Kontrolle. Bis zu dem Moment, in dem er Riley erwähnt hatte, war das auch der Fall gewesen.

Ein schneller, heftiger Ruck, dann war Nicks Arm frei. Mehr brauchte er nicht. Er griff nach vorne, packte die Kette und riss daran. Die Kettenglieder hielten der Wucht nicht stand. Triumphierend hielt Nick das Amulett in der Hand. Er fuhr herum und schlug nach dem anderen Kerl, der erneut nach ihm zu greifen versuchte. Gleichzeitig tauchte er unter Mordens Arm durch. Nick rollte sich ab und landete vor dem Kamin. Das Kaminbesteck war außer Reichweite, ein Holzscheit war es nicht. Er ließ die Kette fallen, deren Anhänger aus einem durchsichtigen Kristall bestand, schnappte sich eines der Scheite und rammte es mit voller Wucht auf den Kristall.

Er war so wütend und aufgebracht darüber, dass er sich um ein Haar hatte um den Verstand bringen lassen, dass er den Kristall in seinem Zorn regelrecht pulverisierte.

Morden griff nach ihm. Nick fuhr herum und schlug ihm die Faust ins Gesicht. Der Gedankenwächter taumelte zurück. Nick setzte sofort nach. Wenn er eines über Schlägereien wusste, dann, dass er seinem Gegner keine Chance geben durfte, sich zu erholen. Schon jetzt versuchte Morden wieder auf ihn zuzustürmen. Nick packte die Stehlampe, die neben dem Sofa stand, und drosch den runden Fuß gegen Mordens Kopf. Wie ein gefällter Baum ging der Gedankenwächter zu Boden.

Nick fuhr herum, bereit, auf den anderen loszugehen, den er in seinem Rücken wähnte. Doch Mordens Kumpel lag reglos auf dem Boden. Über ihm stand ein blau leuchtender Hugh mit einem Schürhaken in der Hand.

»Hast dir ganz schön Zeit gelassen«, sagte der Geist.

»Musste erst noch meine Ausbildung zum Elitekrieger machen.« Nick riss das Kabel der Lampe ab und machte sich daran, Morden zu fesseln. Sobald der verschnürt war, holte er sich das Kabel des Fernsehers und ging zu dem Kerl, den Hugh ausgeschaltet hatte.

»Du musst Riley suchen!« Nick würde ihm folgen, sobald er den hier verschnürt hatte. Bis dahin hatte Hugh sie hoffentlich bereits gefunden.

»Und wenn ich sie habe?«

»Dann bring sie hier raus!«

45

Morden war fort. Gegangen, um … ich wollte gar nicht daran denken, was sie Nick antun würden, wenn sie ihn erwischten. *Lösch ihn aus.* Eine Weile verharrte ich still und lauschte. Thorne hantierte immer noch herum, drei oder vier Meter von mir entfernt, schätzte ich. Es klang, als stünde er mit dem Rücken zu mir. Zumindest bildete ich mir das ein.

Da ich nicht wusste, wie viel Zeit mir noch blieb, bevor er mit meiner Extraktion begann, öffnete ich die Augen vorsichtig einen Spalt weit. Niemand zu sehen. Bis auf den Mann, der vor einem Regal stand und dessen Inhalt inspizierte. Ulysses Thorne, der Oberste Bewahrer. Der Mann, der mir meine Magie nehmen wollte. Sein Anblick erstaunte mich. Ich hatte erwartet, einen alten Zausel zu sehen. Jemanden mit langem weißen Haar und einem ebenso ausufernden Bartwuchs, gekleidet in eine Art Robe oder wie die Kleidchen heißen mochten, die Zauberer in Filmen und Büchern trugen. Wie sollte man erkennen, was Thorne war? Er hatte weder einen Zauberstab in der Hand, noch fand ich auch nur ein einziges der üblichen Klischees an ihm, die ihn als Magier entlarvt hätten. Der Kerl trug einen Anzug! Dem Sitz nach ein ähnlich teures Designerstück, wie die, in denen ich Nick gesehen hatte. Thornes Haar war mehr grau als braun und kurz geschoren. Soweit ich es erkennen konnte, wenn er den Kopf ein wenig zur Seite neigte, um den Blick über die Regalbretter vor sich gleiten zu lassen, war sein Gesicht glatt rasiert. Und erstaunlich faltenfrei für einen Mann, der mindestens so alt sein musste wie Madame. Vielleicht noch älter. *Wir altern langsamer und werden auch nicht krank.* Ich half ja gern, aber mein Leben wollte ich dann doch nicht opfern, damit eine Handvoll Zauberer weiterhin nahezu unberührt vom Alter ihrem Job nachgehen konnten.

Auch wenn es mich Überwindung kostete, Thorne aus den Augen zu lassen, löste ich den Blick von ihm und sah mich um. Wie ich vermutet hatte, befand ich mich in einem Keller. Ein weitläufiges Gewölbe mit nackten Steinwänden. Keine zwei Meter vor mir stand ein steinerner Sarkophag. Darin musste der Leichnam des toten Bewahrers liegen. Des Kerls, den sie – nicht zuletzt mit meiner Magie – wieder ins Leben holen wollten. Etwa sechs Meter weiter spannte sich ein breiter gemauerter Bogen, hinter dem sich das Gewölbe weiter erstreckte, bis es sich in der Dunkelheit verlor. Nirgendwo gab es ein Fenster.

Hier unten gab es nicht einmal Strom. Zumindest sah ich keine Lampen und auch sonst nichts, das einen Stecker hatte. Das einzige Licht stammte von Fackeln, die in regelmäßigen Abständen in Halterungen an den Wänden steckten.

»Sehr gut, du bist wach!«

Ich zuckte erschrocken zusammen. Während ich mich in meinem Gefängnis umgesehen hatte, war Thorne unbemerkt neben mich getreten.

»Lass mich sehen, wie stark deine Magie ist.«

Ich rechnete damit, dass er mir die Hand auf die Stirn legen und mich zwingen würde, ihn anzusehen. Stattdessen berührte er nur leicht meinen Arm.

»Sie hat dich geschützt. Das macht nichts, ich bin vorbereitet.« Er zog einen schmalen Ring aus der Innentasche seines Sakkos und steckte ihn sich an den Finger. In die Oberfläche waren irgendwelche Zeichen und Muster geritzt, die keinen Sinn ergaben, aber erstaunliche Ähnlichkeit mit einigen Teilen aus Madames Schmuckkollektion hatten. Trug sie den Schmuck etwa nicht nur zur Zierde, sondern weil einige Stücke davon auch magisch waren? Hatte sie so meine Magie vor Thorne versteckt, mit Hilfe eines ihrer Schmuckstücke? Es wäre durchaus denkbar. Wie sie mir erklärt hatte, konnte jeder Zauberer nur innerhalb seiner Spezialisierung Magie bewirken. Für andere Dinge benötigten sie offensichtlich Hilfsmittel. Lockleys Lichtstrahl, mit dem er Miles getötet hatte, war auch aus einem Ring gekommen.

Thorne legte die nun beringte Hand wieder auf meinen Arm. Ein Prickeln durchfuhr mich. Zuerst fühlte es sich an, als würde mein Arm einschlafen. Dann wie ein Stromschlag. Ein verdammt heftiger Stromschlag. Ich schrie auf.

Thorne ließ los. »Schon vorbei.«

Seine Augen hatten einen fiebrigen Glanz angenommen. Gierig. »Du bist stark«, sagte er, als er den Ring abzog und wieder in seinem Sakko verschwinden ließ. »Weit stärker, als ich gehofft hatte.«

Aber nicht stark genug, um dich in deinen Allerwertesten – deinen Arsch! *– zu treten.*

»Etwas wie dich habe ich mir schon lange gewünscht.«

»Etwas? Ich bin immer noch ein Mensch.« Gut, ein halber, aber das ging ihn nun wirklich nichts an.

»Dank dir kann ich zusammen mit der Extraktion auch gleich das Ritual der Erweckung durchführen.«

»Sehen Sie es mir nach, wenn ich nicht gerade vor Freude Luftsprünge mache. Die Fesseln hindern mich leider daran.«

Prima, ich würde sterben, und alles, was ich neben einer Menge Adrenalin ausschüttete, war ein Sack voller Sarkasmus.

Ich betrachtete ihn von oben bis unten. »Sollten Sie nicht wenigstens eine Art Zeremoniengewand anziehen?« Irgendetwas, das umständlich anzulegen war und mir Zeit verschaffte.

»Der Magie ist es gleich, was ich anhabe«, sagte Thorne geistesabwesend. »Ich bevorzuge es, mit Stil zu zaubern und dabei nicht auszusehen wie Gandalf.«

Thorne ließ mich sitzen und wandte sich wieder dem Regal zu, vor dem er auch vorhin schon gestanden hatte. Darin lag allerhand Plunder, beinahe wie in jedem gewöhnlichen Keller, nur dass vieles davon aussah, als wäre es aus Gold oder Silber, das seinen Glanz verloren hatte. »Was ist das alles?«

»Du meinst, was es *war.* Das sind Artefakte, denen ich ihre Magie entzogen habe.«

Ob ich genauso glanzlos aussehen würde, wenn er mit mir fertig war? »Ich könnte versuchen, den Zirkel zu schließen«, bot ich an. »Freiwillig und ohne dass Sie das hier tun müssen.«

Er schüttelte den Kopf. »Keine weiteren Versuche.«

»Aber Sie haben doch selbst gesagt, dass ich stark bin. Es könnte … es wird funktionieren!« Es war ein Strohhalm, nach dem ich griff, und Thorne brach ihn mit einem einzigen weiteren Kopfschütteln entzwei.

Er griff nach einem Gegenstand, der unter einem Tuch aus rotem Samt verborgen war, nahm ihn vorsichtig mit zwei Händen und trug ihn zum Sarkophag, auf dessen Ende er ihn behutsam abstellte. Als er das Tuch entfernte, kam ein goldenes Gefäß zum Vorschein, das in Größe und Form Ähnlichkeit mit einem der großen Fußballpokale hatte. Nur dass er komplett durchsichtig war und der goldene Schimmer aus seinem Inneren kam. Bei genauerem Hinsehen erkannte ich, dass es sich nicht einfach um ein Leuchten handelte, sondern um unzählige große und kleine, golden schimmernde Strahlen, die hinter den

Wänden umherwirbelten wie verirrte Lichtstrahlen auf der Suche nach einem Weg hinaus. Ein Deckel verhinderte, dass sie entkommen konnten.

Magie.

Das war die Magie, die er all den Gegenständen im Regal extrahiert hatte. Und Craig. Bei dem Gedanken an ihn zog sich mein Magen zusammen. Dafür hatte er sterben müssen – damit ein Teil von ihm in diesem überdimensionierten Einmachglas landete!

»Das ist ein Antersoman«, sagte Thorne. »Die Wände sind aus Kristall. Sie verhindern, dass sich die Energie verflüchtigen kann. Allerdings werde ich deine Energie gar nicht erst dort hinein, sondern gleich in Severius leiten.«

Er wollte noch mehr sagen, doch Schritte ließen ihn innehalten. Der Blonde und zwei andere Kerle traten durch den gemauerten Bogen in das Gewölbe.

»Wir haben ihn«, sagte Lockley. »Morden kümmert sich darum.«

Ich glaubte zu hören, wie mein Herz brach. Vielleicht war es auch nur das Knirschen der Schritte. So oder so, es war ein Laut ohne jede Hoffnung.

Die drei Männer bezogen am Durchgang Stellung und Thorne nahm seine Vorbereitungen wieder auf. Mit gelber Kreide malte er einen großen Kreis aus verschlungenen Symbolen auf den Boden, um den Sarkophag und um uns herum.

Auf dem Gang regte sich etwas. Erst hörte ich die Schritte, dann das Murmeln verschiedener Stimmen. Schließlich bog eine Gruppe Menschen um die Ecke und gelangte in Sicht. Ich stieß erleichtert die Luft aus, als ich Madame an der Spitze erkannte. Ihr folgte ein knappes Dutzend Männer, die so normal aussahen wie jeder x-beliebige Passant von der Straße.

»Salina hat uns erzählt, was du vorhast«, rief einer von ihnen, ein grauhaariger Kerl in Jeans und Hemd, der unmittelbar neben Madame ging. »Du wirst dieses Mädchen nicht extrahieren!«

»Bei den anderen hat es euch auch nicht gestört. Sie ist die Letzte«, sagte Thorne und sah erschreckend entschlossen aus. »Sie ist alles, was wir noch brauchen, Altan.«

Die Gruppe um Madame hatte den Durchgang fast erreicht.

»Bei den anderen haben wir in Kauf genommen, dass sie verwirrt zurückbleiben«, sagte ein anderer. »Aber *niemals* hätten wir ihren Tod akzeptiert. Wenn wir geahnt hätten ...«

»Du hast einen Jungen getötet, Ulysses.« Madame klang beschwörend. Sie schien die Hoffnung noch nicht aufgegeben zu haben, Thorne zur Vernunft zu bringen. »Und jetzt willst du Riley umbringen? Das geht nicht. Das können wir nicht zulassen.«

»Euch wird keine andere Wahl bleiben.«

Thorne hob die Hand. Ein Metallplättchen blitzte zwischen seinen Fingern auf. Mit einem humorlosen Lächeln brach er es entzwei. Die Luft im Durchgang flackerte kurz auf, wie ein Hitzeflimmern. Lockley und seine Kameraden wichen einen Schritt in unsere Richtung zurück. Die Gesichter von Madame und ihren Begleitern verschwammen vor meinen Augen, sahen verzerrt aus, als würde man sie durch den Glasboden einer Flasche betrachten.

Madame, die der flackernden Wand am nächsten gewesen war, fuhr zurück. Auch die anderen hielten inne. Einer streckte die Hand aus. Sobald seine Fingerspitzen in die Nähe des Durchgangs kamen, begann die Luft erneut zu flimmern. Er berührte die Wand. Ein Zischen erklang, und er stolperte zurück, als hätte er sich die Finger verbrannt.

Voller Schrecken starrte ich auf die Menschen, die zu meiner Rettung gekommen waren und die jetzt ebenso machtlos waren wie ich. Machtlos und unendlich weit entfernt. Ich sah, wie sie die Lippen bewegten, als sie weiter auf Thorne einredeten, doch ihre Stimmen drangen nicht durch die unsichtbare Wand, die der Oberste Bewahrer zwischen ihnen und uns geschaffen hatte.

Thorne trug Lockley und den beiden anderen auf, den Zirkel im Auge zu behalten, dann machte er sich wieder an seine Vorbereitungen.

Ich war auf mich allein gestellt.

Entschlossen, hier nicht draufzugehen, zerrte ich an meinen Fesseln. Mein Blick zuckte zwischen Thorne und seinen Wachhunden hin und her. Wann immer einer von ihnen in meine Richtung sah, hielt ich in meinen Bemühungen inne, nur um sofort weiterzumachen, sobald sie ihre Aufmerksamkeit wieder abwandten. Die Fesseln scheuerten über meine Haut und rieben meine Handgelenke wund, ohne sich dabei zu lockern. Tatsächlich hatte ich das Gefühl, dass sie sich nur enger zogen, je mehr ich dagegen ankämpfte.

Ich war der Verzweiflung nah, als ich hinter der unsichtbaren Wand, auf der anderen Seite des Durchgangs, ein blaues Leuchten bemerkte.

Gott sei Dank!

Hugh hatte mich auch gesehen, blickte in meine Richtung – und verschwand.

Was zum …?

Eine endlos lange Minute verstrich, in der ich mich unendlich hilflos fühlte. Madame und ihre Freunde konnten nicht zu mir vordringen und Hugh war einfach abgehauen. Wie konnte er mich hängen lassen?

Während ich sein Verschwinden noch zu verdauen versuchte, tauchte er so dicht neben mir wieder auf, dass ich erschrocken die Luft einsog. Thorne drehte sich zu mir um, musterte mich mit zusammengekniffenen Augen, doch es war klar, dass er Hugh nicht sah.

»Du musst Nick warnen«, sagte ich, so leise ich konnte. »Morden ist hinter ihm her.«

»Nicht mehr.« Hugh sprach viel zu laut, und auch wenn ich wusste, dass nur ich ihn hören konnte, sah ich mich bei jedem Wort nach Thorne und seinen Männern um. »Du hättest uns sehen sollen! Dem haben wir es gegeben! Nick hat den Geisterbann zerstört und dann kam ich. Bamm! Bamm! Und jetzt ist er mit einem Lampenkabel gefesselt. Sein Kumpel hatte mehr Glück, der bekam das Fernseherkabel.«

Ich hatte keine Ahnung, von was für einem Geisterbann er sprach oder warum das Kabel eines Fernsehers dem einer Lampe vorzuziehen sein sollte. Aber Nick war in Ordnung. Das war alles, was zählte. Jetzt musste ich nur noch hier raus. »Wo warst du? Warum bist du wieder verschwunden?«

»Ich hab deinem Geldbubi gesagt, wo wir sind.«

Keine gute Idee. Wenn ich etwas nicht wollte, dann, dass sich Nick weiter in Gefahr begab. Hugh und ich schafften das auch allein. »Du musst meine Fesseln lösen.«

»Kann ich nicht. Diese Barriere verhindert, dass ich mich materialisieren kann. Ich bin fast nicht zu dir durchgekommen. Und ich kann hier nichts anfassen.« Zum Beweis griff er nach meinem Arm. Seine Finger glitten durch mich hindurch, als bestünde ich aus Nebel. In Wahrheit aber war Hugh die Nebelgestalt. Selbst sein Leuchten kam mir schwächer vor als sonst.

Mein Blick glitt zu Madame, auf der anderen Seite der unsichtbaren Mauer. Wenn sie mir nur helfen könnte! Sie versuchte es. Ihre Lippen bewegten sich unaufhörlich, sie wollte mir etwas sagen. Nur dass ich eine komplette Niete im Lippenlesen war. Ich kniff die Augen zusammen, aber auch das half nichts.

»Moment.« Hugh verschwand, nur um gleich darauf auf der anderen Seite der Barriere neben Madame aufzutauchen. So schnell, wie er dort war, war er auch wieder fort.

»Sie sagt, du sollst dich an deine Spezialisierung erinnern«, sagte er, als er wieder neben mir erschien. »Da hätte ich auch selbst draufkommen können.«

Ich auch.

Du meine Güte, vor mir stand ein Sarg mit einem Toten! Wenn Thorne mit seinem Ritual Erfolg haben wollte, musste Severius' Seele noch hier sein. Und wenn sie das war, dann konnte ich sie auch erreichen.

Ich musste ihn ins Licht schicken!

Das Dumme war nur, dass Thorne meine Magie extrahieren würde, bevor er Severius rief. Der Oberste Bewahrer würde erst bemerken, dass sein Kumpel Geschichte und sein ganzes Vorhaben vergebens war, *nachdem* er mich extrahiert – und umgebracht – hatte.

Ich musste diese Fesseln loswerden! Der Stuhl unter mir fühlte sich wacklig an, das könnte helfen. Solange Lockley und seine Gorilla-Kumpels jedoch immer wieder in meine Richtung sahen, konnte ich nicht viel ausrichten, ohne dass sie mich dabei erwischten. Außerdem war da noch Thorne. Mir fiel auf, dass ich Madame nie gefragt hatte, was sein spezielles Talent war. Dabei wäre es jetzt wirklich hilfreich gewesen, zumindest eine Ahnung von dem zu haben, was mich erwartete.

»Was ist mit dieser Energiesache?«, raunte ich Hugh zu. »Du ziehst doch Energie von Menschen ab, um hier sein zu können. Kannst du Thorne und seine drei Schläger damit ausschalten?«

»Vielleicht einen oder zwei«, überlegte Hugh. »Die Energie, die ich abzapfe, fließt in mich hinein. Wenn ich zu viel abbekomme, werde ich wahrscheinlich explodieren. Dann war es das mit mir und ich kann dir nicht mehr helfen.«

»Schnapp dir, so viele du kannst.«

»Alles klar.«

46

Nick zog den letzten Knoten fest und stand auf. Die beiden Gedankenwächter waren ordentlich verschnürt und immer noch bewusstlos. Was jetzt? Er hatte nicht die leiseste Ahnung, wo er nach Riley suchen sollte. Das ganze Haus zu durchkämmen, würde viel zu viel Zeit kosten. Sein Blick fiel auf Morden und seinen Kumpel. Solange die beiden ausgeknockt waren, konnten sie ihm nicht verraten, wo Thorne sie festhielt. Und wenn einer der Männer zu sich kam, würde Nick den Teufel tun und sich ihnen nähern. Nicht einmal aus zehn Metern Entfernung würde er einem von ihnen in die Augen sehen und das Risiko eingehen, dass sie ihn erneut unter ihre Kontrolle zwangen.

Es musste auch anders gehen.

Hugh hatte Riley inzwischen bestimmt gefunden. Vermutlich waren die beiden längst auf dem Weg nach draußen. Nur dass Hugh ihm sicher Bescheid gegeben hätte, sobald Riley in Sicherheit war. Wie lange sollte er warten? Tatenlos? Er konnte nicht einfach das Haus verlassen und auf der anderen Seite der Mauer alles aussitzen. Nicht, wenn die Gefahr bestand, dass etwas schiefging.

Er musste Riley suchen.

Nick schnappte sich den Schürhaken und verließ das Zimmer, als sich Hugh neben ihm materialisierte.

»Sie ist im Keller«, sagte der Geist.

»Ist sie in Gefahr?«

»Kann man so sagen.«

»Dann hol sie da raus!«

Hugh schüttelte den Kopf. Sein Leuchten flackerte auf. »Ich kann nichts tun. Thorne hat so einen magischen Firlefanz installiert, der verhindert, dass ich etwas berühren kann.«

»Wo lang?«

Hugh deutete den Gang entlang, auf eine Tür zu seiner Linken. »Da!«

Nick stürmte los. Seine Gedanken waren einzig und allein auf Riley gerichtet, sodass es eine Weile dauerte, bis er bemerkte, dass Hugh wieder verschwunden war. Er riss die Tür auf und folgte einer Treppe nach unten, in den Keller.

Ihm schoss durch den Kopf, dass er vielleicht nicht einfach blind voranstürmen, sondern Ausschau nach Gegnern halten sollte. Weitere Gedankenwächter, die ihn aufhalten sollten. Aber seine Angst um Riley war zu groß, als dass er sich hätte bremsen können.

Unten angekommen, verließ er den Kellerraum durch eine Tür und fand sich in einem lang gezogenen Gewölbe wieder. Fackelschein erhellte die Wände, die hier anders aussahen; roh und unbearbeitet. Nach ein paar Metern kam er um eine Biegung. In einiger Entfernung hatten sich einige Leute versammelt und redeten wild durcheinander. Als er näher kam, entdeckte er Riley, die hinter einem Sarkophag auf einem Stuhl saß, offenbar gefesselt. Nicht weit entfernt von ihr stand ein Mann im Anzug, vermutlich Thorne.

Warum unternahmen die anderen nichts? Sie standen einfach nur da!

Nick entdeckte Madame in der Menge. »Verflucht, tun Sie etwas!«

»Wir können nicht.«

Können nicht. Können nicht. Was für ein Unsinn. Nick packte den Schürhaken fester und stürmte an Madame und den Männern vorbei, auf den Obersten Bewahrer zu.

»Nicht!«, rief jemand hinter ihm.

Nick verstand nicht, warum sie immer noch versuchten, ihren Anführer zu schützen. Selbst wenn das bedeutete, Rileys Leben zu opfern. Erst als er gegen ein unsichtbares Hindernis prallte, zurückgeschleudert und zu Boden geworfen wurde, begriff er, dass sie nicht Thorne in Schutz nahmen, sondern ihn – Nick – hatten warnen wollen.

Madames Gesicht tauchte über ihm auf, als er seine Benommenheit abschüttelte. »Wir kommen nicht an ihn heran.«

47

Hugh hinterließ einen blauen Lichtschweif, wie die Scheinwerfer fahrender Autos, wenn man sie bei Nacht fotografierte. Als er einen der Männer erreichte, schob er sich so dicht an ihn heran, dass sie fast miteinander verschmolzen. Der Mann blinzelte. Dann fuhr er sich mit der Hand über die Augen und machte einen unsicheren Schritt zur Seite.

Hinter ihm stürmte jemand auf den Durchgang zu. Nick! Oh mein Gott! Einen Herzschlag später wurde er zurückgeworfen und verschwand hinter einer Wand aus Bewahrern, die sich um ihn scharten.

Ich sah zu Thorne.

Der Oberste Bewahrer war an den Sarkophag herangetreten. Er stand am Kopfende, die Hände über dem Gefäß mit der Magie haltend. Das Leuchten sprang in strahlenden Lichtbögen zwischen dem Antersoman und seinen Händen hin und her.

Ich streckte meinen Geist nach der Seele des toten Bewahrers aus. Er war da, das spürte ich, aber er entzog sich mir. Als ahnte er, was ich vorhatte.

Thorne begann leise Worte zu murmeln. Die Sprache schien dieselbe zu sein, die auch Madame für ihr Ritual benutzt hatte. Das Ritual, das mir den ganzen Ärger erst eingebrockt hatte. Nein, das stimmte nicht. Thorne war da bereits hinter mir her gewesen. Ich versuchte dem unverständlichen Kauderwelsch einen Sinn abzutrotzen, doch keines seiner Worte löste Erkennen in mir aus. Wieder zerrte ich an meinen Fesseln, spürte, wie die Haut an meinen Handgelenken aufriss. Mehr passierte nicht.

Erneut tastete ich nach Severius' Seele. Da war sie! Schwach wie ein Lufthauch, aber sie war da. Entzog sich mir nicht länger.

Komm! Zeig dich, Severius!

Ich wagte nicht, die Worte laut auszusprechen, bewegte lediglich lautlos die Lippen. Thorne durfte nicht merken, was ich vorhatte. Er war noch immer mit seinem Ritual beschäftigt. Die Melodie seiner Worte änderte sich, steigerte sich von einem monotonen Singsang zu abgehackten einzelnen Brocken. Dann schrie er ein Wort laut heraus. Die Kreidelinien, die uns umgaben, begannen zu leuchten, und der Lichtbogen, der zwischen Thorne und dem Gefäß hin und her zuckte, wurde heller.

Und dann sprang einer der Lichtarme auch auf mich über.

Ein einzelner Strahl, der wie ein Blitz in mich schoss. Es war, als würde mich etwas von innen zerreißen. Ausgehend von meiner Brust breitete sich der Schmerz immer weiter in meinem Körper aus, bis ich zu schreien begann.

»Wehr dich nicht dagegen«, riet Thorne. »Dann ist es schneller vorbei.«

Ich blinzelte gegen das blendende Licht an, das uns umschlungen hielt wie unzählige Tentakel. Vor mir verschwamm alles. Ich wollte mich zusammenrollen, die Arme um mich schlingen, um mich vor dem Schmerz zu schützen, der mich zu zerfetzen drohte. Goldenes Licht sickerte durch meine Poren. Der Schmerz war jetzt überall.

Obwohl ich kaum einen klaren Gedanken fassen konnte, richtete ich meine Aufmerksamkeit wieder auf Severius' Seele. Mir blieb nicht mehr viel Zeit.

Komm! Ich brauche dich!

Thorne hob den Deckel des Antersomans. Goldenes Licht, pure Magie, schoss daraus hervor und sammelte sich in einem Wirbel unter der Decke. Als Thorne die Arme in die Luft reckte, sank das strahlende Licht langsam auf ihn herab, bis es ihn komplett umhüllte.

Die Magie, die in einem dünnen Rinnsal aus meinem Körper sickerte, verband sich mit dem, was Thorne wie eine goldene Aura einhüllte. Ich schrie vor Schmerz und Verzweiflung, während jede Faser meines Körpers nach Severius' rief. Es wurde schwerer, ihn überhaupt noch zu spüren, je mehr meiner Magie von mir wich.

Aus dem Augenwinkel sah ich, wie einer von Thornes Männern zu Boden ging. Als sich Hugh von ihm löste, war sein Licht heller und kaum mehr blau.

»Woo-hoo!«, hörte ich ihn rufen. »Das ist besser als jede Droge!« Dann stürzte er sich auf den nächsten.

Hinter der unsichtbaren Barriere war Nick wieder auf die Beine gekommen und lief davor hin und her, auf der Suche nach einem Weg zu mir. Seine Verzweiflung zu sehen, spornte mich an.

Ich musste es schaffen, denn ich wünschte mir nichts sehnlicher, als mich in seine Arme zu flüchten und all das hier zu vergessen.

»Komm endlich, du elender Geist!« Es war das erste Mal, dass ich meine Beschwörung laut aussprach. Nicht nur das: Ich brüllte sie zusammen mit all meinem Schmerz heraus.

Und dann war er da. Erschien plötzlich über der Abdeckplatte seines Sarkophags.

Schlagartig wurde es still.

Thorne hatte seine Beschwörung eingestellt. Das Licht, mit dem die Magie meinen Körper verließ, wurde schwächer und verebbte schließlich ganz. Mit ihm endete auch der Schmerz. Die Extraktion war unterbrochen, trotzdem war es noch nicht vorbei. Plötzlich spürte ich die Schwäche, die die Anrufung des Geistes in mir hervorrief. Meine Hände zitterten in ihren Fesseln, und ich hatte Mühe, meinen Blick zu fokussieren.

»Nein!«, brüllte Thorne, als er begriff, was ich vorhatte. Er nahm sein Ritual wieder auf, begann erneut, die monotonen Worte aufzusagen. Beinahe sofort spürte ich, wie die Wucht der Extraktion wieder an mir zu zerren begann und der Schmerz zurückkehrte.

Severius' Geist erhob sich. Sein blaues Licht mischte sich mit dem goldenen, das noch immer in unzähligen Spiralen um Thorne herumwirbelte.

»Geh ins Licht, Severius.« Die Worte kamen kaum verständlich über meine Lippen. Aber was hatte Hugh gesagt? Worte waren nicht wichtig. Es war der Wunsch, der zählte. Die Magie strömte jetzt stärker aus mir heraus. Ich schaffte es kaum noch, mich aufrecht zu halten, so sehr zerrte der Schmerz an mir.

»Warum hast du mich gerufen?« Severius' Gesicht befand sich direkt vor meinem, als ich aufsah. Er beugte sich über mich. »Was willst du?«

»Thorne«, keuchte ich. »Er wird mich umbringen, um dich zurückzuholen.«

Das Leuchten wurde stärker, als er näher kam, legte sich über den goldenen Schimmer meiner weichenden Magie. Severius musterte mich eingehend. Dann wandte er sich Thorne zu. »Du willst mich zurückholen?«

Es hörte sich ganz und gar nicht so an, als würde ihn der Gedanke, ins Leben zurückgeholt zu werden, abstoßen. Im Gegenteil.

»Gleich«, rief der Oberste Bewahrer, der ihn offenbar sehen konnte. »Gleich bist du wieder bei uns, alter Freund.«

Hugh hatte einmal gesagt, ich könnte selbst Blumenkohl sagen, um einen Geist zu bannen, und es würde funktionieren. Wenn ich es nur wirklich wollte. Natürlich sagte ich weder Blumenkohl, noch etwas ähnlich Dämliches. Stattdessen richtete ich meine Konzentration auf Nick. Darauf, dass ich ihn in Sicherheit wissen und bei ihm sein wollte. Solange dieser Geist hier war, gab es für keinen von uns Sicherheit.

»Geh ins Licht!«, brüllte ich mit einer Kraft, von der ich nicht wusste, woher ich sie noch nahm. Ich schloss die Augen und rief mir Nicks Gesicht ins Gedächtnis. Die Verzweiflung in seinem Blick. Dieselbe Verzweiflung, die auch ich empfand. Das hier musste ein Ende haben. Entschlossen öffnete ich die Augen wieder und sah dem Geist in die Augen. »Geh!«, sagte ich, dieses Mal ruhig und bestimmt. In meinem ganzen Leben war ich noch nie so entschlossen gewesen. »Wir wollen dich hier nicht. Verschwinde!«

Und Severius verschwand.

Im einen Moment stand er noch vor mir, im nächsten war er fort. Ich tastete nach ihm. Nichts. Ich hatte Severius ins Licht geschickt.

»Neeeeiiiiiin!«, brüllte Thorne. »Du hast es verdorben! Du hast alles zerstört!«

Die Magie wirbelte noch immer um ihn herum, doch die Extraktion war unterbrochen. Der Lichtstrahl, der sich wie ein Bogen zwischen mir und Thorne gespannt hatte, war erloschen.

Ich warf einen Blick zu Thornes Männern. Hugh hatte inzwischen auch Lockley ausgeschaltet und strahlte noch heller. Der verbliebene Gedankenwächter sah sich hektisch um, ohne zu verstehen, was seinen Kumpels zugestoßen war.

Ich sprang auf die Beine und zog den Stuhl, der dank der Fesseln an mir hing, mit mir hoch. Drei schnelle Schritte zurück, dann prallte ich – Stuhl voran – gegen die Wand. Das Holz gab nach und brach. Während Thorne noch immer seine Wut herausschrie, versuchte ich, die Holzteile und die Fesseln abzuschütteln.

Gleich war ich frei!

Nur eine unsichtbare Wand trennte mich dann noch vor der Sicherheit.

Und Thorne.

Das Gewölbe war so sehr mit Magie angefüllt, dass die Luft um mich herum knisterte, als wäre sie nach einem Gewitter noch aufgeladen.

Thorne brüllte noch immer. Der Antersoman zerbarst in seinen Händen. Er richtete einen Arm auf mich. »Du wirst nicht entkommen.« Ein heller Strahl schoss aus seinen Fingern.

Ich wollte ausweichen, doch die Reste des Stuhls und der Fesseln behinderten mich. Das Licht traf mich wie ein Faustschlag in den Magen und schoss meine Beine entlang nach unten. Es knirschte und knackte. Meine Beine wurden schwer, die Luft um sie herum fühlte sich zäh an, dann konnte ich sie nicht mehr bewegen. Entsetzt starrte ich auf den Eisblock, in dem meine Füße bis zu den Waden steckten. *Das* war Thornes Gabe? Eis? Wie ein Mafioso aus den 30er Jahren hatte er mir seine persönliche Variante der Betonschuhe verpasst. Ich konnte nur hoffen, dass er nicht vorhatte, mich in der Themse zu versenken. Entsetzt sah ich mich um, suchte nach etwas, das ich als Waffe benutzen konnte, wenn Thorne kam, um es zu Ende zu bringen. Ein Stuhlbein war alles, was ich fand. Ich bückte mich danach, wobei ich Mühe hatte, nicht das Gleichgewicht zu verlieren, und hielt es wie einen Knüppel vor mich.

Aber Thorne kam nicht.

Er stand noch immer im Zentrum des goldenen Wirbels. Sein Zorn und sein Entsetzen hatten ihn die Kontrolle über sein Ritual verlieren lassen. Vielleicht war es auch die Zerstörung des Antersoman gewesen. Immer schneller wirbelte das Licht um ihn herum. Pulsierend und so gleißend hell, dass ich meine Augen mit der Hand abschirmen musste. Mit einem Knall schoss das Licht über seinem Kopf zur Decke. Dann fuhr es in einem einzigen, glühenden Strahl von oben herab in seinen Körper. Das Gewölbe explodierte in einem goldenen Leuchten und die Wucht der Magie schleuderte mich von den Beinen. Ich landete auf dem Hintern und robbte rückwärts, fort von Thorne, wobei der Eisblock an meinen Füßen eine feuchte Spur auf dem Boden hinterließ.

Als das Licht allmählich verebbte und ich wieder etwas erkennen konnte, lag Thorne auf den Knien. Ein paar der Bewahrer umringten ihn. Die Barriere! Sie musste zusammengebrochen sein, als Thorne die Beherrschung verloren hatte.

»Riley!« Nick fiel neben mir auf die Knie. Vorsichtig griff er nach meinen Schultern und half mir, mich aufzusetzen. »Bist du verletzt? Fehlt dir was?«

Ich lauschte in mich hinein. Der Schmerz der Extraktion war verschwunden. Ebenso die Schwäche, die mit Severius' Beschwörung einhergegangen war. Nur eines war geblieben. Ich starrte auf den Eisblock. »Ich habe kalte Füße.«

Lachend zog Nick mich an sich. Er hielt mich so fest, dass ich zu ersticken glaubte. »Du erdrückst mich.«

»Entschuldige.« Er lockerte seine Umklammerung ein wenig, ohne mich ganz freizugeben. »Es ist nur … ich bin so froh, dass dir nichts passiert ist. Dich zu sehen, aber nichts tun, dir nicht helfen zu können – das war das Schlimmste, was ich je erlebt habe.«

»Es ist okay. *Ich* bin okay«, versicherte ich ihm. »Allerdings«, fügte ich hinzu, »gäbe es etwas, womit es mir deutlich besser gehen würde.«

»Alles, was du willst!«

»Du könntest mich endlich küssen«, sagte ich und nieste.

48

Die folgenden Tage kamen mir vollkommen verrückt vor. Die Bewahrer hatten Thorne in Gewahrsam genommen. Sie wollten mit ihm verfahren wie mit jedem anderen Zauberer, der seine Kräfte missbraucht hatte. Es würde eine Verhandlung und ein Urteil geben. Für Vergehen wie das seine gab es nur eine Strafe: Er durfte nie wieder imstande sein, Magie zu wirken. Als sie meinen Schreck bemerkte, beeilte Madame sich, mir zu versichern, dass es keine Extraktion geben würde. Es gab andere Wege, jemanden von seiner Magie abzuschneiden. Sie wäre noch immer in ihm, doch er konnte sie nicht mehr erreichen. Eine geistige Barriere nannte Madame das, was sie in seinem Kopf schaffen wollten.

Sie brauchten Thorne, deshalb sollte er auch danach noch immer ein Mitglied ihres Zirkels sein. Wenn auch ein inaktives, das seine Magie nicht länger nutzen konnte und auf dem Anwesen unter Hausarrest stehen würde.

Was Thornes Spezialisierung war, hatte ich ja am eigenen Leib herausgefunden. Während ich ihn einen Eiszauberer nannte, erklärte mir Madame, dass es sich bei ihm um einen Beherrscher der Elemente handelte. Jemanden, der auf alle Elemente Einfluss nehmen konnte. Ich hatte wohl Glück gehabt, dass er sich für das Eis entschieden hatte, statt mich vor Wut in ein Häufchen Asche zu verwandeln. Trotzdem hatte ich noch eine Weile etwas von seinem kleinen Zaubertrick. Keiner der anderen Bewahrer hatte einen Gegenzauber draufgehabt, zumindest keinen, bei dem nicht die Gefahr bestanden hätte, mich zusammen mit dem Eisblock zu pulverisieren. Mir war nichts anderes übrig geblieben, als das Eis in warmem Wasser zu schmelzen. Thornes dämlicher Zauber brachte mir eine Erkältung ein, die sich gewaschen hatte. Beinahe eine Woche lag ich im Bett, mit Halsschmerzen, Husten und Schnupfen. Ich hatte so viele Fragen, es gab so vieles zu klären, doch mein Hirn war – dank des Fiebers, das mir natürlich auch nicht erspart blieb – ein Haufen Matsch.

Pepper kam zu Besuch und ließ sich alles brühwarm erzählen. Die meiste Zeit redete Nick, der mir kaum von der Seite wich, meine Stimme war einfach zu angeschlagen. Auch Drizzle tauchte auf. Der Kobold hatte so viel Mitleid mit mir, dass er anbot, den Whisky, den er in Dads Schrank entdeckt hatte, mit mir zu teilen. Ich lehnte dankend ab.

Dad kümmerte sich rührend um mich. Er wusste nicht, was passiert war, und ich ließ ihn in dem Glauben, die Sommergrippe hätte mich nun doch erwischt. Er und Nick schienen eine Art Wettstreit laufen zu haben, wer mir den nächsten Tee und das nächste Essen bringen oder länger an meiner Seite sitzen durfte. Am ersten Abend ließ Nick Dad gewinnen, aber nur weil er wusste, dass wir noch etwas zu klären hatten.

Dad hatte sich meinen Schreibtischstuhl ans Bett herangezogen und griff nach meiner Hand. »Es tut mir leid, Riley. Ich hätte dir das alles schon viel früher sagen sollen.«

Ich schüttelte den Kopf. Inzwischen verstand ich, wie hin- und hergerissen er gewesen sein musste. Hatte ich nicht auch versucht, ihm davon zu erzählen, wie ich Hugh beschworen hatte? Es war unsäglich schwer gewesen, die Worte nur zu denken. Sie auszusprechen, hatte ich nicht geschafft. Nun war Hugh aber eine Kleinigkeit, verglichen mit dem, was Dad mir zu sagen gehabt hatte. Kein Wunder, dass er ständig nach dem richtigen Zeitpunkt gesucht hatte. Noch weniger verwunderlich, dass der nie gekommen war.

»Es ist okay, Dad.« Ich drückte seine Hand. »Ich bin dir nicht mehr böse.«

»Nein?«

»Nein. Du hast Glück, dass ich so menschlich bin, sonst hätte ich dich vielleicht gefressen.«

»Deine Mutter war Vegetarierin.«

»Jeder Suchtkranke meidet seine Droge nach dem Entzug.«

Er sah mich so entsetzt an, dass ich lachen musste.

»Tut mir leid«, sagte ich und wurde von einer Niesattacke gepackt, gefolgt von einem Hustenanfall. »Ich konnte einfach nicht widerstehen. So menschlich wie ich war garantiert noch kein Halbdämon.«

»Ach ja?«

»Wie viele kennst du, die sich einen blöden Schnupfen einfangen?«

Er verzichtete darauf, mir zu sagen, dass ich der Einzige war, den er überhaupt kannte. Stattdessen brachen wir beide in Gelächter aus und fielen uns schließlich, nachdem wir uns wieder einigermaßen beruhigt hatten, in die Arme.

Von den Bewahrern und meiner Beinahe-Extraktion erzählte ich ihm nichts. Vielleicht würde ich das eines Tages tun, aber jetzt war nicht der passende Augenblick dafür.

Hugh war noch immer da. Er hatte aufgehört, vor dem Haus Wache zu schieben, und sich schließlich von mir überreden lassen, sich meinem Dad zu zeigen. Anfangs war Dad nicht gerade begeistert, einen Geist im Haus zu haben. Nicht einmal einen, den seine Tochter versehentlich gerufen hatte. Hughs Spezialbolognese überzeugte ihn allerdings recht schnell davon, dass er kein schlechter Kerl zu sein schien, weshalb er ihn einlud, so lange bei uns zu bleiben, wie er wollte. An den Abenden hockten die beiden zusammen vor dem Fernseher und sahen sich Dads Seifenopern an, und während Dad in der Arbeit war, schmiss Hugh den Haushalt.

»Ich mach das nur, bis du wieder auf den Beinen bist«, sagte er, als ich ihn beim Bügeln ertappt hatte. »Glaub ja nicht, dass du jetzt Personal hast, so wie dein Geldsack.«

Auch wenn er Nick immer noch gern Geldsack nannte, wusste ich, dass die beiden ihren Frieden geschlossen hatten.

»Also gut, Mr Nicht-mein-Hauspersonal-Geist«, sagte ich. »Was hast du vor, wenn ich den Laden hier wieder schmeißen kann? Willst du gehen?« Die Vorstellung, dass er sich entschließen könnte, endlich ins Licht zu gehen, versetzte mir einen Stich. So sehr er mich anfangs erschreckt und später genervt hatte, so sehr war er auch zu einem Freund geworden.

»Du kochst scheußlich. Solange du das nicht im Griff hast, kann ich dich wohl kaum allein lassen.«

Damit stand fest, dass Hugh uns, zumindest für eine Weile, erhalten bleiben würde.

Binnen kürzester Zeit hatte sich unsere Familie von zwei auf vier Personen verdoppelt, denn Nick gehörte inzwischen – genau wie Hugh – dazu. Seit Dad wusste, dass es mir ernst mit Nick war, hatte er auch nicht mehr versucht, ihn in Verlegenheit zu bringen.

Thornes Plan war gescheitert, trotzdem war der Zirkel wieder geschlossen. Nachdem ich meine Erkältung auskuriert hatte, waren Nick und ich zu Madame gefahren. Wir redeten lange. Madame wollte mir beibringen, meine Magie zu kontrollieren und zu lernen, sie gezielt einzusetzen. Außerdem sprachen wir über den Zirkel. Sie hatten entschieden, keinen Obersten mehr zu wählen und stattdessen alle Entscheidungen gemeinsam zu treffen. Keiner von ihnen sollte jemals wieder mehr Macht und Einfluss haben als die anderen.

Schließlich bot ich an, Severius' Platz einzunehmen. Ich hatte begriffen, wie wichtig die Arbeit der Bewahrer war. Die Welt brauchte Menschen, die dafür sorgten, dass Leute wie Thorne ihre Macht nicht missbrauchten. Ich hatte zwar immer noch keine Antwort darauf, wer aufpasste, dass die Bewahrer sich ebenfalls an die Regeln hielten, aber solange ich da war, konnte ich sie ja im Auge behalten.

Meine Initiation verlief erstaunlich unspektakulär. Ich hatte mit einem weiteren Ritual gerechnet. Etwas mit Licht und ein paar Engelschören. Letztlich nahmen sie mir nur einen Schwur ab. Ich musste geloben, mich mit all meiner Macht für den Zirkel einzusetzen und aufrichtig zu jenen zu stehen, die jetzt meine Brüder und Schwestern waren. Die übrigen Bewahrer versprachen mir dasselbe.

»Du bist jetzt eine von uns«, sagte Madame, sobald alle die Worte gesprochen hatten.

»Das war es schon? Kommen Sie, Madame!«

Sie kniff die Augen zusammen.

»Salina«, korrigierte ich mich. Seit ich erklärt hatte, ihrem Verein beitreten zu wollen, bestand sie darauf, dass ich sie – zumindest außerhalb des Ladens – Salina nannte und duzte. »Komm schon! Kein Feuerwerk? Echt nicht?«

Sie lächelte. »Spürst du es nicht? Wir sind verbunden.«

Ich fühlte mich nicht wirklich anders. Oder gar verbunden.

»Schließ die Augen.«

Ich folgte ihrer Aufforderung.

»Und jetzt konzentriere dich. Denk an uns. An Altan, Phineas, mich und die anderen. Siehst du uns?«

Erst passierte gar nichts. Dann tauchten die Umrisse einiger Gestalten auf, erst undeutlich, dann immer klarer, bis ich ihre Gesichter erkannte. Die Bewahrer. Selbst Thorne war bei ihnen, wenn auch nur ganz am Rand. Je mehr ich mich konzentrierte, desto klarer wurden sie vor meinem geistigen Auge. Und schließlich sah ich sie: die Verbindung. Ein dünnes Band aus Licht, das von einem zum anderen verlief. Als ich an mir hinuntersah, stellte ich fest, dass auch von mir einer dieser Fäden abging und sich mit den anderen verband.

Wir waren eins.

Alles wäre gut gewesen, geradezu perfekt, hätte ich nicht mit ansehen müssen, wie Nick mit jedem Tag stiller wurde. Er verbrachte jede freie Minute bei mir. Doch obwohl er immer da war, gab es einen Teil von ihm, den ich nicht erreichen konnte. Jenen Teil, der bei seinem Großvater war.

Adam war tatsächlich am Leben. Morden und seine Leute hatten ihn erwischt, als er sich mit Miles auf das Anwesen geschlichen hatte – kurz nach seinem letzten Telefonat mit Nick. Er hatte herausgefunden, wer Thorne und die anderen waren und dass sich ein Herzstein in ihrem Besitz befand. Einen Tag vor seinem Verschwinden hatte er Thorne unter dem Vorwand aufgesucht, mit ihm über einen Handel sprechen zu wollen. Während Adam die Bewahrer ablenkte, hatte Miles das Grundstück ausgekundschaftet.

Am nächsten Tag waren sie zurückgekehrt, um den Herzstein zu holen, und waren geschnappt worden. Miles war entkommen und geflohen. Lockley hatte ihn verfolgt. Sein Auftrag war es gewesen, ihn zurückzubringen. Aber Miles hatte eine Pistole gezogen. Letztlich war der Lichtstrahl, der ihn umgebracht hatte, Notwehr gewesen. Trotzdem würde sich Lockley dafür zu verantworten haben.

Salina hatte gewusst, dass es einen Unfall gegeben hatte. Damit, dass sie Miles' Geist fortschickte, hatte sie jedoch – wie wir anfangs angenommen hatten – keinen Mord vertuschen, sondern lediglich verhindern wollen, dass Miles etwas über die Bewahrer und die Magie verraten konnte. Sie wusste ja nicht, dass wir über Letzteres längst Bescheid wussten – zumindest Nick.

Während Miles geflohen und ums Leben gekommen war, hatte Thorne Adam auf dem Anwesen festgesetzt. Dem Obersten Bewahrer war zu Ohren gekommen, dass Adam zu jenen Artefakthändlern gehörte, die ein paar der besten Stücke für sich selbst behielten. Er wollte Adams private Sammlung, um sie zu extrahieren. Adam jedoch weigerte sich, ihm zu verraten, wo er sie versteckte. Er behauptete sogar, keine derartige Sammlung zu besitzen. Thornes Gedankenwächtern war es nicht möglich gewesen, in Adams Erinnerungen nach dem gesuchten Wissen zu forschen, denn Adam hatte – wohl mit der Unterstützung eines befreundeten Zauberers – dafür gesorgt, dass seine Gedanken und Erinnerungen unantastbar blieben. Um ihn zum Reden zu bringen, war Morden zu Miles' Beerdigung gefahren. Thorne hatte gehofft, dass dort auch jemand auftauchen würde, der Adam nahestand. Jemand, der ihm wichtig genug war, um seine Sammlung gegen dessen Sicherheit zu tauschen.

Adam lebte und war wieder frei. Den Herzstein hatte Nick trotzdem nicht bekommen. Er war, wie unzählige andere Artefakte auch, der Extraktion zum Opfer gefallen. Alles, was davon übrig geblieben war, war ein dunkelroter, faustgroßer Klumpen. Tot. Kalt. Nutzlos. Nichts weiter als ein Haufen magischer Schrott.

49

Als wir das Zimmer seines Großvaters betraten, umklammerte Nick meine Hand fester. Er war vor ein paar Tagen vom Pflegeheim in ein Hospiz verlegt worden.

Das Zimmer war groß, die Wände in freundlichem Gelb gestrichen, die Böden mit Parkett ausgelegt statt mit hässlichem Linoleum. Die Schwestern und Pfleger, denen wir auf dem Gang begegnet waren, hatten alle ein Lächeln auf den Lippen gehabt und uns gegrüßt. Es war ein schöner Ort, hell und liebevoll gestaltet. Aber es war auch die letzte Station auf der Reise eines Lebens. Des Lebens von Nicks Großvater.

Während ich mich mit meiner Erkältung herumgeschlagen hatte, hatte ich Nick immer wieder fortgeschickt, damit er seinen Großvater besuchte. Ich hatte ihn jedes Mal regelrecht rauswerfen müssen, weil er mich einfach nicht allein lassen wollte. Nach allem, was passiert war, fürchtete er wohl, ich könnte plötzlich nicht mehr da sein, wenn er zurückkam.

Nick hatte weder Salina noch einem der anderen Bewahrer von seinem Großvater erzählt. Nicht dass er nach einem Herzstein suchte oder warum, und auch nicht, dass sein Großvater ein Zauberer war. Er wusste, dass die Bewahrer die Verwendung eines Herzsteins nicht billigen würden. Es gar nicht konnten, wenn sie ihre Aufgabe ernst nahmen. Adam allerdings hatte angeboten, die Suche wieder aufzunehmen.

Bisher ohne Erfolg.

Die Zeit von Nicks Großvater lief ab, und auch wenn Nick die Hoffnung noch nicht vollends aufgeben wollte, so hatte er zumindest gewollt, dass ich den alten Mann kennenlernte, bevor es zu spät war.

Nick stellte zwei Stühle an die Seite des Bettes.

»Grandpa?«, fragte er, sobald wir saßen. »Ich habe heute jemanden mitgebracht.«

Sein Großvater reagierte nicht. Er lag vollkommen reglos da. Die Wangen eingefallen, der Mund leicht geöffnet, die Augen geschlossen. Jeder Atemzug rasselte in seinen Lungen und kroch schwer über seine Lippen. Trotzdem war Nick überzeugt, dass er ihn hörte.

»Das ist Riley. Meine Freundin.«

Zu hören, wie er mich vor einem anderen als seine Freundin bezeichnete, war immer noch ungewohnt. Aber es war ein gutes Gefühl. Während der letzten Tage hatten wir so viel Zeit miteinander verbracht, dass mir seine Nähe längst vertraut war. Als meine Halsschmerzen am schlimmsten waren, hatte er das Reden übernommen, und inzwischen hatte ich das Gefühl, alles über ihn zu wissen. All die Dinge, bei denen er vor etwas mehr als einer Woche nicht im Traum daran gedacht hätte, dass er sie mir jemals erzählen könnte. Der Nick Wolfe, den ich bei unserer ersten Begegnung kennengelernt hatte, schien ein vollkommen anderer zu sein als der, der jetzt neben mir saß. Mein Nick war weder arrogant noch oberflächlich. Er sorgte sich um die Menschen, die ihm nahestanden, auch wenn es nicht viele waren, und er hatte sich sogar bei Pepper dafür entschuldigt, wie er sie behandelt hatte, als er wegen der Séance in den Laden gekommen war. Es würde nicht leicht werden, unsere doch sehr unterschiedlichen Welten zusammenzubringen, aber wenn wir uns beide bemühten, konnten wir es schaffen. Auch wenn mir der Gedanke nicht gefiel, dass er die Kleider und den Schmuck bezahlen musste, wenn ich ihn zu einer seiner Veranstaltungen begleiten sollte.

Ich legte meine Hand auf den Arm seines Großvaters. »Hallo, Mr Wolfe. Schön, Sie kennenzulernen.«

Von Nick wusste ich, dass er seinem Großvater bei jedem Besuch von mir erzählt hatte. Und von dem, was wir während der letzten zwei Wochen erlebt hatten. Die Sache mit meinem Dämonenblut hatte er dabei hoffentlich für sich behalten.

Etwas zog an mir. Ich hatte bereits ein paar Unterrichtsstunden bei Madame hinter mir und kannte die Zeichen. Wie von selbst öffnete ich mich, während ich darauf achtete, keine Energie abzugeben, die ein Geist als Einladung auffassen könnte. Das Ziehen kam von Nicks Großvater. Erschrocken sah ich ihn an und hätte um ein Haar aufgeseufzt, als ich sah, wie sich sein Brustkorb unter rasselnden Atemzügen hob und senkte. Gott sei Dank!

Aber warum hatte ich ihn gespürt? Es war eindeutig von ihm gekommen, dessen war ich sicher. Außer ihm war niemand im Zimmer.

Behutsam öffnete ich meinen Geist ein Stückchen mehr und tastete nach der Quelle des Ziehens. Was ich auch versuchte, es führte mich immer wieder zurück zu Mr Wolfe.

Ich versuchte es zu ignorieren, doch das Zupfen hörte nicht auf. Stattdessen wurde es drängender. Vorsichtig gab ich ein wenig Energie frei, ließ sie aus mir in den Raum fließen, auf der Suche nach dem, der versuchte, mich auf sich aufmerksam zu machen.

Ein hellblauer Schimmer, weit heller als Hughs Aura, löste sich aus Mr Wolfes Brustkorb, erhob sich in die Luft und nahm die Gestalt des Mannes an, der darunter im Bett lag. Nick schnappte hörbar nach Luft.

Mr Wolfes Geist bewegte die Lippen. Ich ließ noch mehr Energie in ihn fließen.

»Noch bin ich nicht tot«, sagte Nicks Großvater. »Aber mir bleibt nicht mehr viel Zeit. Ich bin dem Tod bereits näher als dem Leben. Das ist auch der Grund, warum ich auf diesem Weg Kontakt zu dir aufnehmen kann.«

Nick, der erneut nach meiner Hand gegriffen hatte, lehnte sich vor. »Wir werden ihn rechtzeitig finden!«

Mr Wolfe schüttelte den Kopf. »Deshalb wollte ich mit dir sprechen. Es gibt so vieles, das ich dir noch sagen möchte. So viele Dinge, die ich dir erzählen oder erklären will. Aber die Zeit dafür ist vorbei. Am Ende ist es immer zu wenig Zeit, nicht wahr?«

Seine Erscheinung flackerte und ich gab ein wenig mehr Energie. So viel, bis ich die Schwäche in mir aufsteigen spürte, dann hörte ich auf.

Mr Wolfe sah zu mir, dann wieder zu seinem Enkel. »Ich bin froh, dass du nicht mehr allein bist.«

»Das war ich nie. Ich habe schließlich dich.«

»Nick, wir wissen beide, dass es nicht ewig so weitergehen kann.« Die schimmernde Gestalt seines Großvaters kam näher. Er hob die Hand und streckte sie nach Nicks Gesicht aus, ohne ihn zu berühren. »Ich bin alt«, sagte er. »Ich hatte ein langes und glückliches Leben. Wenn du mich jetzt rettest, kaufst du mir ein paar Jahre. Aber was dann? Das Leben lässt sich nicht aufhalten. Ebenso wenig der Tod. Ich werde weiter altern, vielleicht wieder krank werden. Was willst du dann tun? Wieder auf Dämonenjagd gehen?« Er schüttelte den Kopf. »Es ist an der Zeit. Lass mich gehen, Nick. Bitte.«

Der Druck von Nicks Fingern um meine Hand wurde stärker. Sein Zittern übertrug sich auf mich, und als ich ihn ansah, sah ich die Tränen in seinen Augen schimmern. Er rang mit sich, kämpfte um Worte und um eine Entscheidung. Dann sah er mich an. Als könnte ich ihm sagen, was er tun sollte.

Als er schließlich wieder zu seinem Großvater sah, liefen Tränen über seine Wangen. »Willst du das wirklich? Willst du wirklich gehen?«

Mr Wolfe nickte. »Deine Großmutter wartet auf mich.«

Nick streckte die Hand nach ihm aus, doch seine Finger glitten durch den Arm seines Großvaters. Daran, dass er nicht materiell war, konnte auch die weitere Energie nichts ändern, die ich in ihn fließen ließ.

»Du wirst deinen Weg gehen«, sagte Mr Wolfe. »Das weiß ich, so wie ich weiß, dass ich dich liebe.« Dann sah er mich an. »Pass auf ihn auf, ja?«

Ich schluckte den Kloß herunter, der mir im Hals saß. »Das werde ich.«

Mr Wolfe lächelte und verschwand.

Zurück blieb der reglose Körper im Bett. Das Rasseln, das ich zuvor vernommen hatte, war fort. Er atmete jetzt lautlos. Als würde es ihm nicht länger Mühe bereiten.

»Ich liebe dich«, sagte Nick, und ich wusste, dass er nicht nur seinen Großvater meinte.

Epilog

Ulysses Thorne, ehemals der Oberste Bewahrer, stand in seinem Zimmer, in das sie ihn eingesperrt hatten, und blickte aus dem Fenster. Dabei sah er weder den Garten noch die dahinter liegende Straße – sein Blick war in die Zukunft gerichtet.

In ein paar Tagen würden sie über ihn zu Gericht sitzen. Er kannte das Urteil bereits, vor gar nicht allzu langer Zeit hätte er selbst ganz genau so geurteilt.

Heute jedoch wusste er es besser.

Seine Magie blockieren, damit er nicht mehr darauf zugreifen konnte. Sie hatten ja keine Ahnung!

Er hob die Hand und betrachtete seinen Handrücken. Dort, wo die Haut vor einigen Tagen noch faltig und gezeichnet von beginnenden Altersflecken gewesen war, war sie nun straff und ohne Makel. Auch sein Gesicht hatte sich verändert, so wie sein gesamter ganzer Körper. Als der Antersoman zerborsten und die freigesetzte Magie in ihn geflossen war, ihn durchdrungen hatte, all die Magie, die er im Laufe der letzten Jahre gesammelt hatte, war etwas mit ihm passiert. Er fühlte sich jung. Fit. Die anderen hatten es auch bemerkt, schoben es in ihrer Einfalt aber darauf, dass der Zirkel wieder geschlossen war.

Narren!

War ihnen nicht aufgefallen, dass er der Einzige war, der sich auf so drastische Weise verändert hatte? Meine Güte, er sah aus wie ein Vierzigjähriger in Bestform.

Und er wollte mehr! Mehr Jugend. Mehr Leben. Und vor allem: mehr Magie!

Sie hatten ihn nicht aus dem Zirkel geworfen, das konnten sie nicht. Sie brauchten ihn. Er würde auch nichts unternehmen, um sich von ihnen zu lösen – wer konnte schon wissen, wozu ihm diese Verbindung eines Tages noch nutzen konnte? Aber ganz sicher würde er auch nicht warten, bis sie kamen, um ihn von seiner Magie abzuschneiden.

Die Macht, die in ihn geflossen war, hatte ihm die Augen geöffnet. All die Jahre hatten sie alles darangesetzt, die Magie vor den Menschen verborgen zu halten und zu verhindern, dass einzelne Zauberer zu viel Macht anhäuften. Das war ein Fehler gewesen. Das wusste er jetzt.

Es war an der Zeit, die Zauberer in ein neues Zeitalter zu führen. Eines, in dem sich seinesgleichen nicht mehr vor den Menschen zu verstecken brauchte, sondern den Platz einnahm, der ihnen gebührte. An der Spitze.